葉慶炳 著

晚鳴軒論文集

大安出版社 印行

本書簡介:

本書是葉慶炳教授文學論文的選粹，共二十四篇，內容遍及理論與批評、文學史、詩、文、小說、戲劇。葉教授精研文學，除散文小品廣受讀者喜愛外，學術論著亦爲學界翹楚，所著「中國文學史」，影響深遠。葉教授已於民國八十二年去世，本社特於其七十冥誕出版本書，以表紀念追思之忱。

晚鳴軒論文集

著　者：葉慶炳
發行人：蕭淑卿
發行所：大安出版社
電　話：三六七九〇四二
傳　眞：三六七二四九九
辦事處：臺北市汀州路三段一五一號二樓
郵撥帳戶：一〇一〇三八七七

大安出版社

印刷者：久裕印刷事業股份有限公司
地　址：臺北縣五股工業區五權路69號
電　話：二九九二〇六〇～三

一九九六年一月 第一版 第一刷〇〇〇一～一〇〇〇
行政院新聞局登記證局版第三四五九號
定價：新臺幣四〇〇元

ISBN 957-9233-57-8

晚鳴軒論文集　目錄

參、小說

肆、戲劇

編輯弁言

葉慶炳先生雖然以其膾炙人口的「晚鳴軒散文」七種，以及具學術推廣意義的著述，如「晚鳴軒愛讀詩」、「晚鳴軒愛讀詞」、「談小說妖」、「談小說鬼」、「關漢卿」、「漢魏六朝小說選」等，知名於世，但其實皆是遊藝之作；先生的畢生志業，終究是中國文學的研究與教學。因此，除了身爲人師的春風化雨之外，其彌足珍貴的成就，實爲其一生豐厚等身的學術著作。

葉先生的學術專著，自以其「中國文學史」一書最爲重要，該書自民國五十四年刊印以來，風行國內中文學界近三十年，迄今不衰；而且與時俱進，屢有增易，於民國七十五年完成最後增訂，遂爲定本。先生的修訂，除參酌學界的新發現與新見解外，其實更有先生自身對於個別專題所作的研究成果爲基礎。但礙於體例，未必皆能於「文學史」中論證辨析，暢所欲言。因此，先生幾十年間所發表的眾多論文，其實皆可與其「中國文學史」一書互爲表裏，相得益彰。先生在世之日，亦曾有「唐詩散論」（洪範）與「古典小說論評」（幼獅）

等先生自署爲：「晚鳴軒文學論文集」之一、之二的單篇論文的結集出版，甚受學界推重。

葉先生不幸於民國八十二年九月因肺癌去世，友人門生咸皆震悼，追懷之意，情不能已。先於各大報刊撰文追思，後更有「中外文學」雜誌「葉慶炳先生紀念專號」於八十三年九月出版。

現今得大安出版社同仁之大力協助，遂有本論文集之編輯出版，收入先生前兩集之外的重要單篇論著，依文類與議題性質，編爲四輯，每輯以通論及時代先後略加編次，取其便於參考。書名則依葉國良先生之建議，定爲「晚鳴軒論文集」，取其簡明易識，亦可見其與先生畢生心血的相關性與代表性。先生於中國文學上下數千年，宏觀細察，其重要心得，大抵皆可於此一史三集中，見其精彩。尤其諸篇的研析入微而議論通達，論旨議題的開啟一代研究風氣之先，最足參考與效法。惟先生早歲即已專研的「諸宮調訂律」及其相關論文，卷帙頗巨，足以單獨成書；另外專論「文學批評」的長篇論文，自具章節；以及「中華民國文化史」中先生所撰的「散文」一節，及多篇演講稿等皆因體例稍異，並未收入，他日將另作出版安排。

本書文字之校訂得鄭毓瑜、梅家玲、康韻梅、李惠綿等系裏同仁慨然相助，一方面事涉專精，一方面皆爲弟子行輩，亦是長懷紀念之意。因此，本書之出版，不但裨益一般學子研習，相關學者參考，亦是門人的合衷追思之舉。故此特請與先生最爲親近的何寄澎先生撰文，略述先生往日行誼，一抒眾人心中高山仰止的深懷遠念。

柯慶明 謹誌

於臺大中文系三〇八研究室

懷恩師

恩師慶炳先生過世，轉眼二載有餘，我常常努力地不去想起先生的點點滴滴，因爲我知道負荷不了那種悲痛。現在先生生前的著作由柯慶明教授整理完竣付梓，目睹文稿，種種不敢回顧的記憶，統統逼到眼前來了。

先生的離去，教所有的人措手不及，那樣好端端的一個人，說倒，就倒下去了。我清楚的記得那個不幸的午後，我陪著師母黯然接受主治醫師殘酷的宣告：肺癌，四期。醫師無奈地說：「回家吧！不治療也是一種治療。」從那時起，我日日祈求奇蹟出現，而至少也要讓先生有充足的時間安排種種。可是肺癌太可怕了，先生去得竟這樣匆促，這樣痛苦。

先生走時是黎明前，我接到思嘉妹的電話，趕到臺大醫院。在那棟龐然冷峻的水泥建築的地下走廊裏，我一人哀傷、恐懼地走著，經過一扇一扇的門，空空蕩蕩，我看不到一絲曙光，我走在一個沒有生命的地道裏，哀傷、恐懼！而這種心情竟成我兩年來揮之不去的心情。

我自入大學就從先生問學，碩士、博士也都蒙先生指導。先生爲人處事俱極務實，故有學術中人以其少一分中文人應有之飄逸、蘊藉、深厚。其實時代不同，作風宜異。以今視昔，想必無人能夠否定先生對臺大中文系乃至臺灣中文學界之貢獻。況務實於先生而言，反免無謂身段，見出其眞面目。而先生晚年則益有慈藹之風，誨人不倦，樂於獎掖後進。我個人畢業以後的許多歷練，便皆由先生所賜；而與我同樣幸運的想必所在多有。

先生處事之練達明快固爲世所共知，然嚴謹、細密則人未必盡知，至其溫厚重情義則人尤未必知之。舉例而言，先生曾長期主持大學聯招重要業務，保密到家，師母迄今不知；先生每年過年邀有家歸不得之學子家中聚餐；於有難同仁極盡協助保護能事；於敵視者則忍之以恕道；凡此，我於先生晚年漸累己所見聞，始有體會。猶可言者，先生亦有坦率正直之風，我曾追隨先生參與教育部、文建會、新聞局、編譯館多項工作，先生堅持原則，議所當議，不人云亦云，姿采令我印象深刻。

先生逝矣！能見者唯其論著，孔子云：「有德者必有言」，誠哉斯旨。年歲愈長，愈能體悟，世間少有長久之物，是非優劣遽爾成灰，唯性情風範可爲心中永恆之記憶。感謝慶明兄，感謝大安諸君子爲先生所做的事——展現了人間最高貴的品格，讓我在愧疚之餘有無限感慰。

何寄澎　謹識

壹、理論與批評

中國文學家的保守觀念與創新作風

中華民族是一個歷史悠久而又相當保守的民族。在滿清末季受西洋思想的衝擊進入高潮以前，儘管幾千年的歲月在流失，但在政教制度、社會生活、家族觀念、學術思想各方面，始終在古老的基礎上打轉，而缺少大幅度的改革。有時候，幾百年甚至一千年的文化似乎是靜止的，只是換了幾個朝代而已。

在文學方面，保守的民族性也曾使文學史不斷的出現回流與漩渦。我們都知道，在唐、宋、明、清四代，都曾發生過復古運動。但無論是唐代韓愈所主張的在內容方面復古而在文體方面創新，或者像明代前後七子所主張的「文必秦漢，詩必盛唐」，在文體上亦步亦趨，他們一樣發表過復古的言論。由此可見在他們的觀念中，「古」之可貴，與「新」之不足取。但我們仔細一想，「古」而需要「復」，實在意味着「古」已到了其道不行的地步。一再的有復古運動興起，也正意味着創新的文學家的勢力之不容忽視。創新的文學家創造了中國文學史，復古的文學家——特別是擬古的文學家——則不斷的造成文學史上的回流與漩渦。兩者激盪不已，倒也使中國文學的發展有聲有色。

本人想舉兩個例子，說明中國文學上保守觀念與創新作風激盪的現象，並探討其原因及結果，第一個例子是六朝詩文，第二個例子是兩宋詞。

歷史家稱孫吳、東晉、宋、齊、梁、陳爲「六朝」。在文學史上所謂「六朝」，實際上是指西晉、東晉、宋、齊、梁、陳，即所謂「兩晉南北朝」。因爲在三國時代，文學人才都集中在中原的曹魏。東吳除了陸機、陸雲兄弟，再沒有重要的作家。而陸氏兄弟其生也晚，他們在東吳亡後，閉門讀書，十年不仕，譽流京華。後來到了洛陽，成爲西晉的重要作家。所以說，文學史上的所謂「六朝」，事實上是指兩晉南北朝。

六朝文學，以詩歌與駢文最爲重要。以詩歌而論，在寫作技巧方面，由講究對偶以求形之式美，進而運用四聲以求聲律之美，上變漢魏，下啟唐律，在詩歌史上有承先啟後的地位。就寫作題材而論，六朝詩更有其輝煌的成就，由詠懷而詠史，而哲理、而遊仙、而田園、而山水、而宮體，新的題材一波逐一波的盛行。可以說，我國詩歌發展到六朝，稱得上爲大宗的題材幾乎已應有盡有。接着來的唐代雖然是公認的我國詩歌史上最燦爛的時代，但在寫作題材上能夠創新的，卻只有邊塞一項而已。再以駢文而論，自後漢蔡邕有意的用對偶句法寫了篇郭林宗碑，駢儷文體日漸流行。到了齊梁間沈約、王融等創聲律之說，文士們不但把聲律用之於詩歌，同時用之於駢文。於是，駢文呈現了前所未有的美觀與和諧。我國單音孤立的文字，至此發揮了最大的功效。由此看來，六朝的詩歌與駢文，是極具創新作風的。

我們來看看六朝人及唐人對六朝詩文的評論：

1自是閭閻年少，貴游總角，罔不擯落六藝，吟詠情性。學者以博依爲急務，謂章句爲顓魯。淫文破典，斐爾爲功。無被於管絃，非止乎禮義。深心主卉木，遠致極風雲。其興浮、其志弱，巧而不要，隱而不深。（梁裴子野雕蟲論）

2江左齊梁，其弊彌盛。貴賤賢愚，唯務吟詠。遂復遺理存異，尋虛逐微。競一韻之奇，爭一字之巧。連篇累牘，不出月露之形；積案盈箱，唯是風雲之狀。（隋李諤請革文弊書）

3梁自大同之後，雅道淪缺，漸乖典則，爭馳新巧。簡文、湘東啟其淫放，徐陵、庾信分路揚鑣。其意淺而繁，其文匿而彩；詞尚輕險，情多哀思。格以延陵之聽，蓋亦亡國之音也。（唐李壽延北史文苑傳序）

4太宗敏叡過人，神采秀發，多聞博達，富贍詞藻。然文豔用寡，華而不實；體窮淫麗，義罕疏通。哀思之音，遂移風俗。（唐李延壽南史梁本紀）

5文章道弊五百年矣。漢魏風骨，晉宋莫傳，然而文獻有可徵者。僕常暇觀齊梁間詩，彩麗競繁，而興寄都絕，每以永嘆。（唐陳子昂與東方左史虬修竹篇書）

6自從建安來，綺麗不足珍。聖代復元古，垂衣貴清眞。（唐李白古風五十九首之一）

7晉宋以還，得者蓋寡。以康樂之奧博，多溺於山水；以淵明之高古，偏放於田園。江、鮑之流，又狹於此。如梁鴻五噫之例者，百無一二焉。於是六義寖微矣。陵夷至於梁陳間，率不過嘲風雪弄花草而已。噫，風雪花草之物，三百篇中豈捨之乎，顧所用何如耳。設如「北風其涼」，假風以刺威虐也。「雨雪霏霏」，因雪以愍征役也。「棠棣之花」，感花以諷兄弟也。「采采芣苡」，美草以樂有子也。皆興發於此，而義歸於彼；反是者，可乎哉！然則「餘霞散成綺，澄江靜如練。」「離花先委露，別葉乍辭風。」之什，麗則麗矣，吾不知其所諷焉。故僕所謂嘲風雪弄花草而已。（唐白居易與元九書）

8周詩三百篇，雅麗理訓誥。……逶迤抵晉宋，氣象日凋耗。中間數鮑、謝，比近最清奧。齊梁及陳隋，眾作等蟬噪。搜春摘花卉，沿襲傷剽盜。（唐韓愈薦士詩）

以上所引八條資料，就評論對象言，1234泛論詩文，5678專論詩歌。就攻擊六朝詩文的缺失言，12347是站在載道的文學觀發論，568則是站在言志的文學觀發論。

載道的文學觀所重視的是文學的實用功能，如果文學不能肩負倫理教化的重任，它就沒有存在的價值。荀子非相篇說過：「凡言不合先王，不順禮義，謂之姦言。」這就是文學載道主義的先聲。站在這種立場，自然要攻擊六朝詩文拋棄了倫理教化的神聖天職，專寫些毫無意義的風雲月露花草，並在詞藻與聲律上耗盡心血。白居易說得更透徹，風雪花草是可以寫的，但必須要像詩經一樣透過風雪花草表現諷諭之旨；否則，就是浪費筆墨。初唐的歷史家李延壽不過是攻擊蕭綱（梁簡文帝）、蕭繹（湘東王）兄弟及徐陵、庾信等所倡導的宮體文學，認爲是「哀以思」的亡國之音，到白居易就把不屬於載道諷諭的作品一概加以貶責，於是謝靈運被譏爲「多溺於山水」，陶淵明挨也了一句「偏放於田園」。

言志的文學觀主張文學以表達通過個人情感的思想爲事。詩有思想，古人稱爲有興寄；思想透過情感表達，自有其感人力量，古人稱爲有風骨。又作詩不事字句推敲，沒有斧鑿痕跡，因此有氣象。漢魏古詩，一般說來多具風骨、興寄、氣象，古詩十九首尤稱此中神品。文心雕龍明詩篇稱十九首爲「五言之冠冕」，詩品也譽之爲「幾乎一字千金」。曹植、王粲的部分詩篇雖已開始講究對偶與詞藻，但尙未喪失風骨、興寄與氣象。到了六朝，除左思、陶淵明等極少數作家外，不但「道」未曾「載」，連「志」亦未曾「言」了。這些一味以麗詞駢句描繪風月花卉的作品，主張言志文學者自然會看不慣而加以批評。陳子昂是唐代詩歌復古運動的首倡者，他爲古詩定的最高標準是建安、正始。李白繼起，以「淸眞」來挽救「綺麗不足珍」的詩風。「淸」即不尙綺麗，「眞」則抒情言志，這與陳子昂主張恢復漢魏風骨詩的論調是一致的。唐孟棨曾將陳子昂與李白並稱。其本事詩云：「白才逸氣高，與陳拾遺齊名，先後合德。其論詩云：『梁陳以來，豔薄斯極，沈休文又尙以聲律。將復古道，非我而誰與？』故陳、李二集，律詩殊少。嘗言興寄深微，五言不如四言，七言又其靡也，況使束於聲調俳優哉！」至於韓愈，雖主張古文要載道，對詩歌則未提出同樣的要求。他用「氣象日凋耗」來攻擊六朝詩，也正是陳子昂所謂「漢魏風骨，晉宋莫傳」的意思。

以上兩種觀念，都是相當保守的。照12347的說法，文學永遠應該是宣揚倫理教化的工具，永遠沒有它獨立的藝術生命。照568的說法，詩歌應該永遠停留在古詩十九首或曹植、王粲、阮籍的時代，不許使用新的題材和技巧。前者根本窒息了文學的生機，後者也不免阻礙了詩歌的進步。六朝的作家以新的技巧寫新的題材，表示他們對文學本身的意義和價值，有了正確的體認。他們從儒學的羈絆下掙脫，建立了更廣大更有滋養的文學園地，使文學的發展邁前了一大步，無疑是一項了不起的創新成就。從此載道的、言志的、再加上六朝唯美的各種各樣作品在文學園地中各吐芬芳，蔚爲大觀。而保守的人士卻無視於唯美作家慘澹經營的成果，紛紛要求走回已成歷史的老路。當然，這些反對六朝詩文甚至提倡復古的言論各有不同的背景（純學術的或是含有政治作用的），但其結果則是一樣：使文學的演進產生回流現象，或在文學演進的潮流中造成漩渦，使之迴轉不前。

六朝人和唐人對六朝作品輕視和不滿的言論，其影響既深且遠。且舉二則清人對六朝詩的批評：

> 意欲逞博而胸少慧珠，筆又不足以舉之，遂開出排偶一家。西京以來空靈矯健之氣，不復存矣。降自梁陳，專工隊仗，邊幅復狹，令閱者白日欲臥，未必非士衡為之濫觴也。（沈德潛古詩源評陸機）

> 大謝山水遊覽之作，極為巉削可喜。巉削可矯平熟，巉削卻失渾厚。故大謝之詩，勝於陸士衡之平，顏延之之澀；然視左太沖、郭景純，已遜自然，何以望子建、嗣宗之項背乎？（施補華峴傭說詩評謝靈運）

這些意見，事實上在前引的八條資料中都已有過，只是換一種話語說出而已。

再談兩宋的詞。

大家都知道，詞是兩宋的代表文學。在宋詞發展上，北宋的蘇軾和南宋的吳文英，是兩位極有創新作風的功臣，但他們也都遭受過保守人士的譏評。

蘇軾對詞的貢獻，主要有二。第一是使詞與音樂分離。自唐至北宋前期，詞必協律可歌，因之其文學生命多少因遷就音律而減色。蘇軾並非不解音律，亦無意使詞完全與音樂絕緣，但其不重視詞之音樂性而重視詞之文學生命，則事實俱在。換句話說，他為文學而填詞，並非為音樂歌唱而填詞。所以，打破幾百年來音樂所加於詞的束縛，使詞能在文學園地中自由發展，是蘇軾對詞的一大貢獻。但李清照卻在詞論一文中說：「至晏元獻、歐陽永叔、蘇子瞻，學際天人，作爲小歌詞，直如酌蠡水於大海，然皆句讀不葺之詩爾，又往往不協音律者。」雖然以晏殊、歐陽修、蘇軾三人並列，但主要目標無疑是蘇軾。第二是擴大詞的題材與意境格調。自花間集以來，詞之取材不外兒女柔情，時序感慨；詞之造語，或主濃豔柔媚，或主淸切婉麗。不但格局偏狹，氣骨不高，而轉輾仿效，尤其容易窮迫。蘇軾始以作詩之法作詞，一方面擴大詞之題材，舉凡作詩所用之題材，均以之入詞，於是詞乃無所不寫。再方面提高詞之意境格調，不再侷促於婉麗柔媚。但陳師道卻認爲蘇軾這種作法「非本色」。他在後山詩話中說：「退之以文爲詩，子瞻以詩爲詞，如教坊雷大使之舞，雖極天下之工，要非本色。」連蘇軾的幕士都曾譏諷他。宋俞文豹吹劍錄記載着：

東坡在玉堂日，有幕士善歌。因問：「我詞何如柳七？」對曰：「柳郎中詞，只合十七八女郎，執紅牙板，歌『楊柳岸曉風殘月』。學士詞，須關西大漢，銅琵琶、鐵綽板，唱『大江東去』。」坡為之絕倒。

詞是宋代的流行歌曲。流行歌曲本來就適合十七八女郎唱，現在居然要關西大漢唱，這不是譏諷是什麼？不過說得較含蓄而已。

李淸照認爲詞的生命本來在音樂歌唱，現在蘇軾等塡的詞竟然不能歌唱，那又算得了什麼詞？陳師道認爲詩是詩，詞是詞，（俗云：詩莊詞媚。）詞塡出來韻味像詩，不管有多好，終究不是詞的本色。這種保守觀念是先入爲主的，原來怎麼樣，就永遠怎麼樣，不許走樣。在這種觀念下，任何文體將得不到良好的發展，任何文體都將作繭自縛的早早殭化。宋詞如果沒有蘇軾爲之開拓，其內涵之狹隘以及格調的柔弱，是否能成爲兩宋的代表文學，眞大有問題哩。兩宋詞壇，周邦彥、李淸照等所謂婉約的詞風盛行，蘇軾一派所謂豪放的詞風則被視爲非本色，陳師道、李淸照等保守的論調必然有其重大影響。這種保守論調到淸代還在流行。四庫全書總目東坡詞提要說：「詞自晚唐五代以來，以淸初婉麗爲宗。至柳永而一變，如詩家之有白居易。至軾而又一變，如詩家之有韓愈；遂開南宋辛棄疾一派。尋源溯流，不能不謂之別格；然謂之不工，則不可。」提要作者旣不能不承認蘇詞之「工」，又總覺得蘇詞與詞史早期的作風不同；其實，「工」就夠了，何必一定要求它和詞史早期的作風一樣呢？

吳文英是南宋後期的重要詞人，他的作風比較接近周邦彥、姜夔等所謂格律派詞人，但是因爲他的手法有創新之處，因此被他的同派詞家張炎等所譏。本來宋詞發展到南宋後期，變化已窮，但吳文英卻能「鎚幽鑿險，開徑自行」（淸鄭文焯夢窗詞跋），爲宋詞開創一副新面目。吳文英詞主要特色有二：一是造語奇麗，很像中晚唐間鬼才詩人李賀的作風。二是常以時空錯綜的手法組織成篇。此種手法，也得之於晚唐詩人李商隱的燕臺詩。習慣於上下文脈絡井然的傳統作法的詞家，對文英此類作品，常有不能得其端倪之苦。於是宋末詞人張炎就說：「吳夢窗詞如七寶樓臺，炫人眼目。拆碎下來，不成片段。」（詞源）沈義父也說：「夢窗深得清眞之妙，其失在用事下語太晦處，人不可曉。」（樂府指迷）吳文英是有創新精神的，他把李商隱用過的時空錯綜的手法用之於詞。所謂時空錯綜，並非雜亂無結構；相反的，其結構之謹嚴以及脈絡井然，有過於一般傳統作品，特其結構、脈絡深藏不露，費人追尋而已。張炎等保守詞人，不能了解這種創新手法，因之加以排拒。張炎的「七寶樓臺」之喩，後人經常引用。其實這段評語根本有問題。淸陳廷焯白雨齋詞話已經反駁他：「夢窗詞合觀通篇，固多警策；即分摘數語，亦自入妙。何嘗不成片段耶？」陳氏說得還不夠乾脆，應該這樣責問張炎才是：一、七寶樓臺本來就要搭起來才能眩人眼目，文學作品本來要組織成篇才能有藝術價値，你幹嗎要拆碎它？二、吳文英的詞拆碎下來不成片段，請問你自己的大作拆碎下來，還成片段嗎？幸虧到了淸代，吳文英算是遇到了鄭文焯、陳廷焯、周濟等知音。鄭、陳二家的言論已見前引。周濟在介存齋論詞雜着裏說過：「夢窗每於空際轉身，非具大神力不能。」正是稱讚吳文英的時空錯綜手法。

由上面所舉的六朝詩文與兩宋詞的例子，可以感覺到我國古代文學界的保守觀念的根深蒂固，與創新作風的不斷繼起。後者不斷的在文學上創造新作風新境界，而前者則不免成爲文學演進的阻力。在二者的相互激盪之下，中國文學的發展乃呈現進二步退一步的現象。成爲文學演進阻力的保守觀念，一部分來自一種先入爲主的心理。本來是怎樣的，就永遠是怎樣；凡是與本來面目不同的，一概在排拒之列。但是文學的演進，有其必然的道理。清儒顧炎武已經指出這個道理。他在日知錄詩體代降條說：「三百篇之不能不降而楚辭，楚辭之不能不降而漢魏，漢魏之不能不降而六朝，六朝之不能不降而唐也，勢也。……詩文之所以代變，有不得不變者。一代之文，沿襲已久，不容人人皆道此語。」所以儘管保守觀念根深蒂固，一再造成文學潮流的回流與漩渦，但究竟還是保持了緩慢的進展。尤其可喜的，是民國以來有大量的文學史著作問世，多數著作已能依據演進的文學史觀，對已往的文學作家作一客觀的檢討。像六朝詩文及蘇軾、吳文英詞等從前受過委屈的作品和作家，已得到了應有的地位。在未來的歲月，保守觀念勢必在新思潮的衝擊下漸漸減弱，文學界的創新將會得到有利的環境和較多的鼓勵。

（本篇爲六十四年八月第二屆國際比較文學會議宣讀論文之中文稿。）

詩品與人品

一

本文所謂「詩品」，是指詩歌（兼指其他文學作品）的品第；所謂「人品」，是指作者的品德。

鍾嶸詩品於晉代詩家，陸機、潘岳、張協、左思四家❶俱列上品。沈德潛古詩源卷七所錄四家詩，計陸機樂府四首，五古八首；張協五古六首；左思五古十一首；而潘岳僅五古二首。沈氏評潘岳詩曰：「安仁詩品，又在士衡之下。茲特取悼亡二首，格雖不高，其情自深也。」又曰：「安仁黨於賈后，謀殺太子遹，與有力焉。人品如此，詩安得佳？潘、陸詩如翦綵爲花，絕少生韻，故所收從略。」所謂「所收從略」，事實上專指潘岳詩，不包括陸機

❶ 詩品於陸機前原有「晉步兵阮籍」一條。但阮籍實非晉人，故未計入。

詩。因爲在四家詩中，陸機取了十二首，比左思詩十一首還多一首，比張協詩六首多了一倍。潘岳詩只收二首，才是「從略」。爲何單獨於潘岳詩「所收從略」，因爲「安仁詩品，又在士衡之下」。潘岳詩品怎麼會如此低下？因爲「人品如此，詩安得佳？」

看了沈德潛所謂「人品如此，詩安得佳？」的評語，覺得在沈氏的觀念裏，作者品德的高低可以決定作品品第的上下。品德高則作品佳，品第居上；品德低則作品不佳，品第居下。這種以人品決定詩品的批評方法是否適當，値得作一番思考。但在思考這個問題之前，先應該考慮另一個問題：作者的品德與作品之間有沒有關係？是否作者的品德會影響作品，而由作品可以了解作者的品德？因爲如果作者的品德與作品之間沒有關係，那就不能以人品決定詩品，沈德潛「人品如此，詩安得佳」的批評方法根本行不通。以下便是筆者對這兩個問題的一點看法。

二

作者的品德與作品之間有沒有關係❷？從古人的言論中看，絕大多數是持肯定態度的。

❷ 作者的個性以及身世遭遇與作品之間有密切的關係，學者素無異義，而且這也不在本文討論範圍之內，本文專論作者品德與作品之間的關係。

試舉數例言之：

德彌盛者文彌縟，德彌彰者文彌明；大人德擴其文炳，小人德熾其文斑。（王充論衡書解篇）

子謂：「文士之行可見：謝靈運小人哉，其文傲；君子則謹。沈休文小人哉，其文冶；君子則典。鮑照、江淹，古之狷者也，其文急以怨。吳筠、孔珪，古之狂者也，其文怪以怒。謝莊、王融，古之纖人也，其文碎。徐陵、庾信，古之夸人也，其文誕。」或問子綽兄弟。子曰：「鄙人也，其文淫。」或問湘東王兄弟。子曰：「貪人也，其文繁。」「謝朓淺人也，其文捷。江總詭人也，其文虛。皆古之不利人也。」子謂：「顏延之、王儉、任昉，有君子之心焉，其文約以則。」（王通中說事君篇）

以上兩說都認爲其人品德如何，其作品就有相應的呈現。比這兩說更早，周易繫辭下就已說過：「將叛者其辭慚，中心疑者其辭枝，吉人之辭寡，躁人之辭多，誣善之人其辭游，失其守者其辭屈。」雖然泛指言辭，但言辭形之於文字即爲詩文，所以其論點和王充、王通並無不同。

言，心聲也；書，心畫也。聲畫形，君子小人見矣。（揚雄法言問神篇）

文體省淨，殆無長語。篤意眞古，辭興婉愜。每觀其文，想其人德。（鍾嶸詩品卷中評陶潛語）

孟郊落第詩曰：「棄置復棄置，情如刀刄傷。」再下第詩曰：「一夕九起嗟，夢短不到家。」……怨有餘矣。至登科後詩則云：「昔日齷齪不足誇，今朝放蕩思無涯。春風得意馬蹄疾，一日看盡長安花。」議者以此詩驗郊非遠器。余謂郊偶不遂志，至於屢泣，非能委順者。年五十始得一第，而放蕩無涯，哦詩誇詠，非能自持者。其不至遠大，宜哉！（葛立方韻語陽秋卷一八）

元微之有絕句云：「曾經滄海難為水，除卻巫山不是雲。取次花叢懶回顧，半緣修道半緣君。」或以為風情詩，或以為悼亡也。夫風情固傷雅道，悼亡而曰半緣君，亦可見其性情之薄矣。微之始為諫官，號敢言。後晚節不終，由中人薦為宰相，至與裴晉公為難，阻撓其兵機，使元勳重望無功，而河北遂不可問。則微之亦適成半截人矣。若白樂天性情便厚，故能始終一節。言為心聲，信夫。（秦朝釪消寒詩話）

梅溪好用偷字，品格便不高。（周濟宋四家詞選序論）

以上五例，揚雄認爲透過其人的言辭或文字，可以判別其爲君子抑或小人，純粹是原則性的意見。而此一意見，對後世文學批評的影響極爲深遠。前引第四例清人秦朝釪消寒詩話評元白一段文字，顯然就受其影響。「言爲心聲，信夫。」明明就在證成揚雄的論點。遠在揚雄之前，孟子自稱知言。他告訴公孫丑說：「詖辭知其所蔽，淫辭知其所陷，邪辭知其所離，遁辭知其所窮。」（孟子公孫丑篇）這實在就是「言，心聲也。」的意思，只是孟子不是用來論文而已。第二例鍾嶸詩品評陶潛所謂「每觀其文，想其人德」；第三例葛立方韻語陽秋評孟郊所謂「議者以此詩驗郊非遠器」，以及以下一段話；第四例秦朝釪評元稹所謂「亦可見其性情之薄矣」；第五例周濟從史達祖詞好用偷字評論其人品：都是先有透過作品可以了解作者品德的基本認識之後所作的實際批評。

但是也有少數古人認爲作品是作品，人是人，兩者並無必然的關係。換句話說，透過作品，並不能夠了解其人品。例如：

立身之道，與文章異。立身先須謹重，文章且須放蕩。（梁簡文帝誡當陽公大心書，藝文類聚卷二五引）

心畫心聲總失眞，文章寧復見為人？高情千古閑居賦，爭信安仁拜路塵？（元好論問詩絕句三十首之六，遺山詩集卷十一）

簡文帝主張立身與文章應該分爲兩途，立身要謹重，文章要放蕩，做人歸做人，爲文歸爲文，扯不到一起。這種論調，相當特殊。也許是受了陸機文賦所謂「詩緣情而綺靡」論調的影響，而變本加厲；也許是在爲他倡導宮體詩作立場辯解。至於元好問論詩絕句第六首，認爲從文章那裏能看出作者的爲人。他舉出晉代的潘岳爲例證。據晉書潘岳傳，「岳性輕躁，趨世利。與石崇等諂事賈謐，每候其出，與岳輒望塵而拜。……其母數誚之曰：『爾當知足，而乾沒不已乎！』而岳終不能改。」潘岳是這般卑鄙無恥的小人，連他的老娘都看不慣。因此史臣有「斯才也，而有斯行也，天之所賦，何其駁歟！」之歎。但潘岳在閑居賦序卻自謂：「覽知足之分，庶浮雲之志。築室種樹，逍遙自得。」一副清高無比的樣子。如果相信他在閑居賦所表現的千古高情，爭能想像他竟是「拜路塵」的官迷！於是元好問提出了結論：「心畫心聲總失眞，文章寧復見爲人！」

以上所述，揚雄、王充、王通等主張人品與作品之間有相應的關係，由作品可見人品。梁簡文帝與元好問則認爲人品與作品根本是兩回事，由作品並不能看出人品。除此以外，還有第三種意見，可以說是介於以上兩種說法之間。這第三說，認爲有些作家的作品可見其人品，但也有些作家的作品與人品表現不一致。例如：

揚子雲曰：「言，心聲也；書（原誤作字），心畫也。」蓋謂觀言與書，可以知人之邪正也。然世之偏人曲士，其言其書（書，原誤作字），未必皆偏曲。則言與書，又似不足以觀人者。元遺山詩云：「心畫心聲總失眞，……」有識者之論固如此。（都穆南濠詩話）

詩詞原可觀人品，而亦不盡然。詩中之謝靈運、楊武人，人品皆不足取，而詩品甚高。尤可怪者，陳伯玉掃陳隋之習，首復古之功。其詩雄深，蒼莽中一歸於純正。就其詩以論人品，應有可以表見者；而諂事武后，騰笑千古。詞中如劉改之輩，詞本卑鄙，雖負一時重名，然觀其詞即可知其人之不足取。獨怪史梅溪之沉鬱頓挫，溫厚纏綿，似其人氣節文章可以並傳不朽；而乃甘作權相堂吏，致與耿檉、董如璧輩並送大理，身敗名裂。其才雖佳，其人無足稱矣。（原註：梅溪姓氏不見錄於文苑中，職是之故。）視陳西麓之不肯仕元，當時有海上盜魁之目，甯不愧死。蔣竹山，至元大德間臧陸輩交薦其才。卒不肯起。詞不必足法，人品卻高絕。馮正中蝶戀花四章，忠愛纏綿，已臻極頂，然其人亦殊無足取，尚何疑於史梅溪耶？詩詞不盡能定人品，信矣。（陳廷焯白雨齋詞話卷五）

前一例，都穆雖在比較揚雄與元遺山的說法之後，表示贊同後者，「有識者之論固如此」，但要注意中間幾句話：「然世有偏人曲士，其言其書，未必皆偏曲。則言與書，又似不足以觀人者。」用「未必皆」字樣，表示並非全面否定。而且他只是認爲偏人曲士的詩歌和人品之間未必有必然關係，至於非偏人曲士，自應另當別論，所以他應該是中間派。至於後一例，陳廷焯的意見屬於中間派，開頭兩句話：「詩詞原可觀人品，而亦不盡然。」結尾兩句話：「詩詞不盡能定人品，信矣。」這兩個「不盡」，就說得很清楚。

在以上三種說法中，筆者個人是認同第一說的，人品與作品之間有其相應的關係，只是這種關係有顯有隱。第二說並不可取。梁簡文帝主張把立身與文章分開，是獨家說法，看不到有附和者；即使把兩者分開，在「放蕩」的一面，恐怕還是與人品絕不了緣。至於元好問論詩絕句所云，像潘岳之流心口不一，使作品與人品離異，究竟是少數的例子，並不足以斷言「心畫心聲總失眞，文章寧復見爲人？」更重要的是潘岳之流在作品中作違心之論，爲自己製造正面的假像，適足以證明是輩的虛假，是典型的小人；一位君子絕對是言出由衷，文如其人。所以，潘岳「高情千古閑居賦，爭信安仁拜路塵」的例子，從表層看來，可以說是「心畫心聲總失眞，文章寧復見爲人！」但是從深一層來衡量，卻是「心畫心聲不失眞，文章究竟見爲人」。筆者認爲元好問說並不可取，就因他只著眼於表層現象，而未作深一層的考察。

第二說既不足取，第三說的中間論調也就變得多餘了。歸結一句，作家人品與作品之間，有其相應的關係，由作品可見其人品。究竟作品是人寫出來的，人的品德多少會或顯或隱的流露在字裏行間。

三

正由於多數論者認爲作家人品與作品之間有其相應的關係，這種認知不經意地擴散，就把詩品與人品也扯在一起，甚至以人品決定詩品。沈德潛所謂「人品如此，詩安得佳」，就是最顯著的例子。對這種以人品決定詩品的批評方法，筆者覺得並不可取。文學作品在寫作過程中，固然或顯或隱的接受了作者人品方面的影響，但是一旦寫作完成，它本身已成爲一獨立完整的藝術品。要給予評價，應該就作品論作品，不要把作者人品牽扯在內。寫作是作者與作品的關係，批評則是讀者與作品的關係，兩者不宜混淆。這是筆者反對以人品決定詩品的理由之一。人品好壞的認定，因人而異。把人品當作評定詩品的主要準則，詩品的評定將變得更複雜，更漫無定論。例如謝靈運，前引陳廷焯白雨齋詞話對他的人品頗有貶詞，以爲「不足取」，而「詩品甚高」，因之特別舉他作爲「詩詞原可觀人品，而亦不盡然」的例證。再看看沈德潛古詩源卷十，不但選錄謝詩二十五首之多，評語也是頗爲稱許。例如：「陶詩合下❸自然，不可及處在眞在厚；謝詩追琢，而返於自然，不可及處，在新在俊。千

---

❸ 「下」字，疑是「乎」字之誤。

古並稱，厥有由夫。」此評完全就詩論詩，不涉及謝靈運的人品。顯然在沈德潛心目中，謝靈運的人品並無「不足取」之處。這是沈、陳二人對謝靈運人品的看法不同。再如，陳廷焯對陳子昂的人品亦極爲不滿，說他「諂事武后，騰笑千古。」(全文見前引)而杜甫陳拾遺故宅詩，有「終古立忠義，感遇有遺篇」(杜詩鏡銓卷九)之句。杜、陳二人對陳子昂的爲人，竟有如此懸殊的看法。所以說，以人品決定詩品，不但容易迷失方向，而且會把問題弄得很複雜。這是筆者反對以人品決定詩品的理由之二。像「人品如此，詩安得佳」這種說法，痛快是痛快，究竟不足爲法。

遠在南朝，劉勰文心雕龍就已提出就作品論作品的客觀批評方法。知音篇說：「是以將閱文情，先標六觀。一觀位體，二觀置辭，三觀通變，四觀奇正，五觀事義，六觀宮商。斯術既形，則優劣見矣。」固然其中像二觀置辭，五觀事義，其間可能會接觸到作者人品的成分，但那仍然是就作品論作品，與沈德潛評潘岳詩直接由人品評論詩品的作法不同。

鍾嶸是認爲作家人品與作品之間有其相應關係的。但他把潘岳置於上品，評曰：「其源出於仲宣。翰林歎其翩翩然如翔禽之有羽毛，衣服之有綃穀，猶淺於陸機。謝混云：潘詩爛若舒錦，無處不佳；陸文如披沙簡金，往往見寶。嶸謂：益壽輕華，故以潘爲勝；翰林篤論，故歎陸爲深。余嘗言：陸才如海，潘才如江。」(詩品卷上)完全是就詩論詩，並未涉及潘岳的人品。在就作品論作品這一觀點上，劉勰與鍾嶸這二位文學批評大匠是所見略同的。

最後，附帶的提一筆：當我們閱讀有關評論詩品的文字時，也要注意作者是否根據人品立論。像沈德潛評潘岳那樣公然扯到人品的說法，一看便知；而一些表面上看起來是就作品論作品，事實上有意或無意直接考慮到作者人品的品評文字，就得花一番功夫去過濾了。

（七十五年五月一日中外文學第十四卷第十二期）

論「文必秦漢，詩必盛唐」

「文必秦漢，詩必盛唐」是研究古典文學的學者耳熟能詳的兩句話，而且習慣上用它來代表明代前後七子的復古主張。這兩句話出自明史；在明史，還有另幾句話和它語意相近。現在，先把這兩條資料引述於後：

明史李夢陽傳：

夢陽才思雄鷙，卓然以復古自命，弘治時，宰相李東陽主文柄，天下翕然宗之，夢陽獨議其萎弱，倡言文必秦漢，詩必盛唐，非是者弗道。

明史李攀龍傳：

攀龍之始官刑曹也，與濮州李先芳，臨清謝榛，孝豐吳維岳輩倡詩社。王世貞初釋褐，先芳引入社，遂與攀龍定交。明年，先芳出為外吏，又二年，宗臣。梁有譽入，是為五子。未幾，徐中行。吳國倫亦至，乃改稱七子。諸人多少年，才高氣銳，互相標榜，視當世無人。七子之名播天下，擯先芳。維岳不與。已而榛亦被擯，攀龍遂為之魁。其持論謂：文自西京，詩自天寶而下，俱無足觀。於本朝獨推李夢陽。諸子翕然和之，非是則詆為宋學。

李夢陽是前七子的領袖，李攀龍是後七子的領袖。而「文必秦漢，詩必盛唐，非是者弗道。」「文自西京，詩自天寶而下，俱無足觀。」這兩段話如果不加細辨，語意似乎相同。其中「文必秦漢，詩必盛唐」兩句響亮有力，是絕好的復古口號，於是一般學者就把「文必秦漢，詩必盛唐」當作前後七子復古運動的共同主張。

但是仔細比較「文必秦漢，詩必盛唐，非是者弗道。」「文自西京，詩自天寶而下，俱無足觀。」兩者之間，實有差異。前者取徑較窄，文以秦漢爲準，詩以盛唐爲準，其他一概不取。後者取徑較寬，西漢以前之文，盛唐以前之詩，都是效法的對象。前者實不足以代表後者，相反的，後者則大致可以把前者包括在內。那麼，以「文必秦漢，詩必盛唐」來代表前後七子的復古主張是否妥當呢？還是應該以「文自西京，詩自天寶而下，俱無足觀。」來代表前後七子的復古主張呢？

查李夢陽和李攀龍的著作，李夢陽既沒有寫下「文必秦漢，詩必盛唐，非是者弗道。」李攀龍也沒有說過「文自西京，詩自天寶而下，俱無足觀。」這二段話都出明史撰者之手。明史撰者如此云云，是否正確地表達了李夢陽和李攀龍的文學復古主張，這是值得學者去查證的工作。做學問要以第一手資料爲主，明史充其量也只是二手資料。

先論「文必秦漢，詩必盛唐，非是者弗道。」是否與李夢陽的復古理論相符。夢陽長於詩而拙於文，早經四庫全書總目空同集提要指出。提要曰：「平心而論，其詩才力富健，實足以籠罩一時，而古體必漢魏，近體必盛唐，句擬字摹，食古不化，亦往往有之，所謂武庫之兵，利鈍雜陳者也。其文則故作聱牙，以艱深文其淺易。明人與其詩並重，未免忧於盛名。」寫作如此，議論亦然，故其集中多論詩而少論文。明史所謂「文必秦漢」，與夢陽論文之旨大致相符。此點，學者已有論及。郭紹虞於中國文學批評史李夢陽一目云：

> 夢陽文箴有云：「古之文以行，今之文以葩。葩當詞腴，行為道華。」（空同集六十）此言雖主復古，然只是道學家的論調。惟空同子集論學上篇有云：「西京之後作者勿論矣。」似有文必秦漢之意。此外，只有在作品中猶可窺出其模擬秦漢之迹❶。

❶ 本文所引郭紹虞中國文學批評史，係臺灣商務印書館印行，民國五十九年十月臺二版。

語氣雖略帶保留，但隱隱然已同意夢陽有「文必秦漢」之意。案李夢陽論學上篇有云：

昔人謂文至檀弓極。遷史序驪姬云云，檀弓第曰「公安驪姬」，約而該，故其文極。如此論文，天下無文矣。夫文者，隨事變化，錯理以成章者也。不必約，大約傷肉；不必該，大該傷骨。夫經史體殊：經主約，史主該。譬之書者，形容之也，貴意家具，且如「非驪姬食不甘味，寢不安枕」之類是也。經者文之要者也。曰「安」而食寢備矣。自檀弓文極之論興，而天下好古之士惑，於是惟約之務，為湔洗，為聱牙，為剜剔，使觀者知所事，而不知所以事，無由彷彿其形容。西京之後作者無聞矣❷。

末句「西京之後作者無聞矣」，與郭氏所引「西京之後作者勿論矣」文字略有出入，而旨意實同。此段文字旨在反駁「文至檀弓極」之說，並爲史記之文辨護，又進一步批評後世學檀弓者入於末流。由此段文字推測，其推重西漢以前文字，應無問題。

吳重翰明代文學復古之論戰一文，據論學上篇另一段文字說明李夢陽確實認爲「文必秦漢」。吳氏曰：

---

❷ 論學上下篇，收入空同子一卷。該卷附於萬曆十五年李羅沔陽刊本空同集六十三卷本後。

其空同子云：「宋儒興而古之文廢矣。非宋儒廢之也，文者自廢之也。古之文，文其人，如其人便了，如書馬，似而已矣。是故賢者不諱過，患者不竊美。而今之文，文其人，無美惡皆欲合道傳志，其甚矣。是故，考實則無人，抽華則無文。故曰宋儒興而古之文廢。或問何謂？空同子曰：嗟，宋儒言理不爛然歟？童稚能談焉，渠尚知性行有不必合邪？」（論學上篇）此夢陽論文之見解，謂古文廢於宋。宋文本於唐，則唐又不足法也。六朝靡靡，又不足法也。於是力溯古之文於秦漢矣。故曰：文必秦漢❸。

結語雖得自推斷，但推斷過程並不牽強。

此外，在郭、吳二氏所未曾提及的黃省曾與李空同書中，推崇夢陽「古文奇氣俊度，跌蕩激昂，不異司馬子長，又間似秦漢名流：嗚呼，盛矣盛矣！」❹亦可作爲夢陽古文摸擬秦漢的佐證。所以說，明史所謂「文必秦漢」，與夢陽論文之旨大致相符。

---

❸ 吳重翰明代文學復古之論戰，原刊廣大學報復刊一卷一期，民國三十八年三月出版。該文收入臺北幼獅文化事業公司中國古典文學論文精選叢刊，六十八年七月出版。

❹ 黃省曾與李空同書，附錄於空同集卷六十一。

現在，說到明史「詩必盛唐」的說法與李夢陽論詩之旨是否相符。吳重翰在明代文學復古之論戰一文中說：

空同子又云：「古詩妙在形容之耳，所謂水月鏡花，所謂人外之人，言外之言。宋以後，則直陳之矣。於是求工於字句，所謂心勞日拙者也。形容之妙，心了了而口不能解，卓如躍如，有而無，無而有。」又云：「小子何莫學夫詩，孔子非不貴詩；言之不文，行而不遠，孔子非不貴文。乃後世謂文為末枝，何歟？豈今之文非古之文，今之詩非古之詩歟？閣老劉聞人學此，則大罵曰：就作到李杜，只是個酒徒！李杜果酒徒歟？抑李杜之上，更無詩歟？諺曰：因噎廢食，劉之謂哉！」(論學下篇)此夢陽論詩之見，謂李杜之後無詩，故曰詩必盛唐❺。

吳氏根據所引李夢陽二段文字，就提出結論：「此夢陽論詩之見，謂李杜之後無詩，故曰詩必盛唐。」就不像前文推論李夢陽論文有「文必秦漢」之意那樣令人滿意。所引前一段文字，只能說明夢陽推崇古詩而輕視宋詩。文中所云「古詩」，即使不專指漢魏古詩，至少不

---

❺「行而不遠」，吳氏引作「行之不遠」；「劉之謂哉」，吳氏引作「劉之謂也」。均據空同子原書校正。

是專指盛唐古詩。因此這段文字不能證明夢陽有「詩必盛唐」之意。所引次一段文字，雖有推崇李杜詩歌之意，但仍不能據此得出「詩必盛唐」的結論。其中「李杜之上」一句，無論從時代的角度或詩歌成就的角度來解說，也都沒有「詩必盛唐」之意。

郭紹虞在此一問題上，就說得比較令人滿意。中國文學批評史曰：

> 論詩，空同並不專主盛唐，他只是受滄浪所謂第一義的影響，而於各種體製之中，都擇其高格以為標的而已。古體宗漢魏，近體宗盛唐，而七古則兼及初唐。這是他的詩學宗主。

所謂「古體宗漢魏，近體宗盛唐」，這意思前引四庫全書總目空同集提要早已說過。比提要更早，黃省曾與李空同書，就推崇夢陽所作：「洋洋乎古賦、騷、選、樂府、古詩、漢魏，而覽眺所作，逼類康樂；近體歌行，少陵太白。」因此，郭氏說：「論詩，空同並不專主盛唐。」這話實際上否定了明史「詩必盛唐」的說法。

郭氏稱夢陽論詩，「只是受滄浪所謂第一義的影響，而於各種體製之中，都擇其高格以爲標的而已。」很能說中夢陽心事。夢陽於與徐氏論文書中云：「且夫圖高不成，不失爲高；趨下者，未有能振者也。」正是取第一義之意。與徐氏論文書又云：

夫詩，宣志而道和者也，故貴宛不貴嶮，貴質不貴靡，貴情不貴繁，貴融洽不貴工巧。故曰：聞其樂而知其德。故音也者，愚智之大防，莊詖簡侈浮乎之界分也。至元白韓孟皮陸之徒為詩，始連聯鬥押，纍纍數千百言不相下，此何異于入市攫金，登場角戲也。……三代而下，漢魏最近古，鄉使繁巧嶮靡之習，誠貴于情質宛洽，而莊詖簡侈浮乎，意義殊無大高下，漢魏諸子不先為之邪❻。

書中很明顯的推崇漢魏而不取中唐。又其缶音序云：

詩至唐，古調亡矣，然自有唐調可歌詠，高者猶足被管絃。宋人主理不主調，於是唐調亦亡。……宋人主理作理語。於是薄風雲月露，一切劃去不為。又作詩話教人，人不復知詩矣。詩何嘗無理，若專作理語，何不作文而詩為邪❼？

❻ 空同集卷六十一。
❼ 空同集卷五十一。

則又推崇盛唐❽而不取宋詩。夢陽對宋詩採全盤否定態度，其潛虬山人記中有云：「山人商宋梁時，猶學宋人詩。會李子客梁，謂之曰：宋無詩。山人於是遂棄宋而學唐。已，問唐所無。曰：唐無賦哉。問漢。曰：無騷哉。山人於是則又究心賦騷於唐漢之上。山人嘗以其詩視李子。李子曰：夫詩有七難：格古，調逸，氣舒，句渾，音圓，思沖，情以發之。七者備而後詩昌也。然非色非神，宋人遺茲矣。故曰無詩。」❾

以上所引資料，都是弘治正德間夢陽早期的復古言論。稍晚，到了正德嘉靖間夢陽中年時期，夢陽撰刻陸謝詩序，有云：「李子乃顧謂徐生曰：子亦知謝唐樂之詩乎？是六朝之冠也。然其始本於陸平原。陸謝二子則又並祖曹子建，故鍾嶸曰：曹劉殆文章之聖，陸謝為體貳之才，夫五言者，不祖漢則祖魏固也。乃其下者，即當效陸謝矣。」又撰刻陶淵明集序曰：「淵明，高才豪逸人也，而復善知幾，厥遭靡時，潛龍勿用。然予讀其詩，有俛仰悲慨玩世肆志之心焉。」❿則可見其法古的尺度較過去放寬，古詩於漢魏而外，兼取兩晉。這一

❽ 缶音序中「自有唐調可歌詠」之唐調，邵紅明代前後七子的時代背景及文學理論一文以為「正指盛唐詩而言」。衡之夢陽於論學下篇推崇李杜，及何良俊四友齋叢說引顧璘（東橋）述夢陽語：「作詩必須學杜。詩至杜子美，如至圓不能加規，至方不能加矩矣。」邵說可採。邵文載臺北幼獅學誌十八卷第一，二期。民國七十三年五月出版。

❾ 空同書集卷四十七。

❿ 以上二序，均見同集卷四十九。

來，更與滄浪詩話第一義的說法相符。滄浪詩話詩辯云：「禪家者流，乘有小大，宗有南北，道有邪正。學者須從最上乘，具正法眼，悟第一義。若小乘禪，聲聞辟支果，皆非正也。論詩如論禪，漢魏與盛唐詩之，則第一義也。大歷以還之詩，則小乘禪也，已落第二義矣。晚唐之詩，則聲聞辟支果也。」這段話，正是夢陽論詩取法乎上的來處。既然夢陽論詩，古體宗漢魏，繼又兼宗兩晉，而近體宗盛唐，所宗者如此，焉能以「詩必盛唐」一語該之。

由上所論，可知明史謂夢陽「倡言文必秦漢」，大致得實；接云「詩必盛唐」，置夢陽「夫五言者，不祖漢則祖魏固也。」等言論不顧，顯然失當。

不過在明史之前，袁中郎全集敍小修詩云：「蓋詩文至於近代而卑極矣。文則必欲準于秦漢，詩則必欲準于盛唐。」此語針對前後七子而發，所述前後七子對詩歌主張，已略去漢魏不提。明史「文必秦漢，詩必盛唐」云云，無論是否直承袁宏道此語而文句更簡化而來，總之有欠周全。

接着討論明史所云「文自西京，詩自天寶而下，俱無足觀。」是否與李攀龍的復古理論相符。關於此點，前人甚少討論。所以如此，不外下列二點原因：明代復古運動，前七子首創，後七子繼起。一般學者注意力往往集中在前七子身上。此其一。李夢陽是李攀龍的崇拜者，後者復古主張和前者無大出入，此其二。故郭紹虞中國文學批評史於前七子之詩論，爲李夢陽、何景明各列一目，王廷相附見何景明下；而於後七子之詩論，僅爲王世貞立一目，而無李攀龍。四庫全書總目滄溟集提要云：「後七子以攀龍爲冠，王世貞應和之。後攀龍先逝，而世貞名位日昌，聲氣日廣，著述日富，壇坫遂躋攀龍上。然尊北地，排長沙，續前七子之焰者，攀龍實首倡也。」其說甚是，攀龍自亦不容忽視。提要又云：「殷士儋作攀龍墓誌，稱文自西漢以來，詩自天寶以下，若爲其毫素汚者，輒不忍爲。故所作一字一句，摹擬古人。驟然讀之，斑駁陸離，如見秦漢間人；高華偉麗，如見開元天寶間人也。」明史謂攀龍持論：「文自西京，詩自天寶而下，俱無足觀。」與墓誌云云，完全相符。

李攀龍送王元美序曰：

今之文章，如晉江毘陵二三君子，豈不亦家傳戶誦；而持論太過，動傷氣格，憚於修辭，理勝相掩。彼豈以左丘明所載皆為侏離之語，而司馬遷敘事不近人情乎？故同一意一事而結僕迴殊者，才有所至不至也。

又曰：

今之作者，論不與李獻吉輩者，知其無能為己。且余結髮而屬辭比事，今乃得一當生。僕願屬前先揭旗鼓，必得所欲與左氏司馬，千載而比肩，生豈有意哉⑪？

蓋李攀龍於文最推崇左丘明、司馬遷，以下則獨推李夢陽。其意確是不取西漢以下諸家，正與李夢陽「西京以後作者無聞矣」之說相符。

至於論詩，亦不取盛唐以下。吳重翰明代文學復古之論戰曰：

攀龍之滄溟集中，少論文之言，其唐詩序一篇，獨推李杜，亦足見其復古之心思。曰：「七言古詩惟杜子美不失初唐氣格，而縱橫有之。太白縱橫往往強弩之末，間雜長語，英雄欺人耳。至如五七言絕句，實唐三百年一人，蓋以不用意得之，即太白亦不自知其所至，而工者顧失焉。」論七古推杜甫，論絕句推李白，故曰天寶而下無詩也。

吳氏所論是也。但所引滄溟集卷十五選唐詩序文字，「而工者顧失焉」下應續引「五言律排律諸家概多佳句。七言律體諸家所難，王維、李頎頗臻其妙，即子美篇什雖眾，憒焉自放

---

⑪ 滄溟集卷十六。

矣。」其所作結語，亦可於「論絕句推李白」下增「論七律推王維、李頎」一句。其所標榜諸家，均爲盛唐著名詩人。此外，攀龍報劉子威書有云：「蓋曰：漢魏以逮六朝，皆不可廢。惟唐中葉，不復堪入耳。見誠是也，於不佞奚疑哉。」⑫亦可見其重漢魏六朝而無取於中唐之旨。總之，攀龍於文不取西漢以後，於詩不取盛唐以後，確是事實。

總結前文，可以獲得下列三點結論：

一、明史稱李夢陽「倡言文必秦漢，詩必盛唐，非是者弗道。」由於夢陽論詩，於近體雖主盛唐，古體則主漢魏，甚至及於兩晉，故「詩必盛唐」一句，不夠完全確實。「文必曰先秦兩漢，詩必曰漢魏盛唐」⑬可以說是前後七子的共同主張，但說成「文必秦漢，詩必盛唐」。就有了問題。

二、明史稱李攀龍持論：「文自西京，詩自天寶而下，俱無足觀。」與攀龍本人意見相符，而且與李夢陽論點一致。

三、學者不應再以「文必秦漢，詩必盛唐」代表李夢陽復古主張，應該以「文自西京，

⑫ 同前卷二十六。

⑬ 王九思刻太微後集序曰：「嗚呼，文豈易識哉！今之論者，文必曰先秦兩漢，詩必曰漢魏盛唐，斯固然矣。」（見渼陂續集卷下）

詩自天寶而下，俱無足觀。」代表二李甚至前後七子復古運動的共同主張。

（七十四年三月韓國中國學報二十五輯）

貳、文學史・詩・文

中國文學史上的一些問題

在中國文學史上，存在着不少爭論不決的問題。這些問題，大至某一種文學體裁的源流，小至某一篇作品的著者或時代。舉例來說，前者如五言詩的起源，有主張西漢的，也有主張東漢的；又如詞的起源，有人認爲起源於六朝樂府詩，也有人認爲起源於唐人絕句。至於後者，例如美人賦，有人相信它眞是司馬相如作品，卻也有人懷疑是後人的託名之作。再如孔雀東南飛這篇敍事事詩的時代，舊有漢末和六朝兩種說法；木蘭詩的時代，也有北朝和唐代兩派不同的主張。此外，對於古代文學作家的認識，對於各家作品的評價，學者們也往往有歧見。例如陶淵明，有人認爲他的基本思想是儒家，但也有人強調他的基本思想是道家。再如潘岳和陸機的詩，有人抑陸揚潘，也有人揚陸抑潘。諸如此類，眞是見仁見智，「各說各話」。

在這些引起爭論的問題中，有一部分事實上不難以客觀的態度和縝密的思考來尋得一個合理的答案；但也有一部分，實在由於可供依據的資料不足，無法獲致圓滿的結論。對於前一部分的問題，文學史家仍然大有可爲，深入持久的研究工作無疑將使這部分問題逐漸獲得解決。而對於後一部分的問題，文學史家就需要有一份雅量，允許幾種不同的說法並存，而不必固執己見，認爲別人的說法一定是錯誤的。

筆者擔任中國文學史的課程，已逾十載。在這期間，對舊有的一些文學史上爭論不休的問題，偶然也有一得之愚。除了較早的個人的觀點已寫在拙著中國文學史書中外，現在又把最近一年來的零星發現，綴集成文，借聯合報「各說各話」刊出，求教於關心這些問題的先進和讀者們。

一、美人賦非司馬相如所作

司馬相如撰有美人賦的記載，最早見於梁吳均的西京雜記。西京雜記卷二說：「長卿素有消渴疾，及還成都，悅文君之色，遂以發痼疾，乃作美人賦欲以自刺，而終不能改，卒以此疾至死。文君爲誄傳於世。」至於賦文的出現，則最早見於古文苑。古文苑編者不詳，據宋陳振孫直齋書錄解題，世傳北宋孫洙於佛寺經龕中得之，乃唐人所藏。由於史記和漢書的司馬相如傳只說相如撰有子虛、上林、哀二世、大人四賦，昭明文選才多出了一篇長門賦，但自都不曾提到美人賦；古文苑這部書晚出，因之不少人懷疑美人賦不是司馬相如的作品。但自從劉著中國文學發達史力主美人賦確實是相如所撰，採信其說的人也頗不少。中國文學發達史說：

> 這是中國第一篇色情文學，他用最細密的描寫，大膽的態度，以及清麗潔白的文句，一去表現一個色情狂的女子。先寫她的房屋面貌酒餚裝飾牀帳衣枕，一步進一步地，一直寫到她那弱骨豐肌柔滑如脂的肉體美。文字的外衣雖是那麼清麗潔白，而裏面卻蘊藏着火一般的情慾，以及發狂一般的肉感的誘惑力，這是中國最上等的誨淫文學，也是最美麗的肉感文學。……像司馬相如那樣的風流才子、戀愛大家、淋病患者，來創製這類的作品，自然是勝任快愉的。像這種代表司馬相如的個性和才幹的作品，若用僞作的名義，輕輕地削去其著作權的事，無論如何，我們是始終反對的。

這段話，尤其是後半段，眞夠得上痛快淋漓。但仔細搜尋，卻沒有證據足資證明美人賦是相如的作品。劉氏一口氣給了相如三個稱號：「風流才子」、「戀愛大家」、「淋病患者」。由於司馬相如曾以鳳求凰曲挑逗新寡而熱愛音樂的卓文君，使她跟他私奔，所以，「風流才子」和「戀愛大家」這兩個雅號，相如是受之無愧的。但相如是否「淋病患者」，那就有待商榷了。史記和漢書的司馬相如傳以及西京雜記都說相如有「消渴疾」。據漢書王先謙補注引沈欽韓的說法：「素問奇病論：脾癉者，數食甘美而多肥也。肥者令人內熱，甘者令人中滿，故其氣上溢，轉爲消渴。治之以蘭，除陳氣也。」這種症狀，今人名之爲糖尿病，與淋病根本是兩回事。劉氏誤解「消渴疾」爲「淋病」，於是相如就是「淋病患者」了。但就算相如是「風流才子」、「戀愛大家」，甚至是「淋病患者」，這也不足以證明美人賦是相如所作啊！所以，劉氏這番話，實在不能使人心服。

主張美人賦並非司馬相如手筆，而出於後人停託，有下面幾點理由。有的是前人說過的，有的是筆者補充的。

一、美人賦篇首說：「司馬相如美麗閑都，遊於梁王。梁王說之。鄒陽譖之於王曰：『相如美則美矣，然服色容冶，妖麗不忠，將欲媚辭取說，遊王後宮。王不察之乎？』王問相如曰：『子好色乎？』相如曰：『臣不好色也。』……」接下去相如就說明自己是如何不如色。這樣的內容，與西京雜記所載相如作此賦的動機全然不符。如果西京雜記的記載不錯，相如的確爲自刺而寫過美人賦，那也不會是這篇誇耀自己不好色的美人賦。

二、從「司馬相如美麗閑都」這句話看，完全是第三人口吻，尤其司馬相如不會自稱「美麗閑都」。

三、史記司馬相如傳載：「是時梁孝王來朝，從遊說之士齊人鄒陽、淮陰枚乘、吳莊忌夫子之徒。相如見而說之，因病免，客遊樂。梁孝王令與諸生同舍。」而美人賦則說：「竊慕大王之高羽，命駕東來，途出鄭衛，道由桑中，朝發溱洧，暮宿上宮。」接下去就寫上宮豔遇。細察本傳的文字，相如隨梁孝王客遊梁國，與鄒陽等文士同行，但據賦文，則是相如因慕梁王高義，隻身遠投梁國，才在上宮閒館發生了豔遇。賦文顯然與史傳不符。四、如果說美人賦故事本屬相如虛構，那又何必把毀謗自己的人屬之鄒陽，且直書其名而不稱諱。五、美人賦中「玉釵掛臣冠，羅袖拂臣衣」，像這種句法，不是漢賦所有的。

綜上各點，美人賦實非相如作品。它可能是後人託名之作；也可能由於不知作者，而所述爲司馬相如故事，於是古文苑的編者就逕題作者爲相如了。古文苑還有一篇題宋玉撰的諷賦，昭明文選也有一篇題宋玉撰的登徒子好色賦，這兩篇的故事結構甚至辭句與美人賦大致相同，彼此勦襲的痕跡很顯然。這兩篇也不是宋玉的作品，中國文學發達史亦主此說，這裏就不必費辭了。

二、蔡琰悲憤詩二首都是眞的

後漢書列女傳載有蔡琰悲憤詩二首。列女傳說：「陳留董祀妻者，同郡蔡邕之女也，名琰，字文姬，博學有才辯，又妙於音律。適河東衛仲道，夫亡無子，歸寧於家。興平中，天下喪亂，文姬爲胡騎所獲，沒於南匈奴左賢王。在胡中十二年，生二子。曹操素與邕善，痛其無嗣，乃遣使者以金璧贖之，而重嫁於祀。……後感傷離亂，追懷悲憤，作詩二章。其辭曰：……」蔡琰先後三嫁，眞是個薄命的女子。而她那二首悲憤詩也非常不幸，一再的被人懷疑出於後人僞作。第一個提出這種疑問的是蘇軾，他說：

讀列女傳蔡琰二詩，其辭明白感慨，頗類世傳木蘭詩，東京無此格也。建安七子猶含養圭角，不盡發見，況伯喈女乎？文姬之流離，必在父死之後。董卓旣誅，伯喈乃遇禍，今此詩乃云為董卓所驅虜入胡，尤知其非眞也。蓋擬作者疏略，而范曄荒淺，可以一笑也。（東坡全集題跋）

悲憤詩二章，一爲五言體，一爲楚辭體。蘇軾雖泛論二詩，事實上專門就五言體一首發論。他有兩點理由懷疑五言體是後人擬作：第一、他認爲蔡琰那時沒有這種明白感慨的長詩。第二、他認爲詩歌內容與歷史記載不合。因爲據史書所載，初平三年（一九二）董卓伏誅，蔡邕隨之被害，與平（一九四—一九五）中，蔡琰才爲胡騎所獲，沒於南匈奴左賢王。照此推算，蔡琰不可能被董卓所率領的胡羌兵所擄，而詩中卻明說：「卓眾來東下，金甲耀日光。平土人脆弱，來兵皆胡羌，獵野圍城邑，所向悉破亡。斬截無孑遺，屍骸相撐拒，馬邊懸男頭，馬後載婦女，長驅西入關，迴路險且阻。」顯然與史書所記載的不合。

關於上述問題，吾師戴靜山先生在大陸雜誌發表過一篇蔡琰悲憤詩考證，不但證明了建安時代能有這種明白感慨的詩，雀像孔東南飛就是一例；而且解釋了詩歌內容與史書記載不符的原因。列女傳所謂「興平中，天下喪亂，文姬為胡騎所獲，沒於南匈奴左賢王。」興平中是指蔡琰流落到南匈奴之年；至於她在陳留老家被擄走，則始於初平二年董卓部從刼掠陳留、穎川諸縣時，事在董卓死前一年。靜山師這篇考證很翔實，值得讀者們參考。

蘇軾的懷疑雖然不能成立，但近代的文學史家，似乎都不願承認蔡琰的二首悲憤詩都是眞的。他們有一個共同的觀點，就是認為蔡琰寫一首就夠了，何必要寫二首？像梁啟超在中國美文及其歷史裏說：「兩詩並見後漢書。或疑第二首（楚辭體）為後人傑作，范蔚宗未經別擇，誤行收錄。此說我頗贊同。因為兩詩所寫，同一事實，同一情緒，絕無做兩首之必要。」中國文學發達史也說：「在她現存的作品裏，有悲憤詩二首：一為楚辭體，一為五言體。另一篇為胡笳十八拍，也是楚辭體的。同一的題材，她為什麼要寫三篇呢？」（按：胡笳十八拍出唐人擬作，殆成定論，本文不加討論。）像這樣的論調著實不少，這裏不必一一抄錄。總之，有些文學史家只許一首是眞的，另一首便是擬作。於是先憑各人的主觀認定一首眞的，然後再編派另一首是如何不可靠。像上文所引梁啟超認為楚辭體一首是後人擬作的論調，就完全是主觀的感覺，毫無具體的證據。

所以，筆者認為在討論這二首悲憤詩孰眞孰僞之前，必須要把二詩仔細比較一番，看看是否眞的「同一事實」，「同一情緒」，或「同一的題材」？是否「同一」到沒有理由寫二首的程度？如果結論是眞的「同一」到沒有理由寫二首，那才談得到孰眞孰假的問題。經過筆者逐句逐段的比較分析特，特地寫了一篇蔡琰悲憤二首析論，將交由胡耀恆博士主編即將創刊的中外文學月刊發表。在這裏，只能把比較結果扼要敍述一下：

一、楚辭體的悲憤詩寫到「家既迎兮當歸寧，臨長路兮捐所生。兒呼母兮啼失聲，我掩耳兮不忍聽。追持我兮走煢煢，頓復起兮毀顏形。還顧之兮破人情，心怛絕兮死復生。」可以看出是蔡琰在歸國途中所寫的。那時她以為父母派人來迎她，拋下兩個孩子在匈奴固然使她悲傷。但重返祖國再見父母對流落胡地十二年的她來說，也是一大慰藉，所以這首詩所表現的悲憤之情還相當含蘊。

二、五言體的一首多了一段：「既至家人盡，又復無中外。城郭為山林，庭宇生荆艾。白骨不知誰，縱橫莫覆蓋。出門無人聲，豺狼嘷且吠。煢煢對孤景，怛咤糜肝肺。登高遠眺望，魂神忽飛逝。奄若壽命盡，傍人相寬大。為復強視息，雖生何聊賴？託命於新人，竭心自勗勵。流離成鄙賤。常恐復捐廢。人生幾何時？懷憂終年歲。」可見五言體的一首是蔡琰回國再嫁後所作。她回國後才發現父母俱亡，家園殘破，雖然重嫁董祀，但「流離成鄙賤，常恐復捐廢」，深深的自卑感使她生活在隨時有被遺棄危險的憂懼中。這時追懷悲憤，就不再有含蘊餘裕，而痛快吐露了。不但開頭就駡「漢季失權柄，董卓亂天常」，而且「馬邊懸男頭，馬後載婦女」的被擄慘狀也和盤托出了。這都是她在寫楚想辭體那首詩時不說或不忍說的。有人說：「琰的父邕原在董卓的門下，終以卓黨之故被殺。琰爲了父故，似未便那末痛斥卓吧！」這眞是只知其一不知其二的說法。據後漢書蔡邕傳，蔡邕是在董卓逼迫之下出仕的，最後把一條命也賠進去了；蔡琰自己又是被董卓的亂軍所擄，以致流落胡中十二年！無論爲了蔡邕或爲了自己，蔡琰都應該大駡董卓才是。

以上說明了二首悲憤詩寫作的時間、地點和心情都不同，蔡琰有充分的理由寫這二首詩。那麼，我們又何必庸人自擾的去討論二首之中孰眞孰假的問題呢？胡適白話文學史沒有討論這二首詩孰眞孰假的問題，顯然他也認爲二首都是眞詩。但他說：「大概她創作長篇的寫實的敍事詩，故試用舊辭賦體，又試用新五言詩體，要試驗那一種體裁適用。」這話筆者卻不能同意。第一，悲憤詩所寫的是作者親身經歷的悲慘遭遇，那裏會有閒情在詩體的嘗試上下功夫。其次，二詩寫作的時間少說也隔了一年半載，並不是接連寫成的。看樣子，胡先生不曾把這二詩仔細比較過。

三、裴鉶傳奇非溫卷之作

宋趙彥衛雲麓漫鈔有這麼一段話：「唐之舉人，先藉當世顯人以姓名達之主司，然後以所業投獻，踰數日又投，謂之溫卷。如幽怪錄、傳奇等皆是也。」唐世有溫卷的風氣是不錯的。武后在位時，考試採糊名制，最爲嚴格公平。武后之後，糊名制廢，弊端漸生。溫卷之風既興，入場考試反成形式；考試之前，及第與否，試官往往已有成竹在胸。所以唐穆宗曾在長慶元年很感慨的下個一道詔書說：「國家設文學之科，本求才實，苟容僥倖，則異至公。訪聞近日浮薄之徒，扇爲朋黨，謂之關節，干撓主司；每歲策名，無不先定。永言敗俗，深用興懷。」（見舊唐書錢徽傳）但是雲麓漫鈔所舉的幽怪錄和傳奇二書，卻都不是溫卷的作品。幽怪錄本名玄怪錄，唐牛僧孺撰。此書不是溫卷之作，我的朋友林文寶君（現在省立臺東師專執教）所撰牛僧孺與玄怪錄一文已有論述，該文載於現代文學四四期中國古典小說專號上，筆者是完全同意林君的論點的。這裏專談傳奇這本書並非溫卷之作。

傳奇是裴鉶的作品。裴鉶，兩唐書無傳，其事跡略見宋計有功唐詩紀事。全唐文收有他的一篇天威徑新鑿海派碑，也附有他的小傳。藉知鉶在咸通中爲靜海軍節度使高駢掌書記；乾符五年，又以御史大爲成都章度副使。傳奇原書三卷，新唐書藝文志著錄。至宋代大概因爲卷帙多而分爲六卷。晁公武郡齋讀書志和陳振孫直齋書錄解題都曾著錄，可見其書宋代猶存。但現在就看不到原書了，只有太平廣記中還保存著三十三篇（其中二十二篇廣記題「出傳奇」，二篇誤題出奇傳」，九篇誤題「出傳記」）。從這三十三篇觀察，裴鉶撰寫此書實在與高駢有密切關係。三十三篇中約有半數篇是詩文並茂的，詩文並茂的現象，一般來說正是溫卷文的特色，因爲應試的舉人要表現自己多方面的才華給主考官看。但再看三十三篇的題材，什九是神仙、丹藥、寶劍，我們不妨稱之爲神仙八股或劍俠八股。這就不像是溫卷文了。查新唐書高駢傳稱駢「折節爲文學」，這可以說明傳奇的文章爲何往往詩文並茂；新唐書高駢傳又說高駢「乃篤意求神仙」，這也可說明爲何裴鉶專門寫神仙八股和劍俠八股。高駢並不曾做過試官，所以裴鉶撰傳奇，旨在迎合長官，投其所好，並非爲了溫卷。再看崔煒、張無頗等多篇所記地名，都是廣州、安南之類，可見裴鉶寫此書時已在爲靜海軍節度使掌書記任上了。

晁公武郡齋讀書志稱：「鉶爲高駢客，故其書多記神仙恢譎之事。駢之惑於呂用之，未始非裴鉶輩導腴所致。」前兩句與後兩句顯然自相矛盾，但前兩句指出裴鉶撰傳奇是爲了迎合討好高駢，則是頗有眼光的。

四、虬髯客傳的作者問題

虬髯客傳的作者問題，劉開榮撰唐代小說研究討論得相當詳細；但因爲他誤認杜光庭神仙感遇傳中的虬鬚客一篇爲虬髯客傳，未免是美中不足。要討論虬髯客傳的作者問題，必須從虬髯客入手；如果「髯」「鬚」不分，那就失之毫釐，差以千里了。

道藏桀字收杜光庭神仙感遇傳，卷四有虬髯客一篇，宋洪邁容齋隨筆卷十二王珪李靖條也說：「又有杜光庭虬鬚客傳一卷。本文敍虬鬚客本想在中原起事，後來發現李世民有眞命天子之相，於是以全部積蓄贈李靖紅拂，使輔贊李世民成大事。文末云：「乃知眞人之興，乃天授也；豈庸庸之徒，可以造次思亂者哉！」」（汪國垣唐人小說引此句，「鬚」誤作「髯」。）宋史藝文志也著錄杜光庭虬鬚客傳一卷。本文敍虬鬚客本想在中原起事，後來發現李世民有眞命天子之相，於是以全部積蓄贈李靖紅拂，使輔贊李世民成大事。文末云：「乃知眞人之興，乃天授也；豈庸庸之徒，可以造次思亂者哉！」蓋作者認爲必須有眞命，才得爲天子。文中虬鬚客實乃作者虛構用來示範的人物，其目的在告誡亂臣賊子大家乖乖的向虬鬚客看齊，共同擁戴李唐政權，休生非分之想。所以本文完全是一篇政治宣傳的小說。杜光庭字賓聖，括蒼人。咸通中應萬言科不第，遂入天臺山學道。後唐僖宗避黃巢之亂入蜀，見蜀中道門衰落，思得名士以主張之，於是召光庭爲麟德殿文章應制。那時唐室正處風雨飄搖中，亟需宗教理論支持唐室政權，所以杜光庭有充份動機寫這篇虬鬚客。

至於虬髯客傳，最初出現在宋太宗朝李昉等所篇的太平廣記一百九十三，末註「出虬髯傳，」可知當時已不知作者姓氏。後來說郛、五朝小說、唐人說薈、龍威祕書等叢書收錄此篇，均題張說撰；顧氏文房小說則題杜光庭撰。如果把這篇虬髯客傳和杜光庭的虬鬚客仔細比較一番，可以發現虬髯客傳是以虬鬚客爲藍本，加以增飾而成，絕不是虬鬚客據虬髯客傳濃縮刪節而成。而張說的時代遠在杜光庭之前，這是張說不可能成爲虬髯客傳作者的第一個原因。又虬髯客傳一樣是政治宣傳小說，張說是開元間賢相，當大唐帝國的盛世，應無產生本文的動機。這是張說不會是虬髯客傳作者的第二原因。再就傳奇小說發展的過程看，像虬髯客傳這種進步的形式和技巧，明明是晚期的作品，不可能出現在張說之世；張說之世，距離傳奇小說風起雲湧的盛世還有一段時期。總之，題虬髯客傳的作者爲張說是不對的。

顧氏文房小說題虬髯客傳的作者爲杜光庭，也是不對。雖然採用此一說法的文學史、小說史甚至國文課本頗不在少數，那都是由於「鬚」「髯」不分所致。杜光庭所撰的是虬鬚客，並非虬髯客傳；除非杜光庭自己改寫虬鬚客爲虬髯客傳，但事實上沒有這個可能。

虬髯客傳比虬鬚客多出來的文字是必須注意的，它不但是小說技巧上的改進，有時還會透露一點別的消息。例如下面兩段文字的對比：

衛公李靖時擔簦謁之，因得（楊）素侍立紅拂妓。（虬鬚客）

一日，衛公李靖以布衣來謁；獻奇策。素亦踞見。公前揖曰：「天下方亂，英雄競起。公為帝室重臣，須以收羅豪傑為心，不宜踞見賓客。」（虬髯客傳）

前者只記李靖謁見楊素，沒有敍述李靖說些什麼話。而後者就增添了李靖的言辭。要注意的是「天下方亂，英雄競起」兩句。如果虬髯客傳的主旨在支持殘破的李唐政權，那麼這些競起的應該是亂臣賊子，怎能配稱英雄？可見本文主旨實在是在支持一個新興的政權，與杜光庭作虬鬚客支持避難在蜀的唐僖宗正巧相反。五代時不斷有群雄競起的局面，宋初猶然如此，所以把杜光庭虬鬚客增飾改寫成虬髯客傳的作者應該是五代宋初間人。據此，虬髯客傳的作者應該題作「闕名」或「作者不詳」，或者註明「據杜光庭虬鬚客改寫」，不可以直接題作「杜光庭」。

五、宣和遺事的撰作時代

宣和遺事的撰作時代，舊有宋、元兩種說法。淸黃丕烈重刊宋本宣和遺事跋說：「原本多訛舛處，復賴舊鈔校之，略可勘正。板刻甚舊。以卷中惇字避諱作惇字證之，當出宋刊。」是以宣和遺事爲宋代作品。明胡應麟少室山房筆叢莊嶽委談說：「世所傳宣和遺事極鄙俚，然亦是勝國時閭閻俗說。中有南儒及省元字面。」則以宣和遺事爲元代作品。胡應麟所提的理由是不能成立的。余嘉錫撰宋江三十六人考實說：「宋制試進士於禮部，謂之省試；其奏名第一者，謂之省元。……謂之省者，宋之禮部屬尙書省也。……應麟不解省元之稱，誤以爲『行中書省』之省，遂認爲元人語矣。宣和遺事引呂省元宣和講篇，中有『全燕之地，我太祖太宗百戰而不能取。』云云，明是宋人，手筆安得以此指遺事爲元人書乎？」所以省元二字，不能當作宣和遺事出元人之手之證。至於南儒二字，可認爲宋室南渡後北方對南宋儒士之通稱，不必至元代始有此名。所以胡應麟所舉的二點證據，都不能成立。但遺事中有一段文字，爲胡氏所未拈出，事實上對考定此書撰成時代極具重要性，現在抄在下面：

一日，太宗問：「朕立國以來，運祚如何？」陳摶奏道：「宋朝以仁得天下，以義結人心，不患不久長。但卜都之地，一汴二杭三閩四廣。」太宗再三詰問，摶但唯唯而已。

所謂「一汴二杭三閩四廣」，必須要目睹南宋滅亡的人才能寫得出來。那麼，宣和遺事眞是元人手筆嗎？避宋諱的地方又該如何解釋呢？

這眞是個複雜的問題。這裏且說說個人的看法。細察宣和遺事全書，雖分前後兩集，實採編年體裁。所記的年號依次爲建中靖國、崇寧、大觀、政和、重和、宣和、靖康、天輔、天眷、貞元、正隆。前七個分屬北宋徽宗、欽宗，後四個分屬金太祖、熙宗、海陵王。所記重要事跡則以論歷代帝王荒淫之失開始，次北宋開國，次王安石變法，次蔡京當權，次宋江等三十六人聚義，次徽宗幸李師師，次汴京失陷，次徽、欽二帝被擄受辱，次金海陵王荒淫。寫到正隆六年（一一六一）金海陵王被弒，自此以下，忽又改用靖康、建炎、紹興等宋室年號，約略追敍康王南奔至定都臨安雜事。這一段追敍文字，大乖編年之體。最後以一段感嘆結束全書：

世之儒者，謂高宗失恢復中原之機會者有二焉。建炎之初失其機者，潛善、伯彥偷安於目前誤之也；紹興之後失其機者，秦檜為虜用間誤之也。失此二機，而中原之境土未復，君父之大仇未報，國家之大恥不能雪。此忠臣義士之所以扼腕，恨不食賊臣之肉而寢劉其皮也歟？故後村有詠史詩一首云：「炎、紹諸賢慮未精，今追遺恨尚難平。區區王、謝營南渡，草草江淮議北征。往日中丞甘結好，暮年都督始知兵。可憐白髮宗留守，力請鑾輿幸舊京。」

這種文字，一看就知道是憤世傷時的遺民悲慨。如果宣和遺事全書出此君之手，前文怎肯用金代年號編年；又全書以敍歷代帝王荒淫之失開始，至正隆六年金海陵王以荒淫被弒，正好首尾相應，自成結構；再追敍康王南渡瑣事，不但自壞編年之體，而且形同蛇足。由以上論證，筆者認為遺事原書應止於正隆六年金海陵王被弒，由此以下則南宋末遺民所補，蓋藉北宋亡國往事，一抒南宋覆亡之恨而已。此君不但於書末改用宋室年號補敍康王雜事，即於原書文字亦多所增益改動，例如前集敍林靈素得徽宗賞識後，挿入一段按語說：「又案賓退錄載：（文略）靈素之進，亦緣夢而得，恰與此事相類，故附錄之。其與高宗之夢傳說者異矣。」這段按語顯然不是原作者的口吻。又如前集末有一大段議論宣和過失的文字，與後集末論高宗失恢復中原之機的文字（已見前引）相比，顯然都出補作者之手。所以書中時有大段文言白話夾雜，文氣極不統一。「一汴二杭三閩四廣」的預言，大概也是補作者加入的。至於遺事的原著者，就書中記事於徽宗一朝特詳，以及編年年號於北宋亡後繼用金室年號兩點觀察，當是北宋亡後留居北方之遺民。所以今本遺事雖成書於南宋亡後，但原本則寫成於北宋亡後不久。

以上五點是筆者在最近一年來教課餘暇的零星發現，如蒙前輩學者及年輕朋友們惠賜教言，以匡不逮，無任歡迎。

（六十七年四月二十八至三十日聯合報副刊）

文學史上的辨誣與同情

在我國文學史上，存在着下面這一種現象：當一位深受後人尊敬或喜愛的作家有了一項不名譽的紀錄時，後人常會煞費苦心的替他辨誣，替他洗刷；有時甚至不惜歪曲事實，硬把他說成古之完人。這種尊敬或喜愛之情，本文姑泛稱之爲同情。同情無疑是激發學者們下決心去考辨某些問題的原動力之一，但重要的是：當考辨工作已經開始，就必須把這份同情擱置在一旁，以保持客觀公正的立場；否則，這份厚愛古人的盛意固然感人，但卻喪失了做學問應有的立場，而所得的結論是否正確也大有可虞了。不過，因同情古人而作的辨誣，在進行中往往不能保持客觀的立場。下文且舉三個例子，來說明這一事實。

一、揚雄劇秦美新

揚雄字子雲，是西漢末的大儒，同時以辭賦名家，在文學史上佔有一席之地。漢書揚雄傳記載他的爲人是這樣的：

雄少而好學，不為章句，訓詁通而已。博覽無所不見。為人簡易佚蕩，口吃，不能劇談，默而好深湛之思；清靜亡為，少耆欲；不汲汲於富貴，不戚戚於貧賤；不修廉隅，以徼名當世。家產不過十金，乏無儋石之儲，晏如也。自有大度，非聖哲之書不好也，非其意雖富貴不事也。

這種人品操守，不正是儒生所景仰的典型麼？漢書本傳又說：

雄以為賦者將以風也，必推類而言，極麗靡之辭，閎侈鉅衍，競於使人不能加也；旣迺歸之於正。然覽者已過矣。往時武帝好神仙，相如上大人賦欲以風。帝反縹縹有陵雲之志。繇是言之，賦勸而不止明矣。又頗似俳優淳于髡、優孟之徒，非法度所存，賢人君子詩賦之正也。於是輟不復為。

漢代由於武帝、宣帝等愛賦，儒生們就說賦有諷諭作用，和詩經的雅頌一樣，於是爲之大力提倡。他們話說得冠冕堂皇，但骨子裏卻是爲了迎合帝王的心意，藉以干求祿位。揚雄早年也跟着作賦，後來終於看清了這一眞相，慨然指出賦只有鼓勵君王更追求聲色犬馬的享樂與神仙長生的妄想，並沒有遏止的作用。從此他就不再作賦。有這種見解並不稀奇，但別人明知而不說，爲了做官樂得裝糊塗，只有揚雄才肯一語道破。揚雄此舉在當時難免被譏爲不識時務，但在二千年後的我們看來，這種快人快語，眞值得在文學史上大書一筆。

但不幸的是，這位廣受後世儒生文士景仰稱頌的人物，卻有着一條不名譽的紀錄。那就是他的那篇劇秦美新。這篇文字收在昭明文選卷四十八，此卷所收都是符命一類的作品。漢書本傳雖然沒有直說揚雄作劇秦美新，但卻記載着當時京師人士對他的嘲諷之言：「惟寂寞，自投閣；爰清靜，作符命。」唐顏師古的漢書註雖然沒有指出他所作的符命就是劇秦美新，但清人沈欽韓卻說：「此指劇秦美新之文。班不爲之諱，而注不能舉。」這樣看來，這篇劇秦美新是揚雄的作品，恐怕無可置疑。於是嚴正一點的古人，就對揚雄展開了攻擊。例如文選李善註就說：

> 王莽潛移龜鼎。子雲進不能辟戟丹墀，亢辭鯁議；退不能草玄虛室，頤性全眞。而反露才以耽寵，詭情以懷祿。素餐所刺，何以加焉！抱朴方之仲尼，斯為過矣。

指責揚雄的人不少，爲揚雄辯解的人則更多；而後者的出發點顯然是由於同情。例如文選五臣註李周翰說：

王莽簒漢位，自立為皇帝，國號新室。是時雄事莽朝，見莽數害忠直之臣，恐己見害，故著此文。以秦酷暴之甚，以新室為美。將悅莽意，求免於禍，非本情也。

這是說：揚雄作劇秦美新，只是爲了保全生命，出於無奈而已。宋洪邁客齋隨筆卷十三則說：

雄親蹈王莽之變，退託其身於列大夫中，不與高位者同其死。世儒或以劇秦美新貶之。是不然！此雄不得已之作也。夫誦述新莽之德，止能美於暴秦，其深意固可知矣。

洪邁所謂「不得已之作」，也就是李周翰所謂「非本情也」；但洪邁卻進一步說劇秦美新表面上雖歌頌王莽功德，事實上卻意寓諷刺。這種曲意爲揚雄廻護的論調，眞是用心良苦。

李周翰和洪邁至少還承認劇秦美新是出於揚雄之手，但另有一些人，則連這筆帳都不承認，乾脆說此文是後人誣筆了。試舉清人徐文靖的管城碩記爲例：

班固謂「莽篡位，談說之士用符命稱功德，獲封爵者甚衆。雄復不侯，以耆老久次，轉為大夫。」則知轉為大夫者，以久次得，非以劇秦美新而得也。王荆公曰：「子雲之劇秦美新，蓋後人誣筆。」洪容齋曰（已見前引，文略。）後漢書桓譚傳：「譚憙非毀俗儒，由是多見排抵。」「當莽居攝篡弒之際，天下之士，莫不競褒稱德美，作符命以求容媚。譚獨自守，默然無言。」又譚於世祖時上疏曰：「今諸巧慧小才伎數之人，增益圖書，矯稱讖記。以欺惑貪邪，詿誤人主。」章懷注：圖書即讖緯符命之類。又雄本傳曰：「劉歆子棻，嘗從雄作奇字。棻復獻符命，莽投之四裔。雄恐不能自免，迺從閣上自投下。莽聞之曰：『雄素不預事，何故在此？』」（案：此段摭拾本傳，並未拘守原文。）假令劇秦美新，則譚亦必非毀之。乃見其太玄曰：「是書可與大易準。」假令雄為符命，則莽亦必拼投之。乃曰：「雄素不預事。」則僞作符命劇秦美新者，豈非皆後人之誣筆哉！

徐文靖眞是費了大力在爲揚雄辨誣，這段文字事實上已包括了或是代表了好些爲揚雄辨誣的意見。姑不論劇秦美新是否後人誣筆，至少徐文靖的論點並不足證明它是誣筆。第一、揚雄「轉爲大夫」固然由於「耆老久次」，並非由於劇秦美新，但這並不能連帶推翻揚雄撰作此文的可能性。其次，王安石的確萬分推尊揚雄，在他的全集中可以看到不少推尊揚雄的語句；但卻找不到「子雲之劇秦美新，蓋後人誣筆」這二句話。即使是徐文靖引用這二句話別有來源，那也只是這位大政治家的臆斷，並無事實證據。第三、後漢書桓譚傳稱桓譚「博學多通，偏習五經，皆訓詁大義，不爲章句。」又說他「憙非毁俗儒，由是多見排抵。」可見他的爲學爲人，與揚雄極相近似。桓譚曾推崇揚雄爲「漢興以來，未有此人（論衡超奇篇）又推崇揚雄的著作說：「揚子之書，文義至深，而論不詭於聖人。」（漢書揚雄傳）但是遇到見解不同時，桓譚也曾「數從劉歆、揚雄辨析疑異」（後衡書本傳）。由此可見桓譚是位相當客觀的學者。所以他推崇太玄，既不能證明揚雄不曾作劇秦美新；而揚雄即使作了劇秦美新，桓譚也不見得就貶低了這位「不汲汲於富貴，不戚戚於貧賤」的大儒的整個價值，而加以非毁。第四、當時所謂符命，事實上該分爲兩類。例如漢書王莽傳上所載：「是月，前輝光謝囂奏：武功長孟通浚井，得白石。上圓下方，有丹書着石，文曰：『告安漢公莽爲皇帝』。符命之起，自此始矣。」又載：「是歲，廣饒侯劉京、車騎將軍千人扈雲、太保屬臧鴻奏符命。京言齊郡新井，雲言巴郡石牛，鴻言扶風雍石。莽皆迎受。」這些都是神物異兆，姑名之爲眞正的符命。另一類事實上只是歌功頌德的文字，雖然也大談符命，但那都是他人所獻；撰文者並未虛構一些神物異兆獻上。揚雄的劇秦美新就屬後者。獻前一類符命的人，在政治上都別有居心；至於寫篇文章歌功頌德，充其量不過討好王莽，保全身家或祿位而已。王莽是靠符命得帝位。事成之後，他深怕別人也如法炮製，以符命奪走他的寶座，所以才要禁絕符命。當時有一位司命陳崇勸他：「此開姦臣作福之路，而亂天命，宜絕其原。」（漢書王莽傳上）於是王莽就乘機向甄豐的兒子甄尋、劉歆的兒子劉棻等人下毒手；這些人都是一再獻符命對王莽有所需求的。不過，王莽這次下手的對象，主要是獻眞正符命的人，所謂殺鷄給猴子看，並非連寫歌功頌德文章的人也一網打盡。如果是的話，陳崇本人也就牽連進去了。陳崇曾兩度獻上歌功頌德的文字，如說：「是以三年之間，化行如神，嘉端疊累。豈非陛下知人之效，得賢之致哉！」又如說：「陛下奉天洪範，心合寶龜。膺受元命，預知成敗。感應占兆，是謂配天。」（俱載漢書王莽傳上）這與揚雄的劇秦美新何異？陳崇是勸王莽向獻符命者開刀的人，總不會找自己的麻煩吧！所以這次開刀的對象，只是獻眞正符命的人，尤其是甄尋、劉棻等一再獻上，對王莽有所需索的一群。劉棻向揚雄學古文奇字，就爲了獻眞正的符命，此事揚雄並不知情。漢書揚雄傳載：「莽誅豐父子，投棻四裔。辭所連及，便收不請。時雄校書天祿閣上，治獄使者來，欲收雄。雄恐不免，廼從閣上自投下，幾死。莽聞之曰：『雄向不預事，何故在此？』」王莽早年與揚雄長時期同朝爲官，對揚雄的爲人清楚不過，相信他不會像甄尋、劉棻等別具居心的獻眞正的符命，所以對他被牽連在此次事件中覺得奇怪。但此話又怎能證明揚雄沒有作歌功頌德的劇秦美新呢？總之，徐文靖的說法證據不足，劇秦美新這篇使大儒蒙羞的文字仍得記在揚雄名下。

二、王維鬱輪袍

太平廣記卷一七九引了一則唐薛用弱撰集異記的文字，記載的是盛唐大詩人王維的鬱輪袍故事。原文如下：

王維右丞年未弱冠，文章得名，性閑音律，妙能琵琶，遊歷諸貴之間，尤為岐王所眷重。時進士張九皐聲稱籍甚。客有出入公主之門者，為其地，公主以詞牒京兆試官，令以九皐為解頭。維方將應舉，言於岐王，仍求庇借。岐王曰：「貴主之強，不可力爭。吾為子畫焉。子之舊詩清越者可錄十篇，琵琶新聲之怨切者可度一曲，後五日至吾。」維即依命，如期而至。岐王謂曰：「子以文詞請謁貴主，何門可見哉！子能如吾之教乎？」維曰：「謹奉命。」岐王乃出錦繡衣服，鮮華奇異，遣維衣之，仍令齎琵琶，同至公主之第。岐王入曰：「承貴主出內，故攜酒樂奉醼。」即令張筵，諸伶旅進。維妙年潔白，風姿都美，立於行。公主顧之，謂岐王曰：「斯何人哉？」答曰：「知音者也。」即令獨奏新曲。聲調哀切，滿坐動容。公主自詢曰：「此曲何名？」維起曰：「號『鬱輪袍』。」公主大奇之。岐王因曰：「此生非止音律，至於詞學，

> 無出其右。」公主尤異之，則曰：「子有所為文乎？」維則出獻懷中詩卷呈公主。公主既讀，驚駭曰：「此皆兒所誦習，常謂古人佳作，乃子之為乎？」因令更衣，昇之客右。維風流蘊藉，語言諧戲，大為諸貴之欽矚。岐王因曰：「若令京兆府今年得此生為解頭，誠為國華矣。」公主乃曰：「何不遣其應舉？」岐王曰：「此生不得首薦，義不就試。然已承貴主論託張九皋矣。」公主笑曰：「何預兒事？本為他人所託。」顧謂維曰：「子誠取，當為子力致焉。」維起謙謝。公主則召試官至第，遣宮婢傳教。維遂作解頭，而一舉登第矣。

這則鬱輪袍的故事，對王維來說，無疑是件不名譽的紀錄。試想：穿着鮮華奇異的樂工衣服，到公主府上表現一曲琵琶，並且說些笑話替公主及諸貴解悶，以這種不正當的手腕博得個京兆府試第一名，豈是士君子應有的行徑？從前昭明太子蕭統批評陶淵明說：「白璧微瑕，惟在閑情一賦。」（蕭統撰陶淵明集序）我們不禁也要爲王維惋惜地說「白璧微瑕，惟在鬱輪袍一曲」了。

王維是以自然詩著名的盛唐大詩人，蘇軾曾說過：「味摩詰（案：王維字摩詰）之詩，詩中有畫；觀摩詰之畫，畫中有詩。」（宋胡仔苕溪漁隱叢話卷十五引）後世酷愛王維詩歌的人很多，其中好些人雅不願王維有鬱輪袍這件丟人的事，於是紛起爲王維辨誣。現在且舉清人杭世駿的話為例。杭氏在趙殿成箋註王右丞集序中說：

小說鬱輪袍一事，以時世考之，右丞開元九年登第。爾時姚崇秉國，明皇方急于圖治，親策試應制舉人于含元殿，務收賢俊，用寧軍國。太平、安樂之覆轍，殷鑒不遠，肯以狀頭付之嬰兒子之予奪乎？迨其後別墅流連，焚香禪誦，蕭疎高遠，不干榮進；而謂早歲躁于進取，肯自厠于優伶之伍乎？右丞一代雅人，受誣者幾千載！

在這段辨誣文字中，杭世駿所持的理由有二。其一是以時勢考之，當時唐明皇正勵精圖治，拔擢賢才，怎肯把「狀頭」由這位公主去率爾決定？杭氏似乎對唐世的考試制度不甚了解。集異記所載是公主使王維作「解頭」，並非作「狀頭」。據五代王定保撰唐摭言卷二：「張又新時號張三頭。進士狀頭，弘詞敕頭，京兆解頭。」可見進士試第一名是狀頭，博學宏詞試第一名是敕頭，京兆府試第一名是解頭。進士試由禮部主司其事，博學宏詞試由吏部主司其事。杭氏顯然是把解頭和狀頭混為一談了。明皇固勵精圖治，親策試應制舉人（案：唐世所謂舉人，即被舉之人，與明清兩代所謂之舉人不同。），恐亦限於制舉及禮部試，不可能連京兆府試也勞動他的大駕。所以杭氏的第一點理由，顯然不足為據。杭氏所持的第二點理由，是說王維晚年如此清高，早年怎可能如此不擇手段的獵取功名？查舊唐書卷一九○下王維傳說：「晚年長齋，不衣文綵。得宋之問藍田別墅，在輞口；輞水周於舍下，別漲竹洲花塢。與道友裴迪浮舟往來，彈琴賦詩，嘯詠終日。嘗聚其田園所爲詩，號輞川集。在京師日飯十數名僧，以玄譚爲樂。齋中無所有，唯茶鐺藥臼經案繩床而已。退朝之後，焚香獨坐，以禪誦爲事。妻亡不再娶，三十年孤居一室，屛絕塵累。」可見王維晚年生活的確像個隱士或高僧，清高無比。問題是在：晚年生活清高就能保證早年也一樣清高麼？當然不能。晉朝周處除三害的故事是大家熟悉的。他悔改自新之後不是和早年判若兩人麼？這且不說，筆者就舉中唐詩人韋應物來做個例子說明吧。

唐李肇撰國史補卷下記載韋應物的晚年生活說：「立性高潔，鮮食寡欲，所居焚香掃地而坐。」這不是和王維的晚年生活一樣嗎？但是韋應物早年是怎樣一位人物呢，只要看他的逢楊開府詩就可知道。詩云：「少事武皇帝，無賴恃恩私。身作里中橫，家藏亡命兒。朝持樗蒲局，暮竊東鄰姬。司隸不敢捕，立在白玉墀。驪山風雪夜，長楊羽獵時。一字都不識，飲酒肆頑癡。武皇升仙去，憔悴被人欺。讀書事已晚，把筆學題詩。兩府始收跡，南宮謬見推。非才果不容，出守撫惸嫠。忽逢楊開府，論舊涕俱垂。坐客何由識？唯有故人知。」（韋蘇州集卷五）這是韋應物晚年回憶往事之作。當他早歲任唐玄宗的三衛郎時，倚仗着皇帝的勢力，眞是無惡不作。他是地頭蛇，包庇逃犯，開賭場，誘拐鄰女。玄宗駕崩後，靠山倒了，這才折節讀書，重新做人。後來他不但生活高潔，而且還是個愛民如傷的好官。他說過：「自慚居處崇，未覩斯民康。」（韋蘇州集卷一郡齋雨中與諸文士燕集詩）又說過：「身多疾病思田里，邑有流亡愧俸錢。」（同書卷三寄李儋元錫詩）這不是好官麼？如果不看他的逢楊開府詩，誰會想到他早年卻是個無惡不作的壞蛋呢？所以，晚年清高，並不能保證早歲不干榮進。杭世駿替王維辨誣的第二個理由，顯然又站不住。從杭氏所說「右丞一代雅人，受誣者幾千載！」的語氣，可以察覺這裏面有許多推崇之情。他所舉的第二點理由，恐怕他捫心自問也會覺得不妥；至於第一點理由，把「解頭」誤作「狀頭」，當然可以解釋為他不了解唐代的考試制度，但是又何嘗不可以解釋爲他故意混淆視聽，藉以達成爲王維曲意開脫的目的呢？總之，杭氏這種同情的辨誣是盛情可感，論據不足！

在杭世駿之前，明代的胡應麟就已以充滿同情的語調替王維辨過誣了，而他的立論更是妙不可言。他在少室山房筆叢卷四十一莊嶽委談下說：

唐妓女歌曲酒樓，恍忽與今俗類。薛弱用所記王昌齡、之渙、高適豪飲事，詞人或間用之。考其故實極可笑。適五十始作詩。藉令酣燕狹邪，必當年少。何緣得以詩句與二王決賭，一也。又令適學詩後，則是時龍標業為閭丘曉所害，無緣復與高狎，二也。樂天鄭臚墓志第言昌齡、之渙更唱迭和，而絕不及高；高集亦無與之渙詩，三也。舉此一端，即他悉誣妄可見。往嘗讀薛記鬱輪袍，竊謂右丞不至是。天幸得此逗漏，為千載詞場雪冤，不覺浮三大白自快，恨不呼右丞慶之。

在這裏，胡應麟首先指出集異記所載王昌齡、王之渙、高適在旗亭會宴的故事（見太平廣記卷一七九）不可信；然後進一步說，既然此則故事不可信，那麼集異記書中的所有記載自然都不可信；終於他興高采烈的慶幸自己爲王維雪寃成功。這種大刀濶斧的考據方法，眞是駭人聽聞。胡氏在有明一代，稱得上是位學問淵博頗有見解的學者，但爲了急於替他所喜愛的王維辨誣，竟不惜出此蠻不講理的下策！筆者不禁要感嘆：甚矣，同情之爲害！

事實上，胡氏所舉的三點理由並不能證明旗亭會宴的記載不可信。胡氏說「適五十始作詩」，是根據舊唐書高適傳。舊唐書原文是「天寶中，海內事干進者，注意文詞。適年過五十，始留意詩什。」原文是說高適在五十以前，不像一般干求祿位的士人那樣注意文詞；過了五十才開始「留意」。胡氏把「始留意詩什」改爲「始作詩」，意義就大不相同。像這樣的竄改原文，還做個什麼考據？高適的集子中明明載有四十前後所作的詩，胡氏又該如何解釋呢？胡氏的前二條理由都建立在不可靠的「適五十始作詩」這句話上，自然不能再成理由。至於第三條理由，只能證明鄭臚、王昌齡、王之渙常在一起，不能證明王昌齡、王之渙、高適不曾在一起。所以，連旗亭會宴這條記載也還不能推翻，更休論其他了。胡氏「不覺浮三大白，恨不呼右丞慶之」，不嫌太快嗎？

三、李清照改嫁

李清照是宋代的女詞人，也是我國文學史上少數最傑出的才女之一。她的後半生遭遇非常不幸，不但經歷了國破家亡，夫死流離的厄運，竟還遇人不淑，由改嫁而離婚。關於李清照改嫁的事，宋人屢有所記，現在引錄數條於下：

胡仔苕溪漁隱叢話前集卷六〇：易安再適張汝舟，未幾反目，有啟事與綦處厚云：「猥以桑榆之晚景，配玆駔儈之下材。」傳者無不笑之。

王灼碧鷄漫志卷二：易安居士，京東路提刑李格非文叔之女，建康守趙明誠德甫之妻。……趙死，再嫁某氏，訟而離之。晚節流蕩無歸。作長短句，能曲折盡人意。輕巧尖新，姿態百出；里巷荒淫之語，肆意落筆。自古搢紳之家能文婦女，未見如此無顧籍也。

上引苕溪漁隱叢話，據胡仔自序，紹興十八年，即一一四八作於湖州。碧鷄漫志，據王灼自序，紹興十九年，即一一四九，寫於成都。據陸游渭南文集卷三五志夫人孫氏墓銘，可以推知紹興二十一年，即一一五一，李清照還活着。所以那二條記載，都是李清照在世的事。稍晚，晁公武郡齋讀書志卷四、洪適隸釋卷二十四、陳振孫直齋書錄解題卷二十一也都載有此事，趙彥衛雲麓漫鈔卷十四還收有李清照給綦崇禮的謝啟全文。

以上所舉的都是宋人筆記。此外，在南宋大史家李心傳的建炎以來繫年要錄卷五十八，也有這麼一條記載：

紹興二年九月戊午朔，右承奉郎監諸軍審計司張汝舟屬吏，以汝舟妻李氏訟其妄增舉數入官也。其後有司當汝舟私罪，徒，詔除名，柳州編官（原注：十月己酉行遣）。李氏，格非女，能為歌詞，自號易安居士。

連張汝舟定罪後起解的月日都有記載，這應該是沒有什麼可以懷疑的了。

在宋人載籍中，沒有看到為李清照改嫁之說辨誣的話。但是一到明清兩代，就有許多同情李清照的人紛起駁斥改嫁之說了。其聲勢之壯大，遠勝過為揚雄、王維辨誣的一群。由此也可見清照的小詞是如何深得後人的喜愛欣賞！現在且舉二條比較具有代表性的辨誣文字為例：

明徐𤊹徐氏筆精：李易安，趙明誠之妻也。漁隱叢話云：趙無嗣，李又更嫁非類。且曰：其啟曰：「猥以桑榆之晚景，配兹駔儈之下才。」殊謬妄不足信！蓋易安自撰金石錄後序，言明誠兩為郡守，建炎己酉八月十八日疾卒。且曰：余自少陸機作賦之二年，至過蘧瑗知非之兩歲，三十四年之間，憂患得失，何其多也！作序在紹興二年，李五十有二，老矣。清獻公之婦，郡守之妻，必無更嫁之理。……更嫁之說，不知起於何人，太誣賢媛也。

清胡薇元歲寒居詞話：明誠，宋宗室。父為宰輔。易安自記在汴京與夫共撰金石錄，典釵釧，得一碑版，互相搜校。家藏舊書畫極夥。亂離，買舟南下，擇其精本攜之。在西湖尤相樂。夫死，戚友謀奪不得者。李心傳、趙彥衛迭為蜚謗，誣其再適駔儈。雲麓漫鈔、建炎以來繫年要錄，即彥衛、心傳之筆。小人不樂成人之美如此！況明誠守湖洲，已中年；夫卒，年六旬，安有再適之理？矧在駔儈耶！

歸納徐𤊹與胡薇元的論據，不外二點：一、李清照是名門命婦。二、紹興二年，清照已年老。因此斷定必無更嫁之現。但這只是想當然耳，並非有必然性。在生活安定的舊社會中也許還說得通，但當紹興二年，南渡後不久人心惶恐的動亂時期，清照以一個孤苦無依的寡婦，爲了得到照顧與依託而再嫁，也是在情理之中。所以徐胡二人所論，並不能成立。尤其是胡說，故意把趙明誠死時李清照的年齡誇大爲六旬，還說「小人不樂成人之美」之類的話，這種愛惡之情不是表現得太露骨了麼？

明清人爲了替李清照辨誣，硬說宋人筆記所載都是誣筆，連雲麓漫鈔中的投內翰綦公崇禮啟全文也出於僞造。他們最視爲大敵的當推建炎以來繫年要錄，因爲要錄是部編年史，記載清照更嫁的年月最爲明確。所謂擒賊擒王，要錄所記不推翻，就不能達成爲清照辨誣的目的。於是清代俞正燮就針就要錄發動攻擊。他在癸巳類稿中說：

> 余素惡易安改嫁張汝舟之說。雅雨堂刻金石錄序，以情度，易安不當有此事。及見李心傳建炎以來繫年要錄，采鄙惡小說，比其事為文案，尤惡之。後讀齊東野語論韓忠繆事云：「李心傳在蜀，去天萬里，輕信記載，疎舛固宜。」又謝枋得集亦言：繫年要錄為辛棄疾造韓侂胄壽詞。則所言易安文案謝啟事可知。是非天下之公，非望易安以不嫁也。

俞氏的手法一如胡應麟爲王維鬱輪袍事辨誣，先挑出書中的一條錯，然後否定全書的眞實性。這眞是最感情用事，最蠻不講理的手法。我們仔細檢查一下，俞氏所說一點，都非事實。一、齊東野語卷三誅韓始末條，指的是李心傳另一著作建炎以來朝野雜記，與要錄無關。二、謝枋得疊山集提到辛棄疾事只有卷七宋辛稼軒先生墓記，那裏只說「誣公者非腐儒即詞臣」，沒有說李心傳僞造壽詞，又沒涉及繫年要錄。兪氏無中生有，大是不該。看他一再說：「余素惡易安改嫁張汝舟之說。」「尤惡之！」是多麼的感情用事！口裏說：「非望易安以不嫁也。」事實上，他是眞望易安不嫁。

明清人爲何要爲李清照辨誣？因爲他們認爲改嫁是不名譽的，他們不願自己所喜愛的女詞人蒙受惡名。其實，在宋代，改嫁遠不如明清兩代那樣看得嚴重。宋史禮樂志記治平、熙寧時都有詔許宗女宗婦再嫁；范仲淹義田規制，曾立族女再嫁給錢三十千一條；葉適是南宋理學大家，他爲人撰寫墓誌，對於改嫁皆直書不諱。可見宋人並沒有把改嫁看成十分不道德。對婦女守節的要求，到明清二代才變得嚴格。尤其是清代帝王特別加以鼓勵提倡，於是大量的貞節牌坊出現了。清廷所以這樣做，目的在轉移漢人反對滿清的視線，因爲儒家所主張的節操觀念對異族統治很是不利，因之就設法把節操的重點放在婦女守節上。從此，改嫁一事就被看作極不道德的行爲。宋人沒有爲李清照辨，明清人則大力爲清照辨誣，關鍵就在這裏。王維鬱輪袍的情形也一樣。在唐代社會，士子對出處操守並不太重視。例如舊唐書稱駱賓王「落魄無行，好與博徒遊」；稱張鷟「性褊躁，不持士行」；稱高適「少濩落，不事生業」；稱王昌齡「不護細行」；稱崔顥「有俊才，無士行，好蒱博飲好酒。及遊京師，娶妻擇有貌者」；稱溫庭筠「士行塵雜，不修邊幅」；稱李商隱「無持操，恃才詭激」。（以上俱見本傳）至於年輕時爲使自己成名而「徧干諸侯，歷抵卿相」（借用李白上安州裴長史書之句），那更是當時風尚。王維的一曲鬱輪袍，固然別出心裁，花樣翻新，但在唐人眼裏，是不會當作什麼了不起的大罪名的。所以在唐人載籍中，既不見有人責斥或嘲諷王維，也不見有人替王維洗雪。宋明清的士大夫比較講究出處，行爲拘謹，於是認爲鬱輪袍故事有辱王維清譽，要紛起爲他辨誣了。

× × ×

以上所舉的三個例子，揚雄是西漢大儒，又是辭賦大家；王維是盛唐著名的自然詩人；李清照則是宋代的天才女詞人。他們都擁有大量的崇拜者。所以當他們有了一則不名譽的紀錄時，就有人認爲這是誣筆，紛起挖空心思的爲他們辨誣；對自己所喜愛的人，同情常常是很廉價的。反過來說，假如一個自己素來對他沒有好感的人，一旦有了冤屈，就變得不屑爲他辨誣了。這裏且舉初唐宮廷詩人宋之問的故事來作例子。在韋絢所撰的劉公嘉話錄中有這麼一條記載：

> 劉希夷曰：「年年歲歲花相似，歲歲年年人不同。」其舅宋之問曰：「苦愛此兩句，懇乞。」許而不與。之問怒，以土袋壓殺之。宋生不得其死，天報之也。

劉肅大唐新語亦載此事，可見此事唐世盛傳。但這段謀詩害命的公案，我們實在無法相信。不過因爲宋之問是無恥文人，新唐書本傳說：「于時張易之等烝昵寵甚，之問與閻朝隱、沈佺期、劉允濟傾心媚附。易之所賦諸篇，盡之問、朝隱所爲。至爲易之奉溺器。」這眞是最卑鄙無恥的文人了，所以儘管他被寃屈加上謀詩害命的罪名，古人也懶得替他辨誣。例如宋魏泰臨漢隱居詩話說：

韋絢集劉禹錫之言為嘉話錄，載劉希夷詩曰：「年年歲歲花相似，歲歲年年人不同。」希夷之舅宋之問愛此句，欲奪之。希夷不與。之問怒，以土囊壓殺之。世謂之問末節貶死，乃劉生之報也。吾觀之問集中，儘有好處；而希夷之句，殊無可采。不知何至壓殺乃奪之？眞狂死也！

這段文字寫到「殊無可采」，很可接着說：「何至壓殺乃奪之？此蓋後人誣筆！」沒想到反而責問一句「不知何至壓殺乃奪之」，再罵上一句「眞狂死也」。對於宋之問這位無恥文人，魏泰不但吝於付與同情，連公正的立場都沒有了。只有金代的王若虛還算客觀，他在滹南詩話卷一說了句：「之問固小人，然亦不應有是。」

行文至此，筆者要提出三點結論，收束本文。

一、因同情而起的辨誣，有的同情之辭溢於言表，有的則不形於色；但二者不易保有客觀公正的立場則是相同的。

二、對素無好感的前輩作家，雖明知其寃屈也懶得爲他辨誣。

三、同一事件，同時代的人不予置辨，隔時代的人才開始辨誣，時世轉變、觀念不同也是主因。

（六十二年三月一日幼獅月刊三十七卷三期）

孟子長於譬喻

一

在劉向說苑中，有這麼一則文字：

客謂梁王曰：「惠子之言事也善譬。王使無譬，則不能言矣。」王曰：「諾。」明日見，謂惠子曰：「願先生言事則直言耳，無譬也。」惠子曰：「今有人於此，而不知彈者，曰：『彈之狀若何？』應曰：『彈之狀如彈。』則諭乎？」王曰：未諭也。」「於是更應曰：『彈之狀如弓，而以竹為弦。』則知乎？」王曰：「可知矣。」惠子曰：「夫說者，固以其所知諭其所不知，而使人知之；今王曰無譬，則不可矣。」王曰：「善。」

從這一則文字，可以獲知下列三個要點：

一、所謂譬喻，就是「以其所知諭其所不知」，其目的在「使人知之」。

二、直言有時而窮，而譬喻足以補直言之不足，因此譬喻是說辭中不能缺少的方法。

三、有人善用譬喻，有人不善用譬喻；不善用譬喻的總是說不過善用譬喻的。

二

當戰國時代百家爭鳴之際，諸子不但要提出自己的學說，還要駁倒他人的學說，於是人人講究說辭，個個巧用譬喻。惠子就是運用譬喻的高手。在儒家學者中，要數孟子最能言善辯。並不是孟子喜愛逞口舌之利，以辯倒對方爲樂趣，實在是環境逼人，諸子個個致力於論辯，孟子想要鼓吹聖人之道，駁斥邪說淫辭，也就不能不辯。當公都子對孟子說：「外人皆稱夫子好辯，敢問何也！」孟子感慨地說：「余豈好辯哉！余不得已也。」孟子並不好辯，卻在別人心目中造成好辯的形象，主要就由於他的辯才無礙，辭鋒逼人，往往三言兩語，就使對方招架不住；有時長篇大論，更是精采百出。在孟子是不得已而放言一辯，在別人就覺得他是好辯了。

孟子所以能有辯必勝，一方面由於學說本身合情合理，再方面由於孟子善於運用譬喻。

關於後者，遠在東漢趙岐就看出來了。趙岐在孟子題辭中說：「孟子長於譬喻，辭不迫切，而意已獨至。」孟子究竟是如何「長於譬喻」？下文且作一番論析。

三

孟子使用譬喻，最常見的方式是先提出論旨，然論後以譬喻加強。例如：

> 今夫天下之人牧，未有不嗜殺人者也。如有不嗜殺人者，則天下之民皆引領而望之矣。誠如是也，民歸之，由水之就下，沛然誰能禦之？（梁惠王上）

> 伯夷，非其君不事，非其友不友，不立於惡人之朝，不與惡人言。立於惡人之朝，與惡人言，如以朝衣朝冠，坐於塗炭。（公孫丑上）

> 民之歸仁也，猶水之就下，獸之走壙也。（離婁上）

> 沈同以其私問曰：「燕可伐與？」孟子曰：「可。子噲不得與人燕，子之不得受燕於子噲。有仕於此而子悅之，不告於王而私與之吾子之祿爵；夫士也，亦無王命而私受之於子：則可乎？何以異於是？」（公孫丑下）

> （梁襄王）卒然問曰：「天下惡乎定？」吾對曰：「定於一。」「孰能一之？」對曰：

「不嗜殺人者能一之。」「孰能與之?」「天下莫不與也。王知夫苗乎?七八月之間旱,則苗槁矣。天油然作雲,沛然下雨,則苗勃然興之矣。其如是,孰能禦之?」(梁惠王上)

孟子曰:「富歲子弟多賴,凶歲子弟多暴,非天之降才爾殊也,其所以陷溺其心者然也。今乎麰麥,播種而耰之,其地同,樹之時又同,勃然而生,至於日至之時,皆熟矣;雖有不同,則地有肥磽,雨露之養,人事之不齊也。」(告子上)

以上六條引文,都是論旨在前,譬喻緊接在後。如果仔細考察,這六條引文的論旨和譬喻的銜接方式,並不完全一樣。第一條引文的「由水之就下」,第二條引文的「如以朝衣朝冠」,第三條引文的「猶水之就下」,由於有「由」「如」「猶」等字樣在前,一看就知道下文是譬喻。這屬於第一種銜接方式。第五條引文先提出不嗜殺人者能一統天下的論旨,緊接着以及時雨能使苗勃然興起的譬喻來加強論旨;第六條引文先提出富歲子弟多賴凶歲子弟多暴是由於境遇使然的論旨,緊接着以麰麥成長的好壞是由於土質雨露和人事不同的譬喻來加強論旨。這兩條引文的論旨在譬喻之間,並沒有加入「由」「如」「猶」等字樣。這屬於第二種銜接方式。第四條引文可以說介乎上述兩種方式之間。從這條引文的論旨和譬喻之間沒有「由」「如」「猶」等字樣,似乎可以歸入上述第二種銜接方式;可是它在譬喻之後緊接着一句「何以異於是」，這句話的作用和「由」「如」「猶」一樣，似乎又接近第一種銜接方式。像這種情形，姑且列爲第三種銜接方式。

四

孟子也常常先提出譬喻，然後再點明論旨，使對方易於接受。這種先賓後主的使用譬喻方式，似乎更有效果。例如：

孟子曰：「牛山之木嘗美矣。以其郊於大國也，斧斤伐之，可以為美乎？是其日夜之所息，雨露之所潤，非無萌蘖之生焉。牛羊又從而牧之，是以若彼濯濯也。人見其濯濯也，以為未嘗有材焉，此豈山之性也哉！雖存乎人者，豈無仁義之心哉。其所以放其良心者，亦猶斧斤之於木也。旦旦而伐之，可以為美乎？……而以為未嘗有才焉者，是豈人之情也哉！」（告子上）

孟子曰：「魚，我所欲也；熊掌，亦我所欲也。二者不可得兼，舍魚而取熊掌者也。生，亦我所欲也，義，亦我所欲也。二者不可得兼，舍生而取義者也」（告子上）

孟子曰：「今有無名之指，屈而不信，非疾痛害事也。如有能信之者，則不遠秦楚之

路，為指之不若人也。指不若人，則知惡之；心不若人，則不知惡：此之謂不知類也。」（告子上）

孟子曰：「殺人以梃與刃，有以異乎？」曰：「無以異也。」「以刃與政，有以異乎？」曰：「無以異也。」曰：「庖有肥肉，廐有肥馬，民有飢色，野有餓莩，此率獸而食人也。獸相食，且人惡之；為民父母行政，不免於率獸而食人，惡在其為民父母也。」（梁惠王上）

孟子曰：「有復於王者曰：『吾力足以舉百鈞，而不足以舉一羽；明足以察秋毫之末，而不見輿薪：則王許之乎？』」曰：「否。」「今恩足以及禽獸，而功不及於百姓者，獨何與？然則一羽之不舉，為不用力也；輿薪之不見，為不用明也；百姓之不見保，為不用恩也。故王之不王，是不為也，非不能也。」（梁惠王上）

孟子謂齊宣王曰：「王之臣，有託其妻子於其友而之楚遊者。比其反也，則凍餒其妻子，則如之何？」王曰：「棄之。」曰：「士師不能治士，則如之何？」王曰：「已之。」曰：「四境之內不治，則如之何？」王顧左右而言他。（梁惠王下）

孟子至平陸，謂其大夫曰：「子之持戟之士，一日而三失伍，則去之否乎？」曰：「不待三。」「然則子之失伍也亦多矣。凶年饑歲，子之民老弱轉於溝壑，壯者散而至四方者，幾千人矣。」曰：「此非距心之所得為也。」曰：「今有受人之牛羊而為之牧之者，則必為之求牧與芻矣。求牧與芻而不得，則反諸其人乎？抑亦立而視其死與？」曰：「此則距心之罪也。」他日見於王曰：「王之為都者，臣知五人焉。知其罪者，惟孔距心。」為王誦之。王曰：「此則寡人之罪也。」（公孫丑下）

以上七條引文，都是譬喻在前，論旨在後。譬喻與論旨之間既沒有加入「由」「如」「猶」等字樣，在論旨之末也沒有加上「何以異於是」的句子。所以按前一節論旨在前譬喻在後的銜接方式來看，這七條都屬於第二種方式。

仔細考察上引七條文字，可以發現前三條與後四條之間，有着顯著的差異。前三條都是孟子的獨白，由譬喻至論旨，一氣呵成；後四條則是孟子與諸侯或大夫的對話，雖然都是孟子先向對方提出譬喻，然後再向對方點明論旨，但中間總是夾雜着對方的答話，而這些答話往往是孟子說辭得以成立或獲勝的關鍵。相形之下，後四條引文運用的譬喻，實在比前三條以及前一節各條引文所運用的譬喻更爲生動有力，值得讀者特別注意。

從後四段引文看，孟子不但是論辯的高手，簡直是可怕的說話對手。當孟子問梁惠王「殺人以梃與刃，有以異乎？」的時候，惠王一一據實回答：「無以異也。」惠王那能料到孟子的目的就在等你親口表示「無以異也」之後，坐實你率獸食人的罪名。當孟子問齊宣王：「王之臣，有託其妻子於其友而至楚遊者。比其反也，則凍餒其妻子，則如之何？」又問：

「士師不能治士，則如之何？」齊宣王以爲孟子在談論別人的事情，一一說出了自己的看法：「棄之。」「已之。」沒想到這些只是孟子的譬喻，孟子眞正要說的乃是「四境之內不治，則如之何？」宣王猝然之間無辭以對，就只有「顧左右而言他」了。領教過孟子先以譬喻引人入彀然後對準對方要害一擊的說辭後，再和孟子面對面談話，恐怕誰都會有提心吊膽，不知該如何作答。

在後四條引文中，最精彩的要算最末一條。在這條長不過二百字左右的短文中，孟子三度運用譬喻，結果使平陸大夫孔距心和齊宣王都承認自己有罪。孟子先詢問孔距心：「子之持戟之士，一日而三失伍，則去之否乎？」等對方說出：「不待三。」然後就要對方爲自身的施政不良認罪。結果對方推說「此非距心之所得爲也」，於是孟子又說了個譬喻：「今有受人之牛羊而爲之牧之者，則必爲之求牧與芻矣。求牧與芻而不得，則反諸其人乎？抑亦立而視其死與？」終於使對方承認：「此則距心之罪也。」然後孟子又把孔距心知罪的故事「爲王誦之」，使齊宣王也承認：「此則寡人之罪也。」在這段短文的前半，主旨在使孔距心認罪，「持戟之士」和「受人之牛羊而爲之牧之者」都是譬喻；到了末了，主旨在使齊宣王認罪，孔距心認罪都成了譬喻。譬喻能使用到這般境地，實在高明極了。

五

孟子使用譬喻，還有第三種方式，那就是論旨和譬喻合而爲一，根本無從分開。例如：

然則王之所大欲可知已：欲辟土地，朝秦楚，蒞中國，而撫四夷也。以若所為，求若所欲，猶緣木而求魚也。（梁惠王上）

狗彘食人食而不知檢，塗有餓莩而不知發，人死，則曰：「非我也，歲也。」是何異於刺人而殺之，曰：「非我也，兵也。」（梁惠王上）

仁，人之安宅也；義，人之正路也。曠安宅而弗居，舍正路而不由，哀哉！」（離婁上）

右錄第一條文字中，「猶緣木而求魚也」，是譬喻，也是論旨的結句，這樣，論旨和譬喻就在這一句合而爲一。如果在「以若所爲，求若所欲」之下再加上一句：「豈可得哉？」作爲論旨的結局，接着再說：「猶緣木而求魚也。」那就成了本文第三節所謂最常見的方式。右錄第二條文字也是一樣，要等到「是何異於刺人而殺之，曰：非我也，兵也。」這一段譬喻出來，論旨才告終結。至於第三條文字，整段都是譬喻，論旨透過層層譬喻表現出來。

六

有些學者習慣把譬喻和寓言分開，筆者則以爲寓言也是譬喻的一種，只不過由於寓言有一個自成首尾的故事，與一般的比喻面目不盡相同而已。面目雖有不同，但效用卻是一樣。孟子用寓言來表明論旨的例子，如：

……必有事焉，而勿正，心勿忘，勿助長也。無若宋人然。宋人有閔其苗之不長而揠之者，芒芒然歸，謂其人曰：「今日病矣，予助苗長矣。」其子趨而往視之，苗則槁矣。（公孫丑上）

齊人有一妻一妾而處室者。其良人出，則必饜酒肉而後反。其妻問所與飲食者，則盡富貴也。其妻告其妾曰：「良人出，則必饜酒肉而後反。問其與飲食者，盡富貴也，而未嘗有顯者來。吾將瞯良人之所之也。」蚤起，施從良人之所之，徧國中，無與立談者。卒之東郭墦間之祭者，乞其餘，不足，又顧而之他。此其為饜足之道也。其妻歸，告其妾，曰：「良人者，所仰望而終身也，今若此！」與其妾訕其良人，而相泣於中庭。而良人未之知也，施施從外來，驕其妻妾。由君子觀之，則人之所以求富貴

利達者，其妻妾不羞也而不相泣者，幾希矣！（離婁下）

昔者有饋生魚於鄭子產，子產使校人畜之池。校人烹之，反命曰：「始舍之，圉圉焉，少則洋洋焉，攸然而逝。」子產曰：「得其所哉！得其所哉！」校人出，曰：「孰謂子產智，予智烹而食之，曰：得其所哉！得其所哉！」故君子可欺以其方，難罔以非其道。（萬章上）

右引第一條文字，先提出「勿助長也」的論旨，然後以宋人揠苗助長的寓言說明助長之害。第二條文字，先提出齊人爲妻妾所訕的寓言，然後提出「人之所以求富貴利達者，其妻妾不羞也而不相泣者，幾希矣！」的論旨。第三條文字也是先提出校人欺騙子產的寓言，然後表明「君子可欺以其方，難罔以非其道」的論旨。由於寓言必須有一個具體而微的故事，不像使用其他譬喻來得方便，所以孟子書中以寓言來說明論旨的情形較少。但是從上引的三個例子，可以看出孟子使用寓言，都能恰到好處地表達或加強了他的論旨。

七

由以上的說明，孟子的確「長於譬喻」，趙岐的話說得一點也不錯。雖然在戰國時代，莊子、荀子、韓非子等都善於使用譬喻，但孟子一點也不輸於他們。熟讀孟子，對寫作技巧上的譬喻一道，就可以領略其中三昧了。所以孟子固然是十三經之一，其實在文學上也是具有價值的。

（七十年七月一日孔孟月刊第十九卷第十一期）

長門賦的寫作技巧

司馬相如是漢賦的名家，他最出名的兩篇賦是子虛賦和上林賦。文學史家常把這兩篇賦當作相如的代表作、漢賦的典型。稱它們爲漢賦的典型，的確並不過份，因爲它們能代表極大多數的漢賦的風格。不過我覺得在相如的作品中，它們並不是最好的；最好的應該是另一篇短賦長門賦。我稱長門賦爲「短賦」，是因爲它的篇幅很短，還不到子虛或上林的一半。不過文學作品的價值是不能以篇幅的長短來衡量的，長門賦雖只有短短的五百字來，卻活生生地刻劃出了一位棄后的哀怨的心，裏面有眞實的感情，深刻的描寫，這就是使作品不朽的必要條件。典型的漢賦所講求的是美麗的詞句，所謂「因物造端，敷弘體理，欲人不能加也。」（三都賦皇甫謐序）子虛、上林都是敍遊獵的賦，於是舉凡行獵時車服的華麗，人馬的健壯，以及種種珍禽怪獸，奇花異草，無不誇張形容到極點，眞使人嘆爲觀止，「不能加也」。但詞句雖然美麗，內容卻空無所有。讀這類賦，好比看一場以場面豪華取勝的電影，看的時候頗能一快耳目，但看完時心中所留下的卻是像銀幕一樣的一片空白。長門賦則好像是一部心理描寫細膩的文藝電影，看的時候是使你低徊不已，看完了可以經久不忘。

長門賦所描寫的是罷居在長門宮的陳皇后，陳皇后就是所謂「金屋藏嬌」的阿嬌。她自幼即由她的母親長公主劉嫖作主，許配給武帝。兩口子結婚後，感情很好。美中不足的是她沒有生育，「求子與醫錢凡九千萬，然竟無子。」（語見漢書王先謙補注）後來武帝移情別戀衛夫人，她知道了十分妒忌，千方百計的要害死衛夫人。終至爲武帝所不容，廢去后位，罷居到長門宮去度其餘年。在長門宮這段時期，這位廢后的心情是十分複雜的。她悲傷自身的被棄，妒忌衛夫人的得寵，怨恨武帝的薄情，同時懊悔自己的過失。她對未來的日子感到絕望，卻又捨不得放棄最後的一線希望，希望有一日武帝能顧念舊情，和她重歸於好。像這樣的一個女子，自是文人寫作的好題材。但單有好的題材，並不一定能產生好的作品；無論怎樣好的題材，如果落入一個低能的作家手中，結果必然是白白地蹧塌了。司馬相如用這題材寫成了長門賦，只用了短短的五百來字就把這位棄后描繪得活靈活現，讀賦時如見其人，不由得我們不嘆服他那驚人的才華和卓越的技巧，他眞不愧爲漢代賦壇的巨擘。他寫長門賦的技巧，我現在想提出來談談。

> 夫何一佳人兮，步逍遙以自虞。魂踰佚而不反兮，形枯槁而獨居。言「我朝往而暮來」兮，飲食樂而忘人。心慊移而不省故兮，交得意而相親。伊予志之慢愚兮，懷眞

愨之歡心。願賜問而自進兮，得尚君之玉音。奉虛言而望誠兮，期城南之離宮。修薄具而自設兮，君曾不肯乎幸臨。

長門賦大致可以分爲五段，右文是第一段。在這段文字中，最要注意的是「我朝往而暮來」這一句。這是武帝和陳皇后相約的話，相如就拿這句話來做引線，整篇賦就由此而來。有了這句話，陳皇后才「修薄具而自設」，以等待武帝來共餐。武帝失約不來，陳皇后一直等下去，由黃昏等到翌日黎明。長門賦也就寫到那時爲止。陳皇后的希望隨着時間的消逝而逐漸減少，以至於完全絕望；相如就按照這個過程一層一層地加以描寫。這是聰明的安排。「步逍遙以自虞」一句，寫出了陳皇后等待武帝時的狀態。當你在等待意中人時，常會覺得坐立不安；久候不到，就不禁要胡思亂想。這是人之常情。「交得意而相親」自然是指衛夫人。帝帝遲遲不來，陳皇后便不禁要這樣想：準是被衛子夫這狐狸精迷住了！一想起衛夫人——她的情敵，她就不由得怒火中燒，並且連帶的把武帝也怪在內。所以在這一段的字裏行間，充滿着她對衛夫人的妒恨與對武帝的怨憤。

廓獨潛而專精兮，天飄飄而疾風。登蘭臺而遙望兮，神怳怳而外淫。浮雲鬱而四塞兮，天窈窈而晝陰。雷殷殷而響起兮，聲象君之車音。飄風迴而起閨兮，舉帷幄之襜襜。桂樹交而相紛兮，芳酷烈之誾誾。孔雀集而相存兮，玄猿嘯而長吟。翡翠脅翼而來萃兮，鸞鳳翔而北南。心憑噫而不舒兮，邪氣壯而攻中。

蘭臺就在長門宮中，和未央宮的曲臺一樣，可以登臨遠望。陳皇后等得心裏焦急，才「登蘭臺而遙望」。當我們在家裏等候約好人的客人老等不到時，就會到門口去張望，希望能早點見到他來，也正是這種心理。「雷殷殷而響起」，她乍聽了還以為是武帝的車音，趕緊往武帝來的路上望去，卻連個人影都沒有。像這樣「誤幾回天際識歸舟」，多麼令人失望難過。她回頭望望自己的住處，所見到的卻是一派旖旎風光：濃郁的桂花香氣在風中盪漾，孔雀、玄猿、翡翠、鸞鳳都是雙雙對對的形影相依。這種景象在傷心人和陳皇后看來，是多麼的刺目！「桂樹交而相紛」這六句，乍看起來似乎和整篇賦的氣氛不調和，實際上作者乃在用反寫的筆法在暗中襯托出陳皇后的孤單淒苦。末兩句才正面點破她的心情。至此，她再也沒有心思在蘭臺待下去，她只好返回宮了。這樣作者便可以展開另一層文字。這種手法，巧妙而自然合理。

下蘭臺而周覽兮，步從容於深宮。正殿塊以造天兮，鬱並起而穹崇。閒徙倚於東廂兮，觀夫靡靡而無窮：擠玉戶以撼金鋪兮，聲噌吰而似鐘音。刻木蘭以為榱兮，飾文杳以為梁。羅丰茸之遊樹兮，離樓梧而相撐。施瑰木之欂櫨兮，委參差以糠梁。時彷彿以物類兮，象積石之將將。五色炫以相耀兮，爛耀耀而成光。緻錯石之瓴甓兮，象瑇瑁之文章。張羅綺之幔帷兮，垂楚組之連綱。撫柱楣以從容兮，覽曲臺之央央。白鶴噭以哀號兮，孤雌跱於枯楊。日黃昏而望絕兮，悵獨託於空堂！

在整篇長門賦中，以這一段最爲難讀。作者在這裏盡量地描寫宮殿的構造和佈置，堆砌了不少美麗的字眼，還夾雜着許多古代建築學上的專有名詞。這段賦和其他體物的典型漢賦毫無二致。這就是因爲賦畢竟是賦，劉勰說得好：「賦者鋪也，鋪采摛文，體物寫志也。」(文心雕龍詮賦篇)不管是體物也好，寫志也好，一樣的要「鋪采摛文」，這是賦的特色，否則便不成其爲賦了。而且這裏作者表面上雖在寫宮殿的構造和佈置，實際上還是在寫陳皇后，越是寫她細觀這些「靡靡而無窮」，就越顯出她此時百無聊賴的神情。所以我們讀到這一段時，必須了解作者的苦心。這不但不是浪費筆墨，相反的，正是作者忠於藝術的表現。他情願費這麼大的力來描寫陳皇后百無聊賴的神態，而不用幾個空洞的形容詞形容一下了事，這正是他對得起讀者之處。「時彷彿而物類兮，象積石之將將。」寫陳皇后覩物傷懷的沉痛心情。語氣雄渾有力，和李淸照的「物是人非事事休，欲語淚先流。」(武陵春)一比，後者顯得是太纖弱了。「白鶴噭以哀號兮，孤雌跱於枯楊。」這兩句正是陳皇后的寫照，淒涼的氣氛活現紙上。這和第二段中以雙雙對對的禽獸來反襯陳皇后的孤單愁苦，寫法不一，而收效則同。到這時武帝還不來，陳皇后已開始感到絕望了。

> 懸明月以自照兮，徂清夜於洞房。援雅琴以變調兮，奏愁思之不可長。按流徵以卻轉兮，聲幼妙而復揚。貫歷覽其中操兮，意慷慨而自昂。左右悲而垂淚兮，涕流離而縱橫。舒息悒而增欷兮，蹝履起而彷徨。揄長袂以自翳兮，數昔日之諐殃。無面目之可顯兮，遂頹思而就床。摶芬以為枕兮，席荃蘭而茝香。忽寢寐而夢想兮，魄若君之在旁。惕寤覺而無見兮，魂廷廷若有亡！

現在，陳皇后已回到洞房。月色如銀，長夜漫漫，何以遣此？只有以一曲琴操，發洩愁緒。這時她所奏的自然是十分感傷的調子。漸漸的，「意慷慨而自昂」，她由悲而憤，情緒激動到極點。這時作者巧妙地採用了「借賓形主」的寫法，不正面去描寫陳皇后的悲憤之狀，卻說：「左右悲而垂淚兮，涕流離而縱橫。」連聽琴的宮女尚且如此，陳皇后的悲痛自可想見。此處如從正面老老實實去描寫，可能會出力不討好，寫文章有時候是必須避重就輕的。「舒息悒而增欷」用得非常有分寸，恰如陳皇后的身份。她生長在帝王家，貴為皇后，無論內心如何悲病，在宮女前面，總有幾分矜持，這是她自小就養成的習慣。所以宮女已是「涕流離而縱橫」，她也只是「舒息悒而增欷」。如果這時寫她棄琴於地，號啕大哭，那就不像陳皇后了。像這種地方是寫作時最容易疏忽的。記得不久前在某女士的一篇小說中，看到一個鄉下老太婆說話時滿口歐化語法，令人感到不倫不類。我想她不會不知道鄉下老太婆說不出這等時髦的話語，定是一時疏忽所致。「蹤履起而彷徨」的「蹤履」兩字，用得十分傳神。它使我們想到陳皇后在等待武帝時，定是盛裝了的，穿的一定是最好的鞋子。她從黃昏等待到深夜，徘徊得腿也酸了，腳也痛了。坐下奏琴時，她脫下了鞋子，讓兩腳舒展一下。奏完琴起身時，已是「舒息悒而增欷，」就連鞋子也懶得穿端正了。本來就是爲武帝而「容」，他不來，還要管這些做什麼呢？而陳皇后於極度悲痛中所表現的嬾散神態，也就活現在我們眼前了。這種寫法，其效果遠勝於用無數「心硬」，「腸斷」等空洞的形容詞。夜深了，陳皇后已然憊疲不堪，只好上床就寢。但「摶芬若以爲枕兮，席荃蘭而茝香。」這原是準備和武帝共同消受的，而結果仍落得孤棲獨眠，只是白辛苦了一場。對着床上的陳設，自不免又多添一番傷心。寫到這裏，想起了李義山的一首無題詩：「來是空言去絕蹤，月斜樓上五更鐘。夢爲遠別啼難喚，書被催成墨未濃。蠟照半籠金翡翠，麝熏微度繡芙蓉。劉郎已恨蓬山遠，更隔蓬山一萬重。」這首詩也是寫對失約者的怨恨與相思。詩中第五、六兩句，不就是「摶芬若以爲枕，席荃蘭而茝香」的境界麼？這段賦的末幾句寫陳皇后夢中都念念不忘武帝，癡情若此，眞使讀者不勝低徊。

眾鷄鳴而愁予兮，起視月之精光。觀眾星之行列兮，畢、昴出於東方。望中庭之藹藹兮，若季秋之降霜。夜曼曼其若歲兮，懷鬱鬱其不可再更。澹偃蹇而待曙兮，荒亭亭而復明。妾人竊自悲兮，究年歲而不敢忘。

陳皇后一夢醒來，起視星月在天，長夜未央。昨宵等待武帝的情形，已恍如夢境。這時她所懷萬端，再也不能入睡了，就對着後半夜朦朧的月光等待天明。長門賦寫到這裏，已成尾聲，需要結束了。一篇文章的結尾是很重要的，結尾好，能使全文生色不少。長門賦的結尾很好。「究年歲而不敢忘」，自然是指不敢忘君。這次武帝雖然失約不來，但她總希望有一天能見到他，尋回舊日的恩愛。這種癡念眞是「春蠶到死絲方盡，蠟炬成灰淚始乾。」她自悲身世，不敢忘君：以這種哀而不怨的語氣作結，無異在讀者的記憶中有力地刻劃了最後一刀，使讀者永遠記着這位在孤寂愁苦中度其餘年的棄后。

末了，要提一下長門賦的序，就因爲這段序，顧炎武、何屺瞻等人才懷疑長門賦非司馬相如所作。序云：

孝武皇帝陳皇后時得幸，頗妒。別在長門宮，愁悶悲思。聞蜀郡司馬相如天下工為

> 文，奉黃金百斤，為相如、文君取酒，因于解悲愁之辭。而相如為文以悟主上，陳皇后復得親幸。其辭曰：……。

序中稱相如用第三人稱，又稱他「天下工爲文」，顯然並不是相如自己寫的。可能是蕭統編文選時所加，也可能是別人所加而蕭統連賦一併收入。我們不能因爲懷疑序，就說賦不是相如所作。這些前人已多論述，這裏不再贅言。序中說相如作賦的動機是由於陳皇后的請求，這種說法也很不可靠；史書上更沒有陳皇后復得親幸的記載。一個作家寫作，不一定要有人委托或請求，他本身的創作慾自會驅使他發掘題材，寫下作品。陳皇后的故事是絕好的寫作題材，相如採用這題材寫成賦，這是很自然的遇合。所以還是相如自動寫這篇賦的可能性大。序中說陳皇后靠相如這篇賦復得親幸，這種誇張的說法，似是有意提高長門賦的身價，使人人一讀爲快。換句話說，是在替長門賦做廣告，拉主顧。其實，一篇眞正有價值的作品，是絕對不需要廣告宣傳的，長門賦即使沒有這段序，也照樣能永傳不朽；有了這段廣告式的序，反而幾乎使相如蒙了不白之寃，連他的著作權都險些兒被剝奪掉了。

（四十六年三月一日文學雜誌二卷一期）

蔡琰悲憤詩兩首析論

蔡琰憑她的二章悲憤詩，在我國文學史上佔有了重要的一頁。這二詩分別用楚辭體和五言體寫成，都描述她自身的悽慘遭遇，吐露她心頭的悲痛憤慨。雖然范曄的後漢書，對這位東漢末年大才少的身世有扼要的記載，而且收錄了這兩首詩，不過它們似乎和它們的作者一樣的命途多舛。宋代蘇軾首先指出五言體一首不是蔡琰所寫，近人梁啟超又認爲楚辭體一首出自後人擬作。他們的意見是這樣的：

> 讀列女傳蔡琰二詩，其詞明白感慨，頗類世傳木蘭詩，東京無此格也。建安七子猶含養圭角，不盡發見，況伯喈女乎？女姬之流離，必在父死之後。董卓既誅，伯喈乃遇禍；今此詩乃云為董卓所驅虜入胡，尤知其非眞也。蓋擬作者疏略；而范曄荒淺，遂載之本傳，可以一笑也。（東坡全集題跋）

> 兩詩並見後漢書。或疑第二首（楚辭體）為後人擬作。范蔚宗未經別擇，誤行收錄。此

說我頗贊同，因為兩詩所寫，同一情緒，絕無做兩首之必要。第二首雖亦不惡，但比起第一首（五言體）來，卻差得多了。第一首則眞千古絕唱。（梁啓超中國美文及其歷史）

在上面的引文裏，蘇軾表面上是泛指二詩，但他從的立論觀察，事實上專門指五言體的一首。梁啟超說他贊同楚辭體一首爲後人擬作，事實上並無具體的理由。他所謂「或疑第二首爲後人擬作」，也沒有說明究竟是誰的意見，說不定就是他自己的意見。但他所說的「同一事實，同一情緒，絕無作兩首之必要」的說，似乎深深的影響了一些治文學史的學者。有人跟着說：「同一的題材，她爲什麼要寫三篇呢？」又有人說：「難道這三篇都是蔡琰琰寫作的嗎？如此情調相同的東西，她爲什麼要同樣寫作三篇呢？」（所謂「三篇」，是包括胡笳十八拍在內，胡笳十八拍不見後漢書列女傳，宋代郭茂倩編樂府詩集始收入琴曲歌辭，其出後人擬作無疑，可置不論。）他們一致認定蔡琰的悲憤詩只有一首是眞的，另一首必是後人擬作。於是先各憑主觀擇定一首認爲是蔡琰眞詩，然後再找理由編派另一首的不是，結果把問題弄得極度複雜。

筆者覺得澄清這一問題的基本步驟是把這二首悲憤詩仔細比較一遍，看看它們究竟是否相同到沒有理由二首並存的程度，如果的確沒有理由，那麼才需要進一步研究二首之中孰眞孰僞的問題；如果有理由，那就還是相信後漢書，認爲二首都是出於蔡琰之手爲是。下文，筆者先就此二首詩作適當的分段，兩相對照，然後再就各段詩句加以比較討論。

一

嗟薄祜兮遭世患，宗族殄兮門戶單。

漢季失權柄，董卓亂天常，志欲圖篡弒，先害諸賢良，
逼迫遷舊邦，擁主以自強。海內興義師，欲共討不祥。

二

身執略兮入西關，歷險阻兮之羌蠻。
山谷眇兮路曼曼，眷東顧兮但悲歎。
冥當寢兮不能安，飢當食兮不能餐。
常流涕兮眥不乾，薄志節兮念死難，
雖苟活兮無形顏。

卓眾來東下，金甲耀日光。平土人脆弱，來兵皆胡羌。
獵野圍城邑，所向悉破亡，斬截無孑遺，尸骸相撐拒。
馬邊懸男頭，馬後載婦女，長驅西入關，迥路險且阻。
還顧邈冥冥，肝脾為爛腐。所略有萬計，不得令屯聚。
或有骨肉俱，欲言不敢語。失意機微間，輒言斃降虜，
要當以亭刃，我曹不活汝！豈復惜性命，不堪其詈罵。
或便加棰杖，毒痛參并下。旦則號泣行，夜則悲吟坐。
欲死不能得，欲生無一可。彼蒼者何辜，乃遭此戹禍！

三

惟彼方兮遠陽精，陰氣凝兮雪夏零，
沙漠壅兮塵冥冥，有草木兮春不榮。
人似禽兮食臭腥，言兜離兮狀窈停。
歲聿暮兮時邁征，夜悠長兮禁門扃，
不能寐兮起屏營，登胡殿兮臨廣庭。
玄雲合兮翳月星，北風厲兮肅泠泠，
胡笳動兮邊馬鳴，孤雁歸兮聲嚶嚶。
樂人興兮彈琴箏，音相和兮悲且清，
心吐思兮匈憤盈，欲舒氣兮恐彼驚，
含哀咽兮涕沾頸。

四

邊荒與華異，人俗少義理。處所多霜雪，胡風春夏起；
翩翩吹我衣，肅肅入我耳。感時念父母，哀歎無窮已。
有客從外來，聞之常歡喜；迎問其消息，輒復非鄉里。

家既迎兮當歸寧，臨長路兮捐所生。
兒呼母兮啼失聲，我掩耳兮不忍聽。
追持我兮走煢煢，頓復起兮毀顏形，
還顧之兮破人情，心怛絕兮死復生。

五

邂逅徼時願，骨肉來迎己。己得自解免，當復棄兒子。
天屬綴人心，念別無會期。存亡永乖隔，不忍與之辭。
兒前抱我頸，問我欲何之。人言母當去，豈復有還時！
阿母常仁惻，今何更不慈？我尚未成人，奈何不顧思！
見此崩五內，恍惚生狂癡，號泣手撫摩，當發復回疑。
兼有同時輩，相送告離別，慕我獨得歸，哀叫聲摧裂。
馬為立踟蹰，車為不轉轍；觀者皆歔欷，行路亦嗚咽。
去去割情戀，遄征日遐邁，悠悠三千里，何時復交會？
念我出腹子，匈臆為摧敗。

既至家人盡，又復無中外，城郭為山林，庭宇生荊艾
白骨不知誰，從橫莫覆蓋，出門無人聲，豺狼號且吠。
煢煢對孤景，怛咤糜肝肺。登高遠眺望，魂神忽飛逝。
奄忽壽命盡，旁人相寬大；為復彊視息，雖生何聊賴。

託命於新人，竭心自勗厲。流離成鄙賤，常恐復捐廢。
人生幾何時，懷憂終年歲！

這二首悲憤詩對照一看，五言體的一首顯然比楚辭體的一首多了一段。二詩的第四段都是描述蔡琰被迎歸漢，離胡開地時的情景。楚辭體的一首至此全詩結束，而五言體的一首則還接下去敍述蔡琰回到漢朝後孤苦無依，重嫁董祀等等經歷。這是非常值得注意的一點，藉此可以推知楚辭體的寫作在先，那時蔡琰在歸漢途中；五言體的寫作在後，蔡琰已回到漢朝，而且已成爲董祀的妻子。據此推論，二詩產生的時間相隔半載甚至一年。寫作的時地不同，心情不同，因之二詩所表現的悲憤也有差別。作楚辭體那首詩，蔡琰儘管悲痛，但重返故國對一位流落胡中十二年的婦人來說，究竟是種慰藉，因之措辭比較含蘊溫厚。等到寫五言體那首時，她又承受了新的嚴重打擊，於是不復有含蘊餘地，而把心頭悲憤和盤托出了。有了這點基本認識，然後再來逐段比較二詩的細節，就會得到圓滿的解答了。

第一段，楚辭體的一首只有兩句，作者自嘆命薄孤單，又遭世患；但沒有指明什麼世患。但到五言體的一首就毫無保留的痛斥董卓了。近代文學史家懷疑五言體的悲憤詩不是蔡琰所作，每每舉開頭一段爲理由。例如有人說：「且琰的父原在董卓門下，終以卓黨之故被殺。琰爲了父故，似未便那麼痛斥卓吧！」這眞是只知其一不知其二的說法。查後漢書蔡邕傳記載着：「中平六年，靈帝崩，董卓爲司空，聞邕名高，辟之。稱疾不就。卓大怒，詈曰：『我力能族人，蔡邕遂偃蹇者不旋踵矣。』又切敕州郡舉邕詣府。邕不得已到署祭酒，見敬重。」可見蔡邕是在逼迫威脅下投入董卓門下的。後來董卓伏誅，蔡邕也受累被王允所殺。事實如此，那麼蔡琰想起寃死的父親，不恨董卓該恨誰呢？又蔡琰自身是被董卓麾下的胡羌兵所擄，最後流落胡中十二年，備嚐人間慘痛，這又該恨誰呢？可以說，蔡家父子的厄運都出於董卓，對這樣的賊臣，不罵更復何待？至於楚辭體那首只籠統提到「世患」，那是由於蔡琰心裏懷着回國的喜悅，並且還不知道父親已因董卓而死，所以就沒有把董卓恨之切骨。

又有人針對着「漢季失權柄」的一段詩句，認爲「蔡琰歸漢，離董卓年代極近，並且漢朝還沒有亡，她未必肯這麼大膽的說這些褒貶的話。」關於此點，筆者的老師戴靜山先生寫過一篇蔡琰悲憤詩考證（載大陸雜誌第四卷第十二期），其中有一段話正好引來作解答。靜山先生說：「我們從『漢季』二字，可想知曹操勢力已成。她是曹操的人，心目中早已無漢。」案史載曹操與蔡邕友善，又曾出錢把蔡琰自匈奴贖回國，又曾看蔡琰的面子親赦她的丈夫董祀的死罪。這一切無不使蔡琰對曹操滿懷感激之情。試看「海內興義師，欲共討不祥」兩句，主要的還不是在歌頌曹操？所以，蔡琰在詩中直言「漢季失權柄」，並沒有什麼值得驚奇的。總之，五言體悲憤詩的第一段，作者把滿腔悲憤噴吐而出，句句發自肺腑，如果這樣的文字還被人懷疑是擬作，眞不禁要令人感嘆知音難得了。

一首悲憤詩的第二段，都在描述蔡琰被胡羌兵刼掠西行時的心情及實況。楚辭體的一首只寫了短短八句，着重抒寫心情的悲苦，對自己被擄的經過只含蓄的說了兩句「身執略兮入西關，歷險阻兮羌之蠻」，也沒有提到董卓。五言體的一首則把這段寫得很長。自「卓眾來東下」至「肝脾爲腐爛」共十四句，描寫董卓屬下胡羌兵東下施虐及自己被擄走的情形；「馬邊懸男頭，馬後載婦女。」是蔡琰目睹的事實，她自己就是被胡羌兵載在馬後的婦女之一。自「所略有萬計」至「乃遭此厄禍」共八句，則敍述西行途中挨打挨駡哀苦無告的慘狀。這些話本是她不願告人的，她本願讓這段悲慘的經歷像一場惡夢永遠埋藏在心底，所以在楚辭體悲憤詩中都不曾述及。但回到漢朝才知道父母已亡，重嫁的丈夫又犯了死罪，害得自己拋頭露面去向曹操哀求，重重的打擊使她受傷的心靈再無法忍受，於是追懷悲憤，就顧不得自己的顏面和盤托出了。

蘇軾懷疑五言體的悲憤詩是後人擬作，有兩點理由。其中之一是他認爲詩歌的內容和史實不符。因爲在五言體的第二段，作者明說自己被董卓屬下的胡羌兵所擄走，但後漢書列女傳卻說：「興平（一九四—一九五）中，天下喪亂，文姬爲胡騎所獲，沒於南匈奴左賢王。」查董卓於初平三年（一九二）伏誅，蔡邕接着被害。則蔡琰被擄流離應該是董卓和蔡邕死後二年或三年的事，那又怎可能是被董卓的軍隊擄走的呢？顯然是詩歌所言有誤。如果詩出蔡琰本人之手，自身的經歷怎會弄錯？蘇軾這一論點雖然頗有見地，不過宋代的蔡寬夫詩話、清代欽韓後漢書疏證、何義門讀書記等也都提出了答辯。他們所說的雖不全同，但有兩點意見是一致的：一、蔡琰是在陳留老家或自河東衛仲道家返回陳留老家時被擄去，那時她沒有跟蔡邕在長安。二、蔡琰被擄流離，始於初平二年董卓和蔡邕死前；列女傳所說的「興平中」，是指蔡琰流落到南匈奴之年。這樣解釋，歷史事實與詩歌內容不僅沒有矛盾，反而合情合理，因為若是後人擬作，他只道蔡琰被擄是「興平中」事，決不會從董卓遷都說起，而有「卓眾來東下」等語了。而且，證之以第三段的「感時念父母，哀嘆無窮已」，更可見蔡琰被擄在蔡邕遇害之前，她一直不知道她父親在初平三年隨董卓伏誅的消息。所以在胡地長年的流落中，仍然是在「感時念父母」。

蘇軾懷疑五言體悲憤詩是後人擬作的另一理由，是他認為東漢時代沒有這種詩歌，蔡琰家學淵源，作詩不會如此明白感慨。關於這一點，戴靜山先生的蔡琰悲憤考證已加以反駁說：「這時候正是建安詩人大做五言詩的時候，她有一首五百字的五言詩，並不稀奇。孔雀東南飛確是經後人增益，其原型可能比文姬的五言詩還長些。五言詩的來源，是從民間來的；五言的漢樂府，差不多都是明白質樸的，正是保存着民間的作風。文姬妙於音律，她所知道的樂府歌辭一定不少；那麼她有這樣一首明白感慨的五言詩，又有什麼可以詫異呢？」顯然，蘇軾的此一論點是站不住的。儘管有些文學史也主張五言體的悲憤是後人擬作，但它們都不曾採用蘇軾所持的兩點理由。

第三段是蔡琰在胡地生活的寫照。在二首悲憤詩的逐段比較中，只有這一段是楚辭體的篇幅長而詞氣激動，五言體的篇幅短而詞氣平和。例如對胡人的印象，五言體的不過說：「人俗少義理。」而楚辭體的則說：「人似禽兮食臭腥，言兜離兮狀窈停。」又如對胡地的自然環境，五言體的不過說：「處所多霜雪。」而楚辭體的則說：「惟彼方兮遠陽精，陰氣凝兮雪夏零。沙漠壅兮塵冥冥，有草木兮春不榮。」這些詩句把胡人比作禽獸，把胡地比作絕域，充滿了厭惡憎恨之情。這種心情是十二年的流落生涯所累積起來的。當她一旦踏上歸國之途時，痛苦的記憶猶新，詩自然而然地變得激越起來。蔡琰回國之後的生活，遠不如在歸途所想像的那樣好，新的失意與焦慮梗塞心頭，沖淡了她對胡人胡地的厭恨，隨之五言體的這段詞氣也就變得平和了。

第四段所寫的是蔡琰離別兒子啟程回國的經過，這一段應該是整個故事的高潮所在了。蔡琰當時既不知道父母已死，一聽說漢朝使者來用金璧把她贖回去，自然以爲是父母派來的。這對她來說，眞是喜從天降。但緊接着她就想到勢必要留下兩個兒子；雖然是和胡人生的，但到底是自己的親骨肉，多年來成爲她生命中的唯一慰藉，給予她生活下去的勇氣，怎能忍心丟下？但是爲了回國和父母團聚，爲了盡人子之道，她只有割斷母子之情一條路可走。楚辭體的這段只有八句，雖然也以「兒呼母兮啼失聲，我掩耳兮不忍聽」兩句描述離別兒子時的悲哀，以「還顧之兮破人情，心怛絕兮死復生」兩句寫出歸漢途中念念不忘兒子的深情，但每跨一步每走一程都使她日益接近故國，日益接近父母，這種喜悅和慰藉自然沖淡了幾分遠離兒子的悲痛。楚辭體那首大致說來比五言體那首要含蘊溫厚些，主要即由於此。

蔡琰歸國之後，才發現「既至家人盡，又復無中外」。雖然又嫁了個丈夫，但這位因犯罪差點被殺頭的丈夫顯然大不高明。這時蔡琰心底最思念的親人，無疑是留在匈奴的兩個親生兒子了。如果當時蔡琰早知道「家人盡」「無中外」，遣使來迎自己的是曹操，說不定下個決心就長留胡地算了。因爲回國來她已一無所有，而在胡地至少還有兩個親生兒子可以廝守啊！所以她寫五言體的悲憤詩寫到這一段時，當年離別兒子的往事歷歷在目，她記得臨走時一個兒子抱着自己頸頭的問：「媽媽要到那裏去？」她自己沒有勇氣回答，還是旁人替她回答的。她更淸楚地記得又一個兒子喪着臉問她：「阿母常仁側，今何更不慈？我尚未成人，奈何不顧思？」這天眞稚氣的語調，不要說蔡琰當時聽了會「見此崩五內，恍惚生狂癡」；不要說當時的旁觀者聽了會「觀者皆歔欷，行路亦嗚咽」；就是一千七百多年後的我們讀到這裏，也不禁爲之心酸。五言體的這一段長達三十句，眞說得上是血淚交迸之作。蘇軾以爲建安七子作詩尚且含養圭角，不盡發見，則辭賦大家蔡邕的女兒蔡琰作詩，怎會如此明白感慨？這話有兩點欠妥：第一，建安七子的詩都是抒情言的志，儘可以含蓄一點；蔡琰這首是敍事詩，敍事詩而不明白感慨，那還敍個什麼事？其次，蔡琰爲追懲悲憤而作此詩，不明白感慨，又如何來盡情抒寫她的悲？發洩她的憤？總之，這首詩如果不明白感慨，斷不能如此感動人。

楚辭體那首寫到第四段「還顧之兮破人情，心怛絕兮死復生！」就結束；五言體那首則多出第五段二十二句，描述回國後的遭遇。蔡琰回國後受到的第一個打擊，當然是聯到了父母的噩耗。不但父每屍骨已寒，而且「家人盡」，「無中外」，眞是孤苦伶仃，無依無靠了。另一個打擊是家園殘破，已不像舊時情景。「城郭爲山林，庭宇生荆艾。白骨不知誰，縱橫相覆蓋。出門無人聲，豺狼嘷且吠。」這是何等悲慘死寂的人世！面對着刼後殘破的家園，「奄若壽命盡，旁人相寬大。」若不是有旁人相勸，她眞是不想活下去了。回國後的日子實在反不如當年在胡地好過，於是「登高遠眺望，魂神忽飛逝。」她的一顆心早飛向在匈奴的親生兒子身上了。還有第三個打擊，那是她的第三任丈夫董祀所加之於她的。從「託命於新人，竭心自勗厲。流離成鄙賤，常恐復捐廢。」四句詩看，蔡琰和董祀的婚姻並不美滿。本來，一個流落胡地十二年，和胡人生過兩個孩子的中年婦人，連她自己都覺得「流離成鄙賤」，休說嫁個理想夫婿，能找到一個願意娶她的人就不是件容易的事。在那時頑固的舊社會中，人們對蔡琰一定是另眼看待的。南朝宋代范曄把蔡琰收入後漢書列女傳，結果還被唐代史家劉知幾譏諷了一頓。劉知幾說：「觀東漢一代賢明婦人，如秦嘉妻徐氏，動合禮儀，言成規矩，毀形不嫁，哀慟傷生：此則才德兼美者也。董祀妻蔡氏，載誕胡子，受辱虜廷，文詞有餘，節概不足：此則言行相乖者也。蔚宗後漢傳標列女，徐淑不齒而蔡琰見書，欲使彤管所載，將安準的？」（史通人物第三十）蔡琰和董祀的婚姻是怎樣撮合成的，沒有資料可以查考。但董祀爲屯田都尉犯法當死，可見其人品不良。蔡琰「常恐復捐廢」，時時生活在被遺棄的恐怖中，又可見董祀待蔡琰不善。如果婚姻美滿，即使她有「流離成鄙賤」的自卑感，也不必「常恐復捐廢」而形之於詩啊。當年蔡琰拋棄親子隻身歸國，原本抱着奉養父母以卒大恩的崇高目的，沒想到父母已歿，報恩無門，而殘酷的現實反加以多重的打擊，使這位才女對此生終於完全絕望！「人生幾何時？懷憂終年歲！」這是何等深沉的悲憤！何等無告的哀嘆！

綜合上文對二首悲憤詩的比較和分析，可以肯定的說，二詩都是蔡琰所作的；楚辭體的一首作於歸途中，五言體的一首作於回國重嫁之後。後漢書在列女傳董祀妻傳的末尾稱：「後感傷亂離，追懷悲憤，作詩二章。其辭曰：……」然後先錄五言體一首，再錄楚辭體一首。這只是爲了行文方便，並非表示二詩同時做就。如果范曄當時就把楚辭體一首提前置於「曹操素與邕善，痛其無嗣，乃遣使者以金璧贖之」之下，「而重嫁於祀」之上，也許就可以避免一些後人的無謂糾紛。總之，這二首詩寫作的時間不同，環境不同，心情更是不同；儘管所抒寫的都是蔡琰的身世悲憤，事實上卻有不少差異。人們實在沒有理由懷疑她爲何要寫上二首；更沒有理由只許一首是眞的，硬把另一首編派成後人擬作。

蔡琰被擄開始流離大概在初平二年（一九一）流落到南匈奴大概始於興平二年（一九五），被贖歸漢則大概在建安十一年（二〇六）。楚辭體的悲憤詩大概就作成在建安十一年；五言體那首的誕生則又在其後，也許隔了半載一年，也許要隔數年之久。再過十餘年，到建安末，孔雀東南飛這首敍事長詩也跟着誕生了。就因爲有了悲憤詩和孔雀東南飛，建安年間被譽爲我國敍事詩首度發出萬丈光輝的偉大時代。

（六十一年七月一日中外文學一卷二期）

孔雀東南飛的悲劇成因與詩歌原型探討

「孔雀東南飛」是我國篇幅最長、故事最家喻戶曉的一首五言敍事詩。此詩題目，玉臺新詠卷一題作「古詩爲焦仲卿妻作」；樂府詩集卷七十三題作「焦仲卿妻」；近人著作則多數題作「孔雀東南飛」，即取此詩首句爲題目。「古詩爲焦仲卿妻作」簡直不像個題目；「焦仲卿妻」也遠不及「孔雀東南飛」既響亮又富有詩意。因此，後者正被近世學者普遍採用，前二者則幾已跡近塵封了。當然，無論採舊題或新題，對詩歌本身是不構成影響的。

孔雀東南飛最初收錄在梁代徐陵編的玉臺新詠卷一。詩前有一段序：

漢末建安中，盧江府小吏焦仲卿妻劉氏，為仲卿母所遣，自誓不嫁。其家逼之，乃沒水而死。仲卿聞之，亦自縊於庭樹。時傷之，為詩云爾❶。

❶ 本文引用孔雀東南飛的文字，均據四部叢刊本玉臺新詠。樂府詩集卷七十三引此詩序言，末二句作「時人傷之，而爲此辭也。」

此段序言對孔雀東南飛的故事發生年代、地點、人物及作詩動機都有清楚的交待，所以很久沒有人提出任何懷疑。一直到了南宋，劉克莊才說了一句：「焦仲卿妻詩，六朝人所作也。」❷劉氏既不曾提出什麼證據，他的話似乎也不曾引起過什麼反響。到了民國時代，才對孔雀東南飛的撰作年代掀起了一陣熱烈的討論。首先是梁啟超爲歡迎印度詩哲泰戈爾訪華，在北平師範大學以「印度與中國文化之親屬的關係」爲題作的一次講演，提到孔雀東南飛是六朝作品❸。梁氏的話立即引起了學術界的注意。接着陸侃如撰孔雀東南飛考證，張爲騏撰論孔雀東南飛致胡適之先生，又撰孔雀東南飛年代祛疑❹，大致都從詩中的名物習俗，證明此詩非漢人作品。這些都是助成梁啟超說的。而胡適的白話文學史、跋張爲騏論孔雀東

❷ 見後村先生大全集卷一七三，詩話前集，四部叢刊。

❸ 梁啟超說：「東晉時候所譯出印度大詩人馬鳴菩薩的佛本行讚和大乘莊嚴經這兩部名著，在我國文學界像有相當影響。我們古詩，從三百篇到漢魏的五言，大率感情主於溫柔敦厚，而資料都是現實的。像孔雀東南飛和木蘭詩一類的作品，都起自六朝，前此卻無有。（孔雀東南飛向來都認爲漢詩，但我疑心是六朝的的。我別有考證。）佛本行讚現在譯成四本，原來只是一首詩，把佛一生事蹟添上許多詩的趣味譜爲長歌，在印度佛教史上力量之偉大固不待言，譯成華文以後，也是風靡一時，六朝名士幾於人人共讀。那種熱烈的情感和豐富的想像力，輸入我們詩人的心靈中當不少。只怕孔雀東南飛一路的長篇敍事抒情詩，也間接受着影響罷。（但此說別無其他證據，我未敢自信，我要再三聲明。）」講演稿收入中華書局飲冰室合集，文集卷四十一。

❹ 陸侃如孔雀東南飛考證收入國學月報彙刊。張爲騏論孔雀東南飛致胡適之先生見現代評論七卷一六五期；孔雀東南飛年代祛疑收入國學月報彙刊二集。

南飛，王越的孔雀東南飛年代考❺，則先後否定梁啟超、陸侃如、張為騏諸人的說法。兩者相較，顯然後者的立論比較充分。因此孔雀東南飛的漢詩資格雖然一度似乎動搖，幸好有驚無險，只要看晚近的各家文學史都還是把此詩放在漢詩部分介紹，就可證明它的漢詩資格已經維護住了。

孔雀東南飛的撰作年代以及它是否受有佛教的影響，經過前人的熱烈討論，大致已獲結論。關於它的社會背景，近人也頗有探討。本文所要討論的，是另外兩個問題：一、孔雀東南飛悲劇故事的形成原因❻。二、孔雀東南飛一詩的原型。關於前者。筆者試圖就詩歌本身的記述，來分析焦氏夫婦悲劇形成的主要原因，以期對前人說法有所補正。關於後者，筆者試圖指出詩中出自後人大幅度增附的文字，從而探討比較接近此詩原型的面目。遠在十幾年前，筆者在教室裏講授這首詩歌時，就提出過這二種想法。但是由於生性疏懶，經常是說過就算，從來不會想到要寫下來。這次由於文學評論第二集——詩歌專輯——需稿，才把幾乎塵封了的舊想法從頭爬梳，撰為本文，並就教於方家。

❺ 胡適跋張為騏論孔雀東南飛，見現代評論七卷一六五期。王越孔雀東南飛年代考，見國立中山大學文史學研究所月刊一卷二至三期。

❻ 本文所用「悲劇」一詞，取其一般意義，與 Tragedy 無涉。

一、孔雀東南飛悲劇故事的形成原因

對孔雀東南飛這一悲劇故事的形成原因，劉大杰在中國文學發展史第七章漢代的詩歌裏說：「孔雀東南飛是表現一對犧牲於舊的家族制度與傳統的倫理道德下面的夫婦的悲劇。」這可以說是一般的看法，把悲劇形成原因歸之於舊的家族制度與傳統的倫理道德。我們知道，在古代舊禮教社會中，做媳婦的要受「七出」的約束。唐賈公彥解釋「七出」說：「七出者，無子，一也；淫佚，二也；不事舅姑，三也；口舌，四也；盜竊，五也；妒忌，六也；惡疾，七也。」❼媳婦犯了其中任何一條，做婆婆的就名正言順的可以把她休掉。第三條「不事舅姑」，即是不孝順公婆。孔雀東南飛詩中，焦仲卿的母親把媳婦劉蘭芝休掉，想必是依據此條。試看詩中焦母對兒子仲卿說的話：「此婦無禮節，舉動自專諸。吾意久懷忿，汝豈得自由！」可見老人家對劉蘭芝的極度不滿。雖然蘭芝自稱：「奉事循公姥，進止敢自專？晝夜勤作息。伶俜縈苦辛。謂言無罪過，供養卒大恩。仍更被驅遣，何言復來還？」言下不勝委屈。但婆婆是家裏的權威，她老人家的話算話，於是蘭芝只有乖乖的接受

❼ 見儀禮喪服「出妻之子爲母」句賈公彥疏。賈疏所據爲大戴禮記本命篇。。

被休的命運了。在舊家族制度和傳統倫理道德下，七出之條成了婆婆對付媳婦的殺手鐧，而媳婦就成了哀苦無告的可憐蟲。由此看來，把孔雀東南飛悲劇故事的形成原因歸之於舊家族制度與傳統的倫理道德，倒也言之成理。

但是由於下面兩點考慮，筆者覺得上述一般的看法，並非造成此一悲劇故事的主要原因。第一點考慮，像這樣的悲劇故事，在古代社會也是罕有的。爲什麼生活在同樣的舊家族制度與傳統倫理道德下的千千萬萬家庭，偏偏焦仲卿家發生了這幕曠古大悲劇？一對恩愛夫妻橫遭婆婆拆散，在古代也許不乏其例，但最後演變到夫妻雙雙自殺，終究是極罕見的。第二點考慮，俗語「二十年媳婦熬成婆」，可見媳婦固然難做，但在二十年後成婆的指望下還是一個個熬出來了。人天生就有極大的適應性。爲何焦仲卿一家偏鬧得如此不可收拾？因此筆者認爲此一悲劇的造成，舊家族制度和傳統倫理道德並非主要的原因；主要的原因應該是下列二者：

一、要命的「焦仲卿性格」。

二、一家人的彼此不了解。

先談要命的「焦仲卿性格」。

焦仲卿這位先生的性格，相當的「莫名其妙」，而且與衆不同，因此筆者姑名之爲「焦仲卿性格」。此詩在首二句「孔雀東南飛，五里一徘徊」之下，就是劉蘭芝對丈夫焦仲卿說的一段話：

十三能織素，十四學裁衣，十五彈箜篌，十六誦詩書。十七為君婦，心中常苦悲。君既為府吏，守節情不移。賤妾留空房，相見常日稀，彼意常依依。鷄鳴入機織，夜夜不得息。三日斷五匹，大人故嫌責。非為織作遲，君家婦難為。妾不堪驅使，徒留無所施。便可白公姥，及時相遣歸。

蘭芝先是自述幼時所受的良好教養；繼則訴說嫁到焦家以後所遭的委屈，包括與丈夫會少離多，日常工作勞苦，更難堪的是公婆故意嫌責；最後表示了下堂求去的意思。首先要說明，古代媳婦被婆家遣還，無論對自身或是對娘家來說，都是莫大的羞辱。此詩下文敍蘭芝被遣回娘家時的情形是這樣的：「入門上家堂，進退無顏儀。阿母大拊掌：『不圖子自歸！十三教汝織，十四能裁衣，十五彈箜篌，十六知禮儀。十七遣汝嫁，謂言無誓違。汝今何罪過，不迎而自歸？』蘭芝慚阿母：『兒實無罪過。』阿母大悲摧。」這正反映了當時遭婆家遣還的女子被社會不齒被家人責備的事實。可以說，這是舊禮教社會所必然的現象，否則，婆婆的權威如何能建立呢？所以蘭芝所云：「妾不堪驅使，徒留無所施。便可白公姥，及時相遣歸。」並非眞的下堂求去。明乎此，就可進一步探討蘭芝說此話的眞正用意。焦仲卿一天到晚忙於公職，難得回家，於是蘭芝每天所面對的，除了那架織布機，就是對自己多方挑剔的公婆。在她生活中唯一的指望，就是盼到仲卿回家，向他一訴委屈。難得有一天仲卿終於回家了，自不免把心頭鬱結的悲苦和盤托出，而其目的無非在獲得丈夫的慰藉，並非眞的下堂求去。遇到這種場合，相信一般做丈夫的都明白如何應付。在舊式家庭中，婆媳之間偶有糾紛，做兒子的勢必得做個調停人。兩面作揖固然並不好受，但往往因此保持家庭的和諧完整。當時仲卿如能及時安慰幾句蘭芝，本可望大事化小，小事化無。沒想到仲卿不此之圖，竟冒冒失失的登堂去責問老母起來：

> 兒已薄祿相，幸復得此婦。結髮同枕席，黃泉共為友。共事二三年，始爾未為久。女行無偏斜，何意致不厚？

身爲府吏的兒子竟然用這種語氣幫妻子責問母親，誰做母親也忍不下這口氣，難怪焦母示刻斷然的表示：「何乃太區區！此婦無禮節，舉動自專諸。吾意久懷忿，汝豈得自由！東家有賢女，自名秦羅敷。可憐體無比，阿母爲汝求。便可速遣之，遣去愼莫留！」不但聲言要遣走蘭芝，連繼任的兒媳婦人選都在考慮中了。而不識相的焦仲卿竟然——

府吏長跪告：「伏惟啟阿母，今若遣此婦，終老不復取！」

這一來眞把老太太給氣壞了。你看：「阿母得聞之，槌牀便大怒：『小子無所畏，何敢助婦語！吾已失恩義，會不相從許。』」事態演變至此，婆媳之間已完全破裂。事實上，婆媳之間本來未必會正面衝突，都是焦仲卿這位中間人小事化大事的結果。且看仲卿如何收場：

府吏默無聲，再拜還入戶，舉言謂新婦，哽咽不能語：「我自不驅卿，逼迫有母阿。卿但暫還家，吾今且報府。不久當歸還，還必相迎取。以此下心意，愼勿違吾語。」

明明事情已被自己搞得不可收拾，蘭芝不可能再留在焦家做媳婦，偏偏還不肯承認這一事實。這種拖泥帶水的作風，眞不是一位提得起放得下敢於面對現實的大丈夫行徑。相反的，蘭芝則表現得很乾脆。你看，「新婦謂府吏：『勿復重紛紜。……』」她已看清楚事情已無可挽回，只好認了。她交待了一些自己衣物的事，終於在次日離開婆家回娘家。而焦仲卿還是一個勁兒的糾纏不休。在他送別蘭芝的時候，還對她表示誓不分離。他說：

誓不相隔卿，卿但還家去，吾今且赴府。不久當還歸，誓天不相負。

蘭芝最後還是被他感動了，回答道：「感君區區懷。君既若見錄，不久望君來。君當作盤石，妾當作蒲葦。蒲葦紉如絲，盤石無轉移。……」這一允諾，沒想到最後竟賠上了一條命。

在上列焦仲卿對劉蘭芝的二段話中，前一句「吾今且報府」，後一句「吾今且赴府」，很是引人注目。就詩歌技巧而言，這兩句固有與前文「君既爲府吏，守節情不移；賤妾留空房，相見常自稀。」❽及下文「府吏聞此變，因求假暫歸」前後呼應；但就刻畫仲卿這個人物而言，就未免顯得不近人情。一個男子能恪盡職守，甚至公而忘家，是值得嘉許的；但是當横遭家庭變故時，還口口聲聲要去上班，那就出乎常情之外了。大概只有焦仲卿才會如此，這就是筆者所謂「焦仲卿性格」的表現之一。

「焦仲卿性格」發展至此，雖然已把家庭搞得一團糟，說不定還有讀者原諒他甚至同情他。他之所以不肯接受與蘭芝分離的命運，固執的抱着一個不可能實現的希望，正可以證明他對蘭芝的眞情眞愛。南宋的陸游與他的妻子唐氏相愛，但唐氏得不到婆婆的歡心，陸游只得把唐氏休掉。但陸游在感情上又捨不得與妻子分手，於是偸偸的把唐氏安置在別館，時往

❽「賤妾留空房，相見常自稀」二句，藝文類聚、樂府詩集及宋刻玉臺新詠所錄孔雀東南飛皆無之。淸丁福保全漢三國晉南北朝詩緒言認爲「惟明重刻本已臆爲竄入矣。」然孔雀東南飛原詩縱然無此二句，而焦仲卿忙於公職，與其妻劉蘭芝會少離多之事實，詩中固顯然可見。

聚會。這份對妻子的深情，與焦仲卿頗有相似之處。但陸游在被母親發現他所營的別館後，終於忍着萬分痛苦和唐氏斷絕。唐氏再嫁趙士程，陸游也另娶妻室。這就是有名的「釵頭鳳」故事⑨。由於陸游還能保持理智與淸醒，還好沒有演變成夫妻雙雙自殺的慘劇。但焦仲卿就不然了，由此以下，「焦仲卿性格」就演變成「要命的焦仲卿性格」。

當焦仲卿聽到了劉蘭芝要再嫁的消息，故事就急轉直下：

官吏聞此變，因求假暫歸。未至二三里，摧藏馬悲哀。新婦識馬聲，躡履相逢迎，悵然遙相望，知是故人來。舉手拍馬鞍，嗟嘆使心傷：「自君別我後，人事不可量。果不如先願，又非君所詳。我有親父母，逼迫兼弟兄，以我應他人，君還何所望？」

其中「因求假暫歸」一句，與上文「吾今且報府」「吾今且赴府」二句一樣引人注意。在這麼一個緊要關頭，焦仲卿竟然不會忘了辦一個請假手續！詩中一連串對仲卿公而忘家，絕不

---

⑨ 釵頭鳳本事最早記載在宋周密齊東野語卷一。原文井：「陸務觀初娶唐氏，閎之女也，於其母夫人爲姑姪。伉儷相得，而弗獲於其姑。旣出，而未忍絕之，則爲之別館，時時往焉。其姑知而掩之；雖先知挈去，然事不得隱，竟絕之。亦人倫之變也。唐後改適同郡子士程。嘗以春日出遊，相遇於禹跡寺南之沈氏園。唐以語趙，遣致酒餚。翁悵然久之，爲賦釵頭鳳一詞，題園壁間云……」

擅離職守的描述，我們眞不易分辨是在頌揚他，還是在挖苦他。

話說仲卿辦畢請假手續，氣急敗壞的趕到蘭芝那裏。蘭芝在訴說了再嫁完全出於家人逼迫的苦衷之後，問了他一句：「君還何所望？」這一句問得好，不但蘭芝要問，我們讀者也要問。你不是說過：「不久當歸還，還必相迎取。」你又說過：「不久當還歸，誓天不相負。」怎麼分手後就音訊全無了呢？蘭芝早就告訴過你：「我有親父兄，性行暴如雷。恐不任我意，逆以煎我懷。」可以說，蘭芝之終於被逼再嫁，當時早已顧慮及之，你怎麼早不防止呢？是你記性欠佳，把此事給忘了？還是公事太忙，分不出身來？你早不來，遲不來，在蘭芝再嫁的前夕，突然自天而降。請問焦大官人：「你此來是爲了什麼？」

府吏謂新婦：「賀卿得高遷！盤石方且厚，可以卒千年；蒲葦一時紉，便作旦夕間。卿當日勝貴，吾獨向黃泉。」

請問焦大官人：你老遠的請了假趕回來，就爲了說這幾句話嗎？你自己沒有做到「不久當歸還」的諾言，還好意思諷刺對方嗎？你既然要「獨向黃泉」，那就請便好了，何必要告訴人家，更何必要逼得人家說出「同是被逼迫，爾妾亦君然。黃泉下相見，勿違今日言」的話呢？筆者相信你此來的目的不是爲了諷刺蘭芝「卿當日勝貴」，只是你一來就諷刺了。筆者也相信你此來的目的不是爲了宣佈「吾獨向黃泉」，只是你一來就宣佈了。筆者也相信你此來不是爲了「愛之欲其死」，硬要蘭芝「捨命陪君子」，只是你一來就這樣做了。筆者甚至相信，當時連你自己也不知道趕回來做什麼，只是想到非趕回來不可，於是你就請了假回來了。可悲啊，「焦仲卿性格」！

焦仲卿聽說蘭芝要陪他同赴黃泉，沒有作聲，大概是滿意了。然後回到家裏，見了老母最後一面，顚三倒四說了幾句訣別的話：

府吏還家去，上堂拜阿母：「今日大風寒，寒風摧樹木。嚴霜結庭蘭。兒今日冥冥，令母在後單。故作不良計，勿復怨鬼神。命如南山石，四體康且直。」

然後不顧「阿母得聞之，零淚應聲落」，而「長嘆空房中，作計乃爾立。轉頭向戶裏，漸見愁煎迫。」相信仲卿此時的心緒，不但別人無法了解，就是他自己恐怕也說不出所以然來。而在這同一世界上的另一地點，「其日牛馬嘶，新婦入靑廬。淹淹黃昏後，寂寂人定初。『我命絕今日，魂去屍長留。』攬裙脫絲履，舉身赴靑池。」蘭芝已經從容的到泉下去赴約了，雖然約會她的人還在「長嘆空房中，作計乃爾立」！你看，蘭芝死得多麼從容！有誰在跳水自殺前會想到脫下絲履？雖然她在古老的社會中是個弱者，是個被害者，但她不曾責怪逼迫她的父兄，她不怨天尤人，她的一生她自己負責。在這方面，焦仲卿是應該慚愧的。蘭芝終已走了，焦仲卿呢？

> 府吏聞此事，心知長別離。徘徊顧樹下，自掛東南枝。

府吏在聽到蘭芝的死訊後（至少也要半天之後），才又在樹下徘徊了一番（他昨晚在空房中已徘徊佇立了很久），才自掛東南枝而死。他本來聲言「吾獨向黃泉」的，結果卻成了蘭芝的追隨者，一個落後甚遠的追隨者。如果他遲遲沒有聽到蘭芝的死訊，他將如何呢？

悲劇總於造成了，而焦仲卿實在責無旁貸。他有好幾次機會可以避免悲劇的發生，但他沒有這樣做；相反的，他每做一事，就使悲劇推進一步。他並無意如此，但終於造成了這樣的結果。具體的說，當他聽了妻子的訴苦之詞，如果曲意安慰一番，而不挺身而出和老母正面衝突，則悲劇可免。當他已和老母鬧翻，就忍痛和妻子分手，各奔前程，悲劇也可免。就是到了後來聽到蘭芝要再嫁，乾脆做一個成人之美的君子，默默的祝福對方幸福，悲劇也還是可免。但是悲劇終於發生，焦仲卿能不負主要的責任嗎？

如果有人說焦仲卿不愛劉蘭芝，筆者絕不同意。如果他不愛她，不會爲她和老母衝突；如果他不愛她，不會在眼看重圓無望時還一再要她等他；如果他不愛她，也不會在她再嫁前夕趕回來。是的，他愛她。但那種愛法卻把愛人擠上了死路一條；雖然這不是他所願見到的，但他確是愚昧的在努力這樣做。所以說，他是個一股勁兒使不願見到的事實現的人。這就是筆者所說的「要命的焦仲卿性格」。誰也不能說他是壞人，但他不是一個能使妻子幸福的好丈夫，也不是一個能使母親快樂的好兒子。也許他那公而忘家的精神該獲得官府表揚，但他最後還是為家務事自殺身死，又怎能做公職人員的表率呢？

再談一家人的彼此不了解。

首先是焦仲卿不了解母親，不了解妻子。如果他了解妻子，就不會把妻子傾訴委屈的（甚至是撒嬌的）話語太認真。如果他了解母親，就不會不顧後果的為了妻子向母親興師問罪，也不會在正式決裂後還妄想迎取妻子回家重圓。這些，前文談「要命的焦仲卿性格」時已有涉及，此處不再重複。

其次是妻子不了解丈夫。蘭芝如果了解仲卿是一副沉不住氣又不懂妻子心理的性格，相信她不會對他訴說婆婆虐待自己的話，更不會誇大其詞的表示下堂求去。等到鑄成大錯，已是後悔莫及，只好認命了。

再次是母親不了解兒子。焦母先要仲卿遣走蘭芝，曾說：

東家有賢女，自名秦羅敷。可憐體無比，阿母為汝求。

她以爲答應兒子另娶一個漂亮媳婦，兒子就肯把糟糠之妻遣走。一直到末了仲卿回家表示不想再活，祝福她「命如南山石，四體康且直」，她老人家一面「零淚應聲落」，一面說：

> 汝是大家子，仕宦於臺閣。愼勿爲婦死，貴賤情何薄。東家有賢女，窈窕艷城郭。阿母爲汝求，便復在旦夕。

她還想以東家的艷女來挽留兒子的一條命。說不定老人家還以爲兒子是因爲沒有了媳婦，生活乏味，才會出此下策哩！多糊塗多可憐的老太太！儘管焦仲卿平時忙於公職，很少回家與妻子團聚；儘管焦仲卿不是個體貼妻子的丈夫，也不了解妻子的心理；但他對妻子的這份情意卻是很專一的。他當初曾對母親斷然表示：「今若遣此婦，終老不復取。」這一點他是說得出做得到的。

焦仲卿夫婦的結合，「共事三二載，始爾未爲久」，而這三二載又是在離多會少的情況下，所以仲卿和蘭芝夫妻間的彼此不了解，勉強還說得過去。但焦母和仲卿母子間的彼此不了解，那就令人驚異了。蘭芝還自知「我有親父兄，性行暴如雷」，而仲卿卻不知道他的母親會「槌牀便大怒」！在這方面，仲卿顯然又不如蘭芝。這一家主要的就是他們三位（雖然還有公公和小姑，事實上並不重要），但三人之間彼此是這般的不了解，要不發生悲劇，如何能得?所以舊的家族制度與傳統的倫理道德固然是這個悲劇故事發生的原因之一，但「要命的焦仲卿性格」和「一家人彼此間的不了解」，無疑是更主要更直接的原因。

二、孔雀東南飛的詩歌原型

孔雀東南飛產生於民間，並非著名文人的大作，這從玉臺新詠所題題目「古詩爲焦仲卿妻作」可以看出，從詩序「時傷之，爲詩云爾」的話也可看出。而這首發生在漢獻帝建安年間（西元一九六—二二〇）的民歌，遲至梁簡文帝（西元五〇三生，五五一卒）晚年徐陵編玉臺新詠⑩，加以採錄，才告正式寫定。自產生至寫定，其間相去三個世紀有餘。從時間上看，玉臺新詠寫定的孔雀東南飛，與此詩原型必大有出入。這是在文學史上常見的事實：一首民歌自產生至文人加以寫定，往往要經過一段漫長的歲月。這期間，除了在語言技巧上一再被人潤色，後世的名物制度及文學風格也跟着混入。古代某些文學作品的撰作年代之所以使文學史家困惑，甚至爭論不休，常常肇因於此。所以孔雀東南飛的寫作年代有建安與六朝之爭，木蘭詩

---

⑩ 玉臺新詠雖題「陳尚書左僕射太子少傅東海徐陵孝穆撰」，書實成於梁簡文帝晚年。唐劉肅大唐新語公直第五曰：「先是梁簡文帝爲太子，好作艶詩，境內化之，浸以成俗，謂之宮體。晚年改作，追之不及，乃令徐陵撰玉臺集，以大其體。」

的寫作年代也有北朝與唐人之爭。再從孔雀東南飛的篇幅上和技巧上看，以一首民歌而竟然長達一千七百數十字，有幾段的技巧又是那麼成熟，這是不可思議的。如果不是經過後世文人的大幅度增附潤色，曷克臻此？所以筆者以為孔雀東南飛一詩的原型必然短於玉臺新詠所錄者，技巧也必然較玉臺新詠此詩為劣。

事實上，孔雀東南飛即使在玉臺新詠寫定之後，也還有人在改動。只要把宋本玉臺新詠，明重刻本玉臺新詠，歐陽詢藝文類聚，郭茂倩樂府詩集，左克明古樂府等書所收此詩作一比勘，就可以發現不屬於手民之誤的文辭差異。清丁福保全漢三國晉南北朝詩緒言云：

> 古詩為焦仲卿妻作「守節情不移」句下，後人添入「賤妾留空房，相見常日稀」二句。試檢藝文類聚卷三十二，樂府詩集卷七十三皆無此十字。宋本玉臺新詠，左克明古樂府亦無之，惟明重刻本已臆為竄入矣。
>
> 「新婦初來時，小姑始扶牀。今日被驅遣，小姑如我長。」馮默菴⑪曰：「此四句是顧況棄婦詩。宋本玉臺無『小姑始扶牀，今日被驅遣』十字。樂府詩集、左克明樂府亦然。其增之者，蘭雪堂活字玉臺始也。」初看此詩，似覺少此十字不得；再四尋

⑪ 馮默菴，即清人馮舒，有校定玉臺新詠。

之，至竟是後人妄添。何以言之；逋翁⑫一代名家，豈應直述漢詩，可疑一也。逋翁詩云：「及至見君歸，君歸妾已老。」則扶牀之小姑，何怪如我？此詩前云：「共事三二年，始爾未為久。」則何得三年未周，長成遽如許耶？正是後人見逋翁詞，妄增入耳。幸有諸本可以確證。今蘇郡刻左氏樂府，反據詩記增入。更隔幾十年，不可問矣。古書之日就散亡，可為浩嘆。

丁氏所言，都是事實。不過，自玉臺新詠寫定以後的改動，也就是版本上的差異，究竟是較瑣碎的字句問題。而此詩自產生至玉臺新詠寫定的三百多年間，想必經過無名文人大幅度的增附潤色，一次或數次，不局限於文字上，甚至是在情節上，如果能把這些出自後人（魏、晉、宋、齊、梁人都有可能）增附潤色的文字析出，將可接近此詩的原型。過分瑣碎的一字兩字的改動潤色自然無從判明，但大幅度的增附潤色大概還不難辨別。得到的結論也許不能保持足夠的正確性以及使人滿意，但是筆者覺得還是值得嘗試。

筆者先認定下列二項原則：

一、詩中過分渲染，含有高度寫作技巧的詩句，是後人潤色的成果，並非質樸自然的民

⑫ 逋翁，唐顧況字。

歌原型所有。

二、詩中自相矛盾或與當時社會背景不符的文字，出於後人增附。

根據以上二項原則，孔雀東南飛中至少有兩大段詩句，可以推斷出自後人之手。其一是有關劉蘭芝離開焦家的一大段描寫。詩云：

> 雞鳴外欲曙，新婦起嚴妝。着我繡裌裙，事事四五通。足下躡絲履，頭上玳瑁光。腰若流紈素，耳着明月璫。指如削葱根，口如含朱丹。纖纖作細步，精妙世無雙。上堂拜阿母，阿母怒不止。「昔作女兒時，生小出野里，本自無教訓，兼愧貴家子。受母錢帛多，不堪母驅使。今日還家去，念母勞家裏。」卻與小姑別，淚落連珠子：「新婦初來時，小姑始扶牀；今日被驅遣，小姑如我長。勤心養公姥，好自相扶將。初七及下九，嬉戲莫相忘。」

前文說過，女子被休回娘家，不但無面目見父母兄弟，抑且爲鄰里所輕視。按理說，蘭芝那天心情惡劣萬分，不可能「事事四五通」的把自身刻意打扮一番。原作者如果爲了說明蘭芝是有教養的女子，不忍心讓她披頭散髮哭着奔回家，那麼有「新婦起嚴妝」一句也就夠了，何必刻意去描繪她的纖腰、玉指、紅唇以及耳璫、絲履等穿戴之物。如果不看上下文，還以爲這位穿戴整齊的美嬌娘正要走向結婚禮堂哩！尤其妙的，緊接着還加上二句：「纖纖作細步，精妙世無雙」。那無異是讓她走幾步給大家瞧瞧，好展示她婀娜多姿的儀態。這一段文字的主旨，顯然在喚起讀者對蘭芝的同情。這完全是爲了加強主題而增入的描繪。等於是告訴讀者：「你們瞧，像這樣十全十美的一位淑女，竟要被驅遣回娘家。多可憐啊！多不公平啊！」據此詩開頭蘭芝自述，她嫁過焦家來後過的是「鷄鳴入機織，夜夜不得息，三日斷五匹」的勤苦生活，而這裏忽然描寫起她又白又嫩的玉指：「指如削葱根。」這很不像是一位終日操勞的主婦的手。很顯然的，這一段文字出自同情蘭芝的後世文人之手。這位後世文人(也許是另一位了)在渲染了蘭芝的容貌儀態的完美後，接着還要舖敍蘭芝德性修養上的完美，試看蘭芝對婆婆和小姑的兩段話，顯得多有教養。相形之下，「阿母怒不止」，就益形其粗鄙可惡了。而這正是後世文人寫作技巧的成功。試想蘭芝這番話如果眞是發至肺腑，則她的德性完美可見，平日一定能孝順公婆，不至使婆婆對她「吾意久懷忿」；如果這是蘭芝故作大方的矯情之語，那也可見她很有一套表面功夫，平時拿來敷衍婆婆，也不至於和婆婆鬧翻。說句不客氣的話，婆媳之間關係惡化，固然由於焦母對媳婦横加挑剔，仲卿不善居間調停，而蘭芝多少也會有值得檢討的地方。民歌一般都是質樸自然，予人眞實感親切感，而上引這一大段對蘭芝的容貌儀態以及德性修養完美無缺的描繪，渲染過分而與情理不盡相符，因此筆者認爲不是此詩原型所有。

其二是有關縣令和太守先後派遣媒人到劉家來求婚的一大段描寫。詩云：

還家十餘日，縣令遣媒來，云：「有第三郎，窈窕世無雙，年始十八九，便言多令才。」阿母謂阿女：「汝可去應之。」阿女含淚答：「蘭芝初還時，府吏見丁寧，結誓不別離。今日違情義，恐此事非奇。自可斷來信，徐徐更謂之。」阿母白媒人：「貧賤有此女，始適還家門。不堪吏人婦，豈合令郎君。幸可廣問訊，不可便相許。」媒人去數日，尋遣丞請還，說：「有蘭家女，承籍有宦官」。云：「有第五郎，嬌逸未有婚。」遣丞媒人，主簿通語言，直說：「太守家，有此令郎君。既欲結大義，故遣來貴門。」阿母謝媒人：「女子先有誓，老姥豈敢言。」阿兄得聞之，悵然心中煩，舉言謂阿妹：「作計何不量！先嫁得府吏，後嫁得郎君。否泰如天地，足以榮汝身。不嫁義郎體，其住欲何云？」蘭芝仰頭答：「理實如兄言。謝家事夫婿，中道還兄門。處分適兄意，那得自任專。雖與府吏要，渠會永無緣。」登即相許和，便可作婚姻。媒人下牀去，諾諾復爾爾。還部白府君：「下官奉使命，言談大有緣。」府君得聞之，心中大歡喜，視曆復開書：「便利此月內。六合正相應，良吉三十日，今已二十七，卿可去成婚。」交語速裝束，絡繹如浮雲。青雀白鵠舫，四角龍子幡，婀娜隨風轉。金車玉作輪，躑躅青驄馬，流蘇金鏤鞍。齎錢三百萬，皆用青絲穿。雜彩三百匹，交廣市鮭珍。從人四五百，鬱鬱登郡門。

乍看這一大段詩句，不禁替蘭芝慶幸。從一個被休棄的府吏之妻一躍而為太守的媳婦，這不是因禍得福嗎？但仔細想想，這裏面實在大有問題。前文已有說明，在舊禮教社會，一個被休的女子是被鄉里所輕視，為家人所嫌棄的。而這一段詩句所描述的，蘭芝回家才十餘日，就有縣令派媒人來為他家三郎求婚；再過幾天，太守也派了部下來為他家五郎求婚。似乎蘭芝被遣返，反而身價百倍了。當初也不過嫁個區區府吏，一旦被休，連縣令和太守都要忙着爭取她為兒媳。既然被休有此好處，則一般做媳婦的勢將唯恐被休之不早，以便改嫁一個好郎君，飛上枝頭變鳳凰，做父母的也一定歡迎嫁出去的女兒早點被休回家，可以再攀一門高親，賺一筆聘禮。如此，則婆權早已全面瓦解了。可惜事實並不如此，婆權在舊禮教社會中一直鉗制着媳婦，媳婦還是要熬二十年才能成婆。上文提到陸游和唐氏「釵頭鳳的」故事，離開孔雀東南飛故事的時代已快一千年，而婆權依然如此高張。事實上，只要舊家族制度和傳統倫理道德存在一天，婆權也就存在一天。一個被休的女子在那種社會中，所面對的無可避免是一種羞辱的生活。所以，蘭芝回家不久，就先後有縣令和太守遣人來為他們的郎君求婚，絕不可能是事實；既不是事實，則下文所描繪的盛大迎親場面，也就不過是泡影一場了。假使眞有人來求親，相信此人不會比焦仲卿的條件高；甚至根本無人來求親，而是阿兄替她擇定一個然後把她逼嫁過去。可是多情的後世文人爲蘭芝抱屈，於是不管與當時的社會背景是否相符，硬派縣令和太守來求親。這一來，的確使同情蘭芝的人浮一大白，你瞧，你們焦家不要的媳婦，人家縣太爺和府太爺還爭着要她做媳婦呢！可惜，就故事來說，這在當時是絕不可能發生的；就詩歌來說，這也不是此詩原型所有。

筆者認爲不是此詩原型所有的兩大段，第一大段可能是原詩整個沒有，爲後世文人所增附；也可能本來有「鷄鳴外欲曙，新婦起嚴妝」二句，接下去就是「出門登車去，涕落百餘行」；中間渲染蘭芝容貌儀態及德性修養的詩句，不可能爲原詩所有。這樣，詩的原型就少了三十或三十二句。至於第二大段，則應該並非無中生有，而是據較簡陋的原詩渲染改寫而成，例如提高來求婚者的身分，求婚者由一家增爲二家，對迎親隊伍大加鋪敍等等。在這一大段八十五句中，相信原詩不會超過二分之一。以上兩大段合計，此詩原型就少了八十句左右。玉臺新詠寫定的孔雀東南飛長達一千七百九十字⑬。減去約八十句即四百字，也還將近一千四百字左右。這可能就是比較接近此詩原型的篇幅了。所以稱爲「比較接近原型」，是因爲一千四百字左右的篇幅，對一首漢代的民間作品來說，毋乃還是嫌長。蔡琰所撰的五言體悲憤詩，時代與孔雀東南飛差不多相同，都是建安年間的作品，而悲憤詩文長不過五百四

⑬ 據四部叢刊縮印明活字本統計。各本字句有出入，因此統計數字亦不盡相同。

十字。悲憤詩幸運的是被范曄收入後漢書列女傳，減小了後人增附潤色的機會（但還是另撰了一篇胡笳十八拍）。孔雀東南飛則在民間流傳較久，本來面目遭改易的可能性因此增大。即使把孔雀東南飛減到一千四百字左右，相信和原型還有相當距離。但由於依據的資料缺乏，原型探討的工作就不得不做到此處打住。

（六十四年十一月文學評論第一集）

武元衡之死與白居易之貶

舊唐書卷一六六白居易傳有這麼一段記載：

（元和）十年七月（案：七月誤，應作六月），盜殺宰相武元衡。居易首上疏論其冤，急請捕賊，以雪國恥。宰相以宮官非諫職，不當先諫官言事。會有素惡居易者，掎摭居易，言浮華無行，其母因看花墮井而死，而居易作賞花及新井詩，甚傷名教，不宜寘彼周行。執政方惡其言事，奏貶為江表刺史。中書舍人王涯上疏論之，言居易所犯狀跡，不宜治郡，追詔授江州司馬。

在這段史文裏，有三個問題值得提出來談談。首先，是什麼盜賊那樣大膽，竟敢刺殺當朝宰相？其次，居易以宮官先諫職上疏請捕刺客，縱然有點越位，但何至遠貶江州司馬？其三，賞花及新井詩能否構成居易遠貶的罪名？

關於盜殺武元衡，並非偶發事件，而是有背景有計畫的政治暗殺。且看舊唐書卷一五八武元衡傳所載元衡被害的情形：

元衡宅在靜安里。十年六月三日將朝，出里東門，有暗中叱使滅燭者。導騎訶之。賊射之，中肩。又有匿樹陰突出者，以梧擊元衡左股。其御已為賊所格奔逸。賊乃持元衡馬東南行十餘步，害之，批其顱骨懷去。及衆呼偕至，持火照之，見元衡已踣於血中，即元衡宅東北隅墻之外。時夜漏未盡，陌上多朝騎及行人。鋪卒連呼十餘里，皆云：「賊殺宰相！」一聲達朝堂，百官恟恟，未知死者誰也。須臾，元衡馬走至遇人，始辨之。

這不是有計畫的暗殺麼？至於刺客的背景，就要從淮蔡叛亂說起。元和九年閏八月丙辰，彰義軍節度使吳少陽薨，其子元濟匿喪不報，且據淮蔡叛亂。同年十月甲子，唐憲宗以嚴綬爲申光蔡招撫使，督諸道兵，往討吳元濟。淮蔡地區自吳少誠（案：少陽爲少誠養弟）違抗朝廷以來，割據局面事實上已延續了三十餘年。所以這次吳元濟抗命，朝中姑息氣氛十分濃厚，主張安撫的比主張征討的多。雖然嚴綬督諸道兵前往圍勦，但諸道的將帥依然存着觀望態度，有的根本就與吳元濟互通聲氣。要不是門下侍平章事武元衡和御史中丞裴度二人堅持用兵到底，這仗眞是打不下去。戰爭進入第二年，也就是元和十年，吳元濟漸感到官軍的壓力，也明白了朝廷對淮蔡志在必得，這才着了慌，遣使向和自己暗通聲氣的藩鎭王承宗、李師道二人求救。而刺客正是李師道所遣的。這件事，資治通鑑記載得最淸楚。通鑑卷二三九謂：

吳元濟遣使求救於恒、鄆。王承宗、李師道數上表請赦元濟，上不從。是時發諸道兵討元濟，而不及淄青。師道使大將將二千人趣壽州，聲言助官軍討元濟，實欲為元濟之援也。師道素養刺客奸人數十人，厚資給之。……上自李吉甫薨，悉以用兵事委武元衡。李師道所養客說李師道曰：「天子所以銳意誅蔡者，元衡贊之也。請密往刺之。元衡死，則它相不敢主其謀，爭勸天子罷兵矣。」師道以為然，即資遣之。

在李師道的陰謀下，武元衡當然是首當其衝，被刺隕命。另一主戰的御史中丞裴度，也在武元衡被刺同時於上朝途中被擊傷。不過裴度的命大，六月的天氣他竟戴了厚氈帽，瘡不至深，得以不死。在這件事發生後，「朝士未曉不敢出門。上或御殿久之，班猶未齊。」（通鑑卷二三九）可見官員們眞被刺客嚇壞了。在李師道認爲，把武、裴二人刺死，拿點顏色給朝中的主戰派看看，實不失爲解吳元濟之圍的釜底抽薪的良策。但沒料到此擧更堅定了唐憲宗掃平淮蔡的決心。憲宗不爲周圍復熾的姑息言論所動，斷然以大難不死的裴度爲中書侍郎同平章事，主持平淮蔡軍事。終於在元和十二年，平定淮蔡，誅吳元濟。由武元衡之死，可見當時藩鎮的無法無天，簡直不把朝廷當一回事；也可見京師的治安工作，是何等的差勁。當唐德宗建中四年，涇原節度使姚令言將兵五千人往征李希烈，路過京師，即曾因犒賞不厚而譁變，結果逼得德宗倉猝避難奉天。時隔三十二年，李師道的刺客又在京師逞凶。似乎唐代京師的防衛和治安工作，一直是很鬆懈的。

其次，關於白居易的遠貶江州司馬，並非單純的由於此次上疏請捕刺客事，而是別有原因，而且這些原因由來已久。第一，白居易是以作諷諭詩得到憲宗賞識的。舊唐書本傳謂：

居易文辭富艷，尤精於詩筆。自讐校至結綬畿甸，所著歌詩數十百篇，皆意存諷賦，箴時之病，補政之缺。而士君子多之。而往往流聞禁中，章武皇帝（憲宗）納諫思理，渴聞讜言。二年十一月召入翰林學士，三年五月拜左拾遺（案：李商隱撰贈尚書右僕射太原白公墓碑銘作右拾遺）。居易自以逢好文之主，非次拔擢，欲以生平所貯，仰酬恩造。

但也因爲這些詩篇，得罪了許多權要。居易在與元九書中，曾經提到這一點。他說：

凡聞僕賀雨詩，衆口籍籍，以為非宜矣。聞僕哭孔戡詩，衆面脈脈，盡不悅矣。聞秦中吟，則權豪貴近者相目而變色矣。聞登樂遊原厚寄足下詩，則執政柄者扼腕矣。聞宿紫閣村詩，則握軍要者切齒矣。大率如此，不可徧舉。不相與者號為沽譽，號為詆訐，號為訕謗。

第二，居易除寫諷諭詩外，曾多次上疏言事，如諫謫元稹江陵士曹參軍事，諫李師道請進絹爲魏徵子孫贖宅居事，諫加河東王鍔同平章事等等。舊唐書本傳謂居易所言，「皆人之難言者，上多聽納」。新唐書卷一一九白居易傳亦謂「奏凡十餘上，益知名」。在居易是忠心謀國，以報憲宗知遇之恩；但看在別人眼裏，就不免感到居易事事強出頭，而對他妒忌了。第三，居易早年爲人耿直，英銳之氣不能自掩，可以說絲毫不懂政治藝術。李商隱撰墓碑銘載：「元年，對憲宗詔策。語切，不得爲諫官，補盩厔尉。」新唐書本傳亦載：「後對殿中，論執強鯁。帝未諭，輒進曰：『陛下誤矣！』帝變色。」可見他對皇帝的態度尚且如此，對其他大臣自不必說。由上三點，可以想見居易在朝中的人緣一定很壞，只要他稍爲一出差錯，他的敵對者立刻就會群起而攻。武元衡之死，居易首先上疏請捕盜賊，原是激於一時義憤，根本沒有考慮自己的官職是太子左贊善大夫，不該先諫官言事。他在次年與楊虞卿書中曾說：「去年六月，盜殺名丞相於通衢中，迸血髓，磔髮肉，所不忍道。合朝震慄，不知所云。僕以爲書籍以來，未有此事。國辱臣死，此其時耶？苟有所見，雖畎畝阜隸之臣，不當默默；況在班列，而能勝其痛憤耶？故武相之氣平明絕，僕之書奏日午入。」本來對武元衡之被害，只要有正義感有愛國心的人，沒有不爲之激憤的。居易的先諫官上疏，縱然有點越職，但究其初衷，則未嘗不可原諒。通鑑卷二三九載：「兵部侍郎許孟容見上言：『自古未有宰相橫屍路隅，而盜賊不獲者。此朝廷之辱也。』因涕泣。因詣中書揮涕言，請奏起裴中丞爲相，大索黨賊，窮究姦源。」可見嚴捕刺客並非居易一人的要求。只不過居易仇敵太多，是輩好不容易抓到他的一點紕漏，於是大做其文章，把他遠貶而後已。

武元衡被害時，另外兩位宰相爲守中書侍郎張弘靖、同中書門下平章事韋貫之。新唐書卷一二七張弘靖傳，謂弘靖在相位時，「簡默自處，無所規拂」。此人可置不論。韋貫之則素惡進士浮華之習，所以他在禮部侍郎任上，「凡二年，所選士大抵抑浮華，先行實。由是趨競者稍息。」（舊唐書卷一五八韋貫之傳）他對「文辭富艷，尤精於詩筆」的元和才子白居易自不會有什麼好感。正當他惡居易先諫官上疏時，居易的仇人以「浮華無行」「甚傷名教」的罪名攻擊居易，這對韋貫之來說，正是「深合吾心」。於是，居易貶官之事已是無可避免。再加上王涯落井下石，於是居易便連個刺史都保不住，只落得司馬末職了。

最後，該談到居易貶官的正式罪名了。據舊唐書本傳所載，罪名是「其母因看花墮井而死，而居易作賞花及新井詩，甚傷名教」。可惜這兩首詩今集不載，我們無法知道其內容是如何的「有傷名教」。居易詩集中有買花詩一首，列於秦中吟十首之末，詩云：

帝城春欲暮，喧喧車馬度。共道牡丹時，相隨買花去。貴賤無常價，酬直看花數。灼灼百朵紅，戔戔五束素。上張幄幕庇，旁織笆籬護。水洒復泥封，移來色如故。家家習為俗，人人迷不悟。有一田舍翁，偶來買花處，低頭獨長嘆，此嘆無人諭。一叢深色花，十戶中人賦。

據居易自序，秦中吟作於貞元、元和之際。其母「看花墮井而死」，則在元和六年四月。可見此詩之作，遠在母死之前。而且此詩爲諷諭之作，無論如何不能指摘爲「甚傷名教」。所以舊唐書本傳所說的賞花詩，當非指此首買花詩；賞花並非買花之誤。五代高彥休唐闕史載：「樂天長於情，無一春無詠花之什，因欲黻藻其罪。又，驗新井篇是尉盩厔時作。」觀此，似乎賞花詩乃泛指居易詠花之詩句而言，並非專指某一首詩。舊唐書居易傳謂居易「作賞花及新井詩」，而新唐書但云「居易賦新井篇」，不及賞花詩，可能就是據此而改。春花秋月本是作詩的基本素材，任何詩人都無法避免使用。就以儒家捧爲經典的詩三百來說，還不是有許多詠花之句。至於新井詩，高彥休說是居易「尉盩厔作」。既是尉盩厔時作，則更不足以構成「甚傷名教」的罪名。因居易作盩厔尉在元和元年，在其母歿前五年。居易作新井詩時，怎能預知五年後其母會墮井而死呢？高彥休能說出新井詩寫作年代，及新唐書居易傳刪落賞花詩而仍云「居易賦新井篇」，很可能五代、北宋時新井詩猶存。

唐闕史還曾辯居易母並非看花墮井而死。其說如下：

> 公母有心疾，因悍妬得之。及嫠，家苦貧，公與弟不獲安居，常索米丐衣於鄰郡邑。母晝夜念之。病益甚。公隨計宣州，母因憂憤發狂，以葦刀自剄。人救之得免。後遍訪醫藥，或發或瘳。常恃二壯婢，厚給衣食，俾扶衛之。一日稍怠，斃於坎井。時裴晉公為三省，本廳對客。京兆府申堂狀至，四座驚愕。薛給事存誠曰：「某所居與白鄰，聞其母久苦心疾，叫呼往往達於隣里。」坐客意稍釋。他日，晉公獨見夕拜（案：夕拜謂給事中也。王維酬郭給事詩云：「夕奉天書拜瑣闈。」此處指薛存誠），謂曰：「前時眾中之言，可謂存朝廷大體矣。」夕拜正色曰：「言其實也，非大體也。」由是晉公信其事。……凡曰墮井，必恚恨也，隕獲也。凡曰看花，必怡暢也，閑適也。安有怡暢閑適之際，遽致顛沛釁墜之事？

若其說可信，則居易母根本不是因看花而墮井死。但陳寅恪氏元白詩箋證稿曰：「高氏所述關於裴晉公一節，覈以年月，不無可疑。蓋樂天母以元和六年四月歿，而是時晉公尚未爲宰相也。但樂天母以悍妬致心疾發狂自殺一點，則似不能絕無所依據而僞造斯說。」對高氏唐闕史所載，猶在疑信之間。但即使此說被推翻，居易母確因看花墮井而死，也沒有理由要求居易此後作詩不涉花木，尤其不能要求居易在其母墮井之前五年不賦新井篇。宋初錢易南部新書甲集載：「白樂天之母因看花墜井。後有排擯者，以賞花新井之作左遷。穆王嘗題柱曰：『此人一生爭得水吃？』」這眞是大大的幽了媒蘖居易者一默。總之，賞花及新井詩是不能構成居易貶官的罪名的。

居易對他的母親，實在極爲孝順。舊唐書本傳載：

（元和）五年，當改官。上謂崔羣曰：「居易官卑俸薄，拘於資地，不能超等。其官可聽自便奏來。」居易奏曰：「臣聞姜公輔為內職，求為京府判司，為奉親也。臣有老母，家貧養薄，乞如公輔例。」於是除京兆府戶曹參軍。

除官後，居易有初除戶曹喜而言志詩，有句云：「詔授戶曹掾，捧詔感君恩。感恩非爲己，祿養及吾親。」這一份深厚的孝心，是何等難得！但盡心養母的孝子最後反因其母之死被人當作媒蘖攻擊的藉口，天下事眞是難言了。居易與楊虞卿書曰：「且浩浩者不酌時事大小與僕言當否，皆曰：丞、郎、給、舍、諫官、御史尚未論請，而贊善大夫何反憂國之甚也？僕聞此語，退而思之：贊善大夫誠賤冗耳！朝廷有非常事，即日獨進封章，謂之忠，謂之憤，亦無媿矣。謂之妄，謂之狂，又敢逃乎！且以此獲辜，顧如何耳！況又不以此爲罪名乎？」這段話，一面爲自己因先諫官言事被貶發怨言；而最使他遺憾的，是被貶的正式罪名竟然是「其母因看花墮井死，而居易作賞花及新井詩，甚傷名教」！這種罪名對一位盡心養母的孝子來說，是何等的難堪！

這次遠貶，使居易的待人處世完全改變。當年耿直的性格與不屈的鬥志消磨殆盡，而代之以隨遇而安、知足常樂的生活態度。宋葉夢得避暑錄話餘話上曰：「白樂天與楊虞卿爲姻家，而不累於虞卿；與元稹、牛僧孺相厚善，而不黨於元稹、僧孺；爲裴晉公所愛重，而不因晉公以進；李文饒素不樂，而不爲文饒所深害。處世者如是人，亦足矣。推其所得，惟不汲汲於進，而志在於退，是以能安於去就愛憎之際，每裕然有餘也。方太和，開成、會昌之間，天下變故，所更不一。元稹以廢黜死，李文饒以讒嫉死。雖裴晉公猶懷疑畏，而牛僧孺、李宗閔皆不免萬里之行。所謂李逢吉、令狐楚、李珏之徒，泛泛非素與遊者，其冰炭低昂，未嘗有虛日。顧樂天所得，豈不多哉！」這是指貶江州後的居易而言。如果居易不經此貶，英銳如昔，則一旦陷入歷穆、敬、文、武四朝的牛李黨爭的政治漩渦中，處境就不堪設想了。所以往遠處看，遠貶江州作司馬，對居易未嘗沒有益處。

（五十六年六月一日出版月刊第二十五期）

從平淮西碑看韓愈古文

唐代古文運動以韓愈、柳宗元爲領袖，這是由來已久的說法。柳宗元的古文有它獨特的風格和卓越的成就，是不容否認的。但談到他在倡導古文上所付出的努力，則不如韓愈多；對駢體文的反對態度，也不及韓愈堅強。從韓愈文處處可以看出作者拒絕駢儷句法的苦心；而柳文則並不完全摒棄駢句，尤其是在寫碑文之類文字時。碑文之爲體，以典雅莊重爲尙，而典雅莊重正是駢體文的特色，所以柳宗元撰作唐故特進贈開府儀同三司揚州大都督南府君睢陽廟碑之類文字，也就未能免俗，通篇偶句，堆砌典故了。而韓愈則不然，他大膽的以他所倡導的古文向碑文之類崇尙典重的文體進軍，而不乞助於駢儷典故，像本文要談的平淮西碑，就是最好的例子。李漢韓昌黎集序曾說：「先生於文，摧陷廓淸之功，比於武事，可謂雄偉不常者矣。」這幾句話確能說出韓愈爲古文而奮鬥的堅強意志與不懈毅力。

以古文撰寫碑文，不雕琢偶句，不堆砌典故，卻仍要保持碑文典雅莊重的格調，這不能不說是個大膽的嘗試。此舉成功的話，無異摧毀了駢文的最後根據地；失敗呢？那就表示古文不能完全替代駢體了。雖然平淮西碑不一定是韓愈第一次以古文試作的碑文，但卻是這類作品中最重要的一篇。因爲它是奉旨撰寫，用來紀平淮西大功的，不知道有多少文人學士拭目以待，先睹爲快哩！它對古文運動的成敗無疑有着重大的影響。正因如此，韓愈撰作平淮西碑，文長不足一千五百字，卻歷時將近兩個月半才定稿。我們且看他的自述吧！

臣某言：伏奉正月十四日勅牒，以收復淮西，羣臣請刻石紀功，明示天下，為將來法式。陛下推勞臣下，允其志願，使臣撰平淮西碑文者。聞命震駭，心識顛倒，非其所任，為愧為恐。經涉旬月，不敢措手。……其碑文今已撰成，僅錄封進，無任慙羞戰怖之至。謹奉表以聞。三月二十五日，臣愈誠惶誠恐，頓首頓首謹言。

在韓愈的作品中，平淮西碑恐怕是最費他慘澹經營的一篇了。結果，他的努力沒有白費，這篇碑文不但沒有因不用駢體而缺少典重的氣氛，反而在典重之外，作者還賦與了活潑的生命；比起一般用駢體寫成的典重有餘而精采不足的作品，實在是勝過太多了。

現在，我們來談談平淮西碑的寫作技巧——也就是韓愈在古文上的成就。全文可分序與正文兩部分。序約佔全文篇幅的三分之二，完全是散文結構。雖然其間也使用了少許四字句法，例如「天以唐克肖其德，聖子神孫，繼繼承承，於千萬年！敬戒不怠，全付所覆；四海九州，罔有內外，悉主悉臣。」但讀起來絕無對句的感覺。韓愈爲了反對駢文，常故意把文句造得長短懸殊，或多加語助字，使語氣變化多端，不成有規律的節奏；但有時也結集若干駢文慣用的四言句法，只是他們三三兩兩，自成段落，不相對偶，讀來依然是散文。像上引一段，就是後者的例子。在平淮西碑的序文中，最成功的莫過於作者一再使唐憲宗現身說法，直接戒飭臣下，語氣嚴肅而生動；比起以駢句典故作間接的敍述，其感人的程度不知勝過多少倍。且看：

> 睿聖文武皇帝旣受羣臣朝，乃考圖數貢曰：「嗚呼！天旣全付予有家，今傳次在予，予不能事事，其何以見於郊廟！」皇帝曰：「惟天惟祖宗，所以付任予者，庶其在此，予何敢不力！況一二臣同，不為無助。」曰：「光顏！汝為陳、許帥，維是河東、魄博、部陽三軍之在行者，汝皆將之！」曰：「重胤！汝故有河陽、懷，今益以汝，維是朔方、義成、陝、益、鳳翔、延、慶七軍之在行者，汝皆將之！」曰：「弘！汝以卒萬二千，屬而子公武往討之！」曰：「文通！汝守壽，維是宣武、淮南、宣歙、浙西四軍之行于壽者，汝皆將之！

曰：「道古！汝其觀察鄂、岳！」

曰：「愬！汝帥唐、鄧、隨！——各以其兵進戰！」

曰：「度！汝長御史，其往視師！」

曰：「度！惟汝予同，汝遂相予，以賞罰用命不用命！」

曰：「弘！汝其以節都統諸軍！」

曰：「守謙！汝出入左右，汝惟近臣，其往撫師！」

曰：「度！汝其往，衣服飲食予士，無寒無飢，以旣厥事，遂生蔡人。」賜汝節斧、通天御帶、衛卒三百。凡玆廷臣，汝擇自從；惟其賢能，無憚大吏。庚申，予其臨門送汝。」

曰：「御史！予閔士大夫戰甚苦，自今以往，非郊廟祠祀，其無用樂！」

上引文字，第一段是唐憲宗登基後表示要勵精圖治的宣言，第二段則是告訴臣下決心要對淮西叛將用兵。再以下都是淮西戰役中憲宗歷次遣兵調將及告誡臣下的話。千載之後，我們讀起來猶如聞其聲，如見其人。憲宗平定淮西的決心，從這些堅定的語句中表露無遺。雖不用駢儷典故，自有莊嚴肅穆的氣氛，令人起敬。這種寫法，導源詩、書。所以李商隱韓碑詩有云：「公退齋戒坐小閣，濡染大筆何淋漓。點竄堯典、舜典字，塗改清廟、生民詩。文成破體書在紙，淸晨再拜鋪丹墀。」這幾句詩描寫韓愈撰碑的情形。堯典、舜典都是尚書篇名；淸廟在詩經周頌，生民則屬大雅。「文成破體」，是說平淮西碑是破壞了當時流行的駢偶文體而寫成的。舊唐書韓愈傳說：「自魏、晉以還，爲文者多拘偶對，而經誥之指歸，遷、雄之氣格，不復振起矣。故愈所爲文，務反近體，抒意立言，自成一家新語。」李商隱所謂「破體」，也就是舊唐書的「務反近體」。韓愈筆下的憲宗告誡群臣之辭，雖取法於詩、書，但一經韓愈運用，語氣更爲生動逼眞。借用一句金聖嘆的話，這些文字眞是「擲地作金石聲」。

韓愈平淮西碑刻石之後，因後爲有人向憲宗進言，認爲其內容捧裴度而抑李愬，有失公正❶，於是憲宗下詔磨去韓碑，另命翰林學士段文昌重撰一篇。段文昌撰的平淮西碑通體駢偶，繁用典故，正是當時流行的文體。茲錄其憲宗決定對淮西用兵後調遣諸將的一段文字，以與上引韓碑的文字對照，就更能看出韓碑的好處了。

❶ 根據舊唐書韓愈傳，向憲宗訴碑辭不公的是李愬之妻。舊唐書：「淮蔡平，十二月，（韓愈）隨（裴）度還朝，以功授刑部侍郎；仍詔愈撰平淮西碑。其辭多敍裴度事。時先入蔡州擒吳元濟，李愬功第一。愬不平之。愬妻出入禁中，因訴碑辭不實。詔令磨韓文；憲宗命翰林學士段文昌重撰文勒石。」但據晚唐羅隱的說石烈士文，則訴碑辭不公的爲李愬部將石孝忠。該文見唐文粹第一百卷，文長不錄。羅隱云云，事極怪誕；當以舊唐書說較爲可信。

（憲宗）乃詢廷議。咸顧假以墨經，授以兵符。天子淵默以思，霆馳以斷，獨發宸慮，不循衆謀。漢宣從屯田之議，晉武決平吳之計，至尊不惑，羣疑自消。於是會梟藻之師，得鷹揚之帥：以忠武軍帥李光顏，往者平朔邊，靜庸蜀，雙矛電激，孤劍飈馳；亦猶馮異之總軍鋒，子顏之將突騎，才氣雄武，可掃撓槍：總魄博、河東、郃陽凡三軍，自臨潁而前。以河陽軍帥烏重允，當從史內討邪謀，外阻兵勢，精誠奮發，密應王師，故得虜魏豹於軍中，縛呂布於麾下；識慮中正，可革梟首：益以汝、海之地，總朔方、義成、陝虢、釗南西川、鳳翔、延川、寧慶凡七軍，由襄陽而進。宣武帥韓宏請以子公武領精卒一萬二千，時集洄曲。欒書作帥，鍼為戎石；充國討虜，卬統支軍。是能從帥之命，成父之志。又以壽春守李文通，夙精戎韜，累習軍旅，明於守備，可保金湯：總宣武、淮南、宣歙、淅西、徐泗凡五軍，扼固始之險。以鄂岳都團練使李道古，以先曹王皐，有任城之武，昔征兇渠，嘗取安陸：授以戎柄，嗣其家聲，乘五關之隘。以唐、鄧、隨帥李愬，溫敏能斷，靜深有謀。昔趙孟慕成季之勳，復能霸晉；亞夫紹絳侯之武，亦克擒吳。想其英徽，必有以似：山南東道、荊南凡兩軍，自文城而東。乃命御史中丞裴度，布挾纊之恩，奉如絲之命，以諭羣帥，以撫輿師。且以古之會兵，必謀元帥，令歸於一，勢不欲分；命宣武軍帥韓宏為諸道行營都統，假陸遜之鉞，拜韓信之壇，指蹤畫奇正之機，發號申嚴凝之令。然後有司馬之法，成節制之師。

其次談到碑的正文，也就是所謂銘。碑銘照例用四言韻語，其目的無非在求音節悅耳，形式美觀。韓愈雖然沿用此體，事實上並未受其拘束，所以讀起來依然是散文的節奏。茲舉三段為例：

羣公上言：「莫若惠來。」帝為不聞，與神為謀。乃相同德，以訖天誅。乃敕顏、胤、愬、武、古、通，咸統於弘，各奏汝功。

凡叛有數，聲勢相倚。吾強不支，汝弱奚恃？其告而長，而父而兄，奔走偕來，同我太平。

帝有恩言，相度來宣：「誅止其魁，釋其下人。」蔡之卒夫，投甲呼舞；蔡之婦女，迎門笑語。

像第一段的「乃敕顏、胤、愬、武、古、通」兩句，譯成白話就是「於是命令李光顏、烏重胤、李愬、韓公武、李道古、李文通六人」，事實上是連成一氣的。第二段的「其告而長，而父而兄」兩句也是一樣。所以韓碑的四字句銘文，只是襲其形貌而已。這種整齊的形貌並未掩蓋韓文雄奇的氣勢與流動的節奏。至於末一段，形容蔡州男女獲悉朝廷的寬大旨意後的歡欣雀躍之狀，是何等有聲有色，眞情畢露！四言句法寫成的文章能予人如此生動靈活的感覺，實在令人歎服！韓碑雖然橫遭磨去，但流傳至今已將千載，依然膾炙人口；而讀過段文昌重撰的平淮西碑的人卻少之又少。難怪李商隱韓碑詩贊美韓碑說：「公之斯文若元氣，先時已入人肝脾；湯盤、孔鼎有述作，今無其器存其辭❷。」東坡題跋也載有一首不知作者的七絕：「淮西功業冠吾唐，吏部文章日月光。千載斷碑人膾炙，不知世有段文昌！」宋洪邁夷堅志載：「政和中，陳珦守蔡州。始視事，謁裴晉公廟，讀平淮西碑，乃文昌所作者，忿然不平，即日磨去，別委能書者寫韓碑刻之。」陳珦此舉，確是快人快事。

平淮西碑的成功，象徵着韓愈以古文向碑銘進軍的勝利。對整個古文運動來說，此舉無疑是具有重大意義的。本文開端以韓、柳兩家並論，本無意比較兩家文章的優劣，只是說明韓愈在打倒駢文的戰場上，其鬥志之旺盛，攻勢之凌厲，非柳宗元所能及而已。

（五十七年十一月五日現代文學三十五期）

❷湯盤，商湯沐浴之盤；孔鼎，孔子先人正考父鼎。今盤、鼎都已不存，而其銘仍在。盤銘見禮記大學，鼎銘見左傳昭公七年。李商隱韓碑詩舉此二例，是說明韓碑雖遭磨平，但碑文卻永傳不朽，正如湯盤、孔鼎一樣。

西崑酬唱集雜考

談到宋代詩歌，就不能不談「西崑體」；談到西崑體，又不能不談「西崑酬唱集」這部書。西崑酬唱集不但是西崑體詩歌的典型，而且是西崑體這個名稱的來由。所以，西崑酬唱集儘管只有上下二卷，所錄也不過二百五十首左右的詩歌，但它在宋代詩壇甚至整個中國詩歌史上，卻有着不可動搖的地位。這裏就談談有關西崑酬唱集的種種問題。

一、西崑酬唱集的誕生

西崑酬唱集是怎樣誕生的？這在卷首楊億的一篇序文裏說得相當清楚。序文不長，照錄於後：

翰林學士、戶部郎中、知制誥楊億述：余景德中忝佐修書之任，得接羣公之游。時今紫微錢君希聖、祕閣劉君子儀，並負懿文，尤精雅道；雕章麗句，膾炙人口。予得以游其墻藩，而咨其模楷。二君成人之美，不我遐棄，博約誘掖，寘之同聲。因以歷覽遺編，研味前作，挹其芳潤，發於希慕，更迭唱和，互相切劘，而予以固陋之姿，參酬繼之末。入蘭游霧，雖獲益以居多；觀海學山，嘆知量而中止。既恨其不至，又犯乎不韙；雖榮於託驥，亦愧乎續貂。間然於玆，顏厚何已！凡五七言律詩二百四十七章。其屬而和者，又十有五人。析為二卷，取玉山策府之名，命之曰「西崑酬唱集」云爾❶。

這篇序對西崑酬唱集所收詩歌的體裁、數量、寫作背景，以及作者的人數，都有了交代。至於這部書究竟是誰編成的，序文雖不曾明說，但細察文意，應該就是撰序的楊億所編。四庫全書總目卷一八六西崑酬唱集提要也說到這個問題，並且引了田況儒林公議的話來證明楊億就是西崑酬唱集的編輯人。提要說：

西崑酬唱集二卷，不着編輯者名氏。前有楊億序，稱卷帙為億所分，書名亦億所題，

❶ 本文引用西崑酬唱集的文字，均據四部叢刊影印明嘉靖本。

而不言哀而成集，出於誰手。田況儒林公議云：「楊億（在）兩禁，變（革）文章之體；劉筠、錢惟演輩（皆）從而效之，（時號『楊、劉』。三公）以新詩更相屬和，（極一時之麗。）億後編敍之，題曰西崑酬唱集。」然則即億編也❷。

查楊億生於宋太祖開寶七年（西曆九七四），卒於宋眞宗天禧四年（一〇二〇）；田況生於宋眞宗景德二年（一〇〇五），卒於宋仁宗嘉祐八年（一〇六三）❸。兩人年輩相接，田況的話應該是可以採信的。

西崑酬唱集是楊億所編的，既已不成問題，現在進一步再討論兩個問題。第一是西崑酬唱集編成的年分，其次是此書所收詩歌的創作年月。

關於第一個問題，友人施隆民君在其所撰的楊億年譜中曾經討論過。施譜把「編西崑酬

❷ 括弧中的字，是田況儒林公議原書所有，四庫提要引用時漏掉的。爲了使文意清楚，筆者特據原書補上。

❸ 元至正本宋史（即收入百衲本二十四史者）卷三〇五楊億傳：「（天禧）四年復爲翰林學士，受詔注釋御集；又兼史館修撰判館事，權景靈宮副使。十二月卒，年四十七。」楊億生年據此推知。通行本宋史作「年五十七」，誤。說詳錢大昕疑年錄卷二及余嘉錫疑年錄稽疑卷二。田況，宋史卷二九二不載其生卒年。四部叢刊臨川先生文集卷九一太子太傅致仕田公墓誌銘稱：「遂以（嘉祐）八年二月乙酉薨於第，享年五十九。」其生年即據此推得。歷代人物年里通譜所據，亦爲宋史本傳及王安石撰墓誌，而其所推得之生卒年均提前二年，不詳何故。

唱集」繫在「宋眞宗景德四年丁未（西元一〇〇七），三十四歲」條下，並加按語說：

按：集中作者姓氏楊億署銜「翰林學士左司諫知制誥」，查學士年表及宋史本傳，億以左司諫制誥拜翰林學士，在去年十一月；明年加兵部員外郎、戶部郎中。則知西崑酬唱集當編於本年。

施譜又把「爲西崑酬唱集撰序」繫在「宋眞宗大中祥符元年戊申（西元一〇〇八），三十五歲」條下，並說：

按：各本西崑酬唱集楊億自序，皆署銜「翰林學士戶部郎中知制誥」。查楊億在景德三年拜學士，今年始加兵部員外郎、戶部郎中，故知序文作於本年。且明年正月有詔令禁讀屬辭浮靡之書，西崑集亦在禁列，則知此集是時已甚流行。

根據楊億自序所署的官銜「翰林學士、戶部郎中、知制誥」，斷定撰序年分爲大中祥符元年，筆者是完全贊同的。但根據集中楊億姓氏上署銜「翰林學士、左司諫、知制誥」，斷定西崑酬唱集編成於景德四年，則筆者覺得有再商榷的必要。第一、按常情來說，自編自序的書，成書之年往往就是撰序之年。何況楊、劉輩的「雕章麗句」是如此的「膾炙人口」！勢必書一編成，迅即盛傳，不可能等到次年才撰序傳世。其次，西崑酬唱集卷下有「戊申年七夕五絕」，劉筠、楊億等共有五人酬唱，每人五首，合計二十五首。戊申年是大中祥符元年，即楊億撰序之年。如依施譜所云，楊億編集在景德四年丁未，即戊申前一年，楊億怎可能把明年才吟成的二十五首詩收入西崑酬唱集呢？第三、施譜說楊億署銜「翰林學士左司諫知制誥」，是根據四部叢刊影印明嘉靖本；而粵雅堂叢書本則署銜「左司諫知制誥」。那麼，如根據粵雅堂叢書的話，楊億豈不是在景德三年十一月拜翰林學士前早就編輯西崑酬唱集了嗎？所以施譜的這一論點，實在大有問題。據筆者的意見，楊億撰序之年，應該就是西崑酬唱集編成之年。序既是大中祥符元年寫的，那麼，書的編成自然也就在這一年。說得更確切一點，楊億在大中祥符元年七夕，和劉筠等共製作了二十五篇以「戊申年七夕」爲題的七言絕句之後，才着手編集並撰序。但編集、撰序的時間不會晚於本年，因爲次年，也就是大中祥符二年的正月，御史中丞王嗣宗就攻擊集中的三首宣曲詩詞涉浮靡，向眞宗告了一狀；眞宗還爲此下詔禁文體浮艷。如果編集在此事件之後，楊億斷不會把三首宣曲詩收入集中。

至於西崑酬唱集裏面，作者姓名第一次出現時所署的官銜，是原本就有或係後人所加，實在無從斷定。像浦城遺書的西崑酬唱集，根本就不題官銜。明嘉靖本用小字兩行題在姓名之下，粵雅堂叢書本則大字一行題在姓名之上；不但款式不同，官銜也有差別，像上文所言楊億的例子即是。所以，這種靠不住的資料，是不便當作考證依據的。

現在，可以談到第二個問題，就是西崑酬唱集所收詩歌的創作月年。由於集中詩歌的題目不是「南朝」、「漢武」、「明皇」、「始皇」之類，就是「槿花」、「荷花」、「梨」「淚」之類，再不然就是「李舍人獨直」、「與客啟明」、「答內翰學士」、「答劉學士」：從這些作品是無法推斷創作年月的。但列爲上卷第一首的楊億所撰的「受詔修書述懷感事三十韻」卻是可以查明年月。李燾續資治通鑑長編卷六一云：「(景德二年)九月丁卯，令資政殿學士王欽若、知制誥楊億修歷代君臣事跡。欽若以直祕閣錢惟演等十人同編修。」可見楊億這首詩作於景德二年九月丁卯(二十二日)奉詔修書後數日。修書的工作到大中祥符六年八月壬申才完成；修成的書，眞宗賜名爲「冊府元龜」(見續資治通鑑長編卷八一)。在參加修書諸臣中，楊億、錢惟演、劉筠、刁衎、李維、陳越等六人，都是西崑酬唱集的作者。這群酷愛詩歌的詞臣，因爲修書而聚在一起，開始時以詩歌相互酬唱，這是極自然的事。風氣既開，不在修書行列而愛好詩章的朝臣也慕名加入，於是酬唱者增加到十八人，詩歌也日積月累，足夠編成一部詩集了。楊億把「受詔修書述懷感事三十韻」排在西崑酬唱集之首，在序文中又說明他與錢惟演、劉筠等酬唱，是由於共同參加修書之任的關係，很顯然的，是由這首詩揭開了他們酬唱的序幕。其他的詩篇，雖然看不出是否按年代編列，但從「戊申年七夕五絕」排在下卷快近末尾的地方看來，大致還是有次序的。至此，西崑酬唱集所收詩歌的創作年月，已可獲得一個初步的結論：大部分詩歌作於「景德中」，最早的一篇「受詔修書述懷感事三十韻」是景德二年九月的作品；有少數詩歌作於大中祥符元年，最晚的作品已是七夕過後。從景德二年（一〇〇五）九月，到大中祥符元年（一〇〇八）七月，共計二年十一個月；西崑酬唱集就是這二年十一個月中十八位詩人酬唱的結晶。

二、西崑酬唱集的流傳與重要版本

從西崑酬唱集編成傳世，到大中祥符二年正月被王嗣宗所攻擊，有將近半年的期間。在這期間，憑着楊、劉諸人的詩名，以及集中許多本來就「膾炙人口」的「雕章麗句」，這本集子風靡當時詩壇的盛況是不難想像的。王嗣宗這個人，宋史卷二八七本傳說他「剛果率易，無所畏憚。每進見，極談時事，或及人間細務。頗輕險好進。」又說他「剛愎少文」。難怪他不能欣賞西崑酬唱集裏的「雕章麗句」，反而挑剔起它的毛病來。此一事件的經過，記載在續資治通鑑長編卷七一。原文錄後：

（大中祥符二年）正月，御史中丞王嗣宗言：「翰林學士楊億、知制誥錢惟演、祕閣校理劉筠，唱和宣曲詩，述近代掖庭事，詞涉浮靡。」上曰：「詞臣，學者宗師也，安可不戒其流宕？」乃下詔風勵學者，自今有屬詞浮靡，不遵典式者，當加嚴譴。其雕印文集，令轉運使擇部內官看詳，以可者錄奏。

在陸游渭南文集卷三一，有跋西崑酬唱集一文，也記載着這件事：

祥符中，嘗下詔禁文體浮艷。議者謂是時館中作宣曲詩。宣曲見東方朔傳。其詩盛傳都下，而劉、楊方幸。或謂頗指宮掖；又二妃皆蜀人，詩中有「取酒臨邛遠」之句。賴天子愛才士，皆置而不問，獨下詔諷切而已；不然亦殆哉！

宣曲詩幾乎釀成文字獄，眞是好險！此詩收在西崑酬唱集卷上，原題「宣曲二十二韻」，楊億、劉筠、錢惟演各一首。詩大概是「景德中」所作，但到大中祥符元年西崑酬唱集編成盛傳，才被人注意。御史中丞王嗣宗雖是剛愎少文，又愛管閒事的人，但他攻擊宣曲詩的話，卻是事實。這種「浮靡」的詩歌，眞該禁止！下面舉錢惟演作的一首宣曲詩爲例：

絳樓初分後，銀鐶未解時。已障紈扇笑，猶捧玉壺悲。乞巧長生殿，迎風太液池。雕屛涵火齊，寶帳隔琉璃。欲買詞人賦，空傳狎客詩。蔗漿銷內熱，瓊蕊療早飢。綺帶桃初熟，紅心草欲披。凌波渡羅襪，向日翳華芝。素臉分丹柰，香津滴紫梨。龍梭隨振素，獺髓補凝脂。蓬餌重陽節，金針七夕期。玉膏嘗瀲溢，翠蓋逐葳蕤。絃急哀隨指，歌長恨入眉。青鸞惟有舞，赤鳳可能疑。下蔡迷還易，平陽破未知。髻高釵自墮，腰細佩長垂。出恐嚴鐘晚，歸嫌鈿幰遲。轆轤驚晚夢，鸚鵡滿春思。魂怨惟愁斷，腸柔已自危。璧璫螢影度，瓊戶蘚花滋。掩鼻讒難訴，披圖悔豈追。秖應金帶枕，聊為達微辭。

細看這整首詩，除了堆砌麗詞，賣弄典故之外，不知道還有些什麼。錢惟演這首如此，另外楊億和劉筠的兩首也完全是這個調調兒。陸游說：「或謂頗指宮掖；又二妃皆蜀人，詩中有『取酒臨邛遠』之句」。這只是攻擊宣曲詩的人給楊、劉等加上的罪名；事實上這三首詩並沒有什麼諷喩和寄託，作者只是炫耀自身才高學富而已。本來說穿了，西崑酬唱集的詩都是炫耀才學之作，只是這三首未免炫耀得離了譜。楊、劉等身爲詞臣，職掌修書，而居然帶頭作這類浮靡詩篇，後果實在堪慮。眞宗下詔禁止，確是有其必要的。楊、劉等自景德二年開始酬唱之前，在詩壇已有重名；西崑酬唱集的編成傳世，更使他們的詩名高達頂點。現在眞宗一道禁令，無疑的會使他們收斂一下，規規矩矩的修書，要作詩也不能再像過去那樣詞涉浮靡了。不過從宋仁宗朝石介作怪說極力詆毀西崑體詩歌，以及文中「今天下有楊億之道四十年矣」等話看來，楊、劉輩的影響仍然存在，當然西崑酬唱集也依然盛傳。眞宗的禁令，大概只有收一時之效罷了。

經過石介的極力詆毀，歐陽修所領導的宋詩革新運動也順利的展開，楊、劉輩的影響終歸消失，而西崑酬唱集也就不再盛傳了。這以後，此書流傳的情形，眞可用「不絕如線」四字來形容。現存浦城遺書和粵雅堂叢書中的西崑酬唱集，卷首都有清代馮武的序。其中有一段文字正好說明宋以後此書流傳的情形：

趙宋之錢、楊、劉諸君子競效其(按：指李商隱)體，互相酬唱，悉反江西之舊，製為文錦之章，錄成一集，名曰西崑酬唱。不隔一朝，遽爾湮沒。自勝國名人，以逮牧齋老叟，皆以不得見為嘆息。其所以殷殷於作者之口久矣。昔年西河毛季子從吳門捨得抄白舊本，狂喜而告於徐司寇健菴先生。健菴遂以付梓，汲汲乎恐其書之又亡也。刻成，而以剞劂未精，祕不示人。吳門壹是堂又以其傳之不廣，而更為雕板。嗟乎！此書之不絕如線也。乃得好事之兩家，無虞其不傳矣。今又得閬仙朱子，從兩家之後而三梓之，豈不欲使騷壇吟社無有不覩是書之目而後愉快哉！

可見元、明兩朝，西崑酬唱集罕見流傳。明朝只有嘉靖刻本，見後。到了淸代，經過徐乾學(健菴)一刻，壹是堂再刻，朱俊升(閬仙)三刻，才使此書較爲普及。這以後，又有祝昌泰浦城遺書本，伍崇曜粵雅堂叢書本；後二種至今尚存。

附帶說一下，馮武這篇序文寫得不怎麼高明。他曾說：「元和、太和之代，李義山傑起中原，與太原溫庭筠、南郡段成式，皆以格韻淸拔，才藻優裕，爲西崑三十六，以三人俱行十六也。西崑者，取玉山策府之意云爾。」把三十六體和西崑體混而爲一，顯然是錯誤的；四庫總目西崑酬唱集提要，對此已提出反駁，這裏不再贅言。單就上文所引的一段文字看，所謂「悉反江西之舊，製爲文錦之章。」似乎是江西詩派流行在前，而西崑詩反而後起。這眞是先後倒置，連普通的詩學常識都不夠。馮武是馮班的從子，嘗跟馮班受學。但在詩學方面，顯然沒有得到眞傳。

現在談到現存的西崑酬唱集的版本。較早的重要版本有下列三種。其他通行本，都不出這三種範圍。

一、江安傅氏藏明嘉靖本 此本卷首有兩篇序：第一篇是「嘉靖丁酉(一五三七)臘日高郵張綖序」，第二篇是楊億原序，後面還附了一份「西崑唱和詩人姓氏表」，在詩人姓氏之下，都注有官銜。上下卷俱無目錄。書中作者姓名第一次出現時題全名，並在姓名下加注官銜；以後出現即單題名字，不再署姓，亦不注官銜。卷首的「西崑唱和詩人姓氏表」，顯然就是根據書中資料列出的。此本刊刻雖早，但似乎罕見流傳。馮武序文、四庫總目提要、甚至咸豐甲寅歲伍崇曜跋粵雅堂叢書本都不曾提到這個版本，可見他們都不曾見過。後經商務印書館據以影印，收入四部叢刊，才成爲習見流傳之本。

二、浦城遺書本 此本刻於淸嘉慶辛未歲（一八一一）浦城祝昌泰所刻，與楊億武夷新集同收入浦城遺書。卷首有序三篇：首楊億原序，次馮武序，再次朱俊升序。上下卷俱無目錄。書中作者姓名皆題全名，不注官銜。卷末有「祖之望題後」。

三、粵雅堂叢書本 此本刻於淸咸豐甲寅歲（一八五四）南海伍崇曜所刻。卷首有序三篇：首馮武序，次朱俊升序，再次楊億原序。其排列次第與浦城遺書本不同。上下卷各有目錄。目錄偶有錯誤，像上卷「無題」詩共九首，目錄只題三首。書中作者姓名皆題全名；初出現時於姓名上加署官銜。卷末有「伍崇曜跋」。

上面三種版本，顯然明嘉靖本是一個來源，浦城遺書本和粵雅堂叢書本又是一個來源。後兩者所依據的似乎同是康熙間朱俊升刻本，但兩者之間，也還是小有差別。還有詩歌文字方面，這三種版本也彼此有出入。大致說來，明嘉靖本是比較可靠的古本，雖然它的雕板不及另外兩本精良。

三、西崑酬唱集的十八作者

據楊億的序文，當時參加酬唱的主要人物，是錢惟演（字希聖）、劉筠（字子儀）和他本人；再加上「其屬而和者，又十有五人」，總數應該是十八人。但是從集中統計，卻只得十七人。這十七人的姓名是：

楊　億　　劉　筠　　錢惟演　　李宗諤　　陳　越　　李　維

劉　隲　　丁　謂　　刁　衎　　任　隨　　張　詠　　錢惟濟

舒　雅　　晁　迥　　崔遵度　　薛　映　　□　秉

這是根據四部叢刊影印明嘉靖本統計的。最末一位名叫「秉」的，沒有署姓。本來明嘉靖本在每一位作者初次出現時，一定題他的全名；只有對這位「秉」，卻漏掉了他的姓。浦城遺書本和粵雅堂叢書一樣是這十七人；不過對末一位名叫「秉」的，卻題作「劉秉」。究竟是不是「劉秉」？施隆民君的楊億年譜有一條很好的考證，原文錄後：

至於名秉者，今本或稱劉秉（浦城遺書、粵雅堂叢書），或但曰秉（四部叢刊本），實誤！考嵩山集卷十六清風軒記云：「成州居守之東隅，有軒曰清風。疊嶂前後，為之屏几，清風無時而不來也。……夫于時清風之生，請言其狀，予則不能，然予祖（按：即晁迥）嘗倡而作之矣。屬而和者六人，曰：楊大年、劉中山、錢司空、李昌武、薛尚書、張密學。其辭盛行於世，著之西崑集。……」同卷清風詩十韻之作者為「翰林學士晁迥」、「翰林學士楊億」、「大理評事祕閣校理劉筠」、「太僕少卿直祕閣錢惟演」、「翰林學士李宗諤」、「右諫議大夫薛映」、「左諫議大夫張秉」。是名曰「秉」者，乃張秉也。

嵩山集與西崑酬唱都載着「清風十韻」七首，兩相比照，毫無疑問的這位名叫「秉」的是左諫議大夫張秉。明嘉靖本單題「秉」字，只是脫去一字，本不算錯；浦城遺書本和粵雅堂叢書本補上一個「劉」字，成了張冠「劉」戴，才是弄巧成拙，犯了大錯。不過，這個錯誤不始於這兩個版本。四庫總目西崑酬唱集提要列舉十七作家的姓名，就已題作劉秉了。四庫全書所收西崑酬唱集是「編修汪知藻家藏本」，不言何人所刻；反正乾隆間人所見的本子，要比嘉慶、咸豐的刻本早。所以，這段張冠「劉」戴的公案，可說是由來已久。

張秉的問題是解決了，但是楊億序言說酬唱的有十八人，而集中卻只有十七人，這問題應如何解答呢？四庫提要曾經提出一種解答，它說：「凡億及劉筠、錢惟演、李宗諤……劉秉十七人之詩。而億序乃稱『屬而和者，十有五人。』豈以錢、劉爲主，而億與李宗諤以下爲十五人歟？」它的意思是說：楊億爲了自謙，就以錢惟演、劉筠爲酬唱的領袖，而自己退居其次，列入「屬而和者，十有五人」之內。這種解答實在太牽強。第一，西崑酬唱集的第一首詩，就是楊億的大作，以後凡同一題目下的幾首詩，楊億的大作什九是列在第一的；這種做法也配說自謙嗎？其次，細察楊億的序文，實在是說楊、劉、錢三人加屬而和者十五人，不能曲解爲錢、劉二人加屬和者十五人。提要這種說法，無異削足適履，絕難使人滿意。

在南宋劉克莊的後村詩話裏，有一條材料，可以解決上述問題。後村詩話云：(此條材料由吾師鄭因百先生提供，謹此致謝)

> 今考十五人，丁謂、刁衎、張詠、晁迥、李宗諤、薛□、陳越、李維、劉隲、舒雅、崔遵度、任隨、錢惟濟，有名秉□，不着姓。王沂公只有一篇，在卷末。(四部叢刊後村先生大全集卷一八〇)

原文薛字下脫去「映」字。秉字下脫去的應該是「者」字。可見張秉的姓，劉克莊所看到的西崑酬唱集已經脫去了。王沂公就是王曾，仁宗朝官至右僕射兼門下侍郎平章事、集賢殿大學士，封沂國公。此人與楊億關係相當密切，宋史卷三一〇本傳稱：「咸平中，由鄉貢試禮部，廷對，皆第一。楊億見其賦，歎曰：『王佐器也！』」又稱：「少與楊億同在侍從，億喜談謔，凡寮友無不狎侮；至與曾言，則曰：『余不敢以戲也。』」王曾也出任過知制誥、兼史館修撰，翰林學士。所以他參加楊億諸人的酬唱，是極其自然的事。

後村詩話這條記載，使我們解決了西崑酬唱集十八作家的問題。酬唱者本來就有十八位，由於王曾只有一首，又列在卷末，自然很容易因書本損壞或刻漏鈔漏而失去。但至少在南宋流傳的版本，十八位作家的作品還是齊全的。

四、西崑酬唱集的詩歌數目

西崑酬唱集原來收錄了多少首詩歌？這也是一個有待澄清的問題。本來楊億的序文是提到詩歌數目的，但因爲西崑酬唱集版本的不同，楊億序文所記的詩歌數目也就有了差異。明嘉靖本說：「凡五七言律詩二百四十七章。」浦城遺書本和粵雅堂叢書本卻都說：「凡五七言律詩二百有五十章。」這就有了三章之差。再查其他資料，晁公武郡齋讀書志、陳振孫直齋書錄解題、劉克莊後村詩話、王應麟玉海等宋人著錄都是「二百四十七章」；只有四庫總目提要說：「上卷凡一百二十三首，下卷凡一百二十五首；而億序稱二百有五十首，不知何時佚二首也？」宋人的說法應該是可信的，尤其是後村詩話，劉克莊看到的還是十八作家齊全的版本，他說的話更有採信的價值。明嘉靖本作「二百四十七章」，與宋人所記相符，正證明了它是一個比較可靠的古本。浦城遺書本和粵雅堂叢書本的「二百有五十章」是經人改過的。四庫全書所收的本子，提要說「前有常熟馮武序」，可見與浦城遺書本、粵雅堂叢書本是同一系統。這一系統的西崑酬唱集，「張秉」均作「劉秉」，「二百四十七章」都作「二百有五十章」。

現存西崑酬唱集有多少首詩呢？經筆者統計，三種版本都一樣，上卷一百二十三首，下卷一百二十七首，合計二百五十首，正與浦城遺書本、粵雅堂叢書本的楊億序言所云的數字相符。但這並不能證明楊億原序就是二百五十首，因爲現存二百五十首，如果再加上已佚的王曾一首，合計二百五十一首，不是又多出一首來嗎？換句話說，如果楊億原序就是二百五十首，那麼現存的應該是二百四十九首才對，因爲佚去了王曾的一首。所以，浦城遺書本和粵雅堂叢書本楊億序文所載數字與現存詩歌數字相符，適足以證明這兩本的「二百有五十章」這句話，是依據實際存詩數目改寫而成。

大概在兩宋時，西崑酬唱集就是二百四十七首，根本不成問題。這是此書流傳的第一階段。元、明兩代，此書「不絕如線」，卷末的王曾一首，也許還有其他幾首，竟遭殘闕，以至散佚。於是有人掇取楊、劉舊篇，爲之補上。例如下卷「因人話建溪舊居」這首詩，就只有楊億一首，根本無人與他唱和，而竟然也收在酬唱集中，這不是很可疑麼？這位掇補的人似乎不曾注意楊億原序所說的「二百四十七章」，所以詩有了二百五十首，而序卻沒有改動，以致產生裏外不符的現象。這是此書流傳的第二階段，明嘉靖本就是此一階段的代表。到了淸初，有人發現詩歌數目裏外不符的現象，於是乾脆把楊億序文改一改，使與實際詩歌數目相符。這是此書流傳的第三階段。這改序的人，不知是徐乾學？還是朱俊升？還是另有他人？現在無從斷言。反正浦城遺書和粵雅堂叢書本並非率先改序的，此二本不過襲用遭前人改過的楊億序文而已。

上文所引庫提要的話：「上卷凡一百二十三首，下卷凡一百二十五首；而億序稱二百五十首，不知何時佚二首也。」似乎也有問題。上卷一百二十三首，與現存三種版本相符；但下卷一百二十五首，卻比現存三種版本都少了二首。不知道是眞的少二首，還是提要的計算有誤。按理說：「億序稱二百五十首」的本子，是已經人改過表裏數字相符的本子，不該再有缺佚。在乾隆間修四庫全書之前，西崑酬唱集已有徐乾學刻本、壹是堂刻本、朱俊升刻本；嘉慶間刻的浦城遺書、咸豐間刻的粵雅堂叢書都能找到二百五十首齊全的西崑酬唱集來重刊，乾隆間反而只看到缺了二首的西崑酬唱集？這是令人難以置信的事。恐怕是提要計算有誤吧？四庫全書館的編修先生，算術似乎不大高明。譬如其太平廣記提要，根據廣記卷首所載的引用書目，統計出「所採書三百四十五種」；又稱：「此本爲明嘉靖中左都御史談愷所刊。」談刻本現在尚存，試去數一數引用書目所列書名，實實在在是三百四十三種。所以，據筆者推測，眞是少二首的可能性還不及計算錯誤來得大。

五、西崑酬唱集的酬唱方式

從西崑酬唱集看這些詩人們酬唱的方式，有下列兩種：

一、同一個詩歌題目，由幾個詩人來吟詠。這是最普遍的酬唱方式，集中絕大多數詩歌都是如此產生。至於人數，至少二人；一人自詠是算不了酬唱的，上文已經說過楊億的一首「因人話建溪舊居」並沒有人與之唱和，居然也編入酬唱集，實在很可疑。最多的有七人。一般說來，二、三、四人酬唱的最多。五人酬唱的只有「休沐端居有懷希聖少卿學士」、「鶴」、「戊申年七夕五絕」三題；六人酬唱的只有「代意二首」、「館中新蟬」二題；七人酬唱的也只有「漢武」、「清風十韻」二題。

二、彼此贈答。這種酬唱方式，在集中不多見。例如楊億、劉筠、錢惟演各有一首「寄靈仙館舒職方學士」，於是舒雅就有「答內翰學士」、「答劉學士」、「答錢少卿」三詩。再如「劉校理屬疾」題下有楊億、劉筠各一首。表面上看來似是屬於前一種酬唱方式，但一看兩詩內容，楊億這首是問候劉筠生病的，劉筠這首則是答謝楊億的，所以事實上是彼此贈答。

但不論用那一種方式酬唱，在詩體和用韻方面，都沒有嚴格的限制。詩體方面，一般來說，作五律就大家五律，作七律就大家七律。但也有例外，像楊億、劉筠、錢惟演寄贈舒雅的都是七律，舒雅答楊億和錢惟演的也都是七律，卻偏偏答劉筠的一首是五律。如果是五言排律，句數的多寡也沒有一定。例如一度大出風頭的「宣曲二十二韻」，楊億和劉筠的二首確是二十二韻，而錢惟演的那首卻有二十四韻，比題目多了二韻，也就是多了四句。再如「譯經光梵大師」，楊億的一首用十二韻，劉筠的一首只有六韻，正好是楊億詩的一半。再如「致齋太乙宮」，錢惟演、楊億的兩首都是八韻，劉筠一首卻是十韻。由此可見做五言排律長短由己，不一定要向別人看齊。至於用韻方面，那更是自由了。徧觀全集，只有「屬疾」詩四首中的前三首，也就是楊億、晁迥、崔遵度三人的作品，押韻完全相同，一字不差。但第四首劉筠所作，就押他自己的韻了。其他在同一題目下的詩歌，押同一部韻的例子也極罕見；極大多數的詩歌都是各押各的韻。

西崑酬唱集號稱十八作家，事實上就是楊億、劉筠、錢惟演三人在經常酬唱，其他十五人只是偶然客串一下而已。例如集中陳越、錢惟濟、崔遵度都只有一首詩，晁迥、刁衎、張詠都只有二首詩，李維、舒雅、任隨各有三首，劉隲四首，丁謂五首，薛映、張秉各六首，李宗諤七首，還有已佚的王曾一首：以上十五人加起來的總數也不過四十七首，還不及楊、劉、錢三人中的任一人來得多。說這十五人在西崑酬唱中是客串性質，實在毫不過分。所以在集中，絕大多數的酬唱，是楊、劉、錢三人都有份的；其次，是三人之中的二人有份；沒有三人之中的一人與客串詩人酬唱的例子；更沒有客串詩人自相酬唱的例子。

還有一點事實必須提出來，在西崑酬唱集中，除了「送客不及」詩三首外，沒有一次酬唱是楊億所未參加的。而「送客不及」詩三首，各本所題作者都是劉筠、錢惟演、劉筠，這實在頗有問題。劉筠如果眞有二首，編集時沒有理由把它們拆散；集中也沒有這樣拆散的例子。所以，其中的一個「劉筠」，恐怕是「楊億」的誤題。如果此一推測不錯，那麼就每一次酬唱都有楊億的份了。爲什麼會這樣？原因很簡單，只因爲楊億是西崑酬唱集的編者，凡是與他自己無關的，就一概不錄。所以西崑酬唱集固然以楊億、劉筠、錢惟演爲主角，而楊億則是主角中的主角。

× × × ×

以上有關西崑酬唱集的問題，重要的都已談到了。篇幅將盡，就此收筆。

（六十一年九月十六日國語日報「書和人」雙週刊一九五期）

參、小　說

從我國古代小說觀念的演變談古代小說的歸類問題

我國古時所謂的小說，和我們現在所謂的小說，意義不同；即使在古時，由於朝代的不同，對小說的觀念也不盡相同。下面試就各時代的小說觀念，略作說明：

一、先秦

先秦古籍中提到小說的資料，有下列二條：

飾小說以干縣令，其於大達亦遠矣。（莊子外物篇）

故智者論道而已矣，小家珍說之所願皆衰矣。（荀子正名篇）

這二條資料雖然一出於道，一出於儒，但對小說的觀念，事實上並無差異。莊子所謂的小說，無疑就是荀子所謂的小家珍說。莊子重視大達而輕視小說；荀子也強調道的重要，而輕視小家珍說。雖然莊子所謂的大達並不等於荀子所謂的道，但他們輕視小說的態度是一致的。他們都沒有替小說下一個定義，對它的內容和形式有所界說；事實上，他們還沒有把小說當作一種文體看。

二、兩漢

兩漢時代提到小說的資料，有下列二條：

小說家者流，蓋出於稗官，街談巷語，道聽塗說者之所造也。孔子曰：「雖小道，必有可觀者焉。致遠恐泥，是以君子弗為也。」然亦弗滅也。閭里小智者之所及，亦使綴而不忘，如或一言可采，此亦芻蕘狂夫之議也。……諸子十家；其可觀者，九家而已。（漢書藝文志）

若其小說家合殘叢小語，近取譬論，以作短書；治身理家，有可觀之辭。（文選卷三十一李都尉陵從軍詩，李善注引桓譚新論。此條嚴可均輯全後漢文未收。）

漢志是班固刪劉歆七略而成的。其所引孔子之言，查今本論語子張篇，實在是出於子夏之口。是班固記憶錯誤？還是班固所據乃古文論語或齊論語，而非爲今本論語前身之魯論語？因古論、齊論久佚，已無從查明。而且孔子這幾句話，本來也不見得是用來批評小說的，只是班固認爲它正適用於批評小說而加以引用罷了。事實上，班固還犯了個矛盾：孔子明明說「必有可觀者焉」，而班固卻說：「諸子十家；其可觀者，九家而已。」那不可觀的一家就是小說。

班固對小說的態度比起莊、荀二子是頗有不同的，因爲他固然繼承了前人對小說的輕視心理，卻強調了「然亦弗滅也」的道理。小說固然是小道，不値得君子去「爲」，但也自有某些存在的價値，不必加以消滅。這種論調對後世史家及著錄家的影響至大，幾乎成了他們所認同的對小說的基本態度。試舉二例爲證：

小說者，街說巷語之說也。傳載輿人之誦，詩美詢於芻蕘。古者聖人在上，史爲書，瞽爲詩，工誦，箴諫，大夫規誨，士傳言而庶人謗。孟春徇木鐸以求歌謠，巡省觀人詩以知風俗，過則正之，失則改之，道聽塗說，靡不畢紀。……孔子曰：「雖小道，必有可觀者焉。致遠恐泥。」（隨書經籍志。案：隋志引孔子之言，於「致遠恐泥」下省略「是以君子弗爲也」一句，語氣極爲不順。）

班固稱：「小說家流，蓋出於稗官。」如淳注謂：「王者欲知閭巷風俗，故立稗官，使稱說之。」然則博採旁蒐，是亦古制，固不必以冗雜廢矣。今甄錄其近雅馴者，以廣見聞；惟猥鄙荒誕，徒亂耳目者，則黜不載焉。（四庫全書總目提要子部小說家類敍）

這二段文字之受有漢志影響，至爲明顯。

漢志雖然也不曾給小說一個定義，但從所錄小說十五家，大致還可看出一點端倪來。這十五家依次是：

伊尹說二十七篇

鬻子說十九篇

周考七十六篇

青史子五十七篇

師曠六篇

務成子十一篇

宋子十八篇

天乙三篇

黃帝說四十篇

封禪方說十八篇

待詔臣饒心術二十五篇

待詔臣安成未央術一篇

臣壽周紀七篇

虞初周說九百四十三篇

百家百三十九卷

這些書雖已全部失傳，但從漢志原注及少數佚文看來，大致可分爲野史、雜說、異物三類。例如鬻子、文選卷三十六宣德皇后令一首，李善注引鬻子曰：「武王率兵車以伐紂。紂虎旅百萬，陣於商郊，起自黃鳥，至於赤斧。三軍之士，靡不失色。武王乃命太公把旄以麾之，紂軍反走。」青史子，漢志原注：「古史官記事也。」虞初周說，漢志原注：「其說以周書爲本。」這三家的內容大概屬於野史類。臣壽周紀，看書名也似野史。再如周考，原注：「考周事也。」待詔臣安成未央術，應劭注曰：「道家也。好養生事，爲未央之術。」此二家可列爲雜說類。封禪方說與待詔臣饒心術二家，觀書名似亦屬雜說類。再如師曠，說文鳥部引師曠曰：「南方有鳥，名曰羌鷲，黃頭赤目，五色皆備。」此種內容，正如張華博物志之屬，故可列爲異物類。所以漢志雖然未給小說下一明確的定義，但班固對小說內涵的認識，大致可以推知。

至於桓譚新論這條資料，事實上不出漢志影響。

三、六朝

六朝是志怪書盛行的時代，近人慣稱這類作品爲志怪小說。但在當時，卻並無記載稱志怪書爲小說。當時有兩本作者自題作「小說」的書籍，一是宋臨川王劉義慶的小說十卷，兩唐志著錄；另一是殷芸小說十卷，隋志著錄，並注曰：「梁武帝敕長安右長史殷芸撰，梁目三十卷。」兩書均已失傳，只能看到太平廣記等書所引的若干條文字。廣記題作商芸小說，是因爲避宋太祖之父趙弘殷的諱。從兩書殘存的文字看，其內容實在與世說新語同一類型，條記名人瑣事，時有雋語。由此推斷，劉義慶、殷芸是把這類作品看作小說的，這可以說是六朝人的小說觀念。

四、唐、宋

唐代是盛行傳奇文的時代。傳奇文有完整的故事，優美的文辭，動人的佈局，已完全脫離殘叢小語的筆記形式。雖然從宋、明以來習慣上稱唐代傳奇文爲唐人小說，但唐人著作中卻不曾稱它爲小說。倒是段成式的酉陽雜俎續集卷四提到所謂「市人小說」，係指市井說書的人。由此發展下去，就產生了宋代的說話四家數。宋人所謂的說話，即是明、清人的說書；而宋代說話人的底本，稱爲話本。據幾家宋人筆記，如孟元老東京夢華錄、灌園耐得翁都城紀勝、吳自牧夢粱錄等所記載，說話四家數是：一、小說，又名銀字兒，其內容又可細分爲煙粉、靈怪、傳奇、說公案、說鐵騎兒五類。二、說經、說參請、說渾經，此一家數可以看作唐代俗講的嫡系。三、講史書。四、合生。現存京本通俗小說殘卷，就是第一家數小說的代表作。其特色是說一故事而立知結局，頗似近世所謂短篇小說。所以宋人所謂小說，一方面指唐代傳奇文，像洪邁容齋隨筆說：「唐人小說，不可不熟，小小事情，悽惋欲絕，洵有神遇而不自知者，與詩律可稱一代之奇。」另一方面則指說話人的話本，甚至專指第一家數的話本。

五、明、清

明、清人所謂的小說，與宋人無甚差異。傳奇文和短篇話本仍在創作，而由長篇話本蛻變而成的章回小說，更是一枝獨秀。值得特別提出一談的，是在李卓吾、袁宏道、馮夢龍諸人一再強調小說的社會教育功能後，小說已漸受世人重視了。

大致說來，唐以前以文言小說爲主，宋以後以白話小說爲主。六朝以前的殘叢小語形式是古代小說的正宗；唐代的傳奇文已開始發皇變形；至於宋人話本以降，則離漢、魏、六朝所謂的小說已極遙遠，但與我們現代所謂的小說卻日益接近了。

由於古人對小說的觀念每因時代而異，因之小說書籍的歸類也就成了問題。下文且就一些重要的圖書著錄談談古代小說的歸類問題。

班固刪劉歆七略而成藝文志，那時還沒有四部分類法，把這些小說家的殘叢小語附麗在諸子十家之末，原也無甚不妥。從上文所引漢志小說十五家的目錄看，多數以著者名氏爲書名，這正是子書的命名法。

到了唐初修隋書，魏徵撰經籍志，採經、史、子、集四部分類，上承漢志之舊把小說歸入子部。這本來也不成問題。但他把不屬於小說類的書歸入小說類，該歸入小說類的書卻又屬諸他部，這就變得雜亂無章了。試看隋志子部小說類的內容：

燕丹子一卷

雜語五卷

郭子三卷　東晉中郎郭澄之撰

雜對語三卷

要用語對四卷

文對三卷

瑣語一卷　梁金紫光祿大夫顧協撰

笑林三卷　後漢給事中邯鄲淳撰

笑苑四卷

解頤二卷　楊松玢撰

世說八卷　宋臨川王劉慶義撰

世說十卷　劉孝標注

小說十卷　梁武帝敕長安右長史殷藝撰，梁目三十卷。

小說五卷

邇說一卷　梁南臺治書伏挺撰

辯林二十卷　蕭賁撰

辯林二卷　席希秀撰

瓊林七卷　周獸門學士陰顥撰

古今藝術二十卷

雜書鈔十三卷

座右方八卷　庾元威撰

座右法一卷

魯史欹器圖一卷　儀同劉徽注

器準圖三卷　後魏丞相士曹行參軍信都芳撰

水飾一卷

這份目錄以書名為主，下注撰人，比起漢志以撰者名氏為書名的方式，無疑是一大進步。但是所列二十五種書籍中，有些無論如何和小說攀不上交情的，像最末五類就是，我們不能說魏徵的小說觀念就是如此，他只是把一些無從歸類的東西雜湊到小說類罷了。

但有許多明明屬於小說類的書籍，隋志卻分列他部他類去。舉例來說：

一、入史部起居注類的，如穆天子傳。

二、入史部雜傳類的，例如列異傳、冥祥記、述異記、搜神記、續齊諧記、漢武帝內傳、漢武洞冥記等

三、入史部地理類的，例如山海經、十洲記、神異經等。

四、入史部雜史類者，例如拾遺錄等。

五、入史部舊事類者，例如漢武帝故事、西京雜記等。

六、入子部雜類者，例如博物志、張公雜記等。

從上面的舉例看來，小說類書籍入史部各類的特多。這是由於對這些書籍的認識不夠而導致的錯誤嗎？恐怕不見得，魏徵這位名臣必不至於荒疏到這般地步。據筆者推測，可能是因爲隋志採四部區分法，經、子、集三部在漢志七略中均有舊底子可資依傍，而史部卻是新創的，需要多找些書來充實，於是明知其爲小說，也只好找一些勉強和史部各類沾到一絲邊的來充充門面了。如果這一推測不錯，隋志的小說類書籍歸類不當似乎也可原諒。但它把漢武帝內傳列入雜傳類，卻把漢武帝故事列入舊事類；這二書的性質有何不同呢？難道只是爲了「內傳」和「雜傳」同有一「傳」字，「故事」和「舊事」同有一「事」字嗎？眞是夠荒唐的！

自從隋志把小說類書籍的歸屬弄得一團糟，後來的兩唐志、宋志及郡齋讀書志、直齋書錄解題等也就大致沿襲着這些錯誤。自然也有若干的改進，像舊唐志把隋志分入雜類的博物志改入小說類；新唐志把隋志分入雜傳類的列異傳、述異記、搜神記、續齊諧記等若干志怪書改入小說類，都是顯著的改進。可惜的是都沒能把隋志的錯誤全部糾正過來。一直到清乾隆間紀昀等所纂修四庫全書總目，才對古代小說的歸類有了合理的安排。它一方面把古代小說依照其性質分別歸入「敍述雜事」、「記錄異聞」、「綴輯瑣語」三類，一方面把隋志歸類不當，兩唐志等尚未改正過來的小說書籍，改回小說類。四庫全書總目提要子部小說家類雜事之屬按語曰：

按紀錄雜事之書，小說與雜史最易相淆。諸家著錄，亦往往牽混。今以入朝政軍關者入雜史，其參以里巷閒談、詞章細故者，則均隸此門。世說新語古俱著錄於小說，其明例矣。

又山海經提要曰：

書中序述山水，多參以神怪，故道藏收入太元部競字號中。究其本旨，實非黃、老之言。然道里山川，率難考據。案以耳目所及，百不一眞。諸家並以為地理書之冠，亦為未允。核實定名，實則小說之最古者爾。

又穆天子傳提要曰：

案穆天子傳舊皆入起居注類，徒以編年紀月，敍述西遊之事，體近年起居注耳。實則恍惚無徵。又非逸周書之比。以為古書而存之可也，以為信史而錄之，則史體雜，史例破矣。今退置於小說家。義求其當，無庸以變古為嫌也。

又神異經提要曰：

隋志列之史部地理類，唐志又列之子部神仙類。今核所言，多世外恍惚之事。既有異於輿圖，亦無關於修煉，其分隸均屬未安。今從文獻通考列小說類中，庶得其實焉。

諸如此類的說明，在在可見四庫全書總目對於古代小說的歸類是下過一番功夫的。從隋志開始混亂的小說歸類，至此總算整理清楚了。但四庫全書總目所列小說，局限於文言小說，宋以降白話體的話本小說和章回小說一概摒棄不錄。在四庫全書纂修官的立場來說，這是理所當然；但在重視小說文學價值的現代人看來，總未免覺得美中不足。

（六十五年六月圖書館學刊第三期）

古典小說

一、概說

所謂古典小說，習慣上用來指稱我國古代小說，包括出自士大夫之手的文言小說和出自民間文人之手的通俗小說。與古典小說相對稱的，是民國以來流行的所謂現代小說。

我國小說一詞，最早出現在莊子和荀子書中。莊子外物有云：「飾小說以干縣令，其於大達亦遠矣。」荀子正名亦云：「故智者論道而已矣，小家珍說之所願皆衰矣。」由這二則文字，可見莊子荀子對小說、小家珍說是相當輕視的。

漢書藝文志列有諸子十家，最後一家是小說家。藝文志是這樣介紹小說家的：「小說家者流，蓋出於稗官，街談巷語，道聽塗說者之所造也。孔子曰：『雖小道，必有可觀者焉。致遠恐泥，是以君子弗為也。』然亦弗滅也。閭里小知者之所及，亦使綴而不忘，如或一言可采，此亦芻蕘狂夫之議也。」這段文字，首先說明小說家的由來；接着引用孔子的話，說明孔子對小說的看法；最後根據孔子所謂「必有可觀者焉」發論，作爲列小說於諸子十家之末的立場說明。

要注意的是先秦所謂小說、小家珍說，只是與大達、大道相對稱的小技、小道，未必是用文字寫成的篇章，不同於後世把小說當作文類。到了漢代所謂小說，才是指文字寫成的篇章，漸漸有了文類的意義。可惜漢書藝文志所列十五家小說都已亡佚，只留下極少數零星的殘文。

漢書藝文志所引孔子的話，見今本論語子張，是子夏所說的話。但無論是誰的話，這幾句話對我國古典小說的發展有其深遠的影響，我國古典小說就是在「雖小道，必有可觀者焉」的共識下自生自滅地發展着。一直到明清兩代，才有李卓吾、金聖嘆等人爲提昇小說的地位大聲疾呼。

我國古典小說，就使用語言來說，先流行文言小說，後來漸有語體小說興起，終於成爲小說的主流。這意味着小說流行範圍的擴大，由士大夫社會擴大至平民社會。就寫作方式來說，由早期流行的簡短敍事形式漸漸增長篇幅，加深描寫。這意味着小說藝術技巧的進步，在整個文學園地中有越來越重要的地位。

我國小說的歷史，周秦兩漢只能說是醞釀時期，寫作小說並未蔚成風氣。到了魏晉時代，有大量作品產生，才進入重要的發展階段。魏晉南北朝志怪及志人小說、唐代傳奇小說、宋代話本小說、明清章回小說，可以說是我國古典小說最重要的四個發展階段和主流作品。就文體來說，一、二兩階段爲文言、三、四兩階段爲語體，就篇幅來說，一、二兩階段爲短篇，三階段有長有短，四階段全是長篇。在傳統小說觀念中，志怪及志人小說是古代小說的正宗；傳奇小說雖已有所轉變，但相去未遠。淸修四庫全書子部小說類只收志怪志人與傳奇，而不收話本與章回，正是此一傳統小說觀念的反映。但若以現代小說觀念來衡量，魏晉南北朝志怪及志人小說過分簡陋的寫作方式，實在不符合小說的藝術要求。這是由於古今對小說的觀念與要求有所不同所致。我們硏究古典小說，應該回到當時的社會去看，才是正確的態度。

二、魏晉南北朝志怪及志人小說

把魏晉南北朝小說分爲志怪與志人兩類，分類的基準是寫作的題材。雖然以題材不同分類，但因當時的小說都用簡短的筆記方式寫成，每條文字大致在數百字上下，超過千字或不足百字的極爲少見，因之當我們稱之爲志怪小說與志人小說時，事實上已隱含有短篇筆記形式的意義。

志怪原是書名。隋書經籍志史部雜傳類記載有「志怪二卷，祖臺之撰」；「志怪四卷，孔氏撰」；「志怪三卷，殖氏撰」。原書都已亡佚，只有少數篇章保存在唐宋類書之中，魯迅古小說鉤沈曾加輯錄。看諸家志怪殘存文字的內容，無非是鬼神仙妖等非現實的怪異之事。後世泛稱此類小說爲志怪小說，於是志怪一詞遂由書名擴大爲小說的類名。

考察志怪小說的撰作動機，大致可以區分爲二類：其一，純然爲好奇而撰述。這類作品充分反映了當時人對冥界、仙鄉以及妖異世界的好奇。其二，利用志怪小說作宗教宣傳，這類作品特別強調因果報應。前一類作品的撰者多是文士，後一類作品的撰者多是宗教徒。論文學價值，後者自不能與前者相比。

從東漢後期到魏晉之世，政治上一直不得安定，士大夫的言行動輒得咎，處境艱難。因此有一部分人明哲保身，避開現實不談，專談些名人軼事，或幽默風雅之語。這類言談條記成書，於是產生了所謂志人小說。志怪小說代表整個社會的迷信思想，雅俗共賞；志人小說則爲士大夫所樂道，非平民大衆所能欣賞。從兩者的作品數量上看，志人小說也遠不及志怪小說來得多。

㈠志怪小說

魏晉南北朝志怪小說，較重要的有魏文帝列異傳、戴祚甄異傳、干寶搜神記、陶潛搜神後記、劉義慶幽明錄、王琰冥祥記等書。下文就諸書引錄數篇，並略加析論。

1. 談生（太平廣記卷三一六引列異傳）

談生者，年四十無婦。常感激讀詩經。夜半，有女子可年十五六，姿顏服飾，天下無雙，來就生為夫婦之言：「我與人不同，勿以火照我也。三年之後方可照。」為夫妻，生一兒已二歲。不能忍，夜伺其寢後，盜照視之。其腰已上生肉如人，腰下但有枯骨。婦覺，遂言曰：「君負我！我垂生矣，何不能忍一歲而竟相照也？」生辭謝，涕泣不可復止。云：「與君雖大義永離，然顧念我兒，若貧不能自偕活者。暫隨我去，方遺君物。」生隨之去，入華堂，屋宇器物不凡。以一珠袍與之，曰：「可以自給。」裂取生衣裾，留之而去。後生持袍詣市，睢陽王家買之，得錢千萬。王識之曰：「是我女袍！此必發墓。」乃取拷之。生具以實對。王猶不信，乃視女冢。冢完如故。發視之，果棺蓋下得衣裾。呼其兒，正類王女。王乃信之，即召談生，復賜遺衣，以為主壻。表其兒以為侍中。

列異傳是魏文帝曹丕的作品，是我國最早的一本志怪小說。這篇談生，包含了後來志怪小說中經常出現的三種情節，可以說相當的有啟發性。

其一是人與鬼的愛情。這種愛情的發展有固定的三部曲：首先是年輕美貌的女魂出現在男人跟前；接着是成爲夫婦；最後以分離收場。這樣的情節，又見於陶潛搜神後記卷四李仲文女、戴祚甄異傳秦樹等篇。這類小說的產生，與我國古代禮教社會有關。在禮教社會，未婚男女不許自由戀愛，因之也沒有人敢公然寫未婚男女自由戀愛的小說；要寫，就只能在志怪小說的煙幕下進行。因爲是人鬼之愛，不能共偕白首，最後才必然以分離收場。

其二是再生的情節。一個人死而復活，枯骨開始長肉，自下而上，恢復形體，需要三年時間。如果在長肉的過程中被人看到，就永遠死亡，不能再生。在佛教轉世投胎的說法尚未在志怪小說中流行之前，這種再生的情節是經常可以看到的。

其三是證明鬼的存在。談生一篇中，前有「裂取生衣裾，留之而去。」後有「發視之，果棺蓋下得衣裾。」用意就在以物證來證明確有其鬼，確有其事。尤其是早期的志怪小說，總是有幾則用來證明鬼存在的文字。

2. 蔣濟（三國志蔣濟傳裴松之注引列異傳）

濟為領軍。其婦夢見亡兒涕泣曰：「死生異路。我生時為卿相子孫；今在地下為泰山伍伯，憔悴困辱，不可復言。今太廟西謳士孫阿今見召為泰山令，願母為白侯屬阿，令轉我得樂處。」言迄，母忽然驚寤。明日以白濟。濟曰：「夢為爾耳，不足怪也。」明日暮，復夢曰：「我來迎新君，止在廟下；未發之頃，暫得來歸。新君明日日中當發，臨發多事，不復得歸，永辭於此。侯氣彊難感悟，故自訴於母。願重啟侯，何惜不一試驗之？」遂道阿之形狀，言甚備悉。天明，母重啟侯：「雖云夢不足怪，此何太適適，亦何惜不一驗之。」濟乃遣人詣太廟下推問孫阿，果得之；形狀證驗，悉如兒言。濟涕泣曰：「幾負吾兒！」於是乃見孫阿，具語其事。阿不懼當死，而喜得為泰山令；惟恐濟言不信也。曰：「若如節下言，阿之願也。不知賢子欲得何職？」濟曰：「隨地下樂者與之。」阿曰：「輒當奉教。」乃厚賞之。言訖，遣還。濟欲速知其驗，從領軍門至廟下十步安一人，以傳阿消息。辰時，傳阿心痛。巳時，傳阿劇。日中，傳阿亡。濟泣曰：「雖哀吾兒之不幸，且喜亡者有知。」後月餘，兒復來，語母曰：「已得轉為錄事矣。」

人死後魂歸何處，由誰來審理處分？在魏晉時代流行的是我國傳統的泰山觀念：人死後魂歸泰山，接受審理處分。泰山府君是地府的最高主宰。本篇所反映的就是泰山觀念。到了宋齊，佛教的地獄觀念才流行起來。齊人王琰所撰冥祥記有「晉居士趙泰」一則（法苑珠林卷十二引），對地獄種種有相當詳細的描寫。

地府與人世是兩個隔絕的世界，地府的訊息爲何能傳遞到人世？爲何能使世人知悉地府的種種？志怪小說中有幾個常用的傳遞管道，鬼魂託夢就是其中之一。

3. 彭城男子（太平廣記卷四六九引列異傳）

彭城有男子娶婦，不悅之，在外宿。月餘日，婦曰：「何故不復入？」男曰：「汝夜輒出，我故不入。」婦曰：「我初不出。」壻驚。婦云：「君自有異志，當為他所惑耳。後有至者，君便抱留之，索火照視之為何物。」後所願還至，故作其婦，前卻未入。有一人從後推令前。既上床，壻捉之曰：「夜夜出何為？」婦曰：「君與東舍女往來，而驚欲託鬼魅以前約相掩耳！」壻放之，與共臥。夜半心悟，乃計曰：「魅迷人，非是吾婦也。」乃向前攬捉，大呼求火。稍稍縮小。發而視之，得一鯉魚，長二尺。

本篇是妖小說中的早期作品。鯉魚變成彭城男子的妻子，夜夜和彭城男子同牀，引發了眞假妻子之爭。最後鯉魚現出原形。魏晉南北朝的妖小說，故事雖然簡陋，但妖的種類卻是很多。虎、狐、蛇、猿、鹿、狼、狗、猪、鼠、鷄、鵝、鴨、獺、魚、龜等等紛紛登場，熱鬧非凡。連猪妖、龜妖都會變成女子，陪男人上牀。當時志怪小說作者的想像力，實在令人驚訝。到了唐代，妖小說的情節越來越曲折，主角越來越人性化，但卻成了虎、狐、猿、蛇等少數妖的天下，其他多數妖都從妖小說的舞臺上消失。

4.司馬義（太平廣記卷三二一引甄異傳）

金吾司馬義妾碧玉，善絃歌。義以大元中病篤，謂碧玉曰：「吾死，汝不得別嫁；當殺汝。」曰：「謹奉命。」葬後，其隣家欲娶之。碧玉當去，見義乘馬入門，引弓射之，正中其喉，喉便痛亟，姿態失常，奄忽便絕。十餘日乃甦，不能語，四肢如被撾損。周歲始能言，猶不分明。碧玉色甚不美，本以聲見取，既被患，遂不得嫁。

人類對愛情有獨佔欲，在志怪小說中，鬼也是一樣，在異苑卷六，有一則題爲妬鬼的文字：「吳興袁乞妻臨終執乞手云：『我死，君再婚否？』乞言：『不忍也。』既而服竟，更娶。乞白日見其死婦，語之云：『君先結誓，云何負言？』因以刀割其陽道，雖不致死，人性永廢。」司馬義不願自己死後愛妾改嫁，袁乞妻不願自己死後丈夫重婚，都是對愛情的獨佔欲。鬼是人想出來的，鬼之性正是人性的投射。志怪小說中鬼的許多想法與做法和人沒有什麼兩樣，原因就在此。

5.阮瞻（搜神記卷十六）

阮瞻字千里，素執無鬼論，物莫能難。每自謂此理足以辨正幽明。忽有客通名詣瞻，寒溫畢，聊談名理。客甚有才辯。瞻與之言良久，及鬼神之事，反復甚苦。客遂屈，乃作色曰：「鬼神古今聖賢所共傳，君何得獨言無？即僕便是鬼！」於是變為異形，須臾消滅。瞻默然，意色大惡，歲餘病卒。

本篇反映了當時社會上有鬼無鬼之辯的背景。無鬼論者雖然辯才無碍，但在鬼現身作證之下，終告失敗。因之本篇寓有肯定鬼是存在的作用，而且是用恐嚇的方式來肯定鬼的存在。

6. 臨賀太守（搜神後記卷五）

永和中，義興人姓周，出都乘馬，從兩人行。未至村，日暮，道旁有一新草小屋。一女子出門，年可十六七，姿容端正，衣服鮮潔。望見周過，謂曰：「日已向暮，前村尚遠，臨賀詎得至！」周便求寄宿，此女為燃火作食。向一更中，聞外有小兒喚：「阿香！」女應諾。尋云：「官喚汝推雷車。」女乃辭行，云：「今有事，當去。」夜遂大雷雨。向曉，女還，周既上馬，看昨所宿處，止見一新冢。冢口有馬尿及餘草。周甚驚惋。後五年，果作臨賀太守。

本篇值得注意的有二點。在內容方面，透露了命定思想，仕宦是命定的，本篇中推雷車女子就知道周某將來官拜臨賀太守，只是目前尚未到時候。在本篇之前，列異傳中的華歆一則（三國志・魏志・華歆傳裴松之注引），就已表達過年壽和仕宦是命定的思想。在寫作方式方面，本篇是早期的幻境結構小說。這類小說採三段式推進情節：主角由現實世界進入幻境——幻境經歷——回到現實世界，點明幻境。本篇幻境經歷主要在預示主角未來的官職。戴祚甄異傳中秦樹一則也是幻境結構小說，幻境經歷是主角與幻境女主人的一夜夫妻。幻境結構小說到了唐代，質量都有增加，政壇有心人甚至利用它來陷害政敵，如周秦行紀。（太平廣記卷四八九）

7. 楊林（太平廣記卷二八三引幽明錄）

宋世焦湖廟有一柏枕，或云玉枕。枕有小坼。時單父縣人楊林為賈客，至廟祈求。廟巫謂曰：「君欲好婚否？」林曰：「幸甚！」巫即遣林近枕邊，因入坼中，遂見朱樓瓊室，有趙太尉在其中，即嫁女與林，生六子，皆為祕書郎。歷數十年，並無思歸之志。忽為夢覺，猶在枕傍。林愴然久之。

本篇可說是尚未完成的夢境結構小說，所謂夢境結構，其基本型式是：主角入夢——夢境經歷——夢覺。點明主題。唐人傳奇中爲枕中記、南柯太守傳等篇，都是夢境結構小說的代表作。而本篇，進入夢境欠缺交代，夢覺後「林愴然久之」一句，也未能凸顯主旨，因此只能說是尚未完成的夢境結構小說。但它對唐代的夢境結構小說有啟發與先導的作用，應該是無疑的。

8. 劉晨阮肇（法苑珠林卷四一引幽明錄）

漢永平五年，剡縣劉晨、阮肇共入天台山，迷不得返。經十三日，糧乞盡，饑餒殆死。遙望山上有一桃樹，大有子實。永無登路，攀緣藤葛，乃得至上，各噉數枚，而餓止體充。復下山持杯取水，欲盥嗽。見蕪菁葉從山腹流出，甚鮮新。復一杯流出，有胡麻糝飯。便共沒水，逆流二三里，得度山，出一大溪邊。有二女子，姿質妙絕。見二人持杯出，便笑曰：「劉，阮二郎捉向所失流杯來。」晨、肇既不識之，緣二女便呼其姓，如似有舊，乃相見。而悉問：「來何晚？」因邀還家。其家銅瓦屋。南壁及東壁下各有一大牀，皆施絳羅帳。帳角懸鈴，金銀交錯。牀頭各有十侍婢。勑云：「劉、阮二郎經涉山岨，向雖得瓊實，猶尚虛弊，可速作食。」食胡麻飯、山羊脯、牛肉；甚甘美。食畢行酒，有一群女來，各持五三桃子，笑而言：「賀汝壻來。」酒酣作樂。至暮，令各就一帳宿，女往就之，言聲清婉，令人忘憂。遂停半年。氣候草木是春時，百鳥啼鳴，更懷悲思，求歸甚苦。女曰：「罪牽君，當可如何！」遂呼前來女子，有三四十人，集會奏樂，共送劉、阮，指示歸路。既出，親舊零落，邑屋改異，無相識。問訊得七世孫，傳聞上世入山，迷不得歸。至晉太元八年，忽復去，不知何所。

本篇值得注意的有二點。在內容上，透露了仙鄉與人世的時差，並由主角對塵世的不捨之情顯示了仙凡之間的距離。在寫作方式上，本篇已可稱爲仙鄉結構小說。仙鄉結構小說的基本型式是主角由人世進入仙鄉——仙鄉歷程——回歸人世。點明主題。本篇已粗具上型述式，只是人世與仙鄉的界線不是很分明而已。到了唐人小說，仙鄉結構才發展得完滿而且豐富。

9. 卞悅之（太平廣記卷一一一引冥祥記）

宋居士卞悅之，濟陰人也，作朝請，居在潮溝。行年五十，未有子息。婦為娶妾，復累載不孕。將祈求繼嗣，發願誦觀音經千篇。其數垂竟，妾即有娠，遂生一男。時元嘉十四年也。

禮佛誦經，可得善報，是佛教徒所撰志怪小說常用的題材。本篇就是一例。作者王琰是佛教徒，他所撰冥祥記，全書充滿佛教色彩。

(二)志人小說

魏晉南北朝志人小說，以劉義慶世說新語一書最為重要。雖然在此書之前，有裴啟語林、郭澄之郭子等書，但這些書都已失傳，只有部分文字曾被太平御覽、太平廣記等書所採入，得以保存。也有部分文字收錄在世說新語之中。下文引錄幾則志人小說，都出自世說新語。

荀巨伯遠看友人疾。值胡賊攻郡，友人語巨伯曰：「吾今死矣，子可去。」巨伯曰：「遠來相視，子令吾去，敗義以求生，豈巨伯所行邪？」賊既至，謂巨伯曰：「大軍至，一郡皆空。汝何男子，而敢獨止？」巨伯曰：「友人有疾，不忍委之，寧以我身代友人命。」賊相謂曰：「我輩無義之人，而入有義之國。」遂班軍而還。一郡並獲全。（世說新語・德行）

王戎七歲，嘗與諸小兒遊。看道邊李樹多子，折枝；諸兒競走取之，帷戎不動。人問之；答曰：「樹在道邊而多子，此必苦李。」取之，信然。（世說新語・雅量）

山公與嵇、阮一面，契若金蘭。山妻韓氏覺公與二人異於常交，問公。公曰：「我當年可以為友者，唯此二生耳。」妻曰：「負羈之妻亦親觀狐、趙。意欲窺之，可乎？」他日，二人來，妻勸公止之宿，具酒肉，夜穿墉以視之，達旦忘反。公入曰：「二人何如？」妻曰：「君才致殊不如，正當以識度相友耳。」公曰：「伊輩亦嘗以我度為勝。」（世說新語・賢媛）

石崇每要客燕集，嘗令美人行酒。客飲酒不盡者，使黃門交斬美人。王丞相與大將軍嘗共詣崇。丞相素不能飲，輒自勉強，至於沉醉。每至大將軍，固不飲，以觀其變。已斬三人，顏色如故，尚不肯飲。丞相讓之。大將軍曰：「自殺伊家人，何豫卿事？」（世說新語・汰侈）

前引第一則寫荀巨伯對朋友之義，可以爲朋友付出生命，連郡賊都爲之感動。第二則寫王戎自小就聰明過人，藉不取路邊李子一事加以凸顯。第三則直接描寫山公之妻慧眼識人，間接表達了山公與嵇、阮二人各有長處。第四則正面寫石崇汰侈，寓有譴責之意；同時以對比手法寫出王丞相與王大將軍爲人不同，前者仁厚，後者冷酷。每一則文字都在描寫人物，用各種手法描寫人物，這就是所謂志人小說。

三、唐代傳奇小說

我國小說發展至唐代，六朝志怪式的作品仍有人寫作，但唐人傳奇已蓬勃發展，成爲當時小說的主流。明胡應麟少室山房筆叢・二酉綴遺曾說：「凡變異之談，盛於六朝，然多是傳錄舛訛，未必盡幻設語。至唐人乃作意好奇，假小說以寄筆端。」所謂「幻設」，即運用想像，這是寫作小說很重要的步驟。「作意好奇」則指慘澹經營。這說明了唐代小說家開始以創作藝術品之心情寫作小說。六朝小說雖也有寫作技巧可言，但多是自然落筆，並非事先的精心設計。

唐人傳奇得以蓬勃發展，可以說是由於古文運動、科舉風氣、佛教文化三方面推動。在古文運動方面，傳奇小說盛行於代宗大曆至懿宗咸通約一百年間，正與古文運動極盛時期相當。當時古文家以古文宣揚聖人之道，小說家則以古文寫作傳奇故事。韓、柳所倡導的古文，就敍事運用上來說，遠比駢文方便，在白話文尚未流行之際，古文正是寫作小說最理想的文體。所以古文運動對傳奇小說的助力爲提供了此一適用的文體。在科舉風氣方面，宋趙彥衛雲麓漫鈔卷八：「唐世舉人，先藉當世顯人以姓名達之主司，然後以所業投獻，踰數日又投，謂之溫卷。如幽怪錄、傳奇等皆是也。蓋此等文備眾體，可以見史才、詩筆、議論。

至進士則多以詩爲贄，今有唐詩數百種行於世是也。」就牛僧孺幽怪錄與裴鉶傳奇之寫作時間及內容看，兩書雖未必是溫卷作品，但當時有溫卷風氣，則屬事實。此一風氣，無疑對寫作傳奇小說有鼓勵作用。至於佛教文化，對傳奇小說之助力爲提供了豐富的小說題材。早在魏晉南北朝的志怪小說，已大量襲用佛教題材。至唐人傳奇，不但時時出現佛教題材，甚至改寫佛教故事而成傳奇小說，如李復言續玄怪錄之杜子春傳等。

「傳奇」本爲唐人裴鉶所寫傳述奇聞之書，後來成爲這類小說作品的通稱。唐人傳奇形式上之特色有三。其一，寫作以散文爲主，駢文爲輔。所以如此，一由於傳奇小說雖採古文家倡導之古文撰寫，但由於駢文流傳已久，寫作成習，作者頗難摒絕駢儷句法。再由於駢文雖不宜於敍事，但抒情寫景，則不讓散文。唐人傳奇極注重鋪張情景，故不能不求助於駢文。其二，傳奇作品中往往夾雜詩歌與議論。夾雜詩歌，最初可能受有佛經譯文韻散合體的影響，後來又加上作者呈露詩才的心理因素；夾雜議論，則多爲受了史傳文的影響。而無論夾雜詩歌與議論，都與溫卷風氣有關。其三，篇幅增長，辭采華美。前者由於傳奇題材擴大，描寫深入，篇幅自然增長；後者顯然受唐代整個藝術風氣的影響。至於唐人傳奇的內容，能充分反映廣大社會現實，既不同於六朝志怪小說把重點放在鬼神怪異之事，也不同於六朝志人小說只刻畫一二人物就算完篇。唐人傳奇所反映的是各種各樣的社會現實，即使是取材志怪的傳奇小說，也照樣有極其明顯的社會背景。

下文將從唐人傳奇中選出寫得最為成功的作品六篇，逐一加以論述。因篇幅有限，不能引錄原文，寫作技巧也只能從整體佈局上來談。

1. 蔣防霍小玉傳（太平廣記卷四八七）

情節概要：霍小玉是霍王寵婢所生，父死被逐，流落為娼。進士李益愛上了她，有白首之約。但李母作主替李益和表妹盧氏訂了婚，李益自此和小玉斷絕音問。小玉思念李益成疾，為了打聽李益消息，一再典賣財產，連最心愛的紫玉釵都賣了。後來有黃衫客同情小玉，代打不平，強邀李益到小玉家。小玉指責李益負心，起誓死後變成厲鬼，也要報復。小玉怨憤而死，果然實現報復的誓言，使李益與妻妾常起猜忌，家庭終於破碎。

社會背景：在唐代，風流多才的進士和美貌多情的娼妓之間常常發生戀情。但當時社會極端重視門第，他們根本沒有可能結合，因此結局總是悲劇。

寫作技巧：霍小玉傳的整體佈局屬於三段式結構，首段寫李益與小玉相愛，中段寫李益遺棄小玉，末段寫小玉死後報復。作者以雙方門第懸殊和李益的家庭因素構成李益遺棄小玉的動力。李益是「門族清華」，「以進士擢第」；小玉則自稱「妾本娼家，自知非匹」。雙方門第身分本不相稱。至於家庭因素，則是「太夫人已與商量表妹盧氏，言約已定」。作者同時以小玉提出二人相愛以八年為期，減輕對李益前程的影響，構成李益遺棄小玉的第一波阻力；再以黃衫客劫持李益與小玉相會，構成李益遺棄小玉的第二波阻力。助力與阻力相互激盪，使情節升高。這是很成功的佈置。最後李益終於置小玉不顧，使小玉含恨而死，於是有末段小玉死後的報復。在中段李益已下定決心遺棄小玉時，作者插入「自是長安中稍有知者。風流之士，共感玉之多情；豪俠之倫，皆怒生之薄倖」數句，不但爲黃衫客登場張本，也已隱隱然透露了本篇主旨。等到末段報復情節出現，薄倖男人與癡情女子之間的愛情不但不能白首偕老，反而爲雙方帶來嚴重傷害的主旨，也就完全呈現。

2. 白行簡李娃傳（太平廣記卷四八四）

情節概要：滎陽公子赴京應試，因迷戀京中名妓李娃，錢財花盡，被李娃母女所棄，流落到殯儀館中唱輓歌餬口。後來被滎陽公發現，認爲兒子有辱門楣，一頓鞭子打死。公子死而復蘇，淪爲乞丐。一日在風雪中乞食，巧遇李娃。李娃深感內疚，收容公子，供給衣食書籍，勉勵公子溫習課業，進取功名。三年後公子功名成就，授成都府參軍，李娃欲辭別而去，公子再三挽留。事爲滎陽公知悉，親爲主婚。天子封李娃爲汧國夫人，一門榮顯。

社會背景：與霍小玉傳同。本篇以團圓結局，在當時社會絕無可能。化不可能爲可能，乃是作者所寄寓的理想。

寫作技巧：本篇的整體佈局，屬於前後兩段式設計。前段敍滎陽公子迷戀李娃，財盡被棄，淪落到殯館唱輓歌、行乞；後段敍公子得李娃之助，重新出發，成就功名，締結良緣。前段公子由富貴而貧賤，後段公子由貧賤而富貴，其中關鍵全在李娃。前段公子越潦倒不堪，後段李娃越自責，越力求補贖，於是使滎陽公爲之感動而親爲主婚。篇末直言：「嗟乎！倡蕩之姬，節行如是，雖古先烈女不能踰也。焉得不爲之歎息哉！」主題完全呈現。

3.元稹鶯鶯傳（太平廣記卷四八八）

情節概要：張生性溫貌美，年二十二，未嘗近女色。出遊蒲州，住在普救寺。適逢崔氏孀婦攜子女歸長安，也寓居普救寺。當時蒲州有亂軍擾民，靠張生維護，崔氏一家才得保全。崔氏感激張生，設宴款待，並命鶯鶯作陪。張生一見鍾情，請託紅娘協助，多方追求，終得如願，朝隱而出，暮隱而入，在西廂相會。不久張生進京應試，不幸落第，就留在京中，與鶯鶯斷絕。張生還向友人說明不得不忍情的原因，因爲鶯鶯是妖孽。後來張生娶了妻子，鶯鶯也嫁了丈夫。

社會背景：本文是作者的自敍，有意自我炫耀，炫耀自己的文才以及社會道德。張生對鶯鶯始亂終棄，始亂是由於愛慕美色，終棄是由於鶯鶯的門第與自己不相配。陳寅恪有讀鶯鶯傳一文，說：「若鶯鶯果出高門甲族，則微之（元稹字）無事更婚韋氏，惟其非名家之女，舍之而別娶，乃可見諒於時人。……其友人楊巨源、李紳、白居易亦知之而不以爲非者，舍棄寒女而別婚高門，當日社會所公認之正當行爲也。」在婚配重視門當戶對的社會背景下，張生與鶯鶯的結合是不可能的。

寫作技巧：本篇的整體佈局，也是前後兩段式設計。前段推展張生與鶯鶯二人愛情，後段則敍述二人分離。二人相愛，雖由張生主動，實賴鶯鶯勇於配合，才能完成。二人分離的情形，同樣由張生主動，由鶯鶯配合完成。在前段，鶯鶯在禮教觀念與愛情的矛盾下，對張生一波又一波地退一步進二步，主宰了整個發展過程；在後段，張生負心，鶯鶯的愛情逐步收斂，完全退回禮教範圍，終於分手。作者透過對鶯鶯的整個愛情歷程的描寫，刻意炫耀了自身的文才與社會道德，無意中卻透露了在當時社會中癡情女子與薄情郎之間的愛情終必落空的消息。

4. 李公佐南柯太守傳（太平廣記卷四七五，題作「淳于棼」。）

情節概要：吳楚游俠之士淳于棼曾在軍中擔任副將，因酒後亂性，遭長官斥逐。家住廣陵郡東十里，宅南有一大古槐。一日，棼與群客在槐樹下飲酒沉醉，夢遊大槐安國，與國王之女金枝公主成親，出任南柯郡太守達二十年。後來領兵與檀蘿國作戰，大敗，公主病死，於是辭去太守官職，護喪回京城。在京中作威作福，遭人忌憚，國王乃下令送還故鄉。夢醒後發掘古槐樹下洞穴，見城廓臺殿，蟻聚其中，原來是螞蟻國。又找尋夢中生活過的地方，一一找到。此時，淳于棼感南柯之虛浮，悟人世之倏忽，從此一心學道，棄絕了酒色。

社會背景：中唐以前，士子以出將入相爲仕宦最高理想，以娶高門女子爲婚姻最高理想。中晚唐間，藩鎭益形跋扈，宰相形同虛設，故當時人轉以獨鎭一方爲仕宦最高理想。又中晚唐間皇室開始招士族爲駙馬，起初猶帶強迫性，其後漸成風氣，而士族亦以作駙馬爲榮。本篇主角在夢中完成仕與婚的最高理想，任南柯郡守二十年及娶金枝公主，所反映的正是中唐末晚唐社會。至於篇末以主角悟透人生，一心學道作結，則反映出當時道教思想。

寫作技巧：本篇整體佈局，建立在現實人生與夢裏人生之對比上。通過此種對比，呈現人生如夢，人世之榮華富貴如夢之偶然，故世人毋以名位驕矜自喜的主題。首敘淳于棼現實人生不得意。進入夢境後，先是招駙馬，任太守，得意非凡；繼之以妻亡罷官，盛極而衰。夢醒後又回到現實人生不得意。文末正面點明主題：「雖稽神語怪，事涉非經，而竊位著生，冀將爲戒。後之君子，幸以南柯爲偶然，無以名位驕於天壤間云。」接着又引李肇的贊語：「貴極祿位，權傾國都，達人視此，蟻聚何殊？」用來加強主題，主題之呈現極具強度勢態。

5.李復言杜子春（太平廣記卷十六引續玄怪錄）

情節概要：杜子春落托不事家產，縱酒閒遊，終於資財蕩盡，流落街頭。在街頭三度遇到一位老人，先後主動濟助他三百萬、一千萬、三千萬。子春感激不盡，表示了卻人間恩仇，廣興慈善事業後，上山供老人差遣。後來子春如約來到華山。老人命他看守丹爐，經歷幻境種種試煉，如能不發一聲，丹藥可成。子春在幻境中最後成爲女性，眼看二歲的親生孩子被丈夫活活摔死，忍不住發出噫聲。霎時幻象消失，丹爐起火。老人痛惜功敗垂成，命子春下山，重返塵世。

社會背景：唐代佛道兩教盛行，本篇充滿佛道兩教的色彩，本篇係依據大唐西域記卷七烈士池故事改寫擴大而成，原爲佛教故事，改寫時加入了道教的成分。

寫作技巧：本篇整體佈局屬於前後兩段設計，每一段情節發展都採波浪型推進方式，一浪逐一浪，後浪勝前浪。如前段敍杜子春在潦倒不堪之際，老人三度濟助巨款：第一次遇到老人，「春言其心，且憤親戚之疏薄也，感激之氣，發於顏色。」老人給了他三百萬。一二年後，子春又潦倒如故，第二次遇見老人，老人問他需要多少錢，「子春慚不應。老人因逼之，子春慚謝而已。」結果老人送給他一千萬。又一二年後，子春又貧困如故，第三度見到老人，這次不等老人開口，「子春不勝其愧，掩面而走。」結果老人給了他三千萬。這是前段的波浪型推進方式。後段，子春在接受幻境試煉時，一波波災難接踵而至，一難比一難更嚴重。這是後段的波浪型推進方式。到最末一難眼看愛子慘死，不禁驚呼失聲。至此，全文主題已充分呈現：人禀七情，而以母親愛子之情最難割捨。篇末，老人說：「吾子之心，喜怒哀懼惡慾，皆忘矣。所未臻者，愛而已。……」這一段話，使本篇主題更爲明顯。

6. 虬髯客傳（太平廣記卷一九三）

情節概要：隋煬帝南遊江都，命司空楊素留守京城。李靖以布衣前往謁見，勸素須以收羅豪傑爲心，不可驕奢自奉。楊素身後紅拂妓慧眼識英雄，深夜私奔李靖，與靖遠走太原。途經靈石旅舍，巧遇虬髯客，三俠結交，同往太原見李世民。虬髯客原有經營天下之意，及見李世民乃眞命天子之相，自知不及，遂將資財捐贈李靖，命李靖輔助李世民，自己飄然遠行，後來至扶餘國自立爲王。

社會背景：本篇係依據晚唐杜光庭神仙感遇傳卷四虬鬚客一文增飾改寫而成，改寫者不詳爲何人。本篇中眞命天子的觀念，來自道教。以此一觀念支持某一政權，可以用來支持面臨危亡的舊政權，如杜光庭原作旨在支持晚唐皇室；但也可能用來支持一新興政權。本篇中有「天下方亂，英雄競起」之語，似乎改寫者是五代末宋初人，以此來支持趙宋新朝。

寫作技巧：本篇的整體佈局，可以從楊素、李靖、紅拂、虬髯客、李世民諸人的依次登場清楚地看出。先寫楊素驕貴，而李靖以布衣前往謁見，以直言進諫，使楊素歛容而謝。這是寫李靖的不凡。接着寫紅拂慧眼識英雄，夜奔李靖。李靖猶有疑慮，而紅拂告訴李靖：楊素屍居餘氣，不足畏也。這是寫紅拂比李靖更不凡。當靈石旅舍虬髯客登場，更處處寫出虬髯客比李靖、紅拂更不凡。及至李世民出現，虬髯客二度往見，面對李世民眞命天子之相，自認不如，於是死了在中原逐鹿的念頭，到海外去打天下。至此，作者水到渠成地點明主題：「乃知眞人之興也，非英雄所冀，況非英雄乎！人臣之謬思亂者，乃螳臂之拒走輪耳。我皇家垂福萬葉，豈虛然哉！」整篇的佈局，完全是爲呈現此一主題而設計。

四、宋元話本小說

到了宋代，傳奇漸衰，話本興起。所謂話本，就是說話的底本。說話，就是明代以後所謂的說書。傳奇之所以漸衰，主要由於在唐代已名作如林，有美皆備，宋代作者已很難再有所開創。至於話本興起，則完全由於社會需要。宋代雖與外患相終始，但除靖康建炎間倉卒南渡外，內部都很安定，商業發達，都市繁榮，君主貴族及市井百姓都需要娛樂，說話就是當時新興的最熱門的娛樂。就在這種社會需求之下，話本大量產生。

話本原是說話的底本，本來只供說話人自身參考，並非供大眾閱讀。但後來經過民間文人潤色，或者模擬話本的形式寫作所謂擬話本，於是成了供人閱讀的小說。話本小說除了用語體文寫作外，在形式上還有以下幾點特色：

一、用詩或詞開端，用詩或詞作結，就是在故事進行中間，說話人也常常用「正是」「

卻似」「有詩爲證」「有詞爲證」等語使情節暫停，唱幾句詩或詞，然後再講說故事。話本又稱詩話，如大唐三藏取經詩話；又稱詞話，如金瓶梅詞話。就因爲有詩有話，有詞有話；所以有這樣的名稱。

二、定場詩之後，正文之前，常挿入一段「入話」。入話可能是一段閒談中間夾雜詩詞，也可能是一個較短的故事。入話的安排是由於演出現場的需要，如果聽衆尚未滿座，說話人既不便開講正文，又不便使先到聽衆枯坐，於是安挿了一段入話。

三、說話人可隨時打斷故事，加入一段議論。話本又稱平話，如三國志平話，平是評的簡寫。這段議論，往往就故事情節發揮，帶有教育的意味。可見說話人不但以說話謀生，而且還把說話當作社會教育工作看。

四、說話人常在故事緊要關頭或最精彩處打住，留待下回再講。這是一種吸引長期顧客的招術。明清章回小說中的「欲知後事如何，且看下回分解。」即導源於此。

話本小說由於說話現場必須注意演出效果，必須高潮迭起，避免冷場，才能吸引住聽衆，因之在情節結構上也需要作特殊的處理。一般使用的是情節分三段發展的方式。每一段都有預期達成的目標，都會安排一個阻力造成衝突，都會出現化解的力量以達成目標，然後把情節推進到下一階段。這種方式的優點是高潮迭起，不會有冷場；缺點是最後的高潮未免氣勢減弱，缺少震撼人心的力量。

宋元話本有長篇有短篇。現存作品，長篇的有大唐三藏取經詩話、新編五代史平話、宣和遺事、全相三國志平話等，短篇的有京本通俗小說殘卷，以及保存在明人所刻清平山堂話本、喻世明言、警世通言、醒世恆言等書中的宋元舊篇。但明刻宋元舊篇，在文字上難免已有所潤色。

下文將從京本通俗小說中舉出四篇為例，逐一加以介紹、評論。因篇幅所限，不能引錄原文，寫作技巧也只能從整體佈局上來談。

1. 碾玉觀音（京本通俗小說第十卷）

情節概要：十八歲的秀秀因為精於繡作，被咸安郡王看中，買到府裏做養女。府中還有一位二十五歲的碾玉匠崔寧，為郡王碾了個南海觀音得到郡王賞識。郡王曾說過，等秀秀賣身期滿，要把她嫁給崔寧。一日崔寧遊春歸來，發現王府大火，秀秀從火場逃出。於是二人一路逃走，做了夫妻，到潭州開碾玉鋪度日。後來有郡王府當差郭排軍到潭州辦事，巧遇崔寧和秀秀，回王府後向郡王稟報此事。郡王下令潭州府捉拿崔寧和秀秀，把崔寧交給臨安府治罪，秀秀則押到王府後花園。崔寧被判罪杖，發遣建康府。途中發現秀秀進來，說已被郡王責打，趕了出來。於是二人同往建康府，開碾玉鋪度日，同時把秀秀父母接來同住。又一日，郭排軍來到鋪中，見了秀秀大驚，回王府向郡王報告。郡王說：秀秀已被打死在後花園，不可能還活着。於是派人捉拿秀秀，眼看秀秀上了轎，但轎子抬到王府，卻是空轎。崔寧此時才知秀秀是鬼，趕忙回家，向二老追問實情。二老面面相覷，走到門前跳入湖水中，派人打撈，並無屍體。原來二老當日聽說秀秀被郡王打死，就已跳水自盡。崔寧回房，見到秀秀，哀求饒命。秀秀說：我已爲你而死，怎能放你走！說罷揪住崔寧，崔寧也沒了命。

社會背景：郡王有權有勢。王府下人的命運都操在郡王手中，只能唯命是從。如果有人想妄自主張，像秀秀追求愛情，連性命都難保。

寫作技巧：本篇分三階段發展情節。第一階段情節發展的指標，是讓崔寧和秀秀提前做夫妻。文中有云：「原來郡王當日，嘗對崔寧許道：『待秀秀滿日，把來嫁與你』這些眾人都攛掇道：『好對夫妻！』崔寧拜謝了，不則一番。崔寧是個單身，卻也癡心；秀秀見恁地個後生，卻也指望。」這一段話，提示了崔寧和秀秀提前做夫妻的可能性，但也佈置了提前做夫妻的阻礙。阻礙來自「待秀秀滿日」這句話。爲了排除此一阻礙，作者安排了一場王府大火。秀秀從火場逃出巧遇崔寧，逼得崔寧做了夫妻，遠走他方。於是達成了第一階段的指標。第二階段情節發展的指標，是崔寧和秀秀得以過正常的夫妻生活。阻礙的力量是郡王的干涉，從郭排軍見到崔寧和秀秀，阻礙的力量就大起作用。雖然崔寧拜託郭排軍不要告訴郡王，試圖化解阻力，但沒有成功。後來二人被捉回臨安府，崔寧被臨安府罪杖，發遣建康府，途中秀秀追上來告訴崔寧，自己已被郡王責打，逐出王府，表示如今已是自由之身。這一番話終於起了化解阻力的作用，崔寧安心帶着她到建康府過夫妻生活。第三階段，情節進展的指標是，揭穿跟崔寧到建康府過夫妻生活的秀秀事實上是鬼，秀秀已在王府後花園被郡王打死埋了。這一階段的阻礙力量仍是由郭排軍帶來的，因爲他在建康府又遇見了秀秀，彼此還講了話，秀秀明明還活着，等到郡王命郭排軍用轎子把秀秀抬來，結果發現轎中無人，這一阻力隨之由強而弱，秀秀似乎的確死了。這樣子的情節發展，使人有撲朔迷離之感，是說話人最喜歡也最擅長賣弄的。直到最後，秀秀面對崔寧承認自己是鬼，而且要把崔寧帶走，第三階段情節發展的指標才告完成，這篇話本也就落幕了。

2. 志誠張主管（京本通俗小說第十三卷）

情節標要：張員外年過六旬，妻子已亡，無有子女，有意娶一位繼室。他託張媒李媒物色對象，並且告訴她們理想的對象應具備的條件。張媒李媒看上了王招宣府出來的小夫人，才二十來歲。二媒把張員外的年齡報小了一二十歲，騙得小夫人願意，於是完成了這門婚事。成親之夜，張員外十分滿意，小夫人卻暗暗叫苦，嫌他太老。後來小夫人看上了替張員外看胭脂絨線鋪的張主管，一再找機會和他接近，還送了他不少財物。張主管越來越不安，回家和老母商量，老母就叫他裝病，不再去張員外處當差。時值元宵之夜，張主管與友人上街看燈，途中與友人走散，自己不知不覺來到張員外門前，只見大門被封，還貼着官府的封條。這時有附近酒店的當差來請他，原來小夫人在酒店裏。小夫人自言員外犯案，家產被封，自己無家可歸，因此要投奔他家。張主管起初不肯，後來和老母商量，老母慈悲心動，才收留小夫人在家住。小夫人拿出一百單八顆西珠數珠給張主管，算是生活費用。小夫人屢次來糾纏，張主管只是以主母相待，保持距離。一天，張主管在路上遇到張員外。員外說出小夫人當年離開王招宣府，偷了一百單八顆西珠數珠。後來事發，小夫人自吊身死，自己也受累吃上官司。這時張主管才知道小夫人是鬼，回到家中，見了小夫人就叫饒命。小夫人教他別信張員外的話，自己明明是人。後來張員外來到張主管家，小夫人才從此失去踪影。原來是她生前看上張主管，才死後也來相從。

社會背景：宋人最重視元宵夜放花燈。當時盛況，宋人筆記中有很多記載。本篇中張主管一句「是人都去看燈」，正是當時人的想法。又平民女子賣身仕宦之家，日滿遣回，再擇人而嫁，以及媒人東瞞西騙，說合婚事，也都是舊社會常有的現象。

寫作技巧：本篇也是分三階段發展情節。第一階段進展的指標是張員外娶一房續絃妻子。阻礙力量來自員外提出的三個條件：「第一件，要人材出眾，好模好樣的。第二件，要門戶相當。第三件，我家下有十萬貫家財，須著個有十萬貫房奩的親來對付我。」有這樣條件的女子，誰願嫁「年過六旬」的老翁。化解阻力的力量則來自媒人的謊言，把張員外說得年輕了一二十歲，騙小夫人上當，於是達成了第一階段的指標。第二階段的情節進展指標是小夫人追求張主管，接近張主管。從小夫人發現上當後，就漸漸展開對張主管的追求。但是阻礙來了，一重阻礙來自張主管的道德觀念，另一重阻礙來自張主管的老母，此二阻礙使張主管不再去員外處當差，小夫人就見不到他了。爲何化解阻礙？作者安排張主管和友人在元宵夜上街看燈，使小夫人和張主管相會；又讓老母慈悲心動，收留小夫人。於是小夫人住到張主管家，得以接近並追求張主管，這第二階段的預定指標也就達成。第三階段，情節進展的預定指標是，揭穿張主管在酒店相會並且接回家裏來住的小夫人事實上是鬼。作者讓張主管意外地遇見張員外，員外說出小夫人曾偷走王招宣府一百單八顆西珠數珠，後來吃上官司的事。說到「到廝當日小夫人去房裏自吊身死，官司沒決撒，把我斷了。」情節就快速向預定指標進展。但這裏仍然有阻礙出現，不讓張主管立即相信小夫人是鬼。小夫人告訴張主管：「欲不作怪？你看我身上衣裳有縫，一聲高似一聲，你豈不理會？他道我在你這裏，故意說這話，教你不留我。」張主管道：「你也說得是。」於是情節的進展受阻。直到幾天後張員外來到張主管家，小夫人失蹤，張主管才確信小夫人的確是鬼，第三階段的預定指標才達成，而話本也就結束。

3. 拗相公（京本通俗小說第十四卷）

情節概要：王安石厲行變法，害得民不聊生，怨聲載道。他爲人性子執拗，自以爲是，人皆呼他爲拗相公。他的愛子王雱病疽而死。一夜，安石夢見王雱在陰司受罪，原因是自己的新政害民，罪連愛子。（王雱哭求安石及早回頭，辭官歸隱。安石醒後，決定告病辭職，得到天子同意，回江寧養老。一路上安石不用官方舟車，微服而行，別人都不知道他就是王安石。他在路上想雇用肩輿騾馬，店主告訴他不容易，原因是新政害民，戶口逃散，更無錢來養騾馬。接着店主把安石罵了一頓。後來安石走進一處茶坊，一處道院，兩處牆壁上都題着責罪安石的詩句。他在村子裏如厠，坑厠牆上都有罵安石的詩句。當夜安石在民舍過夜，也在壁上看到罵自己的詩句，屋主還細數安石罪行，把他痛罵一頓。安石不敢過夜，連忙離去。後來借宿在茅屋裏，卻聽到茅屋老嫗趕猪時叫猪爲拗相公王安石，餵鷄時也叫鷄拗相公王安石。安石問爲何如此，老嫗又把安石痛罵了一頓。安石一路強忍，但也明白了亡兒在陰司受罪，的確是被自己所累。到江寧後，安石終於憂憤成疾。最後病情加重，把自己痛罵了三天，嘔血數升而死。

社會背景：王安石變法，對國家社會有利也有弊。本篇專從新法帶來的弊害一方面表達對王安石的痛恨之情。

寫作技巧：本篇的設計大致可分三段，首段敍述王安石變法，民不聊生，罪連愛子，因此辭官歸養。中段描寫一路上安石親自見聞民間對新法的不滿，對自己的怨恨。末段敍述安石在南京看經唸佛，希望藉此贖罪，但最後還是憂憤成疾，自責：「王某上負天子，下負百姓，罪不容誅。」一連罵了三天，嘔血數升而死。雖然是三段式結構，但重點在中段，與一般三段並重的方式有異；而且每一段都沒有安排阻礙，而是向譴責王安石的主旨節節推進，毫不停留。在中段，安石一波又一波面臨民間對自己的責罵，一波比一波嚴厲；安石起初是驚愕，接着是強忍，到後來聽到一位老翁大罵：「若見此奸賊，必手刃其頭，刳其心肝而食之。」安石已是「面如死灰，不敢答言。」又聽一位老嫗說：「民間怨恨新法，入於骨髓，畜養鷄豕，都呼爲拗相公王安石，把安石當作畜生。」安石更是「暗暗垂淚，不敢開言。」一波一波推進的層次，非常清楚。安石微服而行，又在途中與家眷分道而行，作用就在安排安石經歷重重罵詈。像本篇這種佈局設計，在話本小說中是很少見的。

4. 馮玉梅團圓入話（馮玉梅團圓，京本通俗小說第十六卷）

情節概要：陳州人徐信自小學得一身武藝。妻子崔氏，頗有姿色。夫妻正過着豐裕的好日子，卻因金兵入侵，不得不跟着眾百姓逃難。路過虞城，遇到亂軍打刼，夫妻失散。徐信後來遇到一位年貌彷彿崔氏的女子在路邊哭泣，一問之下，原來此女是王進奴，跟隨丈夫逃難，中途失散，不知如何是好。徐信同病相憐，多方照顧，一路同行，於是做了夫妻。他們逃到建康，徐信當了軍校，定居下來。一日徐信王進奴在茶肆飲茶，有一男子注視進奴，後來又尾隨徐信、王進奴至家門口。徐信怒加責斥，那人才說出自己是王進奴的丈夫，名叫劉俊卿。徐信又驚又愧，說明娶王進奴的經過。劉俊卿也說出當年與王進奴逃難失散的情形，而且告訴徐信，自已也已再婚，只是希望有機會與進奴相會話別。次日，劉俊卿夫婦來到徐家，俊卿與王進奴重逢，悲喜交集，出於意外的是俊卿的妻子竟是崔氏，徐信的原妻。原來崔氏當時與徐信走散，來到建康，無依無靠，才經媒人說合，嫁給劉俊卿。於是徐信與劉俊卿結拜爲兄弟，彼此把妻子換了回來。

社會背景：金兵入侵，宋室倉忙南渡，亂世兒女在逃難中發生了許多悲悲喜喜的遭遇，本篇故事就是其中之一。本篇中說：「行至虞城，只聽得背後喊聲振天，只道韃虜追來，卻原來是南朝殺敗的潰兵。只因武備久弛，軍無紀律。教他殺賊，一個個膽寒心駭，不戰自走；及至遇着平民，搶擄財帛子女，一般會揚威耀武。」這段文字毫不留情的暴露了宋朝軍隊的惡劣行徑，爲歷史留下了見證。

寫作技巧：本篇因爲是入話，篇幅較正傳爲短，因之把一般正傳三階段式的情節結構減爲兩階段。在第一階段，情節進展的指標是徐、崔和劉、王兩對夫妻交換伴侶；阻力來自傳統道德，夫妻交換伴侶是傳統道德所不許的；但是一場戰爭，使不可能的變成可能了。在第二階段，情節進展的指標是兩對夫妻再換回伴侶，恢復原狀，徐信不識劉俊卿，責斥他偷窺王進奴，是本階段的阻力；最後點出劉俊卿之妻竟然就是徐信原妻崔氏，於是阻力化解，兩對夫妻恢復了原來的組合。又徐信和崔氏在戰亂中失散由正面敍寫，劉俊與卿徐氏在戰亂中成爲夫妻則是到最後以補敍方式交待。由這種種寫作手法看，本篇顯然是經過精心設計的。

五、明清章回小說

到了明代，說書的風氣依然盛行。這時又有不少文人投入話本的整編或撰寫工作，於是產生了許多供人閱讀的話本小說。話本由說話人的底本演變成爲供人閱讀的作品，無疑是一大進步。馮夢龍的三言，可以說是集宋元明短篇話本之大成，這裏面有宋元舊篇，也有馮夢龍自己的作品，但所謂宋元舊篇，也都是經馮夢龍改動過的。到了明末，淩濛初有初刻拍案驚奇、二刻拍案驚奇，合稱二拍。兩書共收短篇話本七十九篇，全是淩濛初所撰。清代初期有抱甕老人者，從三言、二拍中選出四十篇，編成今古奇觀，於是有了流行最廣的短篇話本選集。在文言短篇小說方面，清初頗有再度流行的現象，蒲松齡的聊齋志異是最重要的代表作。此書部分篇章不出六朝志怪與唐人傳奇範圍，但也有部分篇章命意佈局開前人所未有，使文言短篇小說再度發出光芒。

但明清二代小說，最重要的究竟是長篇章回小說。明代的三國志演義水滸傳、西遊記、金瓶梅，號稱四大奇書；清代的儒林外史和紅樓夢，在小說史上也各有各的代表意義，各有各的不朽價值。以下將就這六部名著略加介紹。

1. 三國志演義

三國志演義的作者是元末明初的羅貫中。但在羅貫中撰寫三國志演義之前，唐宋兩代，都已有講說三國故事的記載，寫成話本的，也有元代至治年間刊印的全相三國志平話流傳。平話有三卷，每頁都分上下二欄，上欄爲畫，下欄爲文。與三國志演義比較，平話文字拙劣，語意不暢，人名地名，訛誤尤多；情節如劉備落草，張飛屠狗等，都是無稽之談。因此平話雖是現存最早的三國故事話本，但可讀性不高。

羅貫中三國志演義全書二十四卷，每卷十節，每節以七言一句爲標題。內容雖然大致因襲三國志平話，但因由短短三卷擴大至二十四卷，又參考正史，補入大量可靠史料，删去許多無稽之談，再加上文人之筆，增飾渲染，引人入勝，故此書可讀性遠勝平話。

但現今流行的三國志演義並非羅貫中撰寫的原本，而是清人毛宗崗的改定本三國志通俗演義。毛宗崗就羅貫中原本，再訂正史事，潤色文辭，削除論贊，並且把原本二十四卷二百四十節改編爲一百二十四，回目亦改成對偶。改編後無論形式內容，都勝過原本，於是取代了原本。不過在習慣上，改定本的作者仍題羅貫中。

三國志演義以淺近文言文寫成，內容又不能遠離史實，故其藝術價值，自難與採語體文撰寫且由作者自由佈置情節的水滸傳相比。但此書對民間影響之大，則從未有任何一部小說能及之。我國古代歷史知識之傳播，有上下兩個管道，知識分子自正史等史部書籍獲得歷史知識，一般民眾則自說話、戲曲或話本、演義小說獲得歷史知識。三國志演義是演義小說中最著名最具影響力的一部。

2. 水滸傳

水滸傳的成書，相傳是在元明之際，施耐庵撰之於前，羅貫中修之於後。在此之前，從宣和遺事與元人雜劇中，可見水滸故事早已在流傳。現今所見最早之水滸傳爲嘉靖年間郭勳所傳一百回本，簡稱郭本。郭本文字技巧已極進步，是否施耐菴所撰羅貫中所修的水滸傳原本就是如此，還是中間又經過他人潤色，不得而知。但水滸傳之文學地位卻因郭本而奠定。萬曆間李卓吾及明末鍾惺評點水滸傳，都採用郭本。然郭本敍事止於招降後征方臘，征遼，而萬曆間坊刻本則多出征田虎、王慶事。故天啟、崇禎間，楊定見據郭本增加征田虎、王慶事，定爲一百二十回，此爲郭本以後的水滸傳善本。

但現今坊間流行的水滸傳，卻不是郭本，也不是楊本，而是清初金聖嘆的刪定本。金聖嘆認爲水滸傳前七十一回文字極佳，乃是施耐庵原著，以下則軟弱無力，羅貫中所續，於是託言看到了貫華堂古本，把七十一回以後文字刪去，並於腰斬處增入「梁山泊英雄驚噩夢」一段，以結束全書。又以七十一回爲奇數，乃改題第一回爲楔子，於是成了七十回本。

水滸傳敍梁山泊一百零八人故事，其中見於正史者，僅宋江一人，其餘全來自民間傳說，故作者有充分的自由發揮空間。水滸傳的最大成就，有下列三點：一、運用語體文成功。本書所用語體文句，洗鍊生動，代表明代白話文學之最高藝術成就。在此之前，語體文從未到達此種境界。二、刻畫人物成功。梁山泊一百零八人，雖不可能個個性格畢露，但宋江、吳用、武松、魯智深、李逵、林沖、楊志、楊雄、石秀、劉唐、孫二娘等十餘主要人物，無不栩栩如生。三、表現主題成功。本書主題在指責官逼民反，亂自上作，李卓吾、金聖嘆等均已有所論述。讀水滸傳者往往同情梁山泊好漢而憎惡高俅等官人，即作者表現主題成功之證明。但本書也並非全無缺點，人物太多，結構有欠嚴密，都是本書美中不足之處。

3. 西遊記

西遊記的作者是明人吳承恩。西遊記故事的源頭，可以上溯到唐玄奘自撰的大唐西域記和玄奘弟子慧立所撰慈恩三藏法師傳；由此輾轉附會，乃產生西遊記故事。俗文學作品中以此爲題材的，有宋代的大唐三藏取經詩話、元代小說西遊記、元代雜劇唐三藏西天取經等，但至今都已殘缺或散佚。

吳承恩自幼即愛好小說，尤其愛好神怪故事。到了晚年歸隱，就以寫西遊記自遣。他彙集宋元以來有關三藏法師師徒西天取經的故事，加以組合增飾，完成了一百回本巨著。第一回至第七回等於是齊天大聖傳，第八回至第十二回組成了西天取經的隊伍，第十三回開始漫長的取經之旅，經歷了八十一難，最後功行圓滿。由於作者高度的想像力與文字技巧，構築了神奇的超現實世界，製造了變幻莫測的情節，刻畫出生動多趣的人物，使本書成爲我國最重要最有成就的神魔小說。

西遊記雖是神魔小說，但也時時出現當時現實社會的影子。作者一生可以說是懷才不遇，眼看明世宗迷信仙道，昏庸誤國，因此字裏行間，不免諷刺當道，揶揄世態。例爲第二十九回形容寶象國大臣爲「木雕成的武將，泥塑就的文官」。五十一回孫悟空自思：「天上將不如老孫者多，勝似老孫者少。」六十二回眾僧批評祭賽國「文也不賢，武也不良，國王也不是有道。」諸爲此類，都在譏刺現實。不過西遊記外蒙五彩神怪外衣，作者此種寓意易爲讀者忽略而已。

4. 金瓶梅

金瓶梅的作者是蘭陵笑笑生。蘭陵是地名，在今山東嶧縣，但不知道笑笑生究竟是何人。在明代四大奇書中，金瓶梅的寫作最富原創性，不像另三書在題材上有相當多的因襲成分。金瓶梅只依據水滸傳中有關西門慶和潘金蓮部分文字，擴大寫成一百回的巨著。書名是取書中潘金蓮、李瓶兒、龐春梅名字各一字，連綴而成。成書年代大概在萬曆初期。

全書人物，以西門慶爲核心，旁及他周圍的許多女性，再旁及其他有關的人物。書中敍事，分兩條線索發展：其一是西門慶的發跡歷程以及和官場人物的勾結交往，另一是西門慶與許多女性之間的荒淫生活。前者暴露了明代官場的黑暗，後者反映了當時富家生活的荒淫無耻，所以本書可說是一部社會寫實小說，但由於對西門慶的荒淫生活繪形繪色，毫無保留，因此被世人目之爲淫書。

清人劉廷璣在園雜志卷二有一段評論金瓶梅的話：「深切人情世務，無如金瓶梅，眞稱奇書。欲要止淫，以淫說法；欲要破迷，引迷入悟。其中家常日用，應酬世務，奸詐貪狡，諸惡皆作，果報昭然。而文心細如牛毛繭絲，凡寫一人，始終口吻酷肖到底，掩卷讀之，但道數語，便能默會爲何人。結構鋪張，針線縝密，一字不漏，又豈尋常筆墨可到者哉！」所謂「欲要止淫，以淫說法；欲要破迷，引迷入悟。」雖意在爲金瓶梅的色情描寫廻護，但論到金瓶梅的寫作技巧，卻是非常的中肯。

5. 儒林外史

儒林外史的作者是清初的吳敬梓。他是一位有獨特見解的才士，由於看不慣科舉制度下的儒林衆相，於是寫下了我國第一部以諷刺爲主旨的長篇小說。在此之前，明代吳承恩的西遊記中雖然也有刺譏時事的筆墨，但並非全書主旨，因此不能算是諷刺小說。

寫一部諷刺小說，必須要掌握下列二者：其一是諷刺對象，這個對象必須是人人認爲應該加以諷刺的；其二是文字分寸，用力太過則流於漫駡或譴責，用力不足則諷刺主旨不明。必須二者掌握得當，才能引起讀者的共鳴。儒林外史能成爲一部成功的諷刺小說，原因就在此。

儒林外史書所表現的主題，最重要的就在反對科舉制度和嘲諷世俗陋儒。就前者而言，作者認爲科舉以八股文取士，並不能拔識眞才，徒然使儒生鑽營舞弊，士行墮落。在儒林外史之前，蒲松齡的聊齋志異也有不少批評科舉的文字，但蒲氏的重點放在衡文者有眼無珠，考試不夠公平上，並不否定科舉制度本身；吳敬梓則根本反對科舉制度。就後者而言，本書雖託言明代故事，實在是寫作者眼前的儒林眾相。書中周進、范進、張靜齋、嚴貢生、馬二先生、匡超人、季恬逸、景蘭江、趙雪齋諸人，都是當時陋儒。他們的迂腐、愚昧、虛僞、貪吝，都被作者用委婉含蓄的手法充分呈露。

由儒林外史書中，還可看出作者毫無士庶的階級觀念。作者除了嘲諷世俗陋儒，對有品德之人，則十分稱讚。例如裁縫荆元、蓋寬開茶館、王太賣火紙筒子，作者都給予推崇，並不因其身分卑微而加以輕視。作者又在第三十四回中，反對娶妾，主張一夫一妻。此類觀念，在當時實在是邁越流俗，難能可貴。

主題思想新穎正確，諷刺筆法委婉含蓄，可以說是本書的兩大成就。至於缺點，則在結構方面，全書由十餘個各成段落的故事湊集而成，缺少明顯的主幹，難免予人散漫的感覺。但是本書名爲儒林外史，並非以一人一事爲主，結構散漫原是無可避免的。

6. 紅樓夢

紅樓夢是曹雪芹的作品，但曹雪芹沒有能寫完全書，當他去世時，才寫定了八十回，後面四十回，是由高鶚續成的。續作雖不易完全符合原作者的設計，但主要脈絡尚能把握，文筆相差也不致太遠。因此，紅樓夢一百二十回，仍有其整體性。

紅樓夢是我國小說史上第一部也是最成功的一部長篇言情小說。它所言的情不是一般陳腔爛調的才子佳人之情，因爲作者自言最討厭「開口文君，滿篇子建」（紅樓夢第一回），它所寫的是自己和「這半世親見親聞的幾個女子」（同上）之間的情，寫來完全不落一般才子佳人小說的窠臼。分析紅樓夢成功的原因，主要有下列四點：第一是題材眞實動人。書中所寫的是作者的親身經歷，寶玉即作者本人不必說，就是其他人物，亦多屬作者所親聞。因此寫來合情合理，毫無爲文選情，牽強揑合的痕跡。而且寶玉之愛情遭遇，本身即屬曠古大悲劇。此種題材，先天上即已佔盡優勢。第二是結構完整細密。本書以寶玉與黛玉之戀愛爲一主線，賈府的盛衰爲另一主線，兩者交錯發展情節。人物雖多，頭緒雖繁，全書卻是脈絡井然，毫無支離凌亂的跡象。第三、運用口語成功，本書絕大部分的篇幅都以對話寫成，可以說是水滸傳以來的最佳口語文學。以口語刻畫人物，聞其聲而知其人；以口語穿插敘事，使情節照應靈活。第四是兼用浪漫與寫實手法。當小說情節在呈露一顯貴家庭的腐敗與沒落時，作者採用寫實手法；在描寫寶玉與黛玉的愛情場面時，則營造極優美浪漫之情調作為襯托。兩者交互進行，顯得搖曳生姿。以上四點，第三點與第一點有關，第四點與第二點有關。

紅樓夢在還沒有刊刻流行之前，已有不少人在輾轉鈔寫，已成為人們愛讀的小說・乾隆五十六年（一七九一）程偉元第一次活字印本問世後，坊刻本大量出現，此書流傳更廣。時至今日，學術界有所謂「紅學」者，專門從事有關此書的研究。明清兩代六部最重要的長篇小說，紅樓夢顯然是其中最受重視的一部。

參考書目

甲、小說作品

書名	作者	出版者
太平廣記	李昉等	文史哲出版社
古小說鈎沉	魯　迅	
搜神記	干　寶	學津討源本
搜神後記	陶　潛	學津討源本
世說新語	劉義慶	世界書局
唐代叢書	王文浩等	新興書局
京本通俗小說	闕　名	商務印書館
喻世明言	馮夢龍	世界書局
警世通言	馮夢龍	世界書局
醒世恆言	馮夢龍	世界書局
初刻拍案驚奇	凌濛初	世界書局
二刻拍案驚奇	凌濛初	世界書局

三國志演義　羅貫中　世界書局
水滸傳　施耐庵　世界書局
西遊記　吳承恩　世界書局
金瓶梅詞話　笑笑生　東京大安株式會社
儒林外史　吳敬梓　世界書局
紅樓夢　曹雪芹　里仁書局
聊齋志異　蒲松齡　鼎文書局

乙、小說研究論著

中國小說史略　周樹人
中國小說史　孟瑤　文星書店
古典小說論評　葉慶炳　幼獅文化事業公司
古典小說散論　樂蘅軍　純文學出版社
六朝志怪小說考論　王國良　文史哲出版社
唐人小說研究（一至四集）　王夢鷗　藝文印書館
唐代小說研究　劉開榮　商務印書館
宋代話本研究　樂蘅軍　臺大文學院

禮教社會與愛情小說

大家都知道，禮教社會不允許有愛情小說，我們中國，自古代到清朝，一直都是禮教的社會，卻有愛情小說的發展，這又怎麼解釋呢？我所要談的，就是禮教社會，尤其是禮教的婚姻制度與愛情小說的關係。

禮教的婚姻制度是怎麼產生的呢？大家也許會認爲與儒家有關，其實在儒家之前，詩經時代父母對子女的婚姻已參加意見。譬如詩經齊風南山篇說：

取妻如之何？必告父母。

取妻如之何？匪媒不得。

由此我們可以感覺到，古時候一個男子要娶妻，必先徵求父母的同意，然後透過媒人的介紹，才能完成婚姻。而孟子滕文公篇說：

不待父母之命，媒妁之言，鑽穴隙相窺，踰牆相從，則父母國人皆賤之。

孟子的話已與前述詩經的內容有了距離。詩經的時代，父母是站在協助的地位、顧問的地位，子女的戀愛成熟了，只要取得父母的同意，再經過媒人的說合，便可以結婚；而孟子的時代，父母由顧問的地位，變爲主宰的地位，禮教的婚姻制度已逐漸形成，父母娶媳婦的意義，比兒子娶太太的意義深。這是有點喧賓奪主；父母站在協助的地位是應該的，若是全權作主，則未免太過份了。

在這種禮教社會的婚姻制度下，是不容許愛情小說存在的，所以兩漢，包括兩漢以前，沒有產生愛情小說，直到六朝才有愛情小說的誕生。不過，兩漢雖然沒有愛情小說，並不就是說兩漢的人不談愛情，他們的愛情是在愛情詩中表現出來。爲什麼兩漢只有愛情詩而沒有愛情小說呢？推其原因，第一、漢朝根本沒有適合寫愛情小說的文體。愛情小說不是三言兩語寫得完的，必須有很長的篇幅，才能細膩地刻劃愛情故事，並且以對話表達男女的情感。漢朝的小說沒有很長的篇幅，漢書藝文志所載十五家小說，皆已失傳，只有舊書的注裏還保留幾條，每條只有幾十個字，這幾十個字實不足以表達一個愛情故事。而愛情詩足可表達片斷的情感，如樂府詩中的「有所思」、「上邪」便是。另外，漢朝是禮教第一次發出它的威力的時候，禮教制度開始完備，那時沒有愛情故事可以寫入小說，有之，也不是浪漫的愛情，而是倫理的愛情。「孔雀東南飛」是漢朝很有名的愛情故事，但是它所描寫的是夫婦的愛，而不是未婚男女的愛，是倫理的愛情，而不是浪漫的愛情。愛情可大致分爲浪漫愛、倫理愛、和商業愛。商業愛是買賣的行爲；浪漫愛，是最純潔的，因爲我愛她，所以要娶她；而倫理愛，是因爲她爲我妻子，所以我應該愛她。浪漫愛與倫理愛是有不同。由於以上兩個原因，所以愛情小說在漢朝還不能發展起來。

其次，談到六朝，愛情小說終於好不容易才誕生了。誕生的第一個原因是儒家衰落。六朝是儒家比較衰落的時代，儒家衰落，禮教也跟著鬆懈下來。如竹林七賢中的劉伶和阮籍，他們的行爲荒唐到極點，簡直是與禮教開玩笑。世說新語任誕篇說：

> 劉伶常縱酒放達，或脫衣裸形在屋中，人見譏之。伶曰：「我以天地為棟宇，屋室為幝衣，諸君何為入我幝中。」

又說：

> 阮籍嫂嘗還家，籍相見與別。或譏之。籍曰：「禮豈為我輩設耶？」

又說：

阮公鄰家婦有美色，當壚酤酒。阮與王安豐常從婦飲酒，阮醉，便眠其婦側。夫始殊疑之，伺察終無他意。

儘管他們的行爲十分放蕩，但是男女之間的關係還是不敢超越，沒有亂來的行爲，由此可見禮教的深入人心。儒教的衰落，是愛情小說發展的機會，但是因爲男女的界限仍未打破，所以愛情小說的產生，仍很艱苦。

六朝愛情小說誕生的第二個原因，是當時志怪小說的興起。中國最早的愛情小說，不是人與人的愛情小說，而是人與鬼、人與妖的愛情小說。因爲沒有人敢寫人與人的愛情故事，而人與鬼、人與妖的愛情，是禮教所管不到的，它是虛構、幻想，而非事實。一直到唐朝才有人與人的愛情小說。所以，六朝的志怪小說是中國愛情小說的溫床，愛情小說不能很健康、很正常的發展，於是轉個彎而誕生了。所以我們不能看不起志怪小說中人與鬼、人與妖的愛情，它是中國愛情小說的溫床。

以下我例舉兩個故事，說明中國的愛情小說如何借人與鬼的戀愛來表達。人與妖的愛情小說，和人與鬼的大致差不多，我就不舉例了。第一個故事見於魏文帝曹丕所撰「列異傳」：

> 談生者，年四十無婦。常感激讀詩經，夜半，有女子年可十五六，姿顏服飾，天下無雙，來就生為夫婦之言：「我與人不同，勿以火照我也。三年之後方可照。」為夫妻，生一兒已二歲，不能忍，夜伺其寢後，盜照視之。其腰以上生肉如人，腰下但有枯骨。婦覺，遂言曰：「君負我！我垂生矣，何不能忍一歲而竟相照也？」生辭謝，涕泣不可復止。……

這是人與女鬼的愛情故事。另一故事見陶淵明所撰「搜神後記」：

> 晉時武都太守李仲文，在郡喪女，年十八，權假葬郡城北。有張世之代為郡。世之男字子長，年二十，侍從在廨中。夜夢一女，年可十七八，顏色不常。自言前府君女，不幸早亡，會今當更生，心相愛樂，故來相就。如此五六夕，忽然晝見，衣服薰香殊絕。遂為夫婦寢息，衣皆有污，如處女焉。後仲文遣婢視女墓，因過世之婦相問。入廨中，見此女一隻履在子長床下，取之啼泣，呼言發冢，指履歸以示仲文。仲文驚

愕，遣問世之：「君兒何由得亡女履耶？」世之呼問，兒具道本末。李、張並謂可怪，發棺視之。女體已生肉，姿顏如故；右腳有履，左腳無也。子長夢女曰：「我比得生。今為所發爾之後遂死，肉爛不得生矣。萬恨之心，當復何言！」涕泣而別。

在六朝的志怪小說中，這一類故事很多，我曾把這類故事的發展歸納為三個步驟：第一、一定是女鬼先自己送上門來。第二、發生關係。第三、分離。因為人與鬼是異類，只能做露水夫妻，短則一夜，多則三年，最後一定要分離。為什麼都是女鬼毛遂自薦呢？因為志怪小說的作者都是男人。六朝雖然有女詩人、女賦家，卻絕沒有女小說家，女性如果寫鬼小說，豈不先把她自己嚇壞了？而第二步一定是先發生關係。不必問你是誰？我是誰？一切等上牀以後再談。這是中國古代愛情小說的特色，雖然不太典雅，確是事實。這當然是受禮教社會的影響，愈是受限制，愈是要衝破。

此外，六朝也有人與人的愛情故事。如搜神記裏的「韓憑（唐代變文作韓朋）妻」：

宋康王舍人韓憑，娶妻何氏，美。康王奪之。憑怨。王囚之，論為成旦。妻密遺憑書，繆其辭曰：「其雨淫淫，河大水深。日出當心。」旣而王得其書，以示左右。左右莫解其意。臣蘇賀對曰：「其雨淫淫，言愁且思也。河大水深，不得往來也。日出當心，心有死志也。」俄而憑乃自殺。其妻乃陰腐其衣。王與之登臺，妻遂自投臺。左右攬之，衣不中手而死。遺書於帶曰：「王利其生，妾利其死。願以屍骨賜憑合葬。」王怒，弗聽，使里人埋之，冢相望也。王曰：「爾夫婦相愛不已，若能使冢合，則吾弗阻也。」宿昔之間，便有大梓木生於二冢之端，旬日而大盈抱。屍體相就，根交於下，枝錯於上。又有鴛鴦，雌雄各一，恆棲樹上，晨夕不去，交頸悲鳴，音聲感人。……

故事非常感人，結尾的神話情節與「孔雀東南飛」有些類似。又如幽明錄所載「買粉兒」：

有人家甚富，止有一男，寵恣過常。遊市，見一女子美麗，賣胡粉。愛之，無由自達，乃託買粉，日往市，得粉便去，初無所言。積漸久，女深疑之。明日復來；問曰：「君買此粉，將欲何施？」答曰：「意相愛樂，不敢自達，然恆欲相見，故假此以觀姿耳。」女悵然有感，遂相許以私，尅以明夕。其夜安寢堂屋，以俟女來。薄暮果到。男不勝其悅，把臂曰：「宿願始伸於此！」歡踊遂死。女惶懼不知所以，因遯去，明還粉店。至食時，父母怪男不起，往視，已死矣。當就殯斂。發篋笥中，見百餘裹胡粉，大小一積。其母曰：「殺我兒者，必此粉也。」入市遍買此粉。次此女，

> 比之手跡如先，遂執問女曰：「何殺我兒？」女聞嗚咽，具以實陳。父母不信，遂以訴官。女曰：「妾豈復恡死？乞一臨屍盡哀。」縣令許焉。經往撫之慟哭，曰：「不幸致此！若死魂而靈，復何恨哉！」男豁然更生，具說情狀。遂為夫婦，子孫繁茂。

此篇寫人與人的愛情，死而還魂，仍借志怪的外衣，以避免禮教的指責。以上兩類的小說，不管是寫人與鬼的愛情，或是寫人與人的愛情，都是假借志怪小說的外衣，來談愛情故事。因爲這些小說的作者，如曹丕、劉義慶、干寶、陶淵明等人，都是君王貴族以及士大夫，不能離開禮教的社會，所以只好如此。到了唐朝，由於社會風氣變了，才子佳人的愛情小說，才正式風行。然而，以志怪寫愛情小說，因爲發展已久，普受歡迎，所以依然盛行。一直到了清代，仍有「聊齋誌異」寫人與鬼人、與妖的愛情故事。

六朝的小說，只有一篇寫人與人的愛情，完全沒有涉及志怪的情節，這是世說新語「惑溺篇」韓壽偷香的故事：

> 韓壽美姿容，賈充辟以為掾；充每聚會，其女於青璅中看，見壽，悅之；內懷存想，發於吟詠。後婢往壽家，具述如此，並言女色麗。壽聞之心動，遂請婢潛修音問，及期往宿。壽蹻捷絕人，踰牆而入，家中莫知。自是充覺女盛自拂拭，說暢有異於常。

後會諸吏，聞壽有奇香之氣，是外國所貢；一箸人，則歷月不歇。充計武帝唯賜己及陳騫，餘家無此香；疑壽與女通，而垣牆重密，門閤急峻，何由得爾；乃託言有盜，令人修牆。使反曰：「其餘無異。唯東北角有人跡，而牆高，非人所踰。」充乃取女左右考問，即以狀對。充祕之，以女妻壽。

但是此文的重點不是從韓壽身上描寫，不是直接描寫韓壽與賈充女兒的愛情，而是諷刺賈充老糊塗，竟讓他們結為夫婦，所以這只是一篇沒有完成的愛情小說。

唐朝是愛情小說的成熟時期。論其發展的原因，主要是由於傳奇小說的興起。傳奇小說最長者數千言，有足夠的篇幅描寫男女交往的經過及心理狀態，而六朝的小說，平均只有一百餘字，五百字以上的作品極為罕見。傳奇小說的興起，是唐代古文運動的貢獻，在唐代以前，盛行駢體文，而駢體文是不適合寫小說的。

談到唐代的愛情小說，大體可以分二類：第一類仍然是人與鬼、人與妖的愛情，不過，這類的愛情小說，取材雖舊，然而面目一新。如李章武傳，故事與六朝的小說相似，而篇幅加長，讀起來有味道多了。又如任氏傳，雖也是寫人與妖的愛情故事，而小說寫作的技巧已很進步，作者沈既濟借女妖懂得從一而終、不畏強暴、遵守三從四德，來諷刺唐朝部分品性不好、不守婦道的女子。作者最後感嘆說：「嗟乎！異物之情也有人焉，過暴不失節，狥人以至死，雖今婦人，有不如者矣。」作者已多加了一層寓義，這與六朝的小說稍有不同。

第二類的愛情小說是人與人的愛情故事，這類小說大都取材於眞實的生活，如柳氏傳、霍小玉傳、鶯鶯傳皆是。六朝沒有純粹描寫人與人的愛情小說，唯一的一篇「韓壽偷香」，只是一篇沒有完成的愛情小說。

最後，談到宋朝以後，這是愛情小說的轉變時期。一方面是文體的轉變，以白話文代替文言文來寫小說，產生白話文的話本小說。文體的不同，風格、趣味當然也不同。其次，才子佳人的小說慢慢減少，而描寫市井老百姓的愛情故事逐漸加多，如「碾玉觀音」，便是寫一個碾玉匠和一個養女的故事。在唐代的傳奇中，貧苦的市井小民不被重視，沒有資格寫入小說，而到了宋代，像「賣油郎獨占花魁女」這樣的小說，卻大受歡迎。所以，宋朝的愛情小說，不管在形式或題材，都已有很大的轉變。

描寫民間兒女的愛情小說，是禮教力量所管不到的。禮教的力量，僅限於讀書人社會，民間老百姓不讀詩書，禮教的力量便影響不大。如六朝的吳歌、西曲，有不少是坦率描寫男女愛情的詩歌，而在士大夫社會中，這是不被許可的。

禮教社會對愛情小說的影響，我可以歸納爲二點：

第一、因爲受禮教社會的影響，愛情小說只能迂迴發展，先借志怪小說爲虛幌，再發展爲人與人的愛情故事。

第二、大多數禮教社會的愛情小說，都是以悲劇收場，特別是爲爭取愛情的女方，往往結局非常悲慘。如唐人傳奇中，一對男女追求愛情，女方往往比男方勇敢，而最後卻犧牲慘重。鶯鶯傳中的張生，始亂終棄，只有鶯鶯一人孤軍奮戰，後來只好自認倒楣；霍小玉傳中，李益把霍小玉丟棄，結果她是死了。特別令人感動的一篇是「步飛煙」，步飛煙從小被賣給一個做官的老爺，兩人年齡相差很多，步飛煙實在不願意與他在一起，後來她與隔壁的一位書生，名叫趙象，兩人發生戀情，做官的老爺不在時，他們兩人便偷偷的幽會。因爲有一天步飛煙打了她的一個丫頭，丫頭便把她和趙象的戀情向做官的老爺告發，因此步飛煙被丈夫毒打致死。臨死前，步飛煙說：「生得相親，死亦何恨！」求仁得仁，有何怨恨？眞是相當悲壯。像她這樣連性命都不在乎的人，禮教的力量對她又能奈何呢？由此我們可以看出來，古代的部分女子爲了追求愛情，把命也賠上了。我國小說史上有不少愛情悲劇，禮教力量對愛情小說的影響，也從此可以明白的看出來。

現在已是自由戀愛的時代，愛情小說的寫作也已面目一新。舊小說中的愛情悲劇，我們往往歸咎於禮教社會；現代小說一樣有的是悲劇收場的愛情小說，我們要歸咎於誰呢？

（本文為作者應邀在師範大學演講講稿）

六朝至唐代的他界結構小說

一

我國古典小說中，有爲數不少運用他界結構寫成的作品。本文所謂他界，是指現實世界（人間）之外的世界。所謂他界結構，這類小說的基本設計是：小說人物在某種原因與某種狀況下自現實世界進入另一世界；然後在另一世界有一番遭遇；最後在某種原因與某種情況之下回返現實世界。小說的篇幅爲描述在另一世界的活動佔去絕大部分，小說的主旨也在自另一世界回返現實世界之後呈現。

他界結構可因他界性質的不同再區分爲冥界結構、仙鄉結構、幻境結構、夢境結構四者。如果用現代人的觀念，而且用廣義的角度來考慮，冥界、仙鄉、夢境三者都可以列入幻境，因爲這些都是虛幻的，都不是現實存在的。但是回到古代的觀念，而且用狹義的角度來考慮，則幻境與冥界、仙鄉、夢境還是同中有異。這就是筆者要把他界結構明白區分爲冥界結構、仙鄉結構、幻境結構、夢境結構的原因。

以上四種他界結構，在六朝時代，以冥界結構最爲常見。這類小說是六朝志怪小說中很重要的部分。仙鄉結構、幻境結構次之。至於夢境結構，當時尙未完成，只能說在嘗試之中。冥界結構所以最爲常見，應該與六朝時流行「冥界熱」有關。從魏晉之際開始，已有部分有識之士認爲神仙是不可信或不可求的。曹丕樂府折楊柳行中有云：「彭祖稱七百，悠悠安可原？老聃適西戎，於今竟不還。王喬虛假辭，赤松垂空言。達人識眞僞，愚夫好妄傳。……」（漢魏六朝百三家集魏文帝集卷二）曹植亦撰有辯道論，認爲神仙之事，「經年累稔，終無一驗。」（曹子建集卷十）嵇康著養生論，以爲神仙「似特受異氣，禀之自然，非積學所能致也。至於導養得理，以盡性命，上獲千餘歲，下可數百年，可有之耳。」（嵇中散集卷三）雖然他們對神仙的看法並非一樣，但有一個基本認識是相同的，那就是：人遲早要死亡。於是，死後面對的是怎樣一個世界，就成了世人極度關懷和好奇的話題，這就興起了「冥界熱」。由於冥界故事在六朝大量流傳，冥界結構隨之形成。六朝小說中的冥界結構，起初未必是小說作者的精心設計，而是在傳述冥界故事時自然形成的，但當這類結構被一再使用而凸顯時，無疑作者已經是有意爲之了。同樣的，仙鄉結構與幻境結構的產生，也是從傳述仙鄉故事與幻境故事中漸漸形成。不過由於這些他界結構有其共同之處，彼此之間自有可能發生過某種程度的影響。冥界結構不但在六朝最爲常見，到唐代仍然盛行不衰。仙鄉、幻境、夢境三種結構，都要到唐代才大爲流行，把唐人小說點染得多采多姿。

以學者研究情況來說，有關冥界、仙鄉、夢境的小說，早已廣受注意，有所論述❶，只有有關幻境的小說，尚未見專文討論。所以有此現象，無疑與過去未將幻境與冥界、仙鄉、夢境分開而且並列有關。本文將就以上四種他界結構小說逐一討論，說明四者之間同中有異的各別特性。至於把取材範圍定在六朝至唐代，則是爲了對他界結構自產生至極盛作一番歷史的考察。

二

冥界結構的小說，六朝作品散見於搜神記、異苑、錄異記、幽明錄、述異記、冥祥記、還寃記等書中，唐代作品散見於冥報記、冥報拾遺、紀聞、廣異記、酉陽雜俎、續玄怪錄、宣室志、瀟湘錄、通幽記、河東記等書中。如爲太平廣記所採錄，則大多收入再生類，其次

❶ 論冥界者如前野直彬著冥界遊行，有前田一惠譯文，收入王秋桂編中國古典文學論著譯叢，學生書局，民國七十四年。論仙鄉者如小川環樹著，張桐生譯，中國魏晉以後的仙鄉故事，幼獅月刊四〇卷五期。論夢境者如朱文艾撰唐人小說中的夢，國立臺灣大學中國文學研究所碩士論文，民國七十二年六月。

爲神類、鬼類等。

冥界結構的基本形式有二：

死亡——冥界遭遇——回生・回應冥界遭遇

死而復活——追述冥界遭遇——回應冥界遭遇

前一式爲正，後一式爲變。茲就以上兩式各舉六朝之作品一則爲例：

漢建安中，南陽賈偶字文合得病而亡。時有吏將詣太山。司命閱簿，謂吏曰：「當召某郡文合，何以召此人？可速遣之！」時日暮，遂至郭外樹下宿。見一少女子獨行，文合問曰：「子類衣冠，何乃徒步？姓氏為誰？」女曰：「某三河人。父見為弋陽令。昨被召而來，今得卻還。遇日暮，懼獲瓜田李下之譏。望君之容，必是賢者，是以停留，依憑左右。」文合曰：「悅子之心，願交歡於今夕。」女曰：「聞之諸姑，女子以貞專為德，潔白為稱。」文合反覆與言，終無動志。天明各去。

文合卒已再宿，停喪將殮。視其面有色，捫心下稍溫。少頃卻蘇。文合欲驗其事，遂至弋陽，修刺謁令，因問曰：「君女寧卒而卻蘇耶？」具說女子姿質服色，言語相反覆本末。令入問女，所言皆同，初大驚嘆，竟以女配文合焉。（太平廣記卷三八六引搜神

記）❷

高平曹宗之，元嘉二十五年在彭城，夜寐不寤，旦亡。晡時氣息還通。自說所見：一人單衣幘，執手板，稱北海王使者。「殿下相喚。」宗之隨去。殿前中庭，有輕雲，去地數十丈，流蔭徘徊，帷幌之間，有紫煙飄颻，風吹近人，其香非常。使者曰：「君停階下，今入白之。」須臾，傳令謝曹君：「君事能可稱，久懷欽遲。今欲相屈為府佐。君今年幾？嘗經鹵簿官未？」宗之答：「才幹素弱，仰慚聖恩。今年三十一，未嘗經鹵簿官。」又報曰：「君年算雖少，然先有福業，應受顯要，當經鹵簿官。乃辭身，且可歸家，後當更議也。」尋見向使者送出門，恍惚而醒。

宗之後任廣州。年四十七。明年解職，遂還州病亡。（太平廣記卷三七七引述異記）

很顯然的，小說的重點都在中間一段冥界遭遇，再加上末一段的回應，冥界結構的作用就告完成。

前文說過在魏晉之際對修道成仙的信心動搖之後，人們開始對冥界極度關懷。但冥界與

❷ 本文所引太平廣記文字，據文史哲出版社印行點校本，民國七十年十一月版。

人世隔絕，冥界種種如何能讓世人知道？人死而復活，冥界去來，就成了溝通兩個世界的主要管道。因此，冥界結構中的主要部分冥界遭遇，事實上就在告訴世人冥界的種種情況。從上引搜神記賈偶一則，可見冥府經常誤召同名之人；再從上引曹宗之一則，可見冥府需才，而且冥府知道世人的壽夭仕宦。除此之外，由異苑卷八章沈一則，可知冥府官吏循私受賄的情形；由太平廣記卷三八三引幽明錄琅邪人一則，可知冥府也有人情味，而且陰間三年，是世中三十年；由同卷食牛人一則，可知食死牛肉在冥府原先有罪，後來改爲無罪；由廣記卷一三一引祥異記元稚宗一則，可知漁獵殺生須受報；由廣記卷三七九引冥祥記李清一則，可知信佛可得福報。諸如此類，都是死而復活的人傳來的冥府消息。法苑珠卷一二引冥祥記趙泰一則，文長千數百字，把冥界福善懲惡措施與各個地獄慘狀多所描述，充分發揮了冥界結構的作用，可說是六朝這類小說中最值得注意的一篇。

唐代小說中的冥界結構，在形式上並無新變，只是數量上較六朝爲多，每篇篇幅亦較六朝爲長。値得注意的是主題內容，除了沿襲六朝已有的各種主題內容加以舖張外，又新增了時事一項。唐代小說作者開始利用冥界結構來解釋時事或抒發對時事的感慨。例如太平廣記卷一二一引紀聞楊愼矜一則：

唐監察御史王掄爲朔方節度判官，乘驛，在途暴卒，而顏色不變，猶有暖氣。懼不敢殯。凡十五日復生。云：至冥司，與冥吏語。冥吏悅之。立於房內。吏出。掄試開其案牘，乃楊愼矜於帝所訟李林甫、王鉷也，已斷王鉷族滅矣。於是不敢開，置於舊處而謁王。王庭前東西廊下皆垂簾。坐掄簾下。愼矜兄弟入，見王稱寃。王曰：「已族王鉷，即當到矣。」須臾，鑠鉷至，兼其子弟數人，皆械繫面縛，七竅流血。王令送訊所。於是與愼矜同出，乃引掄旣蘇。

月餘，有邢縡之事，王鉷死之。

按楊愼矜兄弟與李林甫、王鉷一段讐怨，見舊唐書卷一〇五、新唐書卷一三四楊、王本傳。小說作者安排王掄暴卒入冥府，並非本身有何遭遇，而係目睹冥王爲楊愼矜兄弟主持公道，族誅王鉷。可見此一冥界結構已非由於對冥界之好奇，而係示意王鉷搆陷楊愼矜兄弟寃死，冥府所不容。作者顯然深惡王鉷爲人，藉此示意。

再如廣記卷三〇三引瀟湘錄奴蒼璧一則，其冥界結構形式與楊愼矜一則全同。作者安排李林甫之奴蒼璧暴死入冥界，並非其本身有何遭遇，只是使他聽到冥府官吏談論唐代政局，傳話給李林甫而已。試引其中一段文字：

有一朱衣人，携一文簿奏言：「是新奉命亂國革位者安祿山，及相次三朝亂主，兼同時悖亂貴人先定案。」殿上人問朱衣曰：「大唐君隆基，君人之數雖將足矣，壽命之數何如耶？」朱衣曰：「大唐之君，奢侈不節儉。本合折數，但緣不好殺，有仁心，固壽命之數在焉。」又問曰：「安祿山之後，數人僭偽為主，殺害黎元，當須速止之，無令殺人過多，以傷上帝心，慮罪及我府。事行之時，當速止之。」朱衣奏曰：「唐君紹位臨御以來，天下之人安堵樂業，亦已久矣。據期運推遷之數，天下之人自合罹亂惶惶，至於廣害黎元，必不至傷上帝心也。」殿上人曰：「宜便先追取李林甫、楊國忠也。」朱衣受命而退。

這實在是小說作者對唐代政局的想法，只是借冥府官吏之口說出而已。冥界結構發展至唐代，顯然在運用上已有比六朝更廣大的空間。

三

仙鄉結構的小說，六朝作品散見於搜神記、搜神後記、異苑、述異記、幽明錄等書中，唐代作品散見於廣異記、博異志、酉陽雜俎、續玄怪錄、逸史、纂異記、傳奇、宣室志、原化記、尙書故實、劇談錄等書。如爲太平廣記所採錄，則大多收入神仙類，其次爲女仙類，雜寶類等。

仙鄉結構的基本形式如下：

由人間前往仙鄉——仙鄉歷程——由仙鄉回歸人間・回應仙鄉歷程第一階段由人間前往仙鄉，細分之又有無中意前往與被接引前往兩種。第三階段由仙鄉回歸人間，細分之也有自動求歸與被遣回兩種。玆舉六朝作品二則爲例：

嵩高山北有大穴，莫測其深，百姓歲時遊觀。晉初，嘗有一人誤墮穴中，同輩冀其儻不死，投食於穴中。墜者得之，為尋穴而行，計可十餘日。忽然見明，又有草屋，中有二人對坐圍棋，局下有一杯白飲。墜者告以飢渴。棊者曰：「可飲此。」墜者飲之，氣力十倍。棊者曰：「汝欲停此否？」墜者曰：「不願停。」棊者曰：「從此西行，有夫井，其中多蛟龍。但投身入井，自當出；若餓，取井中物食。」墜者如者，投井中。多蛟龍，然見墜者輒避路。墜者隨井而行。井中物如青泥而香美，食之，了不復飢。半年許，乃出蜀中。歸洛下，問張華。華曰：「此仙館。大夫所飲者，玉漿也；所食者，龍穴石髓也。」（搜神後記卷一・王國良校釋本）

漢永平五年，剡縣劉晨、阮肇共入天臺山，迷不得返。經十三日，糧乏盡，饑餒殆死。遙望山上有一桃樹，大有子實。永無登路，攀緣藤葛，乃得至上，各噉數枚，而饑止體充。復下山，持杯取水，欲盥漱。見蕪菁葉從山腹流出，甚鮮新；復一杯流出，有胡麻飯糝。便共沒水，逆流行二三里，得度山，出一大溪邊。有二女子，姿質妙絕，見二人持杯出，便笑曰：「劉、阮二郎捉向所失流杯來。」晨、肇既不識之，緣二女便呼其姓，如似有舊，乃相見。而悉問：「來何晚？」因邀還家。其家銅瓦屋，南壁及東壁下各有一大床，皆施絳羅帳。帳角懸鈴，金銀交錯。床頭各有十侍婢。勑云：「劉、阮二郎經涉山岨，向雖得瓊實，猶尚虛弊。可速作食。」食胡麻飯、山羊脯、牛肉，甚甘美，食畢行酒。有一羣女來，各持三五桃子，笑而言曰：「賀汝壻來。」酒酣作樂。至暮，令各就一帳宿。女往就之，言聲清婉，令人忘憂。遂停半年。氣候草木是春時，百鳥啼鳴，更懷悲思，求歸甚苦。女曰：「罪牽君，當可如何？」遂呼前來女子有三四十人，集會奏樂，共送劉、阮，指示還路。既出，親舊零落，邑屋改異，無相識。問訊得七世孫，傳聞上世入山，迷不得歸。至晉太元八年，忽復去，不知何所。（法苑珠林卷四一引幽明錄）❸

❸ 本文所引法苑珠林文字，據商務印書館四部叢刊本。

上引兩篇的第一階段由人間前往仙鄉，都是無意中前往。第三階段由仙鄉回歸人間，都是自動求歸。搜神後記卷一袁相、根碩一則，故事與劉晨、阮肇一則類似，亦是無意中前往與自動求歸。被接引前往與被遣回的設計，要到唐人小說才流行起來。太平廣記卷九引神仙傳呂文敬一(恭)則，呂文敬雖係被三位仙人接引前往仙鄉，然後被仙人遣回人間。然此則首段前往仙鄉與末段回歸人間之篇幅均約二百字，而中段仙鄉歷程僅「即隨仙人去。二日，乃授恭祕方一首，因遣恭去曰：『可視鄉里。』恭即拜辭。三人語恭曰：『公來二日，人間已二百年矣。』」數十字，視之爲仙境結構，顯然有點勉強。

上引二則及袁相、根碩一則，可說是六朝作品中仙鄉結構已告成熟的典型。其他可以稱爲仙鄉結構的作品，多少有點勉強，或失之簡略，或有某些欠缺。這一切都有待唐代小說作者繼續充實補強。至於仙鄉結構的第二階段仙鄉歷程，內容重點不外仙鄉景物、仙人生活、賜食、贈物、指迷、仙女戀情、懷鄉、時差等項，這些在六朝作品中已大致具備。

唐代的仙鄉結構小說，數量比六朝的多，篇幅比六朝的長，辭采比六朝的美，是一般性的演進。除此之外，最值得重視的是仙鄉結構的充分凸顯與被接引被遣回設計的作品大量出現，這二者應該是使仙鄉結構小說發展至極峯的主要原因。

就仙鄉結構的充分凸顯而言，是指作者刻意在人間與仙鄉之間安排了界線標幟，而且一再強調此處是仙鄉。在六朝，即使仙鄉結構已告成熟的三則作品，也只有嵩高山與袁相、根碩二則有「尋穴而行」與「羊徑有山穴如門」的話，以洞穴作為人間與仙鄉的界線標幟，劉晨、阮肇一則的界線標幟就不夠明顯。又三則之中，僅有嵩高山一則在篇末藉張華的話點明彼處是仙鄉，其他二則，一個仙字都未曾出現，只是以青鳥、桃、蕪青葉、胡麻飯糝等與神仙服食有關之物來暗示彼處是仙鄉而已。僅有暗示，很容易與幻境結構相混淆，要凸顯仙鄉結構，這是不夠的。一到唐代小說作者筆下，仙鄉結構就大大凸顯了。試舉六例，看看唐代小說作者如何凸顯仙鄉結構。

辰州麻陽縣村人，有豬食禾。……人射中豬。豬走數里，入大門。門中見屋宇壯麗。有一老人，雪鬚持杖，青衣童子隨後，問人：「何得至此？」……至大廳，見羣仙。……乃謂人曰：「此非眞豬，君宜出去。」因命向童子送出。……人去後，童子蹴一大石遮門。遂不復見。（廣異記麻陽村人・廣記卷三九引）

唐神龍元年，……工人忽聞地中鷄犬鳥雀聲。更鑿數尺，傍通一石穴。……遂下，其穴下連一山峯。工人乃下山，正立而視，則別一天地日月世界。……見牌上署曰：天桂山宮。……各有一人驚出，……顧謂工人曰：「汝胡為至此？」……有一國城，……以玉字題云：梯仙國。……謂工人曰：「卿可歸矣！」……須臾雲開，已在房州北三十里孤星山頂洞中。……（博異志陰隱客・廣記卷二〇引）

許棲巖，岐陽人也……朝祝靈仙，以希長生之福。……欲市一馬而力不甚豐。……有番人牽一馬，瘦削而價不高，因市之而歸。……洎登蜀道危棧，棲巖與馬俱墜岸下，……見一洞穴，行而乘之，或高或下，約十餘里，忽爾及平川，花木秀異，池沼澄澈。……玉女憫之，白於眞君。曰：「爾於人世，亦好道乎？」……居半月，思家求還。……太乙曰：「此馬，吾洞中龍也。……子有仙骨，故得值之。不然，此太白洞天，瑤華上宮，何由而至也。到人間放之渭曲，任其所適，勿復留之。」既別，逡巡已達虢縣。……（傳奇許棲巖・廣記卷四七引）

有僧契虛者，……嘗一日，有道士喬君，……謂契虛曰：「師神骨甚孤秀，後當遨遊仙都中矣。」……「師可備食於商山逆旅中，遇捀子，即犒於商山而餽焉。或有問師所詣者，但言願遊稚川。」……於是捀子與契虛俱至藍田上，治具，其夕即登玉山，涉危險，逾巖巘，且八十里。至一洞，……既出洞外，風日恬煦，山水清麗，眞神仙都也。……見仙童百輩，羅列前後。有一仙人謂捀子曰：「此僧何為者？豈非人間人乎？」……眞君曰：「眞不可留於此。」……已而捀子引契虛歸，其道途皆前時之涉歷。……（宣室志僧契虛・廣記卷二八引）

信州李員外虞，嘗與秀才楊稜遊華山。……俄至一小洞，巉高數尺，不三四步，甚高。……更二三里，稍明。少頃至洞口，時已申酉之際，川巖草樹，不似人間。亦有耕者。耕者覩二人頗有驚異，曰：「郎君何得到此？」……「某姓杜，名子華，逢亂避世，遇仙侶，居此已數百年矣。」……遣使者導之而返，曰：「此可隱逸，頗能住否？」二人色難。……（逸史李虞・廣記卷四二引）

唐貞元年中，郢中有酒肆王卿者，店近南郭。每至節日，常有一道士過之。……卿乃禮拜：「願神人許為僕使。」道士固辭。卿固隨之。每過澗壑，或高澗丈餘，道士踰越，輕舉而過；卿輕踵之，亦能渡也。行數十里，一巖高百餘丈，道士騰身而起。……道士垂手巖下，令卿舉手閉目，躍身翕飛，已至巖上。上則平曠煙景，不類人間。……天師驚曰：「汝何因得至此？」……天師大怒曰：「何忽引俗人來？……」……遂送至高巖下，執手而別。（原化記王卿・廣記卷四五引）

上引各篇，或用「門」，或用「洞」，或用「穴」，或用「巖」，把人間和仙鄉的界線畫分得一淸二楚。再加上「群仙」「玉女」「眞君」「神仙都」「仙童」「仙人」「仙侶」等字眼，以及「何得至此？」「汝胡爲至此？」「爾於人世，亦好道乎？」「此僧胡爲者？豈非人間人乎？」「郎君何得至此？」「汝因何得至此？」「何忽引俗人來？」等仙鄉人語，更表明此處是仙鄉，而非人間。唐人小說的仙鄉結構，大多類此。又上引六例，就第一階段由人間前往仙鄉而言，例一、三、四、六均係被接引前往；由於被接引前往，小說作者往往對接引者與被接引者的交往有一番描述，因之第一階段的篇幅難免爲之增加，如例三、四、六均是。但增加也不能增加到篇幅超過第二階段，否則就破壞了仙鄉結構。再就第三階段由仙鄉回歸人間而言，例一、二、四、六均屬被遣回。被接引前往與被遣回的設計普遍被採用，意味著在唐人觀念裏，人間與仙鄉的界線分明，不易隨意度越了。

至於仙鄉結構的第二階段仙鄉歷程，唐代小說的作用也還是有所新變。較常見的有二：其一預示或解釋某些人事現象。例如續玄怪錄李紳一則之仙鄉歷程中有云：

> 羣士曰：「異哉，公垂果能來。人世凡濁，苦海非淺，自非名繫仙錄，何路得來。」叟令紳遍拜之。羣士曰：「子能從吾乎？」紳曰：「紳未立家，不獲辭，恐若黃初平貽憂於兄弟。」未言間，羣士已知：「子念歸，不當入此居也。子雖仙錄有名，而俗塵尚重，此生猶沉幻界耳。美名崇官，外皆得之。守正修靜，來生旣冠，遂居此矣。勉之勉之！」……（廣記卷四八引）

此段文字，已預示李紳名在仙錄，但須在人世經美名崇官後，才能入居仙界。於是篇末云：「果登甲科翰苑，歷任郡守，兼將相之重。」以與上文相回應。

又如原化記李衛公一則（廣記卷二九引）之仙鄉歷程末云：「臨別，某拜辭曰：『不審仙翁復何姓名？願垂告示。』老人曰：『子不聞唐初衛公李靖否？即吾身是也。』乃辭出山。」蓋旨在說明李靖成仙。又如紀聞郗鑒一則（廣記卷二八引）仙鄉歷程中之老先生，「晝在山間，常問孟叟：『老先生何姓名？』叟取晉書郗鑒傳令讀之，曰：『欲識老先生，即郗太尉也。』」蓋旨在說明郗鑒成仙。又如逸史白樂天一則（廣記卷四八引）之仙鄉歷程中有云：「至一院，扃鐍甚嚴，因窺之。眾花滿庭，堂有裀褥。焚香階下。客問之。答曰：『此是白樂天院。樂天在中國未來耳。』乃潛記之，遂別之歸。旬日至越，具白廉使。李公盡錄以報白公。先是白公平生唯修上座業，及覽李公所報，乃自爲詩二首，以記其事。及答李浙東云：……」則不僅指出白居易爲謫仙，而且說明了白居易答李浙東詩二首之寫作背景。

其二爲作者炫耀才學。如續玄怪錄之柳歸舜（廣記卷一八引）、纂異記之嵩岳嫁女（廣記卷五〇引）等則均是其例。試舉柳歸舜一則仙鄉歷程中之一段爲例：

或有唱歌者曰：「吾此曲是漢武鈎弋夫人所常唱。詞曰：戴蟬兒，分明傳與君王語，建章殿裏未得歸，朱箔金缸雙鳳舞。」名阿蘇兒者曰：「我憶阿嬌深宮下淚。」唱曰：「昔請司馬相如為作長門賦，徒使費百金，君王終不顧。」又有誦司馬相如大人賦者曰：「吾初學賦詩，為趙昭儀抽七寶釵橫鞭，余痛不徹。今日誦得，還是終身一藝。」……鳳花臺曰：「僕在王丹左右，一千餘歲。杜蘭香教我眞籙，東方朔授我祕訣，漢武帝求太中大夫，遂在石渠署見揚雄、王褒等賦頌，始曉箴論。王莽之亂，方得還吳。後為朱然所得，轉遺陸遜。復見機、雲製作，方學綴篇什。機、雲被戮，便至於此。殊不知近日誰為宗匠？」歸舜曰：「薛道衡、江總也。」因誦數篇示之。鳳花臺曰：「近代非不靡麗，殊少骨氣。」……

似這般運用掌故，堆砌歌詞，顯然是作者有意炫耀才學。這一來，使所謂「傳奇體」在仙鄉結構小說中也得到了充分的發揮。

四

幻境結構小說，六朝作品散見於搜神後記、甄異錄等書，唐代作品散見於周秦行紀、廣異記、博異志、玄怪錄、續玄怪錄、酉陽雜俎、集異記、逸史、瀟湘錄等書。

幻境結構的基本形式如下：

由人間進入幻境——幻境經歷——回歸人間，點明幻境

第一階段由人間進入幻境，作者並不讓讀者知道這是幻境。不像冥界結構，有「卒」「死」「亡」等字眼明白告訴讀者以下發生的事情都是在冥界；也不像仙鄉結構，人間與仙

鄉之間有明顯的界線，至少也有暗示此地已是仙鄉。即使到了第二階段幻境經歷，有些作品已有非人間的跡象，也還是有些作品毫無跡象，使讀者以爲仍在人間。直到第三階段回歸人間時，才畫龍點睛，點明剛才的處所乃是幻境，根本不存在。茲舉續搜神記晉義興人姓周、甄異錄秦樹二則爲例：

晉義興人姓周，永和年中出都乘馬，從兩人行。未至村，日暮。道旁有一新小草屋。見一女子出門望，年可十六七，姿容端正，衣服鮮潔。見周過，謂曰：「日已暮，前村尚遠，臨賀詎得至？」周便求寄宿。此女為然火作食。向至一更，聞外有小兒喚阿香聲。女應曰：「諾！」尋云：「官喚汝推雷車。」女乃辭行，云：「今有事，當去。」夜遂大雷雨。向曉女還。周旣上馬，看昨所宿處，止見一新冢，冢口有馬尿及餘草。周甚驚惋。至後五年，果作臨賀太守。（法苑珠林卷五九）

沛郡人秦樹者，家在曲阿小辛村。義熙中，（三字據御覽卷七一八引校補）嘗自京歸，未至二十里許，天暗失道。遙望火光，往投之。見一女子秉燭出，云：「女弱獨居，不得宿客。」樹曰：「欲進路，礙夜不可前去，乞寄外住。」女然之。樹旣進坐，竟以此女獨處一室，慮其夫至，不敢安眠。女曰：「何以過嫌，保無慮，不相誤也。」為樹設食。食物悉是陳久。樹曰：「承未出適，我亦未婚，欲結大義，能相顧否？」女笑曰：「自顧鄙薄，豈足伉儷？」遂與寢止。向晨，樹去，乃俱起執別。女泣曰：「與君一覩，後面莫期。」以指環一雙贈之，結置衣帶，相送出門。樹低頭急去，數十步，顧其宿處，乃是冢墓。居數日，亡其指環，結帶如故。（廣記卷三二四）

上引兩則文字，若依幻境結構基本形式來分段，前一則第一階段應止於「未至村，日暮。」自「道旁有一新小草屋」起，已是進入幻境，屬第二階段。次一則第一階段應止於「未至二十里許，天暗失道。」自「遙望火光，往投之」起，已是進入幻境，屬第二階段。但因第一第二兩階段之間文氣相連，並無進入幻境跡象，故此引文未予分段。至於第二階段的幻境經歷，前一則雖有「官喚汝推雷車」與「夜遂大雷雨」之語，顯示此非人間世，但後一則仍無此處非人間世的跡象。重要的是第三階段脫離幻境，回歸人間，同時點明幻境，這是全文重要轉折處，必須段落分明。前一則的「周既上馬」，後一則的「樹低頭急去，數十步」，都是脫離幻境，回歸人間。前一則的「看昨所宿處，止見一新冢，冢口有馬尿及餘草。」後一則的「顧其宿處，乃是冢墓」，都在點明幻境。雖然在仙鄉結構小說中，第三階段也有「別訖，行四五步，杳失所在。唯有嵩山，峨嵯倚天。」（廣記卷五〇引纂異記嵩岳嫁女）「後卻至此，泊舟尋訪，不復再見也。」（廣記卷一八引續玄怪錄柳歸舜）「復遣義方往天壇南尋之，到即千山萬水，不復有路。」（廣記卷一六引續玄怪錄張老）之類仙鄉消失的敘述，但這只表示俗人不能重返仙鄉，並不表示仙鄉不存在。這與幻境結構第三階段點明是幻境，意義並不一樣。

除前引二則幻境結構小說外，法苑珠林卷五九引自續搜神記的漢時諸暨縣吏吳詳一則，也稱得上是已完成的幻境結構小說。此則第三階段也以「乃廻向女家，都不見昨處，但有一塚耳。」點明幻境。由此可見，六朝幻境結構小說習慣用塚墓來點明幻境。

至於幻境經歷的內容，在六朝有限的幻境結構小說中顯得相當單純。秦樹和漢時諸暨縣吏吳詳二則都是一段男女一夜戀情，晉義興人姓周一則則預示此人將來官拜臨賀太守。可以說，幻境結構在六朝時，尚未被有心的作者充分發揮運用；充分發揮運用，有待於唐人。

唐人的幻境結構小說，數量比六朝的多，篇幅比六朝的長，辭采比六朝的美，是一般性的演進。除此之外，最值得重視的是第二階段的幻境經歷開始多樣化，在題材與主題方面均有所開拓。試舉數例如下：

續玄怪錄的李靖（廣記卷四一八引）與博異志的許漢陽（廣記卷四二二引），幻境場地均爲龍宮。前者李靖爲龍宮代行降雨任務，後者許漢陽與龍女盤桓賦詩。龍宮龍女是唐人小說中新流行題材，也被幻境結構小說派上了用途。李靖一篇末云：「其後竟以兵權靖寇難，功蓋天下，而終不及於相，豈非取奴之不得乎？……向使二奴皆取，即極將相矣。」意謂龍君夫人以二奴贈李靖，而李靖只取象徵將位之奴，未兼取象徵相位之奴，故終其身未能拜相。是則本篇之幻境經歷，實寓有解釋李靖何以未登相位之原因。

瀟湘錄的魏徵（廣記卷三二七引），幻境經歷爲魏徵與道士論鬼神之事。本篇開端曰：「鄭國公魏徵少時好道學，不信鬼神。」篇末則曰：「徵自此稍信鬼神。」中間的幻境經歷，正是促成魏徵對鬼神觀念轉變的原因。

周秦行紀（廣記卷四八九引）的幻境經歷，爲牛僧孺進入薄太后廟，與前來訪候薄太后之歷史上美女戚夫人、王嬙、楊貴妃、潘淑妃、綠珠宴飲賦詩，並與王嬙同宿一夜。本篇以牛僧孺第一人稱寫作，文中有云：「太后問余：『今天子爲誰？』余對曰：『今皇帝，先帝長子。』太眞笑曰：『沈婆兒作天子也，大奇！』」稍後李德裕撰周秦行紀論，有云：「余得太牢（牛僧孺）周秦行紀，反覆覩其太牢以身與帝王后妃冥遇，欲證其身非人臣相也。將有意與狂顛。及至戲德宗爲沈婆兒，以代宗皇后爲沈婆，令人骨戰，可謂無禮於其君甚矣！」（李衞公外集卷四）宋張洎賈氏談錄有云：「世傳周秦行紀，非僧孺所作，是德裕門人韋瓘所撰。開成中，曾爲憲司所覈。文宗覽之，笑曰：『此必假名。僧孺是貞元中進士，豈敢呼德宗爲沈婆兒也！』事遂寢。」由此可見幻境結構已被唐代牛李黨爭中李黨人用作嫁禍牛僧孺之手段。

續玄怪錄的裴諶與逸史的盧李二生（俱見廣記卷十七引），幻境經歷均爲執迷俗世功名者進入修行得道者之宅邸，而後者向前者炫耀道術無所不能，聲色有美皆備。裴諶一篇中後者曰：「吾昔與王（前者）爲方外之交，憐其爲俗所迷，自投湯火，以智自燒，以明自賊，將浮沉於生死海中，求岸不得，故命於此，一以醒之。」其主旨在此。

由上舉數例，可見唐代幻境結構小說之幻境經歷，無論在題材及主旨上均有所開拓。多樣化的幻境經歷，勢必影響第三階段回歸人間點明幻境之手法。即以上舉數例來說，僅魏徵一篇末云：「徵既行，尋山路，回顧宿處，乃一大冢耳。」仍是六朝習用手法。其餘各篇，李靖一篇末云：「出門數步，回望失宅。」許漢陽一篇末云：「至平明，覩夜來飲所，乃空林而已。」周秦行紀一篇末云：「余卻回，望廟宇，荒毀不可入，非向所見矣。」裴諶一篇末云：「後五日將還，潛詣取別，其門不復有宅，乃荒凉之地，煙草極目，惆悵而返。」盧李二生一篇末云：「卻尋二舅之居，唯見荒草，不復覩亭臺也。」都不再以一個墳墓來點明是幻境了。

五

夢境結構小說，遲至唐代才告完成。六朝小說中派及夢的作品爲數不少，但都是當作題材來處理，而且在整篇小說中只佔一小部分。到了唐代，夢在小說家筆下才逐漸由題材層面提昇至技巧層面，於是完成了夢境結構。唐代夢境結構小說，散見於冥報記、廣異記、纂異記、宣室志、酉陽雜俎、河東記、原化記、異聞集等書。

夢境結構的基本形式如下：

入夢——夢境經歷——夢醒。回應夢境或呈現主旨。

由現實人生進入夢境，必然用夢字作爲分界標示；由夢境回返現實人生，也必然有醒、覺、寤、蘇等字樣作爲界線標示。因此，夢境結構的境界轉移，與冥界結構一樣淸楚。

試舉原化記之西市人一篇爲例：

> 建中年，京西市人忽夢見為人所錄。
>
> 至府縣衙，府甚嚴。使人立於門屏外，遂去。亦不見召，唯聞門內如斷獄之聲。自屏隙窺之，見廳上有貴人，紫衣據案。左右綠裳執案簿者三四人。中庭，朱泚械身鏁項，素服露首，鞠躬如有分雪哀請之狀，言詞至切。其官低首視事，了不與言。良久方謂曰：「君合當此事。帝命已行，訴為無益。」泚辭不已，乃至泫泣。其官怒曰：「何不知天命？」令左右開東廊下二院。聞開鏁之聲。門內三十餘人，皆衣朱紫，行列階下。貴人指示曰：「此等待君富貴。辭之何益！」此人視之，乃李尚、韋駱之輩也。諸人復入院門。又叱泚入西廊一院焉。貴人問左右曰：「是何時事？」答曰：「十

月。」又問：「何適而可？」曰：「奉天。」如此詰聞，良久乃已。前追使者復出，謂百姓曰：「誤追君來，可速歸！」尋路而返。夢覺，話於親密。其後事果驗也。（廣記卷二八〇引）

此篇之夢境經歷，在使西市人得知即將發生之國家大事，建中四年十月京師兵變，皇帝出奔奉天，亂兵擁立朱泚，實乃天命所定，並非人力所能改變。篇末再加「其後事果驗也」一句，回應夢境經歷，使主旨益顯。

此種有預示作用之夢境結構小說，在唐世頗爲流行。試再舉二例。觀下引二篇夢醒後文字，即可知其夢境經歷有預示作用。

宣室志張詵（廣記卷二八〇）：惶惑之際而寤。竊異其夢，不敢語於人。後數日，詵拜乾陵令。凡所經歷，皆符所夢。

玉堂閒話陰君文字（廣記卷一五八）：及寤，其陰君所賜文字，則宛然在懷袖間。士人收藏甚祕。其後鎭州兵士，相繼殺傷甚眾，故知陰間鎭州，即日人眾，當不謬耳。其士人官至冀州錄事參軍，纖縷而卒。陰官畫九圍子者，乃九州也。冀州爲九州之第一，故點之。其點青者，言士人只止於錄事參軍，祿袍也。

唐代夢境結構小說最成功的作品，毫無疑問要推枕中記、櫻桃青衣、南柯太守傳三篇❹。

枕中記主角盧生在入夢之前，向道士呂翁吐露了不遇情懷：「士之生世，當建功樹名，出將入相，列鼎而食，選聲而聽，使族益昌而家益肥，然後可以言適乎？吾嘗志於學，富於游藝。自惟當年，青紫可拾。今已適壯，猶動畎畝，非困而何？」接下去，「言訖，而目昏思寐。時主人方蒸黍。翁乃探囊中枕以授之，曰：『子枕吾枕，當令子榮適如志。』其枕青甆，而竅其兩端。生俛首就之，見其竅漸大，明朗，乃舉身而入。」就這樣進入了夢境。在夢境經歷中實現了富貴榮華的理想之後，小說就到了第三階段：「盧生欠伸而悟，見其身方偃於邸，呂翁坐其旁，主人蒸黍未熟，觸類如故。生蹶然而興，曰：『豈其夢寐也？』翁謂生曰：『人生之適，亦如是矣。』生憮然良久，謝曰：『夫寵辱之道，窮達之運，得喪之理，死生之情，盡知之矣。此先生所以窒吾欲也，敢不受教！』稽首再拜而去。」從入夢與出夢之際明顯的場景對照，夢前與夢後強烈的觀念對比，可以看出作者是如何用心的在運用夢境結構。

櫻桃青衣主角盧子「在都應舉，頻年不第，漸窘迫。嘗暮乘驢遊行，見一精舍中有僧開

❹枕中記見廣記卷八二，文苑英華卷八三三。汪國垣唐人小說收本篇，據上兩書校錄。本文引文據汪書。櫻桃青衣見廣記卷二八一。南柯太守傳見廣記卷四七五，題爲淳于棼。

講，聽徒甚衆。盧子方詣講筵，倦寢。夢至……」就這樣進入夢境。在夢境經歷中科舉順利，仕宦顯達，家族興旺。然後小說到了第三階段：「忽然夢覺，乃見著白衫服飾如故。前後官吏，一人亦無。徐徐出門，乃見小豎捉驢執帽，在門外立，謂盧曰：『人驢並饑，郎君何久不出？』盧訪其時。曰：『日向午矣。』盧子惘然歎曰：『人世榮華窮達，富貴貧賤，亦當然也。而今而後，不更求官達矣。』遂尋仙訪道，絕跡人世矣。」夢前夢後的比對雖不如枕中記明顯強烈，但「白衫服飾如故」「人驢並饑」云云，閒處落筆，亦極具巧思。

南柯太守傳主角淳于棼乃「吳楚游俠之士，嗜酒使氣，不守細行。」其後「因使酒忤帥，斥逐落魄，縱誕飲酒爲事。」一日，於宅南大古槐下與群豪宴飲，「沉醉致疾。時二友人於坐扶生歸家，臥於堂東廡之下。二友謂生曰：『子其寢矣，余將秣馬濯足，俟子小愈而去。』生解巾就枕，昏然忽忽，髣髴若夢。」就這樣進入了夢境。在夢境經歷中娶金枝公主，任南柯太守，歷盡盛衰炎涼，然後小說到了第三階段：「發寤爲初，見家之僮僕擁篲於庭，二客濯足於榻。斜日未隱於西垣，餘樽尙湛於東牖。夢中倏忽，若度一世矣。」入夢前與夢醒時的場景有明顯的對比，一如枕中記。接着淳于棼更進一步「命僕夫荷斤斧，斷擁腫，折查枿，尋穴究源」，一一尋到夢中經歷之地，原來是個螞蟻國！文末云：「雖稽神語怪，事涉非經，而竊位著生，冀將爲戒。後之君子，幸以南柯爲偶然，無以名位驕於天壤間云。」又引前華州參軍李肇贊曰：「貴極祿位，權傾國都，達人視此，蟻聚何殊！」以此作結，主旨就不像枕中記、櫻桃青衣止於看破人生，棲心道門，而是帶有攻擊當權人士的實際目的。幻境結構發展到周秦行紀，夢境結構發展到南柯太守傳，就不能等閒視之了。

六

說明了四種他界結構小說的種種之後，特別要提到列異傳的蔡支妻一則和幽明錄的楊林一則。從這二則作品，可以看出他界結構小說由誕生至發展的一些跡象。

蔡支妻一則，見廣記卷三七五：

> 臨淄蔡支者，為縣吏，曾奉書謁太守。忽迷路，至岱宗山下。見如城郭，遂入致書。見一官，儀衛甚嚴，具如太守。乃盛設酒殽。畢，付一書，謂曰：「掾為我致此書與外孫也。」吏答曰：「明府外孫為誰？」答曰：「吾太山神也。外孫天帝也。」吏方驚，乃知所至非人間耳。掾出門，乘馬所之。有頃，忽達天帝座太微宮殿，左右侍臣，具如天子。支致書訖，帝命坐，賜酒食，仍勞之，問曰：「掾家屬幾人？」對：「父母妻皆已物故，尚未再娶。」帝曰：「君妻卒經幾年矣？」支曰：「三年。」帝曰：「君欲見之否？」支曰：「恩唯天帝。」帝即命戶曹尚書，

勅司命輟蔡支婦籍於生錄中，遂命與支相隨而去。乃蘇，歸家。因發妻塚，視其形骸，果有生驗。須臾起坐，語遂如舊。

這可以說是一篇已完成的他界結構小說。以列異傳出於魏文帝手而言❺，本篇還可說是最早的一篇他界結構小說。可是，本篇第一階段用仙鄉結構或幻境結構手法寫作，第三階段卻用冥界結構或夢境結構寫作。第一階段完全沒有死亡或入夢跡象，因之第三階段雖有「乃蘇」字樣，仍不得視爲冥界結構或夢境結構；第三階段不用離開仙鄉或走出幻境手法，因之第一階段雖用進入仙鄉或進入幻境手法寫作，亦仍不得稱之爲仙鄉結構或幻境結構。可以說，本篇顯然有四種他界結構混沌不分的現象。由此可見，當他界結構小說開始跨出第一步時，作者還沒有清楚的四種他界結構觀念。四種他界結構同中有異，各有各的天地，各有各的適用

❺ 列異傳，隋書經籍志史部雜傳類題魏文帝撰。雜傳類敍並曰：「魏文帝又作列異，以序鬼物奇怪之事。」兩唐志雖題張華撰，但兩唐志晚出，應據隋志。後漢書光武帝紀建武二十八年章懷太子注及初學記卷二六、二八所引列異傳文字，均明題「魏文帝列異傳」，可見唐人所見，猶是魏文帝舊本。太平廣記卷二九二引欒侯一則，卷三一六引公孫達一則，所言皆高貴鄉公甘露年間事，在魏文帝死後數十年，應非列異傳原書所有。蓋宋初所見之本，已經後人附益，李昉等不察而誤引之耳。

性，是小說作家們漸漸體悟出來並發展完成的。而部分不經意的作者，即使到了唐代四種他界結構早已有了明顯的分際，也還是有混用的情形，像廣異記的盧弁一篇即是其例❻。

楊林一則，見廣記卷二八三：

> 宋世，焦湖廟有一柏枕，或云玉枕。枕有小坼。時單父縣人楊林為賈客，至廟祈求。廟巫謂曰：「君欲好婚否？」林曰：「幸甚。」巫即遣林近枕邊，因入坼中。遂見朱樓瓊室，有趙太尉在其中，即嫁女與林。生六子，皆為祕書郎。歷數十年，並無思歸之志。忽如夢覺，猶在枕傍。林愴然久之。

以他界結構的觀點來看，這只能說是未完成的幻境結構小說。所以說是未完成，是由於第二階段的幻境經歷在整個篇幅中所佔比例太小，不能凸顯幻境結構。所以說是幻境結構，而不

---

❻ 廣記卷三八二：「盧弁者，其伯任湖城令。弁自東都就省，夜宿第二谷。夢中見二黃衣吏來追。」盧弁就這樣進入了夢境，這明明是夢境結構。在夢境經歷中，盧弁到了冥府。在冥府見到伯母，以誦金剛經救助在冥府受刑的伯母。夢境經歷就寫到「弁遂將伯母奔走出城，各歸就活。」到了第三階段，應該是盧弁夢醒了，但小說卻作「死已半日。其奴方欲還報，會弁已蘇。」竟成了盧弁死去了又派過來。這顯然是把夢境結構和冥界混淆了。

是夢境結構，是由於第一階段文字根本沒有入夢的跡象，而是進入幻境的寫法。第三階段雖有「忽如夢覺」一句，但多了一個「如」字，也很難認定是眞的夢覺。如果照北堂書鈔所引這則文字，連「忽如夢覺」一句也無❼，那就更扯不上夢境了。

汪國垣唐人小說一書在枕中記之後，有云：「本文於夢中忽歷一生，其間榮悴悲歡，刹那而盡，轉念塵世實境，等類齊觀，出世之想，不覺自生，影響所及，逾於莊列矣。惟造意製辭，實本宋劉義慶幽明錄所記楊林一事。」張漢良楊林故事系列的原型結構❽，亦謂：「楊林故事對後世小說戲曲取材影響深遠。唐人傳奇至少有三篇以其爲藍本：沈既濟之枕中記、李公佐之南柯太守傳、以及任繁之櫻桃青衣。」但楊林故事只是未完成的幻境結構小說，而枕中記等都是極成功的夢境結構小議。枕中記等作者捨幻境而取夢境，落筆之際，顯然是經過一番斟酌的。固然有些題材，例如預示某人將爲某官，用任何一種他界結構來表達都同樣有效，但也有些題材，用某一他界法結構來表達才最有效。在枕中記等篇的作者心

❼ 北堂書鈔卷一三四題作枕內選祕書，云：「焦湖廟祝有柏枕三十餘年。枕後有一小坼孔。縣民楊林行賈經廟祈福。祝曰：『君婚姻未？可就枕坼邊。』令林入坼內。見朱門瓊宮瑤臺，勝於世。見趙太尉爲林婚。育子六人，四男二女。選林祕書郎，俄遷黃門郎。林在枕中，永無思歸之懷。遂遭違忤之事。祝令林出外間。遂見向枕。謂枕內歷年載，而實俄忽之間矣。」

❽ 見中外文學三卷十一期。

中，人生如夢顯然比人生如幻更具有強烈明顯的傳達效果。

他界結構小說能在小說的結構層面展現出耀眼的光芒，實在是許多小說作家心血的結晶。他們辛勤開闢出來的路子，至今我們還能依稀辨認。

（七十八年二月臺大中文學報第三期）

唐代六大傳奇

關於自六朝至唐代小說的演進，明人胡應麟有過一段極簡要中肯的說明。少室山房筆叢卷三六：「變異之談，盛於六朝，然多是傳錄舛訛，未必盡幻設語。至唐人乃作意好奇，假小說以寄筆端。」所謂「傳錄舛訛，未必盡幻設語」，是指作者將聽來的故事信筆錄出，並未講求寫作技巧。六朝的志怪小說，大抵如此寫成。唐人傳奇就不同了，「作意好奇，假小說以寄筆端」，顯然是有某種意念要藉小說傳達給讀者，因之不能不講求寫作技巧。以今日對小說這種文類的要求來衡量，六朝志怪顯然不符，而唐人傳奇則不但大致符合，而且其中有不少稱得上是小說佳構的作品。所以如此，主要正由於前者「多是傳錄舛訛，未必盡幻設語」，而後者則是「作意好奇，假小說以寄筆端」。

唐人小說，就其形式與寫作技巧觀察，大致可區分爲二類：其一爲「多是傳錄舛訛，未必盡幻設語」的短小篇章，可以說是六朝志怪的嫡系作品。另一則是「作意好奇，假小說以寄筆端」的較長篇章，即所謂傳奇。如果單就「志怪」、「傳奇」的命名看，兩者本無不同；但就「志怪」、「傳奇」的作品觀察，則兩者大不相同。只要拿六朝祖臺之所撰志怪和孔氏所撰志怪兩書中的篇章，與唐代裴鉶所撰傳奇一書中的篇章相比較，就已足可以證明這一點❶。

唐人傳奇雖是「作意好奇，假小說以寄筆端」，但各篇之寫作技巧有優劣高下，自屬必然。筆者經由寫作技巧之分析，發現完美無瑕疵堪稱爲上品佳構者六篇，名之爲唐人六大傳奇，庶可媲美明代三國、水滸、西遊、金瓶梅之爲四大奇書，荆釵、白兔、拜月、殺狗之爲四大傳奇。這唐代六大傳奇，是指——

霍小玉傳

李娃傳

鶯鶯傳

南柯太守傳

杜子春

❶ 祖臺之志怪與孔氏志怪原書皆佚，周氏古小說鉤沉各輯有一卷。裴鉶傳奇原書亦佚，王夢鷗傳奇校釋輯有三十篇，收入唐人小說研究，藝文印書館。

虬髯客傳❷

這項為選出唐人傳奇頂尖作品而作的評價批評，完全就小說論小說，以小說的寫作技巧為依據，不考慮外在的各種背景因素。必須在整體佈局、細部結構、主題呈現、人物刻畫各方面都有好的表現，而且通篇沒有明顯的敗筆，始得入選。下文試就六大傳奇的寫作技巧分別作重點說明。由於一篇成功的小說，其整體佈局往往是呈現主題的導向，所以在析論各篇寫作技巧時，都先合論此二者，然後再分述細部結構與人物刻畫。

霍小玉傳

本篇的整體佈局，很明顯的屬於常見的三段式結構，首段敘李益與小玉相愛，中段敘李益遺棄小玉，三段敘小玉死後報復。也和一般三段式結構的小說一樣，中段是主體。作者以雙方門第懸殊及李益家庭因素構成李益遺棄小玉的動力。李益是「門族清華」，「以進士擢第」；小玉則自稱「妾本倡家，自知非匹」。雙方門第身分本不相稱。至於家庭因素，則是

❷ 虬髯客傳始見太平廣記卷一九三，末註「出虬鬚傳」，蓋據晚唐杜光庭神仙感遇傳「虬鬚客」一文增飾改寫而成。改寫者不知何人。本文從舊例列為唐人傳奇。

「太夫人已與商量表妹盧氏，言約已定」。作者同時以小玉提出二人相愛以八年爲期，減輕對李益前程的影響，以及黃衫客仗義刼持李益與小玉相見，構成李益遺棄小玉的阻力。這兩種力量相互激盪，升高情節。這是很成功的佈置。最後李益終於置小玉不顧，使小玉滿懷怨憤而死，於是有末段小玉死後的報復。在中段李益已下定決心遺棄小玉之際，作者挿入「自是長安中稍有知者，風流之士，共感玉之多情；豪俠之倫，皆怒生之薄行」數句，不但爲黃衫客登場張本，也已隱隱透露了本篇的主題。等到末段報復的情節出現，薄倖男人與癡心女子之間的愛情不但不能白頭偕老，反而爲雙方帶來嚴重傷害的主題，也就淋漓呈現了。

細部結構方面，作者善於使用強調手法。例如中段「尋求既切，資用屢空，往往私令侍婢潛賣篋中服玩之物，多託於西市寄附舖侯景先家貨賣」之下，加入「曾令侍婢浣紗將玉釵一隻，詣景先家貨之。……」一事。無此一事，文意亦已完足；加此一事，不但更表現出小玉爲打聽李益消息之不遺餘力，同時增加人事盛衰之感。又善於使用伏筆。如中宵之夜，小玉喜極流涕，顧生曰：「妾本倡家，自知非匹。」讀來有點突如其來。然前文李益進小玉宅門之時，「西北懸一鸚鵡籠，見生入來，即語曰：有人入來，急下簾者！」以及形容小玉之母淨持「談笑甚媚」，實已伏下消息。又末段小玉死後種種報復，亦已在中段之末小玉臨死之言中預作透露。小玉說：「我死之後，必爲厲鬼，使君妻妾，終日不安。」後來果然付之實現。至於寫到黃衫客刼持李益至小玉住處時，挿入「先此一夕，玉夢黃衫丈夫抱生來。至席，使玉脫鞋。驚寤而告母，因自解曰：鞋者諧也，夫婦再合。脫者解也，既合而解，亦當永訣。由此徵之，必遂相見，相見之後，當死矣」。則兼有強調與伏筆兩重作用。無此一夢亦可，有此一夢，並自爲解夢，不但強調小玉思念李益之深，爲前文「雖生之書題竟絕，而玉之想望不移」提出具體事證，而且預示以後情節發展。夢在六朝小說中純屬題材，至唐人傳奇則已當作技巧運用。用於整體佈局者如枕中記、南柯太守傳，用於細部結構者如本篇。

本篇對李益、小玉二人有極其深刻之刻畫。當李益進士登第，「自矜風調，思得佳偶，博求名妓」之際，得遇小玉而與之相愛，感情本來不假。及李益出仕，並奉太夫人之命與高門盧氏表妹成親，「生自以愆期負約，又知玉疾候沈綿，慚恥忍割，終不肯往」。這先後兩個階段的李益有極大轉變。由純情變得世故，歷歷可見。至於小玉，明明「妾本倡家，自知非匹」，還要知其不可爲而爲，希望保有八年愛情；明明已聽說李益與表妹成親，在恨嘆「天下豈有是事乎！」之際，仍不死心要與李益相見：眞是癡情到了極點，但過分熾熱的愛情有其潛在的危險性。小玉死後一再向李益報復，正由於愛之深，恨之切。本文除對李益、小玉二位主角有深入的刻畫外，對鮑十一娘、淨持等配角人物，也有適度的描寫。

李娃傳

本篇的整體佈局，很明顯的屬於前後兩段設計。前段敍滎陽公子迷戀李娃，財盡被棄，淪爲乞丐。後段敍滎陽公子得李娃傾力相助，重新出發，成就功名。前段公子由富貴而貧賤，後段公子由貧賤而富貴。而其中關鍵，全在李娃。文字雖於前段較詳，重點卻在後段。前段公子越潦倒，後段李娃越自責，越力求補贖，於是贏得滎陽公的賞愛而親爲主婚。文末直言：「嗟乎！倡蕩之姬，節行如是，雖古先烈女不能踰也。焉得不爲之歎息哉！」主題完全呈現。

細部結構，以伏筆使用最見匠心。例如李娃設計遺棄公子之前，伏下「歲餘，資財僕馬蕩然。邇來姥意漸怠，娃情彌篤」一段，其後李娃收留乞食之公子，並傾力助其恢復本來面目，即不顯突兀。又如公子應舉時，滎陽公曰：「吾覺爾之才，當一戰而霸。今備二載之用，且豐爾之給，將爲其志也。」則以後公子音訊全無，滎陽公以爲「吾子以多財爲盜賊所害」，亦極自然。對比手法，亦多次出現。例如李娃之母對公子富貲財時十分巴結與貧賤時十分冷淡兩種不同態度之對比，非常強烈。又如滎陽公得悉公子唱輓歌時，責備他：「志行若此，污辱吾門，何施面目，復相見也。」並且「以馬鞭鞭之數百。生不勝其苦而斃」。後來公子「應直言極諫科，策名第一，授成都府參軍」，在劍門郵亭謁見滎陽公。滎陽公「命登階，撫背慟哭移時，曰：吾與爾父子如初」。這又是多麼強烈的比照。此外，還使用了懸疑手法。李娃施計遺棄公子一段文字，頗見設計之工。「其青衣自車後止之曰：『至矣！』」

「娃下車，嫗迎訪之曰：『何久疏絕？』相視而笑。」「生謂娃曰：『此姨之私第耶？』笑而不答。」言詞閃爍，表情詭異，極富懸疑氣氛。雖前文有「生不知其計」一語，對讀者似已洩漏天機，然究未說出其計如何，仍費讀者猜疑。更値得一提的是作者用了象徵手法。作者安排公子被李娃所棄後流落到凶肆，在那裏打雜，「獲其直以自給」；然後經由二家凶肆比賽一事，使公子與其父相見，而且被其父一頓鞭子打死：這一切都富有象徵的意義。凶肆本是人死了停屍之地，作者用來象徵公子的死亡。被其父打死後又活了過來，則象徵公子的再生，再出發。像這樣的象徵手法，在唐傳奇中是很少見的。

至於人物刻畫，本篇亦有相當可觀成績。李娃及其母，公子及其父，無不形像分明。其中以刻畫李娃最爲深入。李娃最後與其母談判一段言詞，動之以情，誘之以利，脅之以勢，可謂如聞其聲，如見其人。此時之李娃，理性與情感均已至成熟境界，顯然已非當年初見公子時之李娃。

鶯鶯傳

本篇的整體佈局，也是屬於前後兩段設計。前段推展張生鶯鶯二人愛情，後段則敍述二人分離。二人相愛，雖由張生主動，實賴鶯鶯配合完成；二人分離的情形，同樣由張生主動，而由鶯鶯配合完成。在前段，鶯鶯的愛情退一步進二步，主宰了整個發展過程；後段，二人由好聚而好散，也是由於鶯鶯愛情的逐步收斂。作者透過對鶯鶯的整個愛情歷程的描寫，呈現了癡情女子與薄情郎之間愛情終必落空的主題。

在細部結構方面，本篇頗多巧思。例如張生首度赴西廂之約，紅娘對張生「連曰：『至矣！至矣！』張生且喜且駭，必謂獲濟」。結果臨時變卦，反把張生教訓了一頓，使張生爲之絕望。下文「數夕，張生臨軒獨寢，忽有人覺之。驚駭而起，則紅娘斂衾携枕而至，撫張曰：『至矣！至矣！睡何爲哉？』」這次則是鶯鶯自動投懷送抱。一樣的「至矣！至矣！」兩種截然不同的結果，前後比照，激盪成趣。又如張生收到鶯鶯彩箋，上有明月三五夜一詩，作者特地插入「是夕，歲二月旬有四日矣」。其後鶯鶯自動投懷送抱，燕好之際，作者又插入「是夕，旬有八日也」。前後相差數日，鶯鶯由約會張生而指責張生而自動投懷送抱，情節大起大落，處處出人意料。兩度點明時日，前後呼應，效果特強。

以上是就前後比照呼應而言。再看本篇開始一段：「是以年二十三，未嘗近女色。知者詰之。謝而言曰：『登徒子非好色者，是有兇行。余眞好色者也，而適不我値。何以言之？大凡物之尤者，未嘗不留連於心，是知其非忘情者也。』」這一段張生自白，用意在預示張生將爲鶯鶯癡狂情事，是很好的伏筆。

人物刻畫，是本篇最成功之處，特別是刻畫鶯鶯，尤其是刻畫鶯鶯掙扎於愛情渴望與禮教束縛之間的矛盾心理，入木三分。此項心理刻畫工作完全與本篇整體佈局同步進行。在本篇前段，鶯鶯雖因禮教戰勝愛情每每退一步，更因愛情戰勝禮教而屢屢進二步。後段則張生負心，鶯鶯完全退回禮教範圍，結束此段戀情。除上述可圈可點的心理刻畫外，作者同時使用其他技巧。如紅娘曰：「崔之貞愼自保，雖所尊不可以非語犯之。……然而善屬文，往往沉吟章句，怨慕者久之。」是以第三者言語刻畫鶯鶯。「異時獨夜操琴，愁弄悽惻。張竊聽之，求之，則不終復鼓矣。」則是以鶯鶯舉止反應看出其爲人。

作者刻畫張生，「性溫茂，美風容，內秉孤堅，非禮不可入。或朋從遊宴，擾雜其間，他人皆洶洶拳拳，若將不及，張生容順而已，終不及亂。」這都是正面敍述，談不上技巧。但下文張生對紅娘自述：「余始自孩提，性不苟合。或時紈綺間居，曾莫流盼。……」與前文呼應，就加強了呈現性格的效果。張生首次赴長安應考，對鶯鶯「先以情喩之」。第二次赴長安，「當去之夕，不復自言其情，愁嘆於崔氏之側。崔已陰知將訣矣」。到最後，「然而張志亦絕矣」。而且發表了一段所以忍情的言論。對張生爲功名前途終於拋棄鶯鶯的轉變過程，在層次上交代得很淸楚。張生其人的薄倖，與霍小玉傳的李益相似，但鶯鶯對愛情有節制，不像小玉那樣執着狂熱，因之鶯鶯傳能以好聚好散落幕。

本篇中有各體詩歌，還有一封文情並茂的信函，很有才華小說的傾向。但因這些詩歌和信函隨着情節進展出現，不致成爲本篇的累贅，相反的，大大增加了本篇的可讀性。在唐人傳奇中，論辭采之美，數本篇第一。

南柯太守傳

本篇整體佈局，建立在現實人生與夢裏人生之對比上，通過此種對比，呈現人生如夢，人世之榮華富貴如夢之偶然，故世人無以名位驕矜自喜的主題。首敍淳于棼現實人生不得意。繼之入夢，在夢中得爲駙馬，出任南柯太守，榮耀顯赫，不可一世。然後妻亡罷官，盛極而衰，終於夢醒。醒後發掘夢中經行之處，一一尋得，於是點出主題：「雖稽神語怪，事非涉經，而竊位着生，冀將爲戒。後之君子，幸以南柯爲偶然，無以名位驕於天壤間云。」再引前華州參軍李肇贊曰：「貴極祿位，權傾國都，達人視此，蟻聚何殊。」用來加強主題。本篇整體佈局與文末二段點明主題文字密切配合，主題之呈現極具強度勢態。

細部結構，亦以對比手法使用最多。例如：入夢之時，「貞元七年九月，因沉醉致疾。時二友人於坐扶生歸家，臥於堂東廡之下。二友謂生曰：『子其寢矣，余將秣馬濯足，俟子小愈而去。』生解巾就枕，昏然忽忽，髣髴若夢」。夢醒之時，「生遂發寤如初，見家之童僕擁篲於庭，二客濯足於榻，斜日未隱於西垣，餘樽尙湛於東牖。夢中倏忽，若度一世矣」。前後對比，使時間印象極其顯明。夢中若度一世，現實不過片刻，而人生之短暫虛幻，亦如是矣。又如淳于棼被迎往槐安國時，「生左右傳車者傳呼甚嚴，行者亦爭闢於左右」；「執門者趨拜奔走」；「軍吏數百，辨易道側」。及遭遣還，「至大戶外，見所乘車甚劣，左史親使御僕，遂無一人，心甚歎異」；「所送二使者，甚無威勢。生逾快快。生問使者曰：『廣陵郡何時可到？』二使謳歌自若，久乃答曰：『少頃即至。』」前後對比，益見人情冷暖，世態炎涼。

此外懸疑手法，使用亦佳。例如：淳于棼被使者迎去時，「忽見山川風候，草木道路，與人世甚殊」；結婚之夕，「有仙姬數十，奏諸異樂，婉轉清亮，曲調悽悲，非人間之所聞聽」。雖時時透露此非人間，但究不知爲何地。至夢醒發掘，始解開謎底。又如國王謂淳于棼：「前奉賢尊命，不棄小國，許令次女瑤芳，奉事君子。」而「生思念之，意以父在邊將，因殁虜中，不知存亡。將謂父北蕃交遜，而致茲事？心甚迷惑，不知其由」。婚後生欲前往見父，而國王遽謂：「親家翁職守北土，信問不絕。卿但具書狀知聞，未用便去。」書狀既去，數夕還答。「生驗書本意，皆父平生之跡。……詞旨悲苦，言語哀傷。又不令生來覲。云：『歲在丁丑，當與女相見。』生捧書悲咽，情不自堪。」其父究竟是生是死，令人莫測。以上二線懸疑交互搭配，效果極佳。

至於人物刻畫，筆墨集中在淳于棼身上。開端「東平淳于棼，吳楚遊俠之士，嗜酒使氣，不守細行」。是其人總評。爲人如此，乃有「使酒忤帥，斥逐落魄」之事。因而以「縱誕飲酒爲事」，遂致病酒入夢。夢中成婚之夕，公主女伴回憶與淳于棼邂逅二事：「時君少年，亦解騎來看。君獨強來親洽，言調笑謔。」「或問吾民，或訪吾里。吾亦不答。」此段穿插，皆是淳于棼「不守細行」之具體寫照。淳于棼赴南柯太守任時，夫人戒公主曰：「淳于郎性剛嗜酒，……」由夫人口中說出其爲人。其後「自罷郡還國，出入無恆，交遊賓從，威福日盛。王疑憚之」。則是當年「使酒忤帥，斥逐落魄」事件之重演。可以說，對淳于棼這位人物，作者一直掌握着他的形象。

本文前云：「貞元七年九月，因沉醉致疾。」後云：「後三年，歲在丁丑，亦終於家。」按丁丑爲貞元十三年，算來年份有點問題。或者「後三年」是「後六年」傳寫之誤；或者「貞元七年」是「貞元十年」傳寫之誤。此非小說寫作技巧上的敗筆，對本文入選六大傳奇，並無妨礙。

杜子春

本篇整體佈局，很明顯的屬於前後兩段設計，每一段情節發展都採波浪型推進方式，一浪逐一浪，後浪勝前浪。後段爲全篇主體，前段則爲之作準備。前段敍杜子春在潦倒不堪之際，蒙一老人三度賜以鉅金，爲了感恩圖報，答應老人於了卻俗務之後爲其效命。後段敍杜子春爲道士（老人）看守丹爐，決心歷鍊種種可怕災難，絕不發聲，使丹藥得以鍊成。結果在最後看到愛子慘死時不覺失聲，丹爐起火，功敗垂成。至此，全文主題已充分呈現：人稟七情，而以母親愛子之情最深最難割捨。文末道士曰：「吾子之心，喜怒哀懼惡慾，皆忘矣；所未臻者，愛而已。……」這一段話，使主題更爲明顯。在細部結構方面，主要的成就在配合波浪型推進方式，巧妙地使用了對比技巧。例如：

前段，當杜子春第一次遇到老人，「春言其心，且憤其親戚之疎薄也，感激之氣，發於顏色」。結果老人主動送他三百萬。一二年後，杜子春又潦倒如故，又遇到老人。老人問他這次要多少錢，「子春慚不應。老人因逼之。子春慚謝而已」。結果老人給他一千萬。又一二年間，貧過舊日，又遇到老人。這次不等老人開口，「子春不勝其愧，掩面而走」。結果老人給他三千萬。這前後三度會面，的確處理得非常生動。

後段，一波波的災難接踵而至，杜子春「皆不對」；「竟不應」；「神色不動」；「端坐不顧」；「又不應」；「終不顧」；「竟不顧之」；「竟不呻吟」；「終不失聲」；「終不能對」。總之他堅守對道士的承諾，遇到任何可怕的事物，就是不發聲。眼看他的妻子被牛頭獄卒一寸一寸的從腳部剉上來，他仍忍住了。到最後，他已被罰投胎爲女人，而且有了一個二歲的兒子。丈夫抱着兒子多方逗他發聲，他就是不理。丈夫一怒之下，「乃持兩足，以頭撲於石上，應手而碎，血濺數步。子春愛生於心，忽忘其約，不覺失聲云：『噫！』」

前文那麼多個「不」，竟不及這一個「噫」有決定性的作用。

作者在前段中始終不曾透露老人一再贈送鉅金給杜子春的用意，也頗能收到懸疑的效果。到後段開始，才敍明原來老人是要他看守丹爐，經歷災難。在後段之末丹爐燒毀後，老人感歎：「向使子無噫聲，吾之藥成，子亦上仙矣。嗟乎，仙才之難得也！」更指出老人原以爲他是可以擺落人世七情的仙才，爲前段的懸疑作了完整的交代。

在人物刻畫方面，杜子春的性格是相當明顯的。作者先在本篇開端作概括的敍述：「少落拓不事家產，然志氣閒曠，縱酒閒遊，資產盪盡。」此後一再在加強描寫他這副德性。在他第一次得到老人贈與三百萬鉅金時，「子春既富，蕩心復熾，自以爲終身不復羈旅也。乘肥衣輕，會酒徒，徵絲管，歌舞於倡樓，不復以治生爲意」。在他第二次得到老人贈與一千萬鉅金時，「未受之初，憤發，以爲從此謀身治生，石季倫、猗頓小豎耳。錢既入手，心又翻然，縱適之情，又卻如故」。直到第三次得到老人贈與三千萬鉅金後，才用這筆錢做了許多慈善事業，然後赴老人之約，爲老人效命。這一轉變，也交代得很清楚。

虬髯客傳

本篇的整體佈局，可以從楊素、李靖、紅拂、虬髯客、李世民諸人的登場次序清楚地看出。先寫楊素之驕貴，而李靖以布衣往謁，以直言使楊素歛容而謝。這是寫李靖的不凡。接着紅拂慧眼識英雄，夜奔李靖。李靖猶有疑慮，而紅拂告訴李靖楊素屍居餘氣，不足畏也。這是寫紅拂比李靖更爲不凡。當虬髯客登場，靈石旅舍三俠結交，更處處寫出虬髯客比李靖、紅拂尤爲不凡。寫楊素爲了寫李靖，寫李靖爲了寫紅拂，寫李靖、紅拂爲了寫虬髯客。在李世民出現之前，虬髯客固一世之雄也。但寫虬髯客，實在是爲寫李世民張本。接着虬髯客二度往見李世民，面對李世民眞命天子之相，自認不知，不可能與之逐鹿中原，於是把全部財產贈與李靖，助李世民創業，自己飄然遠行，到海外去打天下，終於做了扶餘國王。最後作者點明了主題：「乃知眞人之興也，非英雄所冀，況非英雄乎？人臣之謬思亂者，乃螳臂之拒走輪耳。我皇家垂福萬葉，豈虛然哉！」而以上的整體佈局，完全是爲呈現這麼一個主題而設計。

至於細部結構，佳處甚多。試舉要言之：

當李靖以布衣往謁楊素，素身後美女群中，有執紅拂者「獨目公」，並且向侍吏詢問李靖住處。後文乃有紅拂夜奔李靖之事。李靖、紅拂落腳靈石旅舍，先點出「爐中烹肉且熟」。及虬髯客登場，三俠結交，遂有環坐食肉之事。虬髯客來至旅舍，先「投革囊於爐前」；俟結交後，「於是開革囊，取一人頭並心肝。卻頭囊中，以匕首切心肝，共食之」。諸如此類，皆前有佈置，後有開展。此爲其前後照應手法。三俠結交，選擇在荒村野店，再亮出匕首、人頭、心肝，再由虬髯口中說出快意恩仇之事，氣氛渲染極好。

虬髯客登場後，雖然光芒四射，但其爲人行事卻使人捉摸不透，更不知道他訪晤李世民所爲何來。直至他以財產悉數贈與李靖準備離去時，才解開謎底。此段懸疑手法，效果甚佳。

虬髯客首度往見李世民，爲其人看相，已認爲「眞天子也」。然仍不死心，再度請道兄往見，確定其人乃眞命天子，然後死心。必須二度往見，目的在突出李世民的眞人之相，此爲加強手法。雖然二度會面，但設計不同，前度飲酒，二度下棋。道兄一見李世民，神色慘然，嘆說：「此局全輸矣！於此失卻局哉！救無路矣！復奚言！」此爲比喻手法，以棋局喩逐鹿天下，在小說中似以本文爲最早。

至於人物刻畫，三俠各有面貌，均於其言行中見之。如靈石旅舍三俠結交一段，一言一行，李靖自李靖，紅拂自紅拂，而虬髯客自虬髯客，全不相同。

以上六大傳奇之外，有些傳奇作品雖然有很好的寫作技巧，但不幸其中也有敗筆，因之不能入選而成爲七大傳奇或八大傳奇。這裏特別提出二篇來略加說明。任氏傳的寫作技巧是可圈可點的。特別在是人物刻畫上，任氏、鄭六、韋崟個個性格分明，如見其人。可惜篇首先有「任氏女妖也」一句，接云：「有韋使君者名崟，……」韋崟、鄭六相繼登場。然後敍鄭六途遇三婦人，與其中白衣婦人即任氏有了一夜之歡。作者一路使用懸疑手法，至翌日餅店主人指出任氏爲狐作祟，懸疑始解。既已在篇首開宗明義說明任氏爲女妖，則此一懸疑毫無意義。這不能不說是一大敗筆，所以有此敗筆，無疑是受了史傳文的影響。小說一開頭就徘徊在史傳與小說之間，在唐人傳奇中是屢見不鮮的。

紅線傳也是一篇極具匠心的作品。故事在一層層的懸疑，一回回的倒敍中進展，可圈可點。文末紅線辭去時說：「昨往魏郡，以示報恩。兩地保其城池，萬人全其性命，某一婦人，功亦不小。……」以這一段話配合整個情節，呈現藩鎭拔扈，朝廷無力的主題，也非常成功。可惜作者對紅線其人缺乏性格上的刻畫，是美中不足之一；又紅線完成任務回來向薛嵩報告經過，幾乎通篇駢體，失去語言上的眞實感，是美中不足之二。

任氏傳和紅傳線是比較接近六大傳奇寫作水準的作品，其中部分寫作技巧，甚至不在六大傳奇之下，可惜因爲各有明顯的敗筆，不得與六大傳奇並列。至於其他的傳奇作品，往往有瑕有瑜，距離六大傳奇的水準顯然較遠。

唐人傳奇的確在六朝志怪之後爲中國小說開創了新局。究竟它在中國小說史上有怎麼樣的地位，此項評價批評的結果也許可以作爲回答這個問題的參考。

（七十六年四月文學評論第九集）

李娃傳的寫作技巧

李娃傳是唐人傳奇中設計精巧，而且富有創意的一篇作品，此篇的寫作技巧，很值得一談。爲了方便起見，本文採引錄原文逐段評析方式撰寫。所引原文係據汪國垣校錄唐人小說本。

汧國夫人李娃，長安之娼女也。節行瓌奇，有足稱者，故監察御史白行簡為傳述。

以上明說寫作動機。唐人傳奇，每於篇首或篇末交代寫作動機或故事來源。此類文字，不屬於傳奇本身。

天寶中，有常州刺史滎陽公者，略其名氏，不書！時望甚崇，家徒甚殷。知命之年，有一子，始弱冠矣。雋朗有詞藻，迥然不群，深為時輩推伏。其父愛而器之，曰：

「此吾家千里駒也。」應鄉賦秀才擧，將行，乃盛其服玩車馬之飾，計其京師薪儲之費，謂之曰：「吾覺爾之才，當一戰而覇。今備二載之用，且豐爾之給，將為其志也。」生亦自負，視上第如指掌。

以上有伏筆三：「愛而器之」云云，預伏後文當滎陽公發現公子竟淪爲凶肆輓歌手時「以馬鞭鞭之數百。生不勝其苦而斃。」情事。「豐爾之給」云云，亦已預伏後文公子擬追求李娃時所謂「苟患其不諧，雖百萬何惜。」以及滎陽公所云「吾子以多財爲盜所害」之推論。至於「雋朗有詞藻，迥然不群。」以及「盛其服玩車馬之飾」，則爲下文「娃回眸凝涕，情甚相慕。」張本。

自毗陵發，月餘抵長安，居於布政里。嘗遊東市還，自平康東門入，將訪友於西南。至鳴珂曲，見一宅，門庭不甚廣，而室宇嚴邃。闔一扉，有娃方凭一雙鬟青衣立，妖姿要妙，絕代未有。生忽見之，不覺停驂久之，徘徊不能去。乃詐墜鞭於地，候其從者，勅取之。累眄於娃；娃回眸凝睇，情甚相慕。竟不敢措辭而去。

寫滎陽公子與李娃初次相見：公子則「不覺停驂久之，徘徊不能去。……累眄於娃。」

李娃則「回眸凝睇，情甚相慕。」下文公子一意追求李娃，李娃欣然接納，已成必然之勢。下文侍兒「馳走大呼曰：前時遺策郎也！」不但回應此段公子「乃詐墜鞭於地」一事，亦有加強李娃「情甚相慕」之作用。此段文字雖簡短，但往後情節，均由此展開。

生自爾意若有失，乃密徵其友遊長安之熟者，以訊之。友曰：「此狹邪女李氏宅也。」曰：「娃可求乎？」對曰：「李氏頗贍。前與通之者多貴戚豪族，所得甚廣。非累百萬，不能動其志也。」生曰：「苟患其不諧，雖百萬，何惜。」他日，乃潔其衣服，盛賓從，而往扣其門。俄有侍兒啟扃。生曰：「此誰之第耶？」侍兒不答，馳走大呼曰：「前時遺策郎也！」娃大悅曰：「爾姑止之，吾當整粧易服而出。」生聞之私善。乃引至蕭牆間，見一姥垂白上僂，即娃母也。生跪拜前致詞曰：「聞兹地有隙院，願稅以居，信乎？」姥曰：「懼其淺陋湫隘，不足以辱長者所處，安敢言直耶？」延生於遲賓之館，館宇甚麗。與生偶坐，因曰：「某有女嬌小，技藝薄劣，欣見賓客，願將見之。」乃命娃出。明眸皓腕，舉步豔冶。生遽驚起，莫敢仰視。與之拜畢，敍寒燠，觸類姸媚，目所未覩。復坐，烹茶斟酒，器用甚潔。久之，日暮，鼓聲四動。姥訪其居遠近。生紿之曰：「在延平門外數里。」冀其遠而見留也。姥曰：「鼓已發矣。當速歸，無犯禁。」生曰：「幸接歡笑，不知日之云夕。道里遼濶，城內又無親戚，將若之何？」娃曰：「不見責僻陋，方將居之，宿何害焉。」生數目姥。姥曰：「唯唯。」生乃召其家僮，持雙縑，請以備一宵之饌。娃笑而止之曰：「賓主之儀，且不然也。今夕之費，願以貧窶之家，隨其粗糲以進之。其餘俟他辰。」固辭，終不許。俄徙坐西堂，幃幙簾榻，煥然奪目；粧奩衾枕，亦皆侈麗。乃張燭進饌，品味甚盛。徹饌，姥起。生娃談話方切，詼諧調笑，無所不至。生曰：「前偶過卿門，遇卿適在屏間。厥後心常勤念，雖寢與食，未嘗或捨。」娃答曰：「我心亦如之。」生曰：「今之來，非直求居而已。願償平生之志，但未知命也若何？」言未終，姥至，詢其故，具以告。姥笑曰：「男女之際，大欲存焉。情苟相得，雖父母之命，不能制也。女子固陋，曷足以薦君子之枕席？」生遂下階，拜而謝之曰：「願以己為厮養。」姥遂目之為郎。飲酣而散。及旦，盡徙其囊橐，因家於李之第。

此番會宴，公子、李娃、李姥之性情爲人，於彼此言談舉措間表露無遺。作者刻畫人物，絲毫不落痕跡。公子追求李娃，至此完成；而公子之墮落，亦自此開始。本篇整體佈局，屬於前後二段式設計。前段公子因迷戀李娃，由富貴而貧賤；後段公子因得李娃之助，由貧賤而富貴。而前段又可分爲二小段，前一小段致力寫公子意亂情迷，後一小段致力寫公子困躓潦倒。

自是生屏跡戢身，不復與親知相聞。日會倡優儕類，狎戲遊宴。囊中盡空，乃鬻駿乘，及其家童。歲餘。資財僕馬蕩然。邇來姥意漸怠，娃情彌篤。

此爲前段後一小段之開端。「自是生屏跡戢身，不復與親知相聞。」暗示此墮落之公子已非當初之滎陽公子。「姥意漸怠，娃情彌篤。」爲重要伏筆。不但說明下文遺棄公子由姥主使，非李娃所願，更爲後段李娃補贖行爲張本。

他日，娃謂生曰：「與郎相知一年，尚無孕嗣。常聞竹林神者，報應如響，將致薦酹求之，可乎？」生不知其計，大喜。乃質衣於肆，以備牢醴，與娃同謁祠宇而禱祝焉。信宿而返。策驢而後，至里北門。娃謂生曰：「此東轉小曲中，某之姨宅也。將憩而覲之，可乎？」生如其言，前行不踰百步，果見一車門。窺其際，甚弘敞。其青衣自車後止之曰：「至矣。」生下，適有一人出訪曰：「誰？」曰：「李娃也。」乃入告。俄有一嫗至，年可四十餘，與生相迎，曰：「吾甥來否？」娃下車，嫗迎訪之曰：「何久疏絕？」相視而笑。娃引生拜之。既見，遂偕入西戟門偏院中。有山亭，竹樹葱蒨，池榭幽絕。生謂娃曰：「此姨之私第耶？」笑而不答，以他語對。俄獻茶果，甚珍奇。食頃，有一人控大宛，汗流馳至，曰：「姥遇暴疾頗甚，殆不識人。宜速歸。」娃謂姨曰：「方寸亂矣。某騎而前去，當令返乘，便與郎偕來。」生擬隨之。其姨與侍兒偶語，以手揮之，令生止於戶外，曰：「姥且歿矣，當與某議喪事以濟其急，奈何遽相隨而去？」乃止，共計其凶儀齋祭之用。日晚，乘不至。姨言曰：「無復命，何也？郎驟往視之，某當繼至。」生遂往，至舊宅，門扃鑰甚密，以泥緘之。生大駭，詰其鄰人。鄰人曰：「李本稅此而居，約已周矣，第主自收。姥徙居，而且再宿矣。」徵：「徙何處？」曰：「不得其所。」生將馳赴宣陽，以詰其姨，日已晚矣，計程不能達。乃弛其裝服，質饌而食，賃榻而寢。生恚怒方甚，自昏達旦，目不交睫。質明，乃策蹇而去。既至，連扣其扉，食頃無人應。生大呼數四，有官者徐出。生遽訪之：「姨氏在乎？」曰：「無之。」生曰：「昨暮在此，何故匿之？」訪其誰氏之第。曰：「此崔尚書宅。昨者有一人稅此院，云遲中表之遠至者，未暮去矣。」生惶惑發狂，罔知所措。

此爲由李姥主謀之遺棄公子詭計。自運用詭計至解開眞相，其設計頗具巧思。抵姨之宅一段，諸如：「其青衣自車後止之曰：至矣！」「相視而笑。」「笑而不答。」等句，以及姨與侍兒阻止公子隨李娃歸去一事，蛛絲馬跡，隱隱可見。然公子非精明之人，此計仍足使公子落入圈套。關於文中「生不知其計」一句，或以爲敗筆，苟無此句，則連讀者一併瞞過，更富懸疑效果。然保留此句，使讀者眼看公子一步步落入圈套，不禁爲之擔憂，則此句亦自有其佳處。

> 因返訪布政舊邸。邸主哀而進膳。生怨懣，絕食三日，遘疾甚篤，旬餘愈甚。邸主懼其不起，徙之於凶肆之中，綿綴移時，合肆之人共傷歎而互飼之。後稍愈，杖而能起。由是凶肆日假令之執繐帷，獲其直以自給。累月，漸復壯。每聽其哀歌，自歎不及逝者，輒嗚咽流涕，不能自止，歸則效之。生聰敏者也，無何，曲盡其妙，雖長安無有倫比。

此謂公子絕處逢生，在凶肆得以餬口。然凶肆爲死者停屍之地，則作者置公子於凶肆，殆有深意，蓋以此象徵墮落公子之步向死亡。至下文其父「以馬鞭鞭之數百，生不勝其苦而斃」，則公子死矣。死而後乃有再生。公子一生，面目凡四變。見李娃之前，爲其本來面目。既見李娃，並賦同居，一變也。凶肆餬口，並唱輓歌，二變也。死而復活，市上行乞，三變也。。重逢李娃，再求功名，四變也，變回本來面目矣。一變二變，由貴而賤，由生而死；三變四變，賤而復貴；死而復生。

初，二肆之傭凶器者，互爭勝負。其東肆車轝皆奇麗，殆不敵，唯哀挽劣焉。其東肆長知生妙絕，乃醵錢二萬索顧焉。其黨耆舊，共較其所能者，陰教生新聲，而相讚和。累旬，人莫知之。其二肆長相謂曰：「我欲各閱所傭之器於天門街，以較優劣。不勝者罰直五萬，以備酒饌之用，可乎？」二肆許諾。乃邀立符契，署以保證，然後閱之。士女大和會，聚至數萬。於是里胥告於賊曹，賊曹聞於京尹。四方之士，盡赴趨焉，巷無居人。自旦閱之，及亭午，歷舉輦轝威儀之具，西肆皆不勝，師有慚色。乃置層榻於南隅，有長髯者擁鐸而進，翊衛數人，於是奮髯揚眉，扼腕頓顙而登，乃歌白馬之詞。恃其夙勝，顧眄左右，旁若無人。齊聲讚揚之。自以為獨步一時，不可得而屈也。有頃，東肆長於北隅上設連榻，有烏巾少年，左右五六人，秉翣而至，即生也。整衣服，俯仰甚徐，申喉發調，容若不勝。乃歌薤露之章，舉聲清越，響振林木。曲度未終，聞者歔欷掩泣。西肆長為眾所誚，益慚恥。密置所輸之直於前，乃潛遁焉。四座愕眙，莫之測也。

插入兩家凶肆比賽情節，主要在爲下文公子父子相會預作佈置。賽會之壓軸主戲爲唱輓歌比賽，作者寫西肆髯翁則「顧眄左右，旁若無人」，寫東肆公子則「容若不勝」，以對比技巧狀人敍事，極爲生動。

先是，天子方下詔，俾方外之牧，歲一至闕下，謂之入計。時也適遇生之父在京師，與同列者易服章竊往觀焉。有老豎，即生乳母壻也，見生之舉措辭氣，將認之而未敢，乃泫然流涕。生父驚而詰之。因告曰：「歌者之貌，酷似郎之亡子。」父曰：「吾子以多財為盜所害，奚至是耶？」言訖，亦泣。及歸，豎間馳往，訪於同黨曰：「向歌者誰？若斯之妙歟？」皆曰：「某氏之子。」徵其名，且易之矣。豎凛然大驚；徐往，迫而察之。生見豎色動，回翔將匿於衆中。豎遂持其袂曰：「豈非某乎？」相持而泣，遂載以歸。至其室，父責曰：「志行若此，污辱吾門。何施面目，復相見也？」乃徒行出，至曲江西杏園東，去其衣服，以馬鞭鞭之數百。生不勝其苦而斃。父棄之而去。

父子相逢，應是可喜之事。但公子已淪落至此，不能復爲高門滎陽鄭氏所容，遂有滎陽公親手鞭打公子至死之慘劇。全文至此爲前段。墮落之公子既已死亡，則再生在望矣。

其師命相狎暱者陰隨之，歸告同黨，共加傷歎。令二人齎葦席瘞焉。至，則心下微溫。舉之，良久，氣稍通。因共荷而歸，以葦筒灌勺飲，經宿乃活。月餘，手足不能自舉。其楚撻之處皆潰爛，穢甚。同輩患之，一夕，棄於道周。行路咸傷之，往往投其餘食，得以充腸。十旬，方杖策而起。被布裘，裘有百結，襤褸如懸鶉。持一破甌，巡於閭里，以乞食為事。自秋徂冬，夜入於糞壤窟室，晝則周遊廛肆。

自此起全文進入後段。公子面目，至此已三變。雖然淪爲乞丐，貧窮不堪，但死而復生，而且離開了象徵死亡之凶肆，則轉機已在望矣。

一旦大雪，生為凍餒所驅，冒雪而出，乞食之聲甚苦。聞見者莫不悽惻。時雪方甚，人家外戶多不發。至安邑東門，循理垣北轉第七八，有一門獨啟左扉，即娃之第也。生不知之，遂連聲疾呼「饑凍之甚」，音響悽切，所不忍聽。娃自閤中聞之，謂侍兒曰：「此必生也，我辨其音矣。」連步而出，見生枯瘠疥厲，殆非人狀。娃意感焉，乃謂曰：「豈非某郎也？」生憤懣絕倒，口不能言，頷頤而已。娃前披其頸，以繡襦擁而歸於西廂，失聲長慟曰：「令子一朝及此，我之罪也！」絕而復蘇。

敍公子巧遇李娃，作者突顯公子「枯瘠疥厲，殆非人狀」，以之與李娃初見公子時之美少年形象相比，用意在激發李娃之補贖決心。由前文「姥意漸怠，娃情彌篤」二句，可見李娃本無意遺棄公子，只是逼於姥命，不敢違背耳。今見公子此狀，自覺罪孽深重，而悔恨當初不該屈從姥命，於是奮起補贖，就李娃而言，今而後之李娃，已非今以前之李娃。公子意外遇到李娃，作者以「憤懣絕倒，口不能言，頷頤而已。」數句回應當初中計被棄種種情事，極爲傳神。

> 姥大駭，奔至，曰：「何也？」娃曰：「某郎。」姥遽曰：「當逐之！奈何令至此？」娃斂容却睇曰：「不然！此良家子也。當昔驅高車，持金裝，至某之室，不踰期而蕩盡。且互設詭計，捨而逐之，殆非人。令其失志，不得齒於人倫。父子之道，天性也，使其情絕，殺而棄之，又困躓若此，天下之人盡知為某也。生親戚滿朝，一旦當權者熟察其本末，禍將及矣。況欺天負人，鬼神不祐？無自貽其殃也！某為姥子，迨今有二十歲矣。計其貲，不啻直千金。今姥年六十餘，願計二十年衣食之用以贖身。當與此子別卜所詣。所詣非遙，晨昏得以溫凊：某願足矣。」姥度其志不可奪，因許之。

李姥當初接待多金之公子，是一種口吻；如今對待乞食之公子，則是另一番口吻。前後對比，老鴇之原形畢露。但今日之李娃，已非當初之李娃。李娃說服李姥一段言辭，動之以情，喻之以理，脅之以勢，誘之以利，爲昔日之李娃所不能言。以言語刻畫人物，此處是極佳典型。不過其中「父子之道，天性也，使其情絕，殺而棄之。」云云，其時公子尚未向李娃傾訴往事，李娃似不應知之。

給姥之餘，有百金。北隅因五家稅一隙院。乃與生沐浴，易其衣服；為湯粥，通其腸；次以酥乳潤其臟。旬餘，方薦水陸之饌。頭巾履襪，皆取珍異者衣之。未數月，肌膚稍腴；卒歲。平愈如初。異時，娃謂生曰：「體已康矣，志已壯矣，淵思寂慮，默想曩昔之藝業，可溫習乎？」生思之，曰：「十得二三耳。」娃命車出遊，生騎而從。至旗亭南偏門鬻墳典之肆，令生揀而市之，計費百金，盡載以歸。因令生斥棄百慮以志學，俾夜作晝，孜孜矻矻。娃常偶坐，宵分乃寐。伺其疲倦，即諭之綴詩賦。二歲而業大就，海內文籍，莫不該覽。生謂娃曰：「可策名試藝矣。」娃曰：「未也。且令精熟，以俟百戰。」更一年，曰：「可行矣。」於是遂一上登甲科，聲振禮闈。雖前輩見其文，罔不斂衽敬羨，願友之而不可得。娃曰：「未也。今秀士苟獲擢一科第，則自謂可以取中朝之顯職，擅天下之美名。子行穢跡鄙，不侔於他士。當礱淬利器，以求再捷，方可以連衡多士，爭霸羣英。」生由是益自勤苦，聲價彌甚。其年，遇大比，詔徵四方之儁。生應直言極諫科，策名第一，授成都府參軍。三事以降，皆其友也。

此李娃之補贖作爲：先養公子之身，繼壯公子之志，再助公子學業精進，終使公子功名順遂。至此，公子面目已四變，而恢復其本來面目。

將之官，娃謂生曰：「今之復子本軀，某不相負也。願以殘年，歸養老姥。君當結媛鼎族，以奉蒸嘗。中外婚媾，無自黷也。勉思自愛，某從此去矣。」生泣曰：「子若棄我，當自剄以就死。」娃固辭不從；生勤請彌懇。娃曰：「送子涉江，至於劍門，當令我回。」生許諾。

此敍李娃功成思退。李娃「今之復子本軀，其不相負也」云云，回應前文「令子一朝及此，我之罪也。」公子「子若棄我，當自剄以就死」云云，亦與前文李娃遺棄公子一事漣漪相接。

月餘，至劍門。未及發而除書至，生父由常州詔入，拜成都尹，兼劍南採訪使。浹辰，父到。生因投刺，謁於郵亭。父不敢認，見其祖父官諱，方大驚，命登階，撫背慟哭移時，曰：「吾與爾父子如初。」

「吾與爾父子如初」一句，與本文開端「此吾家千里駒也」及中間「志行若此，汚辱吾門，何施面目，復相見也。」先後呼應。公子父子關係之離合，隨公子面目之改易而改易。今公子既已恢復本來面目，自當「父子如初」。

因詰其由。具陳其本末。大奇之，詰娃安在。曰：「送某至此，當令復還。」父曰：「不可！」翌日，命駕與生先之成都，留娃於劍門，築別館以處之。明日，命媒氏通二姓之好，備六禮以迎之，遂如秦晉之偶。娃既備禮，歲時伏臘，婦道甚修，治家嚴整，極為親所眷。向後數歲，生父母偕歿，持孝甚至。有靈芝產於倚廬，一穗三秀。本道上聞。又有白鷰數十，巢其層甍。天子異之，寵錫加等。終制，累遷清顯之任。十年間，至數封。娃封汧國夫人。有四子，皆為大官，其卑者猶為太原尹。弟兄姻媾皆甲門，內外隆盛，莫之與京。嗟乎，倡蕩之姬，節行如是，雖古先烈女，不能踰也。焉得不為之歎息哉！

至此，主題已充分呈露，傳奇本身亦告結束。本文前段之李娃，倡蕩之姬耳。但進入後段，李娃形象大變，其節行漸次顯露。作者以李娃助公子登第得官，功成思退，以及婚後婦道甚修、治家嚴整等具體事實，正寫李娃德行；又以滎陽公親爲主婚，側寫李娃德行；更以靈芝、白鸞等祥瑞，烘托李娃德行。文末直說：「嗟乎，倡蕩之姬，節行如是，雖古先烈女，不能踰也。焉得不爲之歎息哉！」則是畫龍點睛之筆。就唐代社會背景而論，高門如滎陽鄭氏，斷無可能娶娼女爲妻，而作者化不可能爲可能，正是其理想所寄。故此，作者於本文主題之呈現，可謂三致力焉。

> 予伯祖嘗牧晉州，轉戶部，為水陸運使，三任皆與生為代，故暗詳其事。貞元中，予與隴西李公佐話婦人操烈之品格，因遂述汧國之事。公佐附掌竦聽，命予為傳。乃握管濡翰，疏而存之。時乙亥歲秋八月，太原白行簡云。

此交代故事來源及寫作動機，與本文開端數句同一性質，可不論。

（七十五年六月王靜芝先生七十壽慶論文集）

杜子春原作改作比較分析

杜子春原作，指唐人李復言續玄怪錄中的杜子春一文；改作，指近代日本作家芥川龍之介據李復言原作改寫的（或稱爲再創作的）杜子春一文。一千年前的唐人小說，一千年後的日本作家還據以改寫，而且連題目都沿用原題，這是很罕見的例子。爲什麼要改寫一篇？改作和原作有何不同？兩文在寫作技巧有何得失？這些都是本文要討論的。

芥川龍之介的改作全文分成六大段。李復言的原作雖未分段，但大致可以比照改作分爲六大段❶。下文即按六大段次序逐段比較，並加析論。

❶原作首段自篇首至「老人果與錢三百萬，不告姓名而去。」次段自「子春旣富」至「不一二年間，貧過舊日。」三段自「復遇老人於故處」至「老人者方嘯於二檜之陰。」四段自「遂與登華山雲臺峯」至「敕左右斬之。」五段自「斬訖，魂魄被領見閻羅王」至「不覺失聲云：噫！」六段自「噫聲未息」至篇末。

一

第一大段的主要內容，原作和改作都在敍寫杜子春在困頓之際，遇見老人，因而得到一筆巨大財富。所不同的是財富的授受方式，以及對老人神祕身分的呈現手法。試比較兩文相關的文字：

原作云：

杜子春者，蓋周隋間人，少落拓不事生產。然以志氣閒曠，縱酒閒遊，資產蕩盡，投於親故，皆以不事事見棄。方冬，衣破腹空，徒行長安中，日晚未食，彷徨不知所往，於東市西門，饑寒之色可掬，仰天長吁。有一老人策杖於前，問曰：「君子何嘆？」春言其心，且憤其親戚之疏薄也，感激之氣，發於顏色。老人曰：「幾緡則豐用？」子春曰：「三五萬，則可以活矣。」老人曰：「未也。」更言之：「十萬。」曰：「未也。」乃言：「百萬。」亦曰：「未也。」曰：「三百萬。」乃曰：「可矣。」於是袖出一緡，曰：「給子今夕。明日午時，候子於西市波斯邸，慎無後期。」

及時，子春往，老人果與錢三百萬，不告姓名而去❷。

改作云：

某一個春天的傍晚。

在唐都洛陽的西門下，有一個年輕人，在呆呆地仰望著天空。年輕人名叫杜子春，原為富家子弟，今財產已用盡，已成為連生活都感到困難的可憐人了。

…………

「日近黃昏，肚子也餓了，而且無論到哪兒去，好像也不會有留宿之處了。——想到這裏，與其活著，莫如投河一死，反而倒好。」杜子春剛才獨自的有了這種不著邊際的想法。

於是，不知從何處而來的一位偏盲的老人，突然在他的面前停下了腳步，沐浴著夕陽的光輝，當巨大的身影落在門上時，一邊定定地望著杜子春的臉，一邊從旁說：「你

---

❷引文部分，原作據遠東版汪國垣校錄唐人小說。改作據民國七十五年十二月二十八、二十九日青年日報副刊諸葛龍沙譯文。

在想什麼呢？」

「我？我今晚連睡覺的地方都沒有了，在想著怎麼辦呢？」因為被老人突然的一問，杜子春雖然眼睛向下瞧，但卻不知不覺的做了率直的回答。

「是嗎？那眞是太可憐了！」老人暫時好像在想著什麼似的。不多時，一邊指著照著來往行人夕陽的光輝，一邊說：「那麼我告訴你一件好事吧！在你現在所站著的夕陽中，當你的影子映在地面時，正當你的頭部那個地方，夜半時掘一掘看吧！一定有滿滿地一車黃金埋在那裏。」

「是眞的嗎？」杜子春驚喜的把向下瞧的眼睛抬了起來。可是更令人不可思議的事，那老人哪裏去了呢？周圍已經連相似的形影也都看不到了。……

贈金方式，在原作是老人直接贈予杜子春錢三百萬；在改作則是老人指點地下埋有一車黃金的位置，要杜子春自己掘出來。老人神祕身分的呈現，原作輕描淡寫，深藏不露；改作則多方渲染，惟恐讀者不注意。原作雖然在贈金過程中，老人一再主動示意杜子春提高需求價碼，由三五萬而十萬、而百萬、而三百萬，彷彿錢太多了沒處用似的，令人對老人充滿好奇，但這些究竟未脫人間行爲範疇。而改作，單是老人指出地下藏金之處就在杜子春影子的頭部位置，就已暗示老人在施法術；再加上老人的出現和離去，都充滿了神祕氣息。很明顯的，原作有意保持老人身分之謎，改作則有意使老人眞正身分儘快揭曉。

至於故事發生地點，原作爲長安東市西門，改作爲洛陽西門下，這和下文第三大段杜子春隨老人前往之地，原作爲華山雲臺峯，改作爲峨嵋山一樣，都是改作爲與原作不同而改易，別無深意。似此改筆，可置不論。

二

第二大段的主要內容，原作和改作都是這樣的：先是杜子春成了巨富後，過著極奢侈的生活；然後家財耗盡，再度流落街頭；這時老人再度出現，使杜子春再度成爲巨富；不久杜子春還是家財耗盡，流落街頭。但兩相比較，有以下幾點不同，值得注意：

其一，杜子春成爲巨富後，以及家財耗盡流落街頭時，改作加添了人情冷暖、世態炎涼的描寫：

> 於是聽到這樣的傳說以後，儘管到現在為止，就是在路上相遇也從不招呼的朋友們，早晚都來玩了。而且人數一天一天地增加。在經過只有半年的時光，洛陽之都的眾多才子美人中，不到杜子春家來的人，恐怕一個人也沒有。……經過了一二年，也就漸

> 漸地貧窮了。於是由於人情是薄情的，到昨天還是每天都來的朋友們，今日通過門前，連一個招呼都不打。終於在第三年春天，杜子春又像以前一樣，已是一文不名了。在廣大的洛陽之都中，再也沒有一間租給他住的房子了。不，不但房子不租給他，連一碗水也沒有人賜給他了。

前面寫人情之「暖」，世態之「炎」，後面寫人情之「冷」，世態之「涼」，前後成爲強烈的對比。這樣的對比，是原作中所沒有的。

其二，老人的再度出現與離去，與第一部分中初次出現離去一般，原作並未刻意神祕化，改作則仍有刻意神祕化的描寫。原作於老人再度出現時，用了「發聲而老人到」，似乎也爲老人染上一筆神祕色彩，但老人如何離去，原作竟提都未提，可見「發聲而老人到」，並非有意渲染老人的神祕色彩。改作則「於是仍像以前一樣，偏盲的老人，不知從何處出現了。」「這次也擠向人群中，好像完全消失了似的隱去了。」老人的出現與離去，依然充滿神祕色彩。

其三，老人再度使杜子春成爲巨富，原作中老人主動贈與錢一千萬，這數目上承第一大段中三五萬、十萬、百萬、三百萬而遞增，下文第三大段第三次贈予又增至三千萬，老人爲何等樣人以及爲何贈予杜子春巨款的懸疑效果也隨之遞增。改作依然是指點埋在地下的滿滿一車黃金，沒有像原作一樣的遞增效果。但前次老人告訴杜子春：「在你現在所站著的夕陽中，當你的影子映在地面時，正當你的頭部那個地方，夜半時掘一掘看吧！一定有滿滿地一車黃金埋在那裏。」這次老人又重復了一次這一番話，只把「頭部」改爲「胸部」。下文第三大段中老人又重複一次這樣的話，則改爲「腹部」。雖然沒有原作那樣遞增的效果，也更增加了老人的神祕性，老人神通廣大，絕非凡人。

以上三點，後二點都是第一大段情節設計的延續。前一點最爲重要，增加了人情冷暖、世態炎涼的強烈對比筆墨，改作者顯然別有用意，但這用意要到第三大段才點明。

三

第三大段的主要內容，原作和改作都在敍寫杜子春三度遇見老人，最後並下定決心追隨老人而去，但是追隨老人的原因和方式卻大不相同。

原作云：

> 復遇老人於故處。子春不勝其愧，掩面而走。老人牽裾止之，又曰：「嗟乎，拙謀也！」因與三千萬，曰：「此而不痊，則子貧在膏肓矣。」子春曰：「吾落拓邪遊，

生涯罄盡，親戚豪族，無相顧者。獨此叟三給我，我何以當之？」因謂老人曰：「吾得此，人間之事可以立，孤孀可以衣食，於名教復圓矣。感叟深惠，立事之後，惟叟所使。」老人曰：「吾心也。子治生畢，來歲中元見我於老君雙檜下。」子春以孤孀多寓淮南，遂轉資揚州，買良田百頃，郭中起甲第，要路置邸百餘間，悉召孤孀分居第中。婚嫁甥姪，遷祔族親，恩者煦之，讎者復之。旣畢事，及期而往。老人者方嘯於二檜之間。

改作云：

「你在想著什麼呢？」偏盲的老人第三次來到杜子春的面前，問著同樣的話。……「是問我嗎？因為我今夜連住的地方都沒有，在想著怎麼辦呢！」

「是嗎？那太可憐了。那麼我告訴你一件好事吧！在現在你所站著的斜陽中，當你的影子映在地面上時，正當你的腹部的都個地方，夜半時掘一掘看吧，一定有滿滿地一車——」

老人正說到這裏，杜子春馬上舉起手來，攔住了他的話：「不，金錢已不需要了。」

「金錢已不需要了？啊？那麼看起來對於奢侈已經感到厭倦了？」老人一邊似乎以懷

疑的眼神，一邊凝視著杜子春。

「什麼？並不是多奢侈已厭倦，而是對於人已感到討厭了。」杜子春一邊以不平似的表情，一邊粗暴的這樣說著。

「那是很有趣兒的啊！為什麼對人感到討厭了呢？」

「人都是薄情的。當我成為大富翁的時候，都會來奉承、逢迎，一旦貧窮的時候再看一看，連一張溫柔的臉色都看不到了。想到這些，即或再一次成了大富翁，也感到已不會有什麼補益的了。」

老人聽了杜子春的一番話，立即嗤嗤地笑了起來。「是嗎？不，你好像不像是個年輕人。欽佩你是一個很懂事理的男人，那麼從今以後即或是貧窮，也打算安樂的過生活嗎？」

杜子春稍躊躇了一下，馬上毅然地把眼睛抬了起來，一邊像央求似的看著老人的臉，一邊說：「那我現在是做不到的。因此我做你的弟子，想學習仙術。不，你不能隱瞞，你是一位道德很高的仙人吧？如果不是仙人，是不可能使我在一夜之內，成為天下第一的大富翁的。請你做為我的老師，教給我那不可思議的仙術吧！」

老人皺著眉頭，沉默良久，好像在想著什麼。片刻，又一邊微笑著一邊說：「的確我是住在峨眉山上叫做鐵冠子的仙人。在開始看到你的臉時，因為感覺到你好像很懂事的樣子，所以才使你兩次成為大富翁。既然你是那麼樣的想成為仙人，那麼就收你做我的弟子吧！」就這樣很快的答應了他的願望。杜子春非常高興，還沒等老人的話說完，他便把額貼在地上，數次的向鐵冠子叩謝。

「不，不要說這些致謝的話。儘管你已是我的弟子了，能否成為卓越的仙人，還是要你自己來決定了。——總之，先同我一塊兒到峨嵋山裏來看看吧！噢，幸好，這兒有一根落下來的竹杖，就快點兒乘著它，飛向空中去吧！」

在追隨老人的原因方面，原作是單純的感恩圖報。由於老人的身分尚未揭曉，所以杜子春雖然口中說著「惟叟所使」，心裏根本不知道老人要他做什麼。而在改作，杜子春追隨老人是爲了厭惡世人的勢利絕情，一心嚮往仙界，跟老人學習仙術。這是極重要的轉變，改作者在前二大段已開始經營，一方面使杜子春飽嘗人情冷暖、世態炎涼，一方面不斷渲染老人的神仙色彩，到這一大段杜子春吐露了厭惡世人、嚮往仙界的心願，老人也坦承自己是位仙人，二人一拍即合。改作的主題發展將和原作有所不同，至此已可斷言。在改作中，杜子春能否如願學成仙術，登上仙界，由於老人說了這幾句話：「儘管你已是我的弟子了，能否成爲卓越的仙人，還是要你自己來決定。」可見還是充滿變數。這幾句話是伏筆，用意要到第四、五大段才揭曉。改作雖因比原作先揭曉老人身分失去懸疑效果，卻增加了關鍵性的伏筆。

在追隨老人的方式方面，原作事先圓了「名教復圓」的人間心願，然後與老人悉期相見，同登華山雲臺峯。改作則刪去先圓人間心願這部分情節，而與老人同乘青竹杖飛往峨嵋山。改作所以這樣刪改，與前文情節有關：杜子春既已厭惡世人勢利絕情，自然不會再有什麼人間心願；老人既已坦承自己是仙人，自不妨公然露一手，帶徒兒乘竹杖凌雲飛行了。

此外，在寫作技巧方面，原作在第二大段中杜子春第二次見到老人，老人問他：「君復如此，奇哉！吾將復濟子幾緡方可？」子春的反應是「慚不應。」在這一大段中，子春第三次見到老人，反應是「不勝其愧，掩面而走。」這是在運用遞增效果的描寫手法，目的在使子春萌生感恩圖報的念頭。原作使用這種描寫手法有多次，而且都很成功。改作則因情節不朝使子春感恩圖報方向設計，因此在子春第二、三次遇見老人時，未採用同類筆法，而改用故意重複一句話加深印象的技巧，那就是在老人與杜子春先後三次相遇時，老人都問同樣的一句話：「你在想什麼呢？」

四

第四大段的主要內容，原作和改作都在描述杜子春在山上接受種種考驗。而在描述考驗之前，兩文都描繪了杜子春所置身的場景，以及老人對子春的一段叮嚀。

原作云：

遂與登華山雲臺峯。入四十里許，見一處屋室嚴潔，非常人居。彩雲遙覆，鸞鶴飛翔。其上有正堂，中有藥爐，高九尺餘，紫焰光發，灼煥窗戶。玉女九人，環爐而立。青龍白虎。分據前後。其時日將暮，老人者不復俗衣，乃黃冠絳帔士也。持白石三丸、酒一巵，遺子春，令速食之。訖，取一虎皮鋪於內西壁，東向而坐，戒曰：「慎勿語，雖尊神惡鬼夜叉猛獸地獄，及君之親屬為所困縛萬苦，皆非眞實。但當不動不語，宜安心莫懼，終無所苦。當一心念吾所言！」言訖而去。

改作則云：

二人所乘的青竹，不多時就降落到了峨嵋山。那是面臨深谷的一塊寬廣的岩石上，看起來是特別高的地方。中間懸掛著北斗星，像茶碗那樣大在放著光。因為原來就是行人絕跡的山，周圍萬籟俱寂，在耳邊勉強只能聽到生長在後面絕壁上的那一棵彎彎曲曲的松樹，被呼呼地夜風吹著的響聲。二個人來到這個岩石上，鐵冠子讓杜子春坐在

> 絕壁下，告訴他說：「我從現在起就要到天上去見西王母，你在這裏，等著我回來好了。大概當我不在時，會有各式各樣的魔性顯現出來，想要誆騙你。你不管發生了什麼事，也決不要出聲。如果說出一句話，你就終究不能成為仙人了。要有這種覺悟，知道了嗎？就是天崩地袋，也要默不作聲。」

原作中杜子春所置身的場景，主要是山中丹室丹爐。老人的眞正身分之謎至此才揭曉，原來他是一位道長，正在煉丹。至於爲什麼他要帶杜子春來此接受種種考驗，仍然有相當保留，因此依然保持著懸疑的效果。改作中的場景，主要是峨嵋山巔的一塊岩石，臨時休息之地，而老人就口稱到天上去見西王母而暫時離去，把杜子春留在此地接受種種考驗。改作所以如此處理，第三大段中老人說：「能不能成爲卓越的仙人，還是要你自己來決定了。」早已預示往後有種種考驗，是走向仙界之路所必須通過的。西王母云云，也正符合老人的身分。當然還有一點理由，避免與原作過分雷同。

老人叮嚀的話，原作只說「愼勿語」，並沒有進一步說出萬一發聲說話了，會有什麼後果。改作則把後果也說得一淸二楚：「如果說出一句話，你就終究不能成爲仙人了。」對一個一心一意嚮往仙界的人來說，此一叮嚀應該會支持他在任何情況之下都要忍住不說話。如果到時候竟然忍不住說話了，那就會造成震撼性的效果。兩文所以有此不同，是因爲原作對老人為何要杜子春接受這種考驗仍祕而不宣，改作則早已說得一清二楚，因此改作可以在這一點上多作發揮。

再就杜子春所經歷的種種考驗來比較，也是同中有異。相同的是來自尊神惡鬼的逼迫與刑罰，震電風雨火焰的襲擊，毒蛇猛獸的攻擊；不同的是改作刪去了原作下面這段文字的情節：

> 因執其妻來，捽於階下，指曰：「言姓名，免之。」又不應。及鞭捶流血，或射或斫，或煮或燒，苦不可忍。其妻號哭曰：「誠為拙陋，有辱君子。然幸得執巾櫛，奉事十餘年矣。今為尊鬼所執，不勝其苦。不敢望君匍匐拜乞，但得公一言，即全性命矣。人誰無情，君乃忍惜一言！」雨淚庭中，且咒且罵。春終不顧。將軍且曰：「吾不能毒汝妻耶？」令取剉碓，從脚寸寸剉之。妻叫哭愈急，竟不顧之。

這段文字，讀來眞令人髮指，有如此酷刑！有如此鐵石心腸的丈夫！就原作論原作，這稱得上是驚心動魄的情節設計；但就情節本身而論，實在為人情所難以接受，站在改作的立場，加以刪除乃是意料中事。

在這一大段中，杜子春經歷了種種考驗，始終信守對老人的諾言，寧可死，也不開口說話。到後來，神將對他沒有辦法，只好把他殺了。原作云：「將軍曰：『此賊妖術已成，不可使久在世間！』敕左右斬之。」是神將下令把他殺了。改作云：「當神將看到他並不恐懼時，怒上加怒的，迅速的喊出：『你這個頑固的傢伙，無論如何也不回答的話，就按照約定的來取你的性命吧！』於是閃動著三叉戟，一下子就把杜子春殺了。」則是神將親手把他殺了。像這一類改動，無關乎改作的主題和主要情節，也無關乎寫作技巧，只是增加一點與原作不同的成分而已。

五

第五大段是整篇小說的高潮。主要內容，原作和改作都在描寫杜子春魂魄在陰間接受閻王審問，飽嘗地獄種種酷刑，始終不開口發聲。直到最後閻王使出最厲害的一招，杜子春再也忍不住而開口發聲，終於沒有通過考驗。這最厲害的一招是什麼？是親子之愛。但原作和改作對親子之愛的運作方式，卻大不相同。這可以分二個重點來說：

其一，原作在杜子春被斬後，閻王罰他轉生爲女性：

王曰：「此人陰賊，不合得作男，宜令作女人，配生宋州單父縣丞王勤家。」生而多病，針灸藥醫，略無停日。亦嘗墜火墮床，痛苦不齊，終不失聲。俄而長大，容色絕代，而口無聲。其家目為啞女。

改作則把此段情節完全刪去，杜子春仍是男身。

其二，原作中，身爲母親的杜子春目睹幼子慘死，母性之愛突發出「噫！」聲；改作中，身爲人子的杜子春被變成兩匹瘦馬的雙親的愛子之情所感動，忍不住發聲哭叫「媽媽！」此處情節是兩篇杜子春最重要的不同。請看原文：

盧生備六禮親迎為妻。數年，恩情甚篤。生一男，僅二歲，聰慧無敵。盧抱兒與之言；不應。多方引之；終無辭。盧大怒曰：「昔賈大夫之妻，鄙其夫才不笑。然觀其射雉，尚釋其憾。今吾陋不及賈，而文藝非徒射雉也，而竟不言。大丈夫為妻所鄙，安用其子！」乃持兩足，以頭撲於石上，應手而碎，血濺數步。子春愛生於心，忽忘其約，不覺失聲云：「噫！」（原作）

「這個罪人，無論如何，也沒有要說話的樣子。」閻王皺著眉頭，好久想不出辦法。但不久看起來好像想到了什麼好主意，便對一個鬼卒說：「這個男人的父母，應該輪廻到畜生道的，快點兒帶到這裏來。」鬼立刻就乘風向地獄的空中飛舞而去。正在想著的時候，又像流星似的，驅趕著兩匹獸，驟然的在森羅殿前降了下來。看到了那獸的杜子春，不覺大吃一驚，原因是那兩匹都是體形非常瘦的馬，但臉形即或是在夢中也難以忘懷的，就是死去的父母。

「喂，你為什麼坐在峨嵋山上？如不老實供認，這次就給你的父母一點兒苦頭吃。」

杜子春雖然這樣地被恐嚇著，但仍沒有回答。

「你這個不孝的傢伙，你是即或父母受苦，只要對你方便就認為是對的啊！」閻王以連森羅殿都要震倒了似的驚人的聲音吼叫著。「打！鬼卒們，把這兩匹畜生，連骨帶肉都打碎！」

鬼卒們一齊的一邊答應著：「是！」一邊拿起鐵鞭站了起來，從四面八方把那兩匹馬毫不留情的打倒了。鞭子颼颼地在風中響著，到處像雨似地把馬的皮肉打破了。馬——成為畜生的父母，像很痛苦似的渾身亂折騰，眼裏浮現出血淚，令人目不忍睹的嘶叫起來。

「怎麼樣？你還不想供認嗎？」閻王暫時讓鬼卒們停下了手上的鞭子，又一次促使杜子春回答。但那時的兩匹馬，已經肉裂骨碎了，氣息奄奄地向階前倒伏了下來。

但杜子春一邊想起了鐵冠子所說的話，一邊拼命的緊閉著眼睛。於是那時在他的耳邊，傳來了幾乎是不能說是聲音的微弱的聲音：

「不要擔心，不管我們怎麼樣，只要你能幸福，就沒有比這再好的事了。大王無論說什麼，不願意說的就默不作聲。」

那確實是值得懷念的母親的聲音。杜子春不由得睜開了眼睛。然後有一匹馬無力的倒在地上，悲哀的用眼睛定定地望著他的臉。母親在這樣的痛苦中，還為兒子著想，對被鬼卒們鞭打的事，還一點兒怨色也看不出來。這與成了大富翁就來說奉承的話，變成了窮人就不理睬的世人來比，是多麼令人感激的盛情啊！杜子春忘掉了老人的戒言，像要跌倒似的跑到了身邊，雙手抱住了半死的馬頭，淚一邊滾滾地流了下來，一邊喊出了一聲：「媽媽！」

杜子春無法熬過的一關，原作和改作都設定在親子之愛上。但在原作，是單方向的母親愛子之情，因此原作先有一段杜子春轉生為女性以及結婚生子的情節；到了改作，就改寫成雙向的親子之情，以變成瘦馬的雙親甘願為兒子作一切犧牲無怨無悔來表達雙親愛子之情，而以人子的感恩和孝思回應雙親的愛子之情。原作在第四、五大段節節升高的種種考驗中，一連串使用「皆不對」「竟不應」「神色不動」「端坐不顧」「又不應」「終不顧」「竟不顧之」「竟不呻吟」「終不失聲」「終不能對」之後，最後才發出「噫！」聲。改作前半襲用原作的寫法，到後半讓母子雙方都爆發出至情至愛，而由兒子哭喊出一聲「媽媽！」這兩枝生花妙筆，對小說高潮的處理，眞是功力悉敵。當然，如果有人認爲改作青出於藍而勝於藍，筆者也不反對。

六

第六大段是高潮過後的結局，整篇小說的主題在此完全呈現。原作的主題在仙才難得，愛子之情難忘；改作的主題在推崇親子之情，肯定人間生活。前文五大段所有筆墨的作用都凝聚在各自的主題上。

請看這一大段中主要部分的文字：

噫聲未息，身坐故處。道士者亦在其前。初五更矣。見其紫焰穿屋上，大火起四合，屋室俱焚。道士嘆曰：「錯大誤余乃如是！」因提其髮投甕中。未頃，火熄。道士前曰：「吾子之心，喜怒哀懼惡慾皆忘矣，所未臻者，愛而已。向使子無噫聲，吾之藥成，子亦上仙矣。嗟乎，仙才之難得也。吾藥可重煉，而子之身，猶為世界所容矣。勉之哉！」遙指路使歸。（原作）

當發覺到那個聲音之後，杜子春仍然沐浴著夕陽，在洛陽的西門下，呆呆地佇立著。薄露的空中，白色的彎月，不斷的行人與車流——一切還是同沒有到峨嵋山去一樣。「怎麼樣？成為我的弟子這件事，怎麼也不能成為仙人了吧？」偏盲的老人一邊含著微笑一邊說。

「不能。雖然不能，可是對於沒有能成這件事，反而使我很高興。」杜子春眼睛仍浮現出淚珠，不由得握住了老人的手。「儘管如何的想成為仙人，但我在那地獄的森羅殿前，看到受鞭笞的父母，是無法保持沉默的。」

「如果你保持沉默的話——」說到此，鐵冠子馬上變成嚴肅的面孔，定定地注視著杜子春：「如果你默不作聲的話，當時就會斷絕你的性命。我已這樣的想過。——你已經不再存有成為仙人的願望了。成為大富翁的事，也一定會比原來更為討厭了。那麼你從這以後，想成為什麼好呢？」

「不管成為什麼，打算過著有人情味兒的正直生活。」杜子春的聲音，籠罩在從來所沒有的高高興興地氣氛中。（改作）

原作的主題，充分透露在「道士前曰」這一段話中。所謂「嗟乎！仙才之難得也。」仙才之所以難得，因爲人稟七情，其中愛最難忘。所謂：「吾子之心，喜怒哀懼惡慾皆忘矣，所未臻者，愛而已。」作者爲了表現此一主題，前文第一、二兩大段中老人三度贈金杜子春，心中已認定他是仙才人選；四、五兩大段讓杜子春接受節節升高的種種考驗，在最後一關凸顯了親子之愛最難割捨。

改作的主題，卻在推崇親子至情，肯定人間生活上。杜子春對老人說：「不管成爲什麼，打算過著有人情味兒的正直生活。」無異是正式的宣告。改作呈現主題，可以分爲三個進程，依次是讓杜子春飽嘗人情冷暖、世態炎涼——厭棄人間，嚮往仙界——發現親子至情、肯定人間生活。前二進程可以說是主題的反方向操作，到末一進程突然扭轉方向，挾著震撼性效果正面展現主題。

由於兩文的主題不同了，杜子春和老人分手重返人間生活的情形也就不同。原作中，老人嘆曰：「錯大誤余乃如此！」杜子春面對老人如此深沉的指責，內心的愧恨不言可知。原作在文末還有幾句尾聲：「子春既歸，愧其忘誓，復自效以謝其過。行至靈臺峯，絕無人跡，嘆恨而歸。」子春雖然留在人間，但是內心這份愧恨，是此生無法彌補的了。而在改作中，老人和杜子春的心情都是愉悅的。子春以重新肯定人間有至情，值得生活下去而感到慶幸，而老人也爲杜子春這一轉變感到欣慰。改作全文以老人對子春的臨別贈言結束：

「喂，正好，現在想起來了，我在泰山南麓有一幢房屋，那個家就專屬於你的好了。

快一點兒去住吧！現在剛好在家的周圍，開滿著一片桃花呢！」

這段話不但表達了老人對杜子春重返人間的嘉許，而且以「開滿著一片桃花」來象徵人間生活的美好，要子春趕快去把握。老人此一心意，從第三大段中他試探子春：「那麼從今以後即或是貧窮，也打算安樂的過生活嗎？」以及聽說子春要求拜師學仙時「老人皺著眉頭，沉默良久，好像在想什麼。」一直到第六大段老人說：「如果你默不作聲的話，當時就會斷絕你的性命。」早已有脈絡可尋。

杜子春改作和原作的不同，已逐段比較分析如上。有關表現技巧的得失，也已多有論及。現在可以探討一下改作者從事改作的動機了。一般來說，在文學創作中，選定一篇原作加以改寫，原作什九不是一流作品，還有可以加強加精的發揮空間。但李復言的〈杜子春〉，有豐富的內容，精煉的寫作技巧，絕對稱得上是一流作品。改作者爲何要選擇這麼一篇名作來下手？這不是自找麻煩嗎？據筆者推測，改作的動機可能不外下列二者：

其一，對原作的主題不表贊同。原作的主題：仙才難得，人之七情是成爲仙才的障礙，其中親子之愛是最大的障礙。站在神仙至上的立場，自然言之成理。可是在一般重視人間情愛的人看來，把人間情愛，尤其是親子之愛賦予負面的意義，就未必能夠認同。就改作把主題轉變爲推崇親子至情、肯定人間生活，而且運用先採反方面然後強力逆轉正方向的呈現方式，以及第五大段諸般考驗中刪除原作杜子春面對妻子受種種酷刑而「終不顧」「竟不顧之」的情節，此一推測是極有可能的。

其二，有意與原作在寫作技巧上一較高低。原作的寫作技巧可圈可點，有目共睹。改作者選擇此一對象下手，正爲展現自身功力，與原作一較高低，就改作連題目都沿用原題，以及多處運用與原作技巧不同的技巧來寫作，此一推測也是極有可能的。

如果動機是前者，改作是成功了，改作已以震撼性的效果強力呈現了新的主題。如果動機是後者，改作也沒有失敗，雖然兩文在細部技巧上互有短長，但都在水準以上。整體而觀，兩文稱得上是功力悉敵，旗鼓相當。

（八十二年六月王叔岷先生八十壽慶論文集）

肆、戲　劇

元刻古今雜劇牌名補正

元刻古今雜劇三十種，科白不全，僅存曲文。以其爲「元刊的本」，未經後人竄改，故爲治曲之珍貴資料。但原本出於坊間，謬誤百出：字多訛別，尚無大害；而牌名挩誤，往往使釐訂曲調者爲之惶惑，影響甚大。茲據鄭因百師之北曲新譜稿，參照正音、廣正、大成諸譜及元曲選，就三十種劇逐調校勘一遍，舉凡牌名挩者補之，誤者正之，得後列三十一條，於曲調之學，或不無小補也❶。

一、西蜀夢第一折第五章：

〔醉中天〕若到荆州內△半米兒不宜遲△發送的關雲長向北歸△然後向閬州路上轉馳驛△把關張分付在君王手里△交它龍虎風雲會△

❶ 本文所引曲文，均經析定正襯，並以△。標明叶韻與否。其假借訛別字，悉照錄原書，未予改動；惟因字之挩誤而影響格式時，則另加註語。格式說明中之七乙，係指上三下四七字句，與上四下三普通七字句有別。

案此章係醉扶歸，原題醉中天，誤。元人作品，此兩調每互蒙其名，蓋醉扶歸用「五△五△七△五△七乙△五△」六句，醉中天用「五△五△七△五△六△四△七乙△」七句，兩調前四句同，第五句七乙與六原可互變，則其異僅在末端，醉扶歸用五字一句，醉中天用四字一句、七乙一句，故極易相混。

二、**西蜀夢第一折第七章：**

〔醉中天〕義赦了嚴顏罪△鞭打的督郵□△當陽橋喝回個曹孟德△倒大個張車騎△今日被人死羊兒般剁了首級△全不見石亭驛△

案此章係醉扶歸，原題醉中天，誤。

三、**趙元遇上皇第一折：**

〔醉中天〕春里斷呵春暖群芳收。（當作放叶韻）夏里斷呵夏暑芰荷香△秋里斷呵金井梧桐敗葉黃△冬里斷呵瑞雪飛頭上△天有晝夜陰晴，人有旦夕禍福，人生死子在一時半晌△斷了金波綠釀△卻不我等閑的虛度時光△交我村舍里伴芒郎△養皮袋住村坊△每日風吹日炙將田耩△和那沙三趙四受風霜△怎能勾百年渾是醉。甚的是三萬六千場△那兩件敢休交野花攢地出。我則怕村酒透瓶香△

案醉中天當止於「等閑的虛度時光」句；自「伴芒郎」以下八句係金盞兒，原書失題，致兩調連而為一。

四、楚昭王第三折：

〔四煞〕怕不代 相隨相從相將去△子怕逢 虎將无人祭祖△各 分路逃生。兩下里 禱告青虛△你 心肝後 休逢柳盜拓。我尸首全 休撞着子胥△

案此章當爲耍孩兒，原題四煞，誤。因般涉煞曲之前，必先用耍孩兒，而此章之前爲滿庭芳，並無耍孩兒。再就格式言，般涉煞用「三。三△七△七△七△三。四。四△」八句，與上錄曲文懸殊。耍孩兒用「七△六△七。六△七。七△三。四。四△」九句，此章第三句變爲四字，並挩七、八、九三句，曲文不全。元曲選本此章正題耍孩兒，曲文全，諒係臧懋循所補。

五、任風子第三折第十一章：

〔么〕第一來將女色 再不侵。第二來把香醪 再不乞△堆金積玉成何濟△人生一世心都愛△誰爲三般事不迷△跳出 紅塵內△尋泛 錦槎天浪。爛 斧柯仙碁△

案此章之前爲耍孩兒，其後爲五、四、三、二諸煞，則此章當題六煞，原題么，誤。耍孩兒之么篇，格式與其本調全同，與煞曲不同，此章格式爲煞曲。

六、老生兒第一折：

〔鵲橋仙〕你便待 把它賣△不思量 我年邁△然是雙身。不是重胎。倂了它也 當家的 人容。（當作客叶韻）送了人也 人世浮財△

案此章係鵲踏枝，原題鵲橋仙，誤。鵲橋仙係詞牌，北曲無。

七、**三奪槊第二折：**

〔鬥奄亭〕那將軍剗馬騎單鞭搭△論英雄半勇躍△它立下功勞。怎肯伏低做小△倚強壓弱△不用呂望六韜△黃公三略△但征敵處操抱△相持處懺懆△那鞭若脊梁上抹着△忽地咽喉中血（此處疑挩冒字，叶韻）我道來來來它煩煩惱惱△焦焦燥燥△滴溜扑那鞭着△交你悠悠地魄散魂消△你心自量度△匹頭上把他標寫在淩煙閣△論着雄心力。劣牙爪△今日也合消△合消封妻廕子。祿重官高△

案此章爲鬥蝦蟆，原題鬥奄亭（奄亭係鵪鶉之省），誤。鬭蝦蟆例用「三。三△四△二△七△三。三△二△四。四△」十句，第三、四句間可任意增四字句或六字句。此章共增十二句，全係四字。或以此章爲鵪鶉兒，蓋太平樂府朱庭玉「慵鋪翡翠衾」套有鬥鵪鶉一章，經太和正音譜收入，改題鵪鶉兒，北詞廣正譜從之，蓋示與中呂及越調鬥鵪鶉有別，然鵪鶉兒用「四。四△四。四△七△三△三△四。四△」九句，格式與此章曲文懸殊，故此說不確。

八、**氣英布第三折：**

〔小梁州〕那時節偏沒這般淹證侯△陡恁的納諫如流△輕賢傲士慢諸侯△无勤厚△惱犯我如潑水怎生收△〔唱〕被聖恩威攝的忙饒後△見笑吟吟滿捧着金甌△見他忙勸酒△

施勤厚△哎無知禽獸△英布你如臘鎗頭△

案唱字前爲小梁州本調，後爲么篇，故唱字當題作么字。

九、趙氏孤兒第四折：

〔堯民歌〕想着銜寃父母△拿住那讒佞賊徒△着那廝騎着木驢△剮那廝身軀△爛剁了它嬌兒幼女△不落下一口兒親屬△今日人還害你你如何△子你是趙氏孤兒護身符△着那廝滿門良賤盡遭誅△你看我三尺龍泉血模糊△須臾△須臾△前生廝少負△今日填還去△

案上錄曲文，前六句係十二月，後八句爲堯民歌，兩調可分題，亦可於十二月上合題「十二月帶過堯民歌」。原書逕於十二月上題堯民歌，殊爲失當。薛仁貴、貶夜郎、竹葉舟三劇亦有此誤。

十、紫雲庭第二折：

〔一枝花〕只教我。立化做。一塊望夫石△我便似病人冲太歲△他管也小鬼見鍾馗△腌才料。風短命。欠東西。〔么〕百里里△演收拾△嗏早則不席前花影座間移△恰便似鶻鶚分開鶯燕期△虎狼衝散鳳鸞棲△

案西字原闕，據文義及韻補。首數句如析爲「只教我立化做一塊望夫石△我便似病人冲太歲△他管也小鬼見鍾馗△」頗似一枝花殘句，然卻非是，因病人小鬼兩句，按其平仄，只能作一枝花第三、四句看，而一塊望夫石句又與第一、二兩句皆不合也。今斷爲感皇恩之後八句。蓋原書一枝花曲文挩落，僅存牌名，其後又挩去若干曲及感皇恩之首二句耳。病人太歲兩句變四字爲五字，雖似不合，元人非無其例；此用成語，更可通融。么篇一章，則爲採茶歌；此調例接感皇恩用，從無么篇，么字係誤題。百里里句與採茶歌首句平仄小異，義亦難通，似是百忙里之誤。又鵰鶚分開鶯燕期句平仄亦與採茶歌相反，當係作者疏忽耳。

十一、紫雲庭第三折：

〔鮑老兒〕從來撒欠颩風愛恁末△敲才猶自不改動些兒個△你這般忍冷躭飢覓着我△越引起我那色膽天來大△我每日千思萬想。想眠立盹。不是成活△這般山長水遠。天遙地闊△不想你直來阿△送的人赤手空拳難過△都是俺舌尖上一點砂糖唾△越精細的越着他△怎出俺這打多情地網天羅△且說俺這小哥哥△爲俺躭驚受怕△波迸流移。冷落了讀書院。一就把功名懶墮△自儘交萱堂有夢。並不想蘭省登科△幾時得兩扶紅日上青天。空望着一片白雲隔黃河△則共我這般携手兒相將。舉步而同行。他將所事滿心兒快活△

案鮑老兒止於「你直來阿」句，自「赤手空拳難過」句以下爲哨遍，原書失題，致連成一章。

十二、汗衫記第三折：

〔小梁州〕這半壁衫兒是我拆開△你可是那里將來。二十年前有家才△我是張員外△家住在馬行街△當年認得不良才△是俺一家兒橫禍非災△俺孩兒去做客△離鄉外△趁着黃河一派△一去不回來△

案小梁州本調止於「家住在馬行街」句，自「當年認得不良才」句以下係其么篇，原書失題。

十三、薛仁貴第一折：

〔醉中天〕天子交微臣坐都堂食君祿△子索行王道化風俗△豈不聞舉枉錯直民不伏△交兩個就殿下把輸贏賭△贏了的朝野內崢嶸侍主△輸了的交深山里鋤刨去△

案此章係醉扶歸，原題醉中天，誤。

十四、薛仁貴第三折：

〔堯民哥〕你把我扌丫揉了面皮△我把你扯住衣袂△不學他緝麻土布。倒苧番機△不學些眞純老穴△子待要弄盞傳杯△滿城里沒你這般歹東西△我死了休你送寒衣△你便上青山一化做望夫石△不與俺窮漢做活計△吡吡△婆娘婦女每△子待每日醺醺醉△

案上錄曲文，前六句爲十二月，後七句始爲堯民歌，原書總題堯民歌，殊爲不當。

十五、薛仁貴第四折：

〔陣陣贏〕你撇下兩口兒老爺娘。卻怎生一去不來家△流落在天涯△盼你似蝶戲鏡中花△

案陣陣贏即得勝令，例用「五△五△五△五△二△五△二△五△」八句，此章僅五字四句，似非得勝令，且元劇聯套中亦未見逕以得勝令用於首章新水令下者。雁兒落例作五字四句，新水令下接用雁兒落者有關漢卿切鱠旦、鄭廷玉忍字記兩劇，故疑此章應是雁兒落，以雁兒落、得勝令兩曲常帶用，故牌名誤題。至此章平仄與雁兒落不合，或係作者疏忽所致。

十六、貶夜郎第二折：

〔堯民哥〕也不宜幞頭象笏△玉帶金魚△金貂綉襖。眞紫朝服△臣再洪飲天之美祿△倘或問少下青蚨△也強如鳳城春色典琴沽△白馬紅纓富之余△披一襟瑞靄出天衢△攜兩袖天香下蓬壺△須臾△須臾△行過長安市上去△便是臣衣錦還鄉去△

案上錄曲文，前六句爲十二月，後八句始爲堯民歌，原書總題堯民歌，殊爲不當。

十七、鐵拐李第一折：

〔醉中天〕你問他住在村鎮居在城郭△你問他當甚夫役納甚差徭△你問他開鋪席爲經商做甚手作△你與我審個住處知個名號△待不得三朝五朝△必把俺坐解的寃讎報△

案此章係醉扶歸，原題醉中天，誤。

十八、鐵拐李第二折：

〔端正好〕設若你庄裹到二十重。三十件△妻呵你道是我治下我死合穿△知他這土坑中埋我多深淺△叹妻呵庄裹殺誰人見△妻呵非是你賢△你須索聽我言。這衣服且休說万針千線△或單或夾或綿△你如今出下業寃。到明日陪着死錢△這衣服你與我但留取幾件△怕你那子母一受貧窮的時節留與你典賣做些盤纏△不強似纏尸裹骨棺函內爛。留着些或時遇着熱逢着寒與你每子母穿△省可里熬煎△

案端正好當止於「庄裹殺誰人見」句，自「非是你賢」以下十一句係滾繡球，原書失題，致連成一章。

十九、鐵拐李楔子：

〔賞花時〕火坑內消息兒我敢踏△油鍋內錢財我敢拿△折沒它能跳塔快輪踏△今日在陰司下折罰△將我去番滾滾油鍋內叉△我這里扯住環絛禮拜它△□□道火焚了尸骸好交我沒亂殺△則我這妻子軟癱□△我一靈兒到家△有如枯樹上再開花△

案賞花時本調止於「番滾滾油鍋內叉」句，「扯住環絛禮拜它」以下五句係其么篇，原書失題。元曲選本分別題明。

二十、鐵拐李第三折：

〔梅花酒〕一壁相官事將門繫△一壁相衣食催逼△妳妳飢孩兒把它央及△那婦人人才勾

七八分。年幾不到四十歲△我若時去的遲。有它那歹婆娘使心機△使心機到家里。到家里廝成計△廝成計寄東西△寄東西買珠翠△買珠翠指良媒△指良媒怎支持△怎支持他會人賊△不中則怕那會人賊羸勾了我腳頭妻△腳頭妻害怕便依隨△若時依隨了他一便怎相離△我在他這里△我這里得便宜俺渾家他那里落便宜△案梅花酒止於「怎支持他會人賊」一句，以下五句係收江南調，原書失題，致與梅花酒連成一章。元曲選本則已分別題明。

二十一、鐵拐李第三折：

〔古調大青哥〕則它那退猪湯不熱似俺那研濃墨。則它那殺猪刀不快似俺那圓尖筆△殺生害命爲活計△作業□知△是覓了幾文錢。拗事爲非△俺也曾慘可活吃民心髓△抵多少猪肚猪皮△你倚仗秤大小瞞心昧己△我倚仗着濃血債覓衣食△你瞞人怎抵俺傷人義△這的是東行不知西行利△

案上錄曲文，首兩七字句爲三煞，末兩七字句爲二煞，中間八句係太清歌，此三調雖常連用，仍宜分別題明。原書以古調大青哥（大青哥係太清歌之省）概題三章，似屬不當。

二十二、鐵拐李第四折：

〔醉春風〕恩愛重如山。侯門深似海△我入門來推我一個腳稍天。這婆娘好歹△也好歹△劈面抓撓。勇身推搶。可甚麼 降堦接待△諕的我 驚魂喪魄△呂先生 勉罪消灾△閻羅王 饒了我性命。聽得道 火焚了我 尸骸△陰司下无處擺懷△好交我哀□哀哀△

案醉春風止於「降堦接待」句，「驚魂喪魄」句以下係十二月，原書失題，致與醉春風連成一章。元曲選本則已分別題明。

二十三、鐵拐李第四折：

〔鮑老兒〕官司將牛馬禁。私地里將 母猪宰△懸羊頭 賣犬肉 賴人錢債△倚仗着 秤兒小刀兒快△ 呀你一人 有德行 吾師卻才 到來△我這里 展腳舒腰拜△荒荒忙忙。窮窮苦苦。不由我 喜笑盈腮△

案上錄曲文，前四句係快活三，自「有德行 吾師卻才 到來」句以下始爲鮑老兒。原書以鮑老兒總題兩章，誤。元曲選本則已分別題明。鮑老兒例用「七△五△七△五△四。四。四△四。四。四△」十句，此處僅「七△五△四。四。四△」五句，或係其減格。元曲選本於首句「有德行 吾師卻 才 到來」上增「你正是拾的孩兒落的摔△ 待向我細切薄批賣」兩句，題曰鮑老催，蓋亦鮑老兒之減格。

二十四、霍光鬼諫第二折：

〔耍孩帶四煞〕 既 君王聖怒難分辨△ 便是老 性命滴溜在眼前△這場羞辱怎禁當。 好交我低首无言△天言聖怒難分解。惱犯着 登時斬在 目前△人皆倦△ 輕呵杖該一百。 重可流

地三千△

案此章係要孩兒，未帶四煞，原書牌名誤題。

二十五、**霍光鬼諫第三折第五章**：

〔倘秀才〕臣披不的金章紫綬△剛道的個誠惶頓首△臣講不的舞蹈揚塵三扣頭△感陛下恃恰念。舊公侯△親自來問候△陛下開赦書撒放罪囚△薄稅斂存恤戶口△隨路州城把廟宇修△誅不擇骨肉△賞不避仇讎△恩從上流△

案倘秀才本調當止於「親自來問候」句，「開赦書撒放罪囚」以下六句係其么篇，原書失題。

二十六、**范張鷄黍第一折**：

〔醉扶歸〕母親道一句何其准△不曾到半箇時辰△小生雖貞你更貞△數日前早備下美饌篘下佳醞△量這些時人軍別无甚孝順△何須得母親勞困△有多少遠路風塵△

（末句原挩，此據雍熙樂府及元曲選本校補。）

案此章係醉中天，原書牌名誤題。

二十七、**范張鷄黍第三折**：

〔三煞〕待不去呵逆不過親眷情。待去呵應不過兄弟口△想對床風雨幾春秋△只落得墳頭上一盃澆奠酒△從今後後△再相逢枕席上黃昏時候五更頭△

案此章係醋葫蘆，原題三煞，誤。其上章爲醋葫蘆，則此章當題作么篇。

二十八、范張鷄黍第三折第十五章：

〔么〕則被這君地子徵將我緊逼逐△並不肯相離了左右△今日不得已也且隨衆還家。別奉日絕　早到墳頭△我與你墓丁憂△（上句當用四字墓上似挽廬字）一片心雖過當无虛謬△早是這朔風草木偃。落日虎良愁△你覷這四野田疇△三尺荒丘△魂魄悠悠△誰問誰偢△欲去也傷心再回首△

案原書題此章爲醋葫蘆之么篇，誤。元曲選本題作高過浪來里。北詞廣正譜所收馬致遠黃粱夢劇高過浪來里，用「四△四△四△七△五。五△四△四△四△四△四△七△」十三句，此章前排四字句較黃粱夢增二句，後排則減二句，蓋本調之又一格。

二十九、范張鷄黍第四折：

〔耍孩兒〕微臣怎敢學周黨△陛下遵先帝率由舊章△微臣本貫在山陽△幼年父母雙亡△三公若是无伊呂。四海誰知有范張△臣北張邵无名望張邵多名望△張邵德重厚如曾顏閔冉。張邵才正似賈馬班固張良△微臣犬馬年雖長△學問索持膺納降△平生師友不能忘△微臣有終身不斷心喪△想漢朝豈无良史書姓北。衆文武自有傍人話短長△臣舉一人才可以□元戎將△似微臣常人有數。如此公國士无雙△

案耍孩兒本調止於「班固張良」句，自「微臣犬馬雖長」以下九句係其么篇，原書失題。

三十、周公攝政第一折：

〔六么令〕不爭俺棄卻周天下。永別離老兄弟。交誰憂念四海生靈△鳳凰雛羽未全成△黎牛子角未能騂△然如此把後朝遣祝的分明△耳邊聽口不住稱神聖△臣惟能喏喏連聲△臨大節怎敢違尊命△飲依聖教。死後愚誠△

案此章係六么序，原題六么令，誤。兩調牌名雖相似，然格式懸殊，不容相混。

三十一、周公攝政第四折：

〔川撥棹〕我一腳地過江淮△怎生便禍從天上來△是怨氣沈埋△被元氣冲開△雷震瑤臺△風古霾△（上句當作四字疑霾上挩陰字）您怎生泄理陰陽。調和鼎鼐△那風滅乾坤攪世界△走砂石昏日色△堰田禾傷稼穡△拔林木到殿堦△

案此章係梅花酒，末四字皆折腰六句可證；原題川撥棹，誤。

（四十五年六月學術季刊四卷四期）

元人雜劇本事補考

序言

嘗思雜劇之構成，項目凡二，一曰曲文，一曰事實，而事實尤爲全劇之間架。曲文捨此，無所附麗，正如綠葉之於枝條，肌肉之於骨骼。奈昔人讀劇，每專注於曲文之美，聲律之微，而忽畧全劇之關目情節。擷華棄實，誠所未喩。然事實之演述，端賴簡潔之賓白與謹嚴之結構；元人雜劇，賓白多嫌冗漫，結構每傷鬆懈。遂使讀者一編在手，輒感茫然，曲文、事實，勢難兼顧。其專注於曲文之美，聲律之微，蓋勢有必至也。倘能提綱挈領，扼要敍述，使讀者於全劇事實，了然胸中，再進而讀本劇，自能以簡馭繁，而無支離蔓衍之感矣。抑有進者，元人作劇，恆取材於前人載籍，甚少創構。此因由於當時戲劇之形式，完成未久，作者之想像力不足；且又憚於異族專政，不敢以現實爲題材。而往昔之史書筆記中，儘有動人視聽之故事，採之不竭，演之不盡，亦復不必勞神苦思，構繪故事以寫劇也。故節述劇情之外，題材來源之考證，亦所必需。此黃文暘曲海總目提要，傳奇彙考及王季烈孤本元明雜劇提要，三書之所由作也。然三書所述，尚有遺珠。今復考得曲文賓白完全之元人雜劇謝天香等凡十九種，皆三書所未收。畧師三書之意，而變其體裁，分折節述每劇之本事，兼考其來源演變，名之曰「元人雜劇本事補考」。取便覽觀，難言述作，聊補不備而已。

一、錢大尹智寵謝天香

簡稱謝天香，關漢卿作。有元曲選本，新續古名家雜劇本。

本事——

錢塘郡人柳永，字耆卿，性風流，嗜花酒。遊學至開封府，結識上廳行首謝天香，相處既久，兩情相契。時值三年大試之期，天香爲耆卿理就行裝，囑其早日上京，免誤考期。耆卿將行之日，府中樂探執事張千來告天香曰：「新任開封府錢大尹蒞任，明日須往參謁。」耆卿聞言詢曰：「是波斯錢大尹乎？」曰：「然。」耆卿大悅。天香詢之，答曰：「錢大尹名可，字可道，耆卿之同堂故友也。今日且不發，明日往訪之，庶可以卿相托。」天香亦喜。（以上楔子）

翌日，耆卿往訪錢大尹。大尹一見，歡然道故，並命設宴，殷勤款待。宴罷，耆卿辭出，於門外見天香，猛省此來爲托大尹看顧天香，席間竟忘言之，急返身復見大尹曰：「弟行將進京，謝氏無靠，賴兄看顧，感同身受。」大尹頷之。耆卿乃辭出，復見天香於門外，忽慮大尹遺忘所托，復入見之。如是者五次，大尹不勝其煩，乃責耆卿不應躭於女色，自誤前程。耆卿負氣而出，首途赴京。天香餞之於城外，張千亦陰奉大尹之命來送。耆卿贈天香定風波詞一首，然後長行而去。詞云：「自春來慘綠愁紅，芳心事事可可。日上花梢，鶯喧柳帶，猶壓香衾臥。煖酥消膩雲髻，終日厭厭倦梳裹。無奈，想薄情一去，音書無箇。早知恁麼，悔當初不把雕鞍鎖。向鷄窗收拾，蠻箋象管，拘束教吟和。鎭日相隨莫抛躲，針線拈來共伊坐。和我，免使少年，光陰虛過。」（以上第一折）

張千返，以詞告大尹。大尹益重耆卿才調，欲拯之於風月場中，乃設一計，命召天香歌此詞。蓋詞中有其名諱「可可」二字，天香歌之，即坐以罪；既爲罪人，則耆卿自與之絕矣。豈知天香機警逾人，復得張千暗中提示，臨歌易「可可」爲「已已」。大尹見計不遂，更令天香將原詞歌戈韻改作齊微韻，有誤仍罰。於是天香歌云：「自春來慘綠愁紅，芳心事事已已。日上花梢，鶯喧柳帶，猶壓香衾睡。煖酥消膩雲髻，終日厭厭倦梳洗。無奈，想薄情一去，音書無寄。早知恁麼，悔當初不把雕鞍繫。向鷄窗收拾，蠻箋象管，拘束教吟味。鎭日相隨莫抛棄，針線拈來共伊對。和你，免使少年，光陰虛費。」大尹聞而嘆服，乃改變初衷，以玉成其事自任。但思天香身爲上廳行首，迎新送舊，有辱耆卿聲名，乃佯言收天香爲侍妾，除名樂籍，命入居錢府。（以上第二折）

時光迅速，轉眼三載。其間大尹固未嘗一親天香，而天香亦不知大尹之意。一日，天香正偕大尹之兩侍妾於花園中作骰子戲，大尹扶杖來至園中，兩侍妾遙見其來，相繼避走；獨天香不知也。大尹至天香身後，以杖觸其肩，天香怒拒其杖，曰：「何物狂奴！」旋回首視之，乃見大尹，懼而求赦，大尹命作詩一首贖罪。天香乞題，大尹以杖指骰子曰：「以此爲題。」天香即吟詩曰：「一把低微骨，置君掌握中，料應嫌點涴，抛擲任東風。」蓋自喻身世也。大尹諳其意，笑曰：「此所謂情動於中而形於言也。」遂報以一詩云：「爲伊通四六，聊擎在手中。色緣有深意，誰謂馬牛風。」而天香固不解詩中之意也。大尹復曰：「不日余將立汝爲小夫人。」天香唯唯而已。（以上第三折）

曾幾何時，耆卿在京欽授狀元，誇官三日。大尹聞訊，命張千候於途中，強邀至宅。既至，大尹設宴慶賀，把盞曰：「恭賀賢弟欽授狀元。」耆卿辭曰：「弟拙於酬飲，望兄恕罪。」蓋耆卿已知大尹收天香爲侍妾事，私心頗爲怨恨也。大尹解其意，乃召天香出堂陪飲。天香至堂上，見座中貴客乃耆卿，不由驚喜交集；耆卿亦然，以礙於大尹，未能一敍舊情。至是，大尹乃盡吐實情，然後命送天香至狀元府，與耆卿團聚。耆卿、天香始悟大尹之苦心，拜謝不置云。（以上第四折）

考證——

柳永生平，史傳不詳，僅散見於新編醉翁談錄、山堂肆考、情史、淸平山堂話本、古今小說、後山詩話以及詞苑萃編等書中。諸家傳述，雖互有詳略，但咸稱永倜儻不羈，詞華絕世，以失意於功名，溷跡煙花叢中，日與諸妓飲酒塡詞，備受妓輩擁戴。今此劇所演，亦永之本色。然劇中言永狀元及第，則爲他書所無。蓋永爲景祐進士，未嘗中狀元也。又永爲建寧崇安人，劇中作錢塘郡人。按淸平山堂話本等書皆云永嘗作餘杭縣宰，竊疑即由此誤傳作錢塘郡人耳。

謝天香其人無考，諸書載柳永往來之妓有陳師師、徐冬冬、趙香香、周月仙、謝玉英等，而無謝天香。謝玉英事見古今小說衆名妓春風弔柳七篇，略謂：柳永赴餘杭縣宰任時，嘗過江州，訪名妓謝玉英。玉英慕其名，遂訂白首之約焉。三年後，柳永任滿，再赴江州訪之。玉英自永別後，杜門謝客；逾年，以生計所迫，無奈重理舊業。永既至江州，聞悉其情，憤而遺詩諷之，逕返東京。玉英見詩，追踪至京，見永於陳師師寓，遂重諧舊好，同居若夫婦。及永歿，玉英爲之衰絰守孝；不久，哀傷以死，葬於樂遊原柳永墓旁云。其事與劇情迥異，則謝玉英固非謝天香也。

錢可亦見於緋衣夢雜劇中，爲官淸正，斷決如神。然考諸載籍，並無其人，諒爲當時傳說中人物。

按宋代都城開封，劇中既言者卿居於開封，而又言其長行上京應試，未知所上何京？及既中狀元，誇官之日，則又在開封。時地不辨，殊爲可哂。然此固元人通病，不獨關氏爲然也。

二、感天動地竇娥寃

簡稱竇娥寃，關漢卿作。有元曲選本，新續古名家雜劇本，酹江集本。

本事——

竇天章者，長安飽學之士也，以時運不濟，功名未遂，流落楚州。其妻早年亡過，僅七齡女兒端雲，相伴度日。初，天章曾向楚州寡婦蔡婆借銀二十兩，期滿之日，該還本利共四十兩。但天章一貧如洗，無力歸還。一日，蔡婆至天章家，曰：「若得端雲爲養媳，此錢不可還也。」天章計無所出，黯然許之。端雲至蔡家之日，天章再三告蔡婆曰：「小女年幼無知，幸善待之。」蔡婆曰：「既爲我媳，即我女也。君其放心。」語畢，復餽銀十兩，作進京應試之費。天章謝而受之，囑端雲曰：「女其善事婆婆，勿以吾爲念。」遂揮淚而去。端雲悲泣不已。（以上楔子）

八度寒暑，端雲年已二八，遂與蔡婆之子成婚，改名竇娥。復三載，蔡子病亡，竇娥居喪守寡。一日，蔡婆至三陽縣南門藥舖中，向綽號賽盧醫者索債。賽盧醫無錢可還，心生毒計，誑蔡婆至城外荒僻處，驟出懷中麻繩，欲勒斃之。蔡婆疾呼「救命！」得路人張老與其子驢兒聞聲趕至，賽盧醫遂棄繩而逃。張氏父子既救蔡婆，詢曰：「婆何以至此，家中尚有人否？」蔡婆以實告之。驢兒聞悉其家中僅有婆媳二人寡居，遽起不良之意，曰：「吾父子皆無婦，汝婆媳皆無夫，正天生兩對佳偶也。」言畢，欲偕赴其家成親。婆蔡拒之，張老父子曰：「麻繩猶在，汝不懼耶？」蔡婆懼而從焉。既至家，以始末告竇娥。竇娥堅持不從，並以大義相勸。蔡婆赧然，然亦無計逐張老父子矣。於是婆媳父子，雜居一家。(以上第一折)

張驢兒以竇娥之凜然不可狎也，遷怒於蔡婆，欲藥之死。一日，驢兒至南門藥舖買毒藥，舖即賽盧醫所設者也。初，賽盧醫不允；經驢兒發覺彼即當日謀害蔡婆者，以官司要挾，賽盧醫無奈與之。驢兒既得毒藥，欣然返家，適逢竇娥爲蔡婆烹羊肚湯，遂遣開竇娥，盡傾毒藥於湯中，然後命竇娥持湯進焉。蔡婆既接湯，忽覺頭昏目眩，不思進食，轉授張老。張老食未移時，七竅流血而死。驢兒見狀，遂誣竇娥藥死其父，曰：「汝若從吾，與吾成親，則此事可罷；不從，吾且告官。」竇娥曰：「汝自藥死之，干妾底事？」驢兒威脅不成，惱羞成怒，遂扭竇娥至官。會楚州太守桃杌昏庸貪污，不審情由，欲將竇娥屈打成招。竇娥忍痛不屈，太守無奈，命杖蔡婆。竇娥恐婆之不禁杖刑也，乃含寃招認，於是被判明日處斬。(以上第二折)

明日，竇娥既與蔡婆訣別，綁赴刑場。然含寃難伸，乃於場上向天發下三願，曰：「若竇娥果係寃枉，一要死時血不染塵土，盡染於旗鎗上之白練；二要天降大雪，掩妾屍體，無使暴露；三要楚州大旱三年。」無何，時報正午，竇娥引首受戮。果然刀起處，但見滿腔熱血飛至白練上，練爲之赤，無點滴染塵土。且天氣驟趨嚴寒，漫天飛雪，立掩竇娥屍體。時正六月酷熱，有此大雪，人咸驚訝，而知竇娥之死，必含奇寃也。（以上第三折）

此後三年間，楚州果大旱。後兩淮廉訪使竇大人來至楚州，竇大人名天章，蓋即竇娥生父，十六年前上京應試者也。天章得官後，數遣人至楚州訪蔡氏婆媳，杳無音訊，憂思難忘。此次因公至楚州，忙於刷卷審囚，無暇親訪。一夜，正閱至竇娥謀死公公一案，忽有鬼魂至前，曰：「兒即竇娥，小字端雲，含寃受戮，賴父親伸寃。」天章悚然而起，視之不得，呼之不應，大爲震悼。翌晨，立命州守拘張驢兒、賽盧醫、蔡婆等至，親自審問。張驢兒猶欲抵賴，竇娥寃魂上堂發言作證，始懼而認罪，案情大白。天章乃判張驢兒凌遲處死，賽盧醫終身充軍，復痛責桃杌等昏官，蔡婆則由天章收養云。（以上第四折）

考證——

案漢書于定國傳（列傳七十一）載東海孝婦事云：

東海有孝婦，少寡亡子，養姑甚謹。姑欲嫁之，終不肯。姑謂鄰人曰：「孝婦事我勤苦，哀其亡子守寡，我老，久累丁壯，奈何！」其後姑自經死。姑女告吏；吏驗治，孝婦自誣服。具獄上府。于公（按係于定國父，時為獄吏。）以為此婦養姑十餘年，以孝聞，必不殺也。太守不聽。于公爭之弗能得，乃抱其具獄，哭於府上，因辭疾去。太守竟論殺孝婦。郡中枯旱三年。後太守至，卜筮其故。于公曰：「孝婦不當死，前太守彊斷之，咎當在是乎！」於是殺牛自祭孝婦冢，因表其墓，天立大雨，歲熟。

又干寶搜神記卷十一，亦載有東海孝婦事，曰：

漢時，東海孝婦養姑甚謹。姑曰：「婦養我勤苦，我已老，何惜餘年。久累年少。」遂自縊死。其女告官云：「婦殺吾母。」官收繫之，拷掠毒治。孝婦不堪苦楚，自誣服之。時于公為獄吏，曰：「此婦養姑十餘年，以孝聞徹，必不殺也。」太守不聽。于公爭不得理，抱其獄詞，哭於府而去。自後郡中枯旱，三年不雨。後太守至，于公曰：「孝婦不當死，前太守枉殺之，咎當在此。」太守即時身祭孝婦冢，因表其墓：天立雨，歲大熟。長老傳云：「孝婦名周青，青將死，車載十丈竹竿，以懸五旛，立誓於眾曰：『青若有罪願殺，血當順下；青若枉死，血當逆流。』既行刑已，其血青黃，緣旛竹而上標，又緣旛而下云。」

竇娥寃故事，即源於此，但以周青爲竇端雲。雜劇增益張老父子事，益顯竇娥之貞烈，蔡婆之昏庸。劇中蔡婆以高利貸之故，幾死於賽盧醫之手，後復遇歹人張老父子等關目，蓋寓因果報應之意也。六月降雪原爲五月降雪，御覽十四引淮南子（今本無此文）曰：「鄒衍事燕惠王，盡忠。左右譖之王，王繫之獄。仰天哭。夏五月，天爲之下雪。」即其出處。按竇娥寃爲一大悲劇，至今流傳不輟。平劇中之六月雪，亦演竇娥故事。惟自明人所作金鎖記改爲團圓結局之後，悲劇氣氛遂不復存在矣。

三、溫太眞玉鏡臺

簡稱玉鏡臺，關漢卿作。有元曲選本，新續古名家雜劇本、柳枝集本。

本事——

溫嶠字太眞，官拜翰林學士。以其姑年老無依，遂接來京師居住。姑少適劉氏，早寡無兒，僅一女名倩英，相伴度日。一日，嶠得暇，逕至姑家。問候既畢，姑命倩英出堂，相見以兄妹之禮。倩英荳蔻年華，絕世獨立。嶠一見傾心，以爲雖天人不過也。禮畢，姑謂嶠曰：「吾欲命汝妹習字操琴，奈無明師。汝其爲吾教之，可乎？」嶠聞言暗喜，佯辭曰：「此侄所不逮，亦所不敢。」姑強之。乃曰：「既如是，且一試之，明日即吉日，自明日始可

也。」姑悅，命倩英爲之把盞。嶠欣然而受，然後辭返。（以上第一折）

翌日，溫嶠不去翰林院，逕至姑家。姑復命倩英出堂，拜嶠爲師，從習操琴寫字。倩英臨帖之際，嶠扶其柔荑，飄飄然以爲一生豔福盡於此矣。少頃課畢，倩英辭歸內宅。嶠目送其去，神魂若失。姑曰：「汝妹年已十八，猶未字人，若翰林院有佳婿，煩賢侄執柯。」嶠聞之，頓有自婚意，乃曰：「翰林院有一學士，才學文章，不減於侄；年齡模樣，亦復相似。姑若中意，願充月老。」姑頷之曰：「可。」於是嶠欣然出門，閒行片刻，即還報其姑曰：「事已說定，男家以玉鏡臺一枚，權爲定物。」遂出玉鏡臺授姑，姑喜而納之。嶠既返，央官媒詣姑家，直陳其事。姑始知受騙，怒，欲摔碎玉鏡臺。官媒阻之曰：「此聖人之賜，毀之，罪莫大焉。」姑無奈許之。嶠遂擇吉成婚。（以上第二折）

新婚之夜，倩英堅欲獨宿堂中，不許溫嶠親近。媒婆頻以婦道相勸，倩英曰：「初以兄禮事之，繼以師禮事之，老奴無信，竟至騙婚，誓不相從。」嶠無奈，向倩玉謝過，並殷勤爲之把盞；仍遲嚴拒，蓋芳心固嫌其年老也。是夜，終成假鳳虛凰。（以上第三折）

事聞於王府尹，府尹乃奏知聖人，設水墨宴，專請溫嶠夫婦。席間，王府尹曰：「今日之宴，學士須賦詩一章。有詩，則學士飲御酒，夫人插金鳳釵，搽官定粉。無詩，則學士飲水，夫人頭戴草花，墨烏面皮。」嶠解其意，乃佯作無詩。倩英見狀，急曰：「學士幸速賦詩，若無詩，則君飲水，妾頭戴草花，墨烏面皮，將何以堪？」嶠曰：「休呼學士，且喚丈夫。」倩英無奈，曰：「丈夫請速吟詩。」嶠復曰：「今後夫人但肯相從，好詩立就。」對曰：「若能免今日墨烏面皮之羞，一切從君。」嶠大喜，立賦詩一章云：「不分君恩重，能憐玉鏡臺。花從仙境出，酒自御厨來。設席勞京尹，題詩屬上才。遂令魚共水，由此得和諧。」王府尹滿口稱讚，以御酒、鳳頭釵、官定粉進。倩英大悅。從此夫唱婦隨，一家歡喜云。（以上第四折）

考證——

案玉鏡臺爲一喜劇。故事源出世說新語假譎篇。原文曰：

溫公喪婦。從姑劉氏家值亂離散，惟有一女，甚有姿慧，以屬公覓婚。公密有自婚意，答曰：「佳婿難得，但如嶠比，云何？」姑云：「喪敗之餘，乞粗存活，便足慰吾餘年，何敢希汝比？」卻後少日，公報姑曰：「已覓得婚處，門第粗可，婿身名宦，盡不減嶠。」因下玉鏡臺一枚。姑大喜。既婚，交禮，女以手披紗扇撫掌大笑曰：「吾固疑是老奴，果如所卜。」玉鏡臺是公爲劉越石長史北征劉聰所得。

原文記事甚簡，雜劇據此，而增益倩英從嶠習字操琴，及婚後與嶠不洽，賴王府尹之水墨宴卒歸和好等關目，則較原文曲折多趣矣。

四、錢大尹智勘緋衣夢

簡稱緋衣夢，關漢卿作。有顧曲齋本，新續古名家雜劇本，又抄本（抄本取正目「王閨香夜月四春堂」爲題），世界文庫本，元人雜劇全集本。

本事——

王員外者，汴梁人也，人以其鉅富，呼之爲「王半州」；嘗與同城財主李十萬指腹爲婚。後王員外得一女，取名閨香；李十萬則獲一男，取名慶安。閨香十七歲時，王員外以李十萬家道中落，漸萌悔親之意。一日，命家中嬤嬤賚銀十兩，及閨香手製布鞋一雙，赴李宅悔親。此鞋，蓋欲慶安著破之，以示兩家從此絕也。當時李十萬不勝憤慨；而慶安則漫不在意，著其鞋，索錢買風箏爲戲。事有巧合，其風箏遽落於王家後花園之梧桐樹上，慶安急至其處，去鞋上樹取之。適閨香攜使女梅香，來園遣悶，及覩其鞋，乃親手所製，心大異之，仰觀樹上，乃得慶安，呼之下樹。既相見，詢知爲李十萬之子，遂曰：「妾王員外之女閨香是也。昔日兩家曾指腹爲親，至今十七年，君家未來迎娶，何也？」慶安曰：「家道中落，衣食不周，何來迎娶之資？」閨香沈吟少頃，曰：「今夜君再來，妾命梅香持財物至此授君，供迎娶之需。」慶安大喜而返。（以上第一折）

當慶安、閨香相會之際，王員外正閒坐於其典解庫中。有裴炎者，不務正業，殺人越貨，無所不爲。是日，持舊衣一襲至，強欲當錢，王員外冷言拒之，恨恨而去，誓欲殺盡王家。天色既晚，炎身懷屠刀，潛至王家後園，欲待更深入內宅行兇。月光朦朧中，見一女子持包裹行來，炎遂躍出一刀，畢其命；啟包裹視之，則皆金銀財物，喜出望外，棄刀持包裹而逸。少頃，慶安至，不見梅香，往復覓之，忽爲一物絆倒，起視之，則血泊中殭臥一女子，梅香是也。慶安大懼，急奔返家，雙手推門而入，一雙血手印遂赫然留於門上，而慶安猶不自覺也。閨香在房中待梅香不返，自往後園，則見其已被殺死，大爲震悼，莫知所措，無奈以實情告嬤嬤。嬤嬤乃告員外曰：「李慶安以吾家悔親，黃夜謀殺梅香。」員外立率人至李十萬家，見門上手印，血跡未乾，以爲殺梅香者，固慶安無疑，乃至開封府，告慶安殺人。（以上第二折）

新任開封府尹錢可，字可可，滿臉虬髯，似色目人，人呼之爲「波斯錢大尹」，公平清正，剖決如神。大尹接任時，李慶安殺人案業經前任問定，俟大尹判斬，即可行刑。大尹覩兇器爲屠刀，以慶安一孩童，力不足以操此，心頗疑之；然既經前官問定，亦不深究。提筆正欲判斬，一蒼蠅抱住筆端，再三揮之不去；納之於筆管中，筆管忽裂。乃知其中必有寃屈，命令吏引慶安至嶽神廟，錄其夢中言語回報。既至其他，令吏告過嶽神，慶安旋即入夢，囈語曰：「非衣兩把火，殺人賊是我。趕得無處藏，走在井底躲。」令吏具稟大尹。大尹尋思曰：「非衣兩把火，是裴炎二字，則兇手必爲名裴炎者。後二句言其如今藏身之處，與井底有關。」於是召主管橋梁道路之城隍使問之，城中果有棋盤井底巷之地，乃遣竇鑼前往，逮捕殺人賊裴炎，限三日交案。（以上第三折）

竇鑼率張千至棋盤井底巷，坐茶三婆茶坊中探訪。適裴炎持狗腿一隻至，強茶三婆買之。三婆婉拒，裴炎怒，擲狗腿於地，曰：「少頃即來取價！」揚長而去。茶三婆望其去遠，聲聲叫苦。竇鑼問曰：「此何人？強橫至此。」答曰：「此歹徒裴炎也，人多懼之。」竇鑼聞言大悅，立授張千一計。張千乃飾爲貨郎，肩擔行於市，擔上置殺梅香之屠刀。裴炎之妻行過，見刀，曰：「此余家失物，是汝竊取耶？」遂扭張千至茶坊，訴於竇鑼。鑼作色曰：「此刀乃殺梅香之兇器，既爲汝所有，汝即兇手！」立加逮捕。裴妻抵賴不過，乃曰：「實余夫裴炎殺之。」語未畢，裴炎復至，爲索狗腿錢也。竇鑼即拘之，解上開封府。一審之下，案情大白。遂以裴炎抵梅香命，李慶安獲釋，與閨香結爲夫婦，一門團圓云。（以上第四折）

考證——

本劇所演故事，來源無考。但其流傳極廣，今秦腔及越劇中均有血手印一戲，所演與本劇相似。

五、尉遲恭單鞭奪槊

簡稱單鞭奪槊，尚仲賢作。有元曲選本，元明雜劇本（即南京國學圖書館影印新續古名家雜劇本，後同。）脈望館鈔本。

本事——

唐初，定陽劉武周擁兵爲亂。高祖命李世民爲元帥，徐茂公爲軍師討之。軍至美良川，阻於尉遲恭。恭字敬德，朔州善陽人，使單鞭，有萬夫不當之勇，時佐武周爲大將。世民命秦叔寶與戰，叔寶未能勝之。世民愛其勇，欲收爲己有，乃以空城之計，圍敬德於介休，然後遣使招降。敬德以其主猶在定陽爲辭，屢拒之。徐茂公乃密遣劉文靖潛赴定陽，刺死劉武周，取其首返。茂公即至城下以示敬德，曰：「今劉氏已歿，將軍何不降邪？」敬德見首大慟，命軍中服孝。逾三日，乃降。（以上楔子）

敬德既降唐，因世民備加厚待，受寵若驚，初，赤瓜峪之役，敬德曾鞭傷三將軍元吉；今既歸唐，恐元吉猶未忘此一鞭之仇也，心常不安。一日，乃實告世民。世民慰之曰：「吾即將進京，請旨授將軍顯職，元吉何敢記仇。」時劉武周之亂已平，世民乃命元吉徐茂公統軍暫駐，先自返朝奏捷。（以上第一折）

元吉果未忘赤瓜峪一鞭之仇，常思報復。初以世民在，有所忌憚；世民既行，大權在握，乃與心腹段志賢密議，誣敬德懷二意，欲率部離去，遂下敬德於獄，敬德有口難分。徐茂公聞悉，知難與爭，惟有追回元帥，能保敬德，於是星夜追世民。世民既返軍中，元吉仍矢口誣敬德欲叛，請斬之以絕後患。世民乃召敬德至前，曰：「將軍既欲回去，某今為將軍餞行。」敬德無以自明，欲死之，為世民所止。於是世民顧元吉曰：「敬德率部行時，汝偕何人追返之？」元吉曰：「兄弟一人，擒敬德回營。」世民大笑曰：「既有此能，赤瓜峪一役，何至中鞭而返？」徐茂公請命二人比武，元吉勝則所言屬實；敗，則僞也。結果元吉大敗，世民遂釋敬德。時洛陽王世充命大將單雄信來攻，世民遂率所部拒之。（以上第二折）

一日，世民輕敵，率徐茂公、段志賢及士卒百餘人，偷觀洛陽城。先是敬德諫曰：「單雄信蓋世英雄，元帥不可輕往。」世民不聽。正偷觀間，雄信驟馬横槊而至。段志賢不敢迎戰，落荒而逃。世民偕茂公逃至榆科園，將為雄信追及。茂公自思與雄信有舊，乃囑世民速走，自拍馬以迎雄信。既相見，茂公牽其袖曰：「將軍別來無恙？」雄信心向世民，急曰：「茂公放手，今日各為其主也。」茂公猶不放，雄信怒，以劍斷其袖，曰：「以此絕義！汝其速退，毋誤吾事。」言迄，驟馬以向世民，時世民去未遠也。正危急間，一黑將軍匹馬單鞭而至，逕取雄信；不一合，奪其槊。世民驚魂甫定，視之則敬德是也。於是大喜，相將而返。（以上第三折）

翌日，兩軍鏖戰於榆科園，單雄信連敗段志賢諸將，然後遇敬德。敬德奮其神威，再奪其槊，復以鞭鞭之。雄信負傷，伏鞍而逃。是役也，唐軍大勝，茂公遂命擺宴慶功。席中皆譽敬德不置云。（以上第四折）

考證——

本劇所演尉遲敬德事，大致根據史實，然間有穿鑿附會者。舊唐書敬德本傳（列傳十八）曰：

尉遲敬德，朔州善陽人。……。武德三年，太宗討武周於栢壁。武周令敬德與宋金剛來拒王師於介休。金剛戰敗，奔於突厥；敬德收其餘衆，城守介休。太宗遣任城王道宗、宇文士及往諭之；敬德與尋相舉城來降。太宗大悅，賜以曲宴，引為右一府統軍，從擊王世充於東都。既而尋相與武周下降將皆叛，諸將疑敬德必叛，囚於軍中行臺。左僕射屈突通、尚書殷開山咸言：「敬德初歸國家，情志未附。此人勇健非常，縶之又久，既被猜貳，怨望必生，留之恐貽後悔，請即殺之。」太宗曰：「寡人所見，有異於此，敬德若懷翻背之計，豈在尋相之後耶？」遽命釋之，引入臥內，賜以金寶。謂曰：「丈夫以意氣相期，勿以小疑介意。寡人終不聽讒言，以害忠良，公宜體之。必應欲去，今以此物相資，表一時共事之情也。」是日，因從獵於榆窠，遇王世充領步騎數萬來戰，世充驍將單雄信領騎直趨太宗。敬德躍馬大呼，橫刺雄信墜馬，賊徒稍卻。敬德翼太宗以出重圍，更率騎兵與世充交戰。數合，其眾大潰，擒偽將陳智略，獲排矟六千人。太宗謂敬德曰：「彼眾人證公必叛，天誘我意，獨保明之，福善有徵，何相報之速也。」特賜金銀一篋。此後，恩眄日隆。敬德善解避矟，每單騎入敵陣，賊矟攢刺，終不能傷；又能奪取賊矟，還以刺之。是日，出入重圍，往返無礙。齊王元吉亦善馬矟，欲親自試，命去矟刃，以竿相刺。敬德曰：「縱使加刃，終不能傷，請勿除之。」敬德矟謹當卻刃，元吉竟不能中。太宗問曰：「奪矟避矟，何者難易？」對曰：「奪矟難。」乃命敬德奪元吉矟。元吉執矟躍馬，志在刺之；敬德俄頃三奪其矟。元吉素驍勇，雖相嘆異，甚以為恥。

敬德善避矟奪矟及與元吉比武事，唐劉餗之隋唐嘉話亦已收入。嘉話曰：

鄂公尉遲敬德，性驍果，而尤善避槊；每單騎入，敵人刺之，終不能中，反奪其槊以刺敵。海陵王元吉聞之，不信，乃令去槊刃以試之。敬德云：「饒王著刃，亦不畏傷。」元吉再三來試，既不少中，而槊皆被奪去。元吉力敵十夫，由是大慚恨。

元吉之疾敬德，當始於此。其後元吉將謀害太宗，密致書以招敬德曰：「願迂長春之眷，敦布衣之交，幸副所望也。」並贈以金銀器物一車，敬德拒之；元吉遂恨敬德切骨，卒譖之於高祖。傳曰：「元吉譖敬德於高祖，下詔獄訊驗，將殺之，太宗固諫得脫。」劇中言元吉爲報赤瓜峪一鞭之仇，遂於平劉武周後，誣敬德謀叛，諒即由此訛傳；隋唐演義說唐全傳等說部復加以渲染，其實時地錯置，大違史實，不足徵也。單鞭奪槊故事，流傳極廣，雜劇以此爲題材者，除本劇外，尚有三奪槊。三奪槊演敬德與元吉比武，三奪其槊故事，與本劇有別，昔人誤以爲一，今知其非也。

六、陶學士醉寫風光好

簡稱風光好，戴善夫作。有元曲選本，新續古名家雜劇本，陽春奏本。

本事——

宋太祖以南唐尚未臣服，乃集大臣議下江南之策。翰林學士陶穀曰：「臣願托詞南唐假書，掉三寸不爛之舌，說李主來降。」太祖善之，命穀即日南行。穀既至南唐，唐相宋齊丘諳其來意，命昇州太守韓熙載善待之於驛館；復佯稱後主有疾，不令進見，亦不放其返。如是者逾一月。一夜，穀閒行館中，秋月當空，砧聲斷續，不禁客情難遣。爰題十二字於壁曰：「川中狗，百姓眼，虎撲兒，公厨飯。」少頃，韓太守率歌妓秦弱蘭一行來至館中，擺宴陳樂，邀穀入席。席間，太守命弱蘭進酒。穀矜持曰：「穀生平不近女色，歌者速退。」太守勸之不可，遂自與把盞。酒闌，太守且返，覩壁上題字，知爲穀手筆，錄之而去。（以上第一折）

韓太守以陶穀題字呈宋丞相。丞相笑曰：「此『獨眠孤館』之隱語也。穀之客況動矣。」於是授太守一計，命按計而行。後數日之夜，風清月朗，丹桂香飄。穀信步至花園遣悶，見一素衣女子，對月燒香，風姿綽約。穀詢之，則曰：「妾夫姓張，原爲驛吏，去世已兩年矣。」穀情動求歡，並稱異日必娶爲正室。女亦不甚拒，曰：「蒙學士不棄，願奉箕掃，但求信物爲憑。」穀曰：「可。」遂邀女至館中。女出素絹一方，曰：「若得君手書一詞，於願足矣。」穀不假思索，立書風光好詞一首於其上。詞曰：「好姻緣，惡姻緣，奈何天。只得郵亭一夜眠，別神仙。琵琶撥盡相思調，知音少。待得鸞膠續斷絃，是何年？」書畢，遂狎之。蓋穀猶不察此所謂獄卒婦，實歌妓秦弱蘭，奉太守之命而喬裝者也。（以上第二折）

翌日，秦弱蘭以風光好詞呈太守。太守見之大悅，轉呈宋丞相。丞相笑曰：「穀中計矣。」乃偕太守至館中告穀曰：「吾主病體已愈，明日早朝，即請相見。學士歸期近矣。」穀信以爲眞，心竊喜焉。丞相乃命設宴相賀。酒半酣，復命秦弱蘭一行勸酒。穀矜持如故，佛然作色曰：「穀乃天朝使臣，奉旨來此。今丞相以此相待，毋乃棄禮？」丞相笑曰：「學士息怒，秦弱蘭乃金陵名妓，幸勿相拒。」遂命弱蘭歌一曲侑觴，弱蘭即席歌風光好詞。穀始知中計，慚愧無以自容，佯醉而罷。自思有辱君命，無顏返朝，乃赴杭州投吳越王錢俶。錢王，穀之故人也。（以上第三折）

秦弱蘭自陶穀行後，不復酬客，淡泊自守。無何，宋太祖遣曹彬兵下江左，弱蘭離家逃亡，爲吳越士卒所擄，以獻錢王。錢王知其爲穀所愛，乃善待之。一日，錢王宴穀於湖山堂，曰：「筵前無樂，不成歡笑。」命左右召秦弱蘭。初，弱蘭固不知座上客爲穀，而穀亦不知所召歌者乃弱蘭也。既相見，始驚相認，一敍離散之情。從此夫婦團圓，共謝錢王不置云。（以上第四折）

考證——

案陶穀字秀實，邠州新平人，宋太祖時官至翰林學士。其生平詳宋史本傳（列傳二十八）。傳中並無奉使入南唐事，但宋人筆記中數見之。茲錄二則於下：

國朝初，朝廷遣陶穀使江南，以假書為名，實使覘之。承國李獻以書抵韓熙載。謂所親曰：「陶秀實非端介者，其守可隳，當使諸君一笑。」因令宿。俟謄六朝書，半年乃畢。熙載使歌妓秦弱蘭衣弊衣為驛卒女，穀見之而喜，遂犯慎獨之戒，作長短句贈之。明日，中主宴客，穀凜然不可犯。中主持觥立，使弱蘭出歌續斷弦之曲，穀大慚而罷。詞名風光好：好姻緣，惡姻緣，只得郵亭一夜眠，別神仙。琵琶撥盡相思調，知音少。再把鸞膠續斷弦，是何年？（洪遂侍兒小名錄）

陶穀學士奉使，持上國勢，下視江左，辭色毅然不可犯。韓熙載命妓秦弱蘭詐為驛卒女，每日弊衣持帚掃地。陶悅之與狎，因贈一詞，名風光好云：「好因緣，惡因緣，只得郵亭一夜眠，別神仙。琵琶撥盡相思調，知音少。待得鸞膠續斷弦，是何年？」明日，後主設宴，陶辭色如前。乃命弱蘭歌此詞勸酒。陶大沮，即日北歸。（鄭文寶南唐近事）

上二說無小異，似宋時確有此種傳說。雜劇即據此敷衍而成。第四折情節爲作者所增益，蓋以團圓之結局迎合觀衆，固舊日戲劇之普通風氣也。

七、迷青瑣倩女離魂

本事——

簡稱倩女離魂，鄭光祖作。有元曲選本，顧曲齋本，新續古名家雜劇本，柳枝集本。

張公弼之夫人李氏早寡，有女倩女，隨侍家居。初，李氏孕倩女時，適衡州王同知夫人亦有孕，遂指腹爲婚。後王夫人育一男，名文舉。不數年，同知夫婦相繼逝世，家道中落。及文舉長成，雖知有此婚約，亦無力成婚矣。倩女十七歲之年春日，文舉赴長安應試，順道探望張氏母女。及至張宅，見夫人以岳母之禮。而夫人命倩女至堂上，拜文舉爲兄，無一語提及親事。文舉心疑夫人悔婚，倩女亦疑之，皆不敢言。夫人留文舉在宅小住，文舉從之。

（以上楔子）

倩女自見文舉，神魂馳蕩，月夕花晨，相思不已；文舉亦復如是。時光迅速，文舉逗留張宅，忽逾旬日。一日，文舉告夫人曰：「試期將屆，不敢躭誤，即此拜別。」夫人乃携倩女至折柳亭，爲文舉餞行。席間，倩女殷勤把盞。文舉不能復忍，乃詢夫人曰：「當初兩家曾指腹爲婚，而今阿母命以兄妹之禮相見，豈阿母已忘之耶？」夫人答曰：「非吾忘之，實吾家三代不招白衣秀士，君功名未成，故權爲兄妹，待得官歸來，再提親事。」於是文舉拜謝而去。倩女目送其去遠，黯然魂消。（以上第一折）

倩女自文舉去後，茶飯無心，相思成疾。一夜，魂離其體，飄飄然往尋文舉。時文舉正夜泊江上，以客途岑寂，至船頭操琴遣悶。一曲未終，聞岸上足音跫然而至，視之則一女子，倩女是也。既登舟，自稱私行至此，欲相隨行。文舉正色拒之，曰：「嘗聞聘則爲妻，奔則爲妾。待我得官後與娘子成親，亦且不晚，奈何私行而來？幸娘子速返。」女頻頻請

求，以既已來此，斷無返理。復曰：「恐君得官之日，不復以妾爲念矣。」文舉感其誠意，遂納之，同舟進京。（以上第二折）

文舉文戰得意，榮獲狀元及第，乃修書告夫人，略謂已中狀元，待授官後，即携小姐同返。其時，夫人在宅，正以倩女臥病不起，憂心惶惶。一日，倩女告夫人曰：「兒夜間夢見王生得官歸來，想今日必有信也。」果然，張千奉文舉之命將家書至。倩女閱書，以爲文舉在京已另結新歡，即將雙雙歸來，頓時驚怒昏倒。夫人急救，始徐徐醒覺，長嘆：「王生負我！」哀慟不已。（以上第三折）

文舉官除衡州府判，遂偕倩女魂衣錦歸來。既至張家，文舉先入見夫人，請罪曰：「兒不該私携小姐進京，幸阿母勿罪。」夫人詫曰：「自君行後，小女臥病不起，未嘗一日離家。君作此語，卻是何故？」文舉猶未置答，倩女魂已入見夫人。夫人驚，顧文舉曰：「此必妖孽！」文舉始悟，出劍欲斬之。女魂急趨內宅，復歸體上，二合爲一。倩女如夢初醒，見文舉已返，大悅。文舉不勝驚異，詢曰：「僕與小姐在京同居三年，何以又在家中？」倩女對曰：「前赴京者，妾之離魂耳。」家人皆稱奇不置，遂爲安排成親云。（以上第四折）

考證——

倩女離魂故事，見於太平廣記三百五十八，題爲「王宙」，下注出「離魂記」。記爲大歷時人陳玄祐所撰。茲錄原文於後：

天授三年，清和張鎰因官家於衡州，性簡靜，寡知友，無子，有女二人。其長女亡；幼女倩娘，端妍絕倫。鎰外甥太原王宙，幼聰悟，美容範。鎰常器重，每曰：「他時當以倩娘妻之。」後各長成，宙與倩娘常私感於寤寐，家人莫知其狀。後有賓寮之選者求之，鎰許焉。女聞而鬱抑；宙亦深恚恨，託以當調，請赴京。止之不可，遂厚遣之。宙陰恨悲慟，決別上船，日暮至山廓數里。夜方半，宙不寐，忽聞岸上有一人行聲甚速，須臾至船。問之，乃倩娘徒行跣足而至。宙驚喜發狂，執手問其來。泣曰：「君厚意如此，寢夢相感，今將奪我此志，又知君深情不易，思將投身奉報，是以亡命來奔。」宙非意所望，所躍特甚，遂匿倩娘於船，連夜遁去。倍道兼行，數月至蜀。凡五年，生兩子，與鎰絕信。其妻常思父母，涕泣言曰：「吾曩日不能相負，棄大義而來奔君。向今五年，恩慈間阻，覆載之下，胡顏獨存也。」宙哀之，曰：「將歸，無苦。」遂俱歸衡州。既至，宙獨身先至鎰家，首謝其事。鎰曰：「倩娘病在閨中數年，何以詭說也？」宙曰：「見在舟中！」鎰大驚，促使人驗之。果見倩娘在船中，顏色怡暢，訊使者曰：「大人安否？」家人異之，疾走報鎰。室中女聞喜而起，飾裝更衣，笑而不語，出與相迎，翕然合而為一體，其衣裳皆重。其家以事不正，祕之。惟親戚間有潛知之者。後四十年間，夫妻皆喪。兩男並孝廉擢第，至丞尉。事出陳玄祐離魂記云。（案以上九字疑衍）玄祐少常聞此說，而多異同，或謂其虛。大歷末，遇萊蕪縣令張仲規，因備述其本末。鎰則仲規堂叔，而說備悉，故記之。

雜劇即本此，少有出入。其事至怪，無可理解，但古人艷稱，詩歌引用，遂成典實。其實類此者尚有數事，如幽明記之龐阿，靈怪錄之鄭生，獨夷志之韋隱（俱見廣記三百五十八）皆是，惟此獨盛傳耳。明代有離魂記傳奇，不知作者，亦演此事。

八、忠義士豫讓吞炭

簡稱豫讓吞炭，楊梓作。有元明雜劇本，脈望館鈔本。

本事——

春秋時，晉智伯爲六卿之首，掌握國政，排斥異己。先後滅范氏中行氏，盡有其地，猶自不足。一日，宴韓趙魏三卿於蘭臺之上。酒過三巡，智伯曰：「某自先世流傳，支庶眾多，土地狹窄，三公子采邑與某相鄰者，敢借一二區，以供樵採，幸勿相拒。」韓魏二卿懼其勢，皆從其請。智伯謝畢，顧趙襄子曰：「蔡皋狼之地，與某接壤，敢請借爲采邑。」趙襄子正色曰：「無恤承先人遺業，競競業業，惟恐失墜。公之請，實難相從。」旋即離去。

智伯怒，合韓魏之師，將以攻趙。豫讓者，智伯之家臣也，聞其主且攻趙，急諫曰：「不可，公以求地不遂而攻之，非仁義之師也；且趙必有備矣。」智伯不從。豫讓苦諫不已，智伯怒，欲斬豫讓；以韓魏二卿告免，赦之，然後統軍攻趙。（以上第一折）

趙襄子自知不敵，乃出走晉陽城，據城而守。智伯圍攻不下，命軍士環城築隄，將引水灌城。襄子聞訊，急遣張孟同潛赴城外，說韓魏二卿曰：「趙若滅，二公亦且不保，何如共討智伯？事成之後，當三分其地，富貴相共。」二卿相聚密議，既決，告孟同曰：「屆時某等當引汾絳二水，反灌智伯營，其軍必潰。裏外夾擊，智伯可擒也。」時智伯之家臣絺疵已覺韓魏有反意，以告智伯。智伯未深究，卒至事敗，爲趙襄子所擒。襄子既得智伯，立命斬之；復漆其頭顱爲飲器。然後與韓魏三分其地，共掌國政。（以上第二折）

智伯死後，絺疵豫讓逃匿民間。豫讓以智伯嘗以國士相待，誓爲復讎。一夜，月明星稀，萬籟寂然。豫讓身懷利刃，潛入趙襄子府中，藏廁內以待之。襄子如廁，心覺有異，立命左右搜覓，遂得豫讓。襄子喝曰：「爾何人，夤夜至此，意欲何爲？」豫讓毫無懼色，坦然對曰：「某豫讓，智伯之家臣也。主公遭汝毒手，身亡族滅，今欲爲之報讎耳。」襄子久聞豫讓乃忠義之士，欲收爲家臣，乃曰：「爾若從余作家臣，可以保命，可以富貴。」豫讓嚴辭拒之。襄子嘆曰：「眞義士也。」命左右釋之。（以上第三折）

嗣後豫讓爲主復仇之志益切。恐爲人所識，乃漆身爲癩，呑炭爲啞，佯狂於市。人皆不知其爲豫讓矣。絺疵知而惻然，告豫讓曰：「以子之才，臣事趙襄子，必得近幸，乃爲所欲爲，顧不易耶？今求以報仇，不亦難乎？」對曰：「子言之差矣！既委質爲臣，又從而殺之，是二心也。凡吾所爲者極難；然且所以爲此者，將以媿天下後世之爲人臣而懷二心者也。」絺疵默然而去。一日，豫讓料趙襄子當出，乃預伏於橋下。俟其至，躍出刺之；不幸未中，復爲從人所擒。襄子驚魂甫定，審其狀酷似豫讓，詢之果然。乃曰：「子嘗事范氏中行氏。智伯滅二氏，子不爲之報仇；而今獨欲爲智伯報仇，是何厚智伯而薄二氏耶？」豫讓曰：「非也，范氏中行氏以常人待我，我故以常人報之；智伯以國士待我，我故以國士報之。」遂乞襄子之衣，以劍碎剁，曰：「此亦爲主復仇也。」遂自刎而死。襄子命厚葬之。

（以上第四折）

考證——

案本劇所演，全係史實。史記趙世家（世家十三）曰：

> 襄子立四年，知伯與趙韓魏盡分其范中行故地。晉出公怒，告齊魯，欲以伐四卿。四卿恐，遂共攻出公。出公奔齊道死。知伯乃立昭公曾孫驕，是為晉懿公。知伯益驕，請地韓魏，韓魏與之；請地趙，趙不與，以其圍鄭之辱。知伯怒，遂率韓魏攻趙。趙襄子懼，乃奔保晉陽。原過從後，至於王澤。……三國攻晉陽，歲餘，易子而食，羣

臣皆有外心，禮益慢，惟高共不敢失禮。襄子懼，乃夜使相張孟同私於韓魏。韓魏與合謀，以三月丙戌，三國反滅知伯，共分其地。

又史記刺客列傳（列傳二十六）曰：

豫讓者，晉人也。故嘗事范中行氏，而無所知名；去而事智伯，智伯甚尊寵之。及智伯伐趙襄子，趙襄子與韓魏合謀，滅智伯。滅智伯之後，而三分其地。趙襄子最怨智伯，漆其頭以為飲器。豫讓遁逃山中，曰：「嗟乎！士為知己者死，女為悅己者容。今智伯知我，我必為報讎而死，以報智伯，則我魂魄不媿矣。」乃變名姓為刑人，入宮塗廁中，挾匕首欲以刺襄子。襄子如廁，心動，執問塗廁刑人，則豫讓內持刀兵，曰：「欲為智伯報讎。」左右欲誅之。襄子曰：「彼義人也，吾謹避之耳。且智伯亡，無後，而其臣欲為報仇，比天下之賢人也。」卒釋去之。居頃之，豫讓又漆身為厲，吞炭為啞，使形狀不可知，行乞於市。其妻不識也。行見其友，其友識之，曰：「汝非豫讓邪？」曰：「我是也。」其友為泣曰：「以子之才，委質而臣事襄子，襄子必近幸子；近幸子，乃為所欲，顧不易邪？何必殘身苦形；欲以求報襄子，不亦難乎？」豫讓曰：「既已委質臣事人，而求殺之，是懷二心以事其君也。且我所為者極難耳；然所以為此者，將以媿天下後世為人臣懷二心以事其君者也。」既去，頃之，襄子當出，豫讓伏於所當過之橋下。襄子至橋，馬驚。襄子曰：「此必是豫讓也。」使人問之，果豫讓也。於是襄子乃數豫讓曰：「子不嘗事范中行氏乎？智伯盡滅之，而子不為報讎，而反委質臣於智伯。智伯亦已死矣，而子獨何以為之報讎之深也？」豫讓曰：「臣事范中行氏，范中行氏皆眾人遇我，我故眾人報之；至於智伯，國士遇我，我故國士報之。」襄子喟然嘆息而泣曰：「嗟乎！豫子。子之為智伯，名既成矣；而寡人赦子，亦已足矣。子其自為計，寡人不復釋子。」使兵圍之。豫讓曰：「臣聞明主不掩人之美，而忠臣有死名之義。前君已寬赦臣，天下莫不知君之賢。今日之事，臣固伏誅，然願請君之衣而擊之焉，以致報讎之意，則雖死不恨。非所敢望也，敢布腹心。」於是襄子大義之，乃使使持衣與豫讓。豫讓拔劍三躍而擊之，曰：「我可以下報智伯矣。」遂伏劍自殺。

雜劇即據此演成。元人作歷史劇，輒穿鑿附會，信手點染，至與史實相違忤。此劇獨不然，不僅情節相符，即賓白亦多引用原文字句。此在元人雜劇中，頗爲罕見。稱之爲歷史劇，固無媿矣。

九、功臣宴敬德不伏老

簡稱敬德不伏老，楊梓作。有明富堂刊金貂記附錄本，脈望館鈔本，世界文庫本（覆印明富春堂本）

本事——

唐太宗以平定四海，實賴將士用命，於是設功臣宴。功績著者上坐，簪花飲酒；次者旁列，有酒無花。並命房玄齡爲主宴官，徐茂公爲宴官，諸將僭越位次者，先斬後奏。宴之日，殷開山、程咬金、杜如晦、高士廉，尉遲敬德、秦叔寶等功臣畢至。徐茂公曰：「論功行賞，該叔寶、敬德兩將軍上坐。」兩人互相謙遜，避不就座。適李道宗至，自恃親王之勢，不問情由，至首席坐定，飮酒簪花，置衆人不顧。叔寶、敬德覩狀，心實不平，乃相與理論。後以道宗出言不遜，敬德怒不可遏，遂飽以老拳，擊落其兩門牙，血流滿口。李道宗訴諸房玄齡。玄齡顧敬德曰：「將軍大功，孰不知之，何須拳傷李親王，此罪難免。」命左右斬之。奈徐茂公及諸將勸止，乃去其官職，謫居職田莊。敬德自思當初立下汗馬功勞，得此收場，心頗怨恨。（以上第一折）

敬德將赴職田莊，徐茂公率衆公卿至十里長亭餞別。敬德見無叔寶在場，詢以何故。衆人答曰：「老將軍染疾在家，是以未至。」敬德追憶當年叔寶之英雄氣概，不勝感慨。臨行，敬德嘆曰：「今日一別，未知何日再見。」徐茂公等曰：「將軍且毋憂慮，一年半載後，某等必保奏將軍返朝。」於是敬德拜謝而去。（以上第二折）

歲月如流，敬德謫居職田莊，忽已三載。時高麗王聞知中國秦叔寶既病，尉遲敬德復謫居，以爲有隙可乘，遂命大將鐵肋金牙率兵進犯。太宗得報，乃命起用敬德，以禦高麗。敬德積怨未平，佯爲風疾，辭不受命。茂公不信其疾，親至職田莊，以觀究竟。既見敬德，察狀顯係僞飾，乃設一計，命士卒撞敬德之門曰：「吾等乃高麗兵，速獻飲食來迎！」其勢洶洶。敬德聞之怒曰：「何物小寇，亦來相欺！」啟門擊之，眾卒紛紛退走。正得意之時，忽聞身後有人曰：「將軍之疾，愈何速也？」急回首視之，則徐茂公是也。始悟中計，爲之赧顏。茂公復以還朝相勸，敬德乃許之。既還朝，太宗命官復鄂國公原職，即日率部出征。茂公乃笑謂敬德曰：「將軍年事已老，此去萬勿輕敵。」敬德不伏老，曰：「某年雖老，然沙場之上，猶不減當年也。」遂引軍發。（以上第三折）

敬德率軍至鴨綠江畔，距高麗兵不遠，乃命安營。翌日，兩軍鏖戰。敬德奮其神威，生擒鐵肋金牙，大破其眾，凱旋返朝。滿朝文武爲之設宴慶功，譽敬德不置云。（以上第四折）

考證——

案功臣宴敬德拳傷李道宗事，見舊唐書列傳十八，唯所記與劇中所演略有出入。傳曰：

嘗侍宴慶善宮，時有班在其上者。敬德怒曰：「汝有何功？合我坐上。」任城王道宗次其下，因解喻之。敬德勃然拳毆道宗，目幾至眇。太宗不懌而罷，謂敬德曰：「朕覽漢史，見高祖功臣獲全者少，意常尤之。及居大位以來，常欲保全功臣，令子孫無絕。然卿居官，輒犯憲法。方知韓、彭夷戮，非高祖之愆。國家大事，唯賞與罰，非分之恩，不可數行。勉自修飭，無貽後悔也。」

可見道宗固未嘗與敬德爭座，而敬德實毆之；事後太宗亦未貶謫敬德，但加以訓飭而已。傳又曰：

及太宗將征高麗，敬德奏言：「車駕若自往遼左，皇太子又在定州，東西二京，府庫所在，雖有鎮守，終是空虛；遼東路遙，恐有玄感之變；且邊隅小國，不足親勞萬乘。伏望委之良將，自可應時摧滅。」太宗不納，令以本官行太常卿，為左一馬軍總管，從破高麗於住蹕山。軍還，依舊致仕。

據此，則高麗之役，乃太宗親征，與劇中所演迥異。至於劇謂敬德謫居於職田莊，佯作風魔，爲徐茂公識破，始返朝率軍征高麗等事：於史無據，蓋皆民間傳聞。說唐全傳，隋唐演義等說部復加渲染，其實不足徵也。

十、楊氏女殺狗勸夫

簡稱殺狗勸夫，蕭德祥作。有元曲選本，脈望館鈔本，世界文庫本。

本事——

宋仁宗時，有孫榮字孝先者，南京人也。家有貲財，不務正業，日與匪徒柳隆卿、胡子轉爲伍，受其欺詐瞞騙，而不自覺。榮有胞弟名華，小字蟲兒，爲人孝悌。因柳、胡之離間，榮惡弟如仇，終於逐之。蟲兒被逐後，於城南破窰中安身，飢寒備嘗，略無怨意。一日值，榮壽誕，蟲兒前往祝壽。既至宅，則榮自偕柳、胡酣飲，置蟲兒不顧。柳、胡謂蟲兒曰：「今日員外壽誕，汝不獻羊酒，是目中無員外耶？」蟲兒對曰：「華爲飢寒所苦，何來羊酒？但一拜以表寸心耳。」榮聞言怒曰：「吾少汝一拜耶？速去！」蟲兒無奈，黯然而退。榮妻楊氏不忍，善言慰之。（以上楔子）

明日清明，孫榮邀柳、胡同往掃墓。柳、胡隨榮跪拜如儀，曰：「員外之父母即我等之父母也。」榮聞言大悅，相與把盞，皆有醉意。適蟲兒亦來掃墓，遙見其兄正偕柳、胡飲於墓前，趦趄不敢前。楊氏見而招之，始上前相見。榮惡其至，詢曰：「汝來此奚爲？」對曰：「掃墓。」榮怒曰：「余家無不肖子類汝者！」柳、胡趁機進讒，榮乃起毆蟲兒，蟲兒急退始罷。榮乃與柳、胡酣飲，大醉而返。蟲兒見兄去遠，始至墓前，撫碑大慟，然後歸破窰。（以上第一折）

又一日，孫榮偕柳、胡至酒樓，拜爲兄弟，共誓曰：「從此富貴共享，患難共當，不願同年同月同日生，但願同年同月同日死。」宴畢，榮中酒，柳、胡扶之出。及途中，榮不能行。二人乃盡取其囊中金，任其橫臥風雪中而去。會蟲兒行經其地，見而負之返家。楊氏感蟲兒以德報怨，出酒餚殷勤款待，且欣然以爲榮將悔悟前非，從此善待胞弟也。少頃，榮酒醒，不見囊金，逐誣蟲兒竊取，復痛責之。蟲兒有口難伸，含冤自返破窰。翌日，柳、胡訪榮曰：「昨夜兄中酒，弟等負兄歸家。」楊氏曰：「此言妄也，妾目覩蟲兒負員外歸來。」柳、胡曰：「此乃弟等負員外至門口，適遇蟲兒，故囑蟲兒負入。」榮深信不疑，連聲稱謝，與二人交遊益密。（以上第二折）

楊氏賢淑，逢蟲兒受屈，輒善言相慰；然終無法使榮回心，善待蟲兒，心竊苦之。一日，楊氏心生一計，向鄰人王婆索一狗，於夜間趁榮未返時殺之。去其首尾，裹以衣衫，置於門前。及榮大醉歸來，爲狗屍絆倒於地。起視之，則血跡模糊，儼若一人被殺也。於是大驚失色，恐罪及己，欲掩埋之。楊氏曰：「柳、胡二子，君之義弟，必能相助，可速往商之。」榮善其言，急赴柳隆卿寓。柳聞其事，反臉不理。復詣胡子轉家，亦遭閉門羹。榮怒且窘，思欲自盡。楊氏止之曰：「唯胞弟蟲兒肯爲此事。」榮自思平日對弟寡恩，慚不敢往。楊氏強之，同往城南破窰中告蟲兒。蟲兒聞言，奮然至家，負屍至汴阿隄下埋之，然後返。榮感蟲兒之德，自此痛改前非，命蟲兒返家同住，並誓與二匪絕交。（以上第三折）

次日，柳、胡偕至孫家，向榮索三千金，曰：「不從，我將告汝殺人。」榮未決，蟲兒奮然曰：「寧可見官，有蟲兒在，兄何懼也！」於是柳、胡向開封府尹王脩然告榮殺人。既至公堂，蟲兒逕向府尹曰：「我即殺人者，非關家兄事。」王府尹正欲杖責蟲兒，楊氏已聞訊趕至，詳述殺狗勸夫事，並以王婆爲證。王府尹命人去汴河隄下，掘屍視之，果然狗也。事既大白，王府尹乃重責二賊，並請朝廷旌表楊氏，授蟲兒爲當地縣令云。（以上第四折）

考證——

本劇所演故事，來源無考。明徐時敏復據此演成殺狗記傳奇。徐氏五福記序云：「今歲改孫郎埋犬傳，筆硯精良。」蓋徐氏於其中細目，復加點綴，凡宵人情狀，賢婦苦心，俱極形容，乃欲以垂勸戒也。柳隆卿、胡子轉二人，亦見於秦簡夫之東堂老雜劇中。其在東堂老中之行爲，一如在此劇中。諒元代有此二人，故多引作關目也。

十一、宋太祖龍虎風雲會

簡稱龍虎風雲會，羅貫中作。有元人雜劇選本，元明雜劇本，陽春奏本，顧曲齋本，酹江集本。

本事——

周世宗時，天下擾攘。都指揮使石守信奉旨招募智勇之士，以靖四方。統制官王金斌進曰：「有馬軍副都指揮使趙弘殷長男匡胤，文武雙全，少年時獨行關西，交結天下豪傑。若得此人，盪除草寇，猶反掌也。」守信大喜，即命統制官潘美備禮往聘。是日匡胤正偕鄭恩行至一卦舖。舖主苗訓字光裔，精先天易數，善相人；見匡胤乃眞主之相，遂下跪呼萬歲不迭。匡胤驚曰：「先生休胡說！」訓曰：「臣相人多矣，未有如公主者，實四百年開基之主也。」適潘美訪匡胤至舖中，訓乃止不言。美見匡胤，說明來意，請匡胤即行。匡胤從之，遂見石守信。守信異其才，引見世宗，授官殿前都點檢。（以上第一折）

世宗晏駕，幼子宗訓立。時有漢遼兵自土門入寇，朝廷命匡胤率部禦之。匡胤遂偕趙普、鄭恩、苗訓、曾彬、楚昭輔、李處耘等誓師北征。軍次陳橋驛，鄭恩、苗訓諸將密議擁立匡胤爲帝，以一天下。議既決，趁匡胤熟睡，以黃旗加其身，然後群呼萬歲。匡胤自夢中驚醒，堅辭不獲，怒曰：「君等自貪富貴耳！能從我命則可；不從我命，決不可行。」衆皆跪曰：「唯命是聽。」匡胤曰：「太后幼主，我北面事之；公卿大臣，皆我比肩；汝等不得動擾黎民，刼掠府庫。違令者滿門皆斬。」衆再拜受命，於是匡胤遂受周禪，國號宋，是爲太祖皇帝。時趙普官拜宰相，回憶太祖微時，客隨州董宗本家。董子遵誨夢見黑蛇十餘丈，變龍飛去，群虎乘風隨之。是所謂龍虎風雲之夢，而今驗矣。(以上第二折)

一夜，風雪嚴寒，趙普正夜讀論語，忽太祖徒步至。普急跪見，曰：「陛下以九重之尊，何夤夜涖此？」太祖笑曰：「欲與卿論詩書耳。」普妻以酒餚進，太祖以嫂呼之。後顧普曰：「朕來此非論詩書，實以天下未定，心常不安。」乃與普密議平定天下之策，曰：「朕欲先伐太原劉崇，如何？」普曰：「若先伐太原，非臣之所知也。」曰：「何也？」對曰：「太原當西北二邊，使一舉而下，則二邊之患，我獨當之；不若留之，以俟異日。西蜀孟泉，金陵李昱，南漢劉鋹，吳越錢俶，皆不施仁政，百姓怨望。今以義師征之，無不成功。」太宗稱善，立召王全斌、石守信、曹彬、潘美四將至相府。命全斌取西蜀，守信收吳越，彬下江南，美征南漢。授命既畢，始由鄭恩護送返宮。(以上第三折)

不久，捷報傳來，四路兵皆大勝，錢、李、劉、孟諸王先後臣服來朝。於是太祖降旨，命趙普大擺筵席，宴諸將及降國君臣於一堂，共慶大一統云。(以上第四折)

考證——

案宋太祖北征，至陳橋兵變，黃衣加身。事詳宋史太祖本紀（本紀一）。紀曰：

（顯德）七年春，北漢結契丹入寇；命出師禦之。次陳橋驛，軍中知星者苗訓引門吏楚昭輔視日下復有一日，黑光摩盪者久之。夜五鼓，軍士集驛門，宣言策點檢為天子；或止之，眾不聽。遲明，逼寢所。太宗入白，太祖起。諸校露刃列於庭曰：「諸軍無主，願策太尉為天子。」未及對，有以黃衣加太祖身，眾皆羅拜呼萬歲，即掖太祖乘馬。太祖攬轡，謂諸將曰：「我有號令，爾能從乎？」皆下馬曰：「唯命。」太祖曰：「太后主上，我皆北面事之，汝輩不得驚犯；大臣皆我比肩，不得侵凌；朝廷府庫，士庶之家，不得侵掠。用令有重賞，違即孥戮。」諸將皆再拜，肅隊以入。

劇中謂諸將趁太祖熟睡，以黃旗加其身，黃旗諒為黃衣之誤。今流俗相傳，又訛為黃袍。又第三折太祖雪夜過趙普邸事，見宋史趙普本傳（列傳十五）傳曰：

太祖數微行過功臣家。普每退朝，不敢便衣冠。一日，大雪向夜，普意帝不出。久之，聞叩門聲，普亟出。帝立風雪中。普惶懼迎拜。帝曰：「已約晉王矣。」已而太宗至，設重裀，地坐堂中，熾炭燒肉。普妻行酒，帝以嫂呼之。因與普計下太原。普曰：「太原當西北兩面，太原既下，則我獨當之，不如姑俟；削平諸國，則彈丸之地，將安逃乎？」帝笑曰：「吾意正如此，特試卿耳。」

餘如苗訓、石守信諸將，皆有史可據；其事亦與史書所載，無大差異。此蓋元人歷史劇中之典雅者也。

十二、王月英元夜留鞋記

簡稱留鞋記，曾瑞卿作。有元曲選本，元人雜劇選本。

本事——

郭華字君實，洛陽人也。二十三歲時，奉父命至京應試，以時運不濟，文戰失利。原可逕返洛陽，乃因心有所戀，滯留京師。華所戀者爲胭脂舖女子王月英，常藉口買胭脂，至舖中與月英眉目傳情；偶值其母不在，則更得相與交談。而月英亦以華翩翩少年，私心企慕，自不能已。（以上楔子）

時王月英年正二九，對滿園春色，春情難遣；思念郭華，日益憔悴。侍兒梅香諳其心曲，向月英示意，願作紅娘，玉成其事。月英大喜，乃書詩一首，倩梅香寄與郭華。特約華

於當夜至相國寺觀音殿中相會。是日正元宵佳節也。（以上第一折）

郭華得詩，喜出望外。天色既晚，應友人元宵宴畢，微醉至相國寺踐約。時月英猶未至，華相候有頃，不覺神思困倦，趁醉入睡。及月英至，見華沉睡，乃命梅香呼之；呼之不醒，繼之以推以搖。及聞其酒氣，知其已醉，無奈留羅帕一方繡鞋一隻於其懷中而返。及華睡醒，見羅帕繡鞋，料為王月英所留，於是大悔，竟吞羅帕自盡。及其琴童尋踪至相國寺，華已絕命。乃以為和尚謀殺，立至開封府向包府尹告狀。（以上第二折）

包府尹名拯，字希仁，為官清正，善斷疑案。是日，既接琴童之狀，勘問一過，覺繡鞋一隻，事涉曖昧。乃命張千喬裝貨郎，肩擔行於市，並以此鞋置擔上，有人識鞋，即與此案有涉，可拘之見官。張千奉命而行。事有巧合，王月英之母途遇張千，見擔上繡鞋，乃曰：「此吾女之鞋也，何以至此？」張大千喜拘之，復拘月英、梅香，押至公堂。府尹嚴詢月英曰：「汝之繡鞋，何以至死者懷中？」初，月英矢口不言，後以不禁刑罰，始實告元宵夜留鞋及羅帕情事。府尹以羅帕尚無着落，乃命張千押月英赴相國寺覓之。（以上第三折）

王月英既至相國寺，見郭華屍體尚陳觀音殿中，厥狀至慘，不禁淚下。忽見其嘴邊露出羅帕一角，遂以手取出，華竟徐徐醒轉。觀者大驚。於是張千押月英、郭華回見府尹。府尹見華，亦大為驚異。華乃自述因酒醉爽約，悔恨自盡等情。至是案情大白，府尹遂斷月英嫁郭華，成其好事云。（以上第四折）

考證——

按太平廣記二百七十四買粉兒曰：

有人家甚富，止有一男，寵恣過常。遊市見一女子美麗，賣胡粉，愛之。無由自達，乃托買粉，日往市，得粉便去，初無所言。積漸久，女深疑之。明日復來，問曰：「君買此粉，將欲何施？」答曰：「意相愛樂，不敢自達，然恆欲相見，故假此以觀姿耳。」女悵然有感，遂相許以私，尅以明夕。其夜，安寢堂屋，以俟女來。薄暮果到，男不勝其悅，把臂曰：「宿願始伸。」於此歡躍遂死。女惶懼，不知所以，因遁去，明還粉店。至食時，父母怪男不起，往視，已死矣。當就殯斂；發篋笥中，見百餘裹胡粉，大小一積。其母曰：「殺我兒者，必此粉也。」入市遍買胡粉，次此女比之，手跡如先。遂執問女曰：「何殺吾兒？」女嗚咽具以實陳。父母不信，遂以訴官。女曰：「妾豈復恡一死，乞一臨屍盡哀。」縣令許焉。經往撫之，慟哭曰：「不幸致此，若死魂而靈，復何恨哉！」男豁然更生，具說情狀。遂為夫婦，子孫繁茂。

留鞋記雜劇即據此演成，僅易胡粉爲胭脂，及增益元夜留鞋一節耳。元劇之取材於太平廣記者極眾，蓋廣記所載故事，多動人視聽，固作劇之現成題材也。

十三、龐涓夜走馬陵道

簡稱馬陵道，無名氏作。有元曲選本、脈望館鈔本。

本事——

春秋之世，龐涓與孫臏同居雲夢山，從鬼谷仙師王蟾受業，先後十年，兵書戰略，無不精通。二人念念功名，常思下山進取。一日，仙師謂二人曰：「吾今試汝等智謀孰勝，勝者先下山。」言訖，率二人至一洞口，命二人站定，然後獨自入內，曰：「孰能賺吾出此洞，即爲優勝。」二人各自設計。少頃，孫臏告仙師曰：「此實大難，弟子無使師父出洞之計。」仙師欣然出洞曰：「汝有何計，使吾入洞？」臏稽首曰：「此即弟子使師父出洞之計也。」仙師笑曰：「果然妙計。」龐涓曰：「弟子有妙計，置乾柴於洞邊焚之，則師父自奪門而出矣。」仙師聞言不悅，以涓生性陰險，不若臏之忠厚也。仙師復察二人氣色，曰：「龐涓氣色勝過孫臏，可先下山。」涓大喜。下山之日，臏至山下杏花村餞別。涓曰：「此行若得貴顯，誓不相忘。」拜辭而去。（以上楔子）

龐涓下山後，初投齊，不獲用；乃至魏，蓋其母國也。時齊公子正會諸國公子於臨淄境上。齊公子以強魏公子申獻辟塵如意珠不遂，心竊恨之，乃於其返國時，命大將田忌以輕騎襲之。魏公子遭襲，走頭無路，幸龐涓單騎相救，反擒田忌。既返國，乃授涓爲武陰君。涓從此得顯，權傾諸臣。以不忘前言，向魏公子力薦孫臏。公子從其言，召臏至魏，官授四門都教練使。涓復妬臏無功受重祿，乃請公子命臏操演陣勢，己則陪侍公子登臺觀看，頻述破陣之法，以顯其能。臏諳其意，仍佈一奇陣難之。陣既成，涓不識，命將軍鄭安平攻之。安平驟馬入陣，東衝西突，不辨走路，爲臏所擒。涓惱羞成怒，自引軍入陣，亦被擒獲。懼而求赦，始得放還，然自此恨臏入骨矣。(以上第一折)

龐涓欲雪此恥，一日乃命人詐傳公子令與孫臏曰：「今夜三更熒惑失位，着孫臏屆時至宮外連射三箭，並鳴鑼吶喊，以鎮壓之。」臏不知是計，奉命而行。(以上楔子)

是夜，魏公子聞宮門外鳴鑼吶喊，且有火箭三枝射入宮中，以爲士卒譁變，飽受虛驚。翌晨，召龐涓入宮問之。涓對曰：「孫臏怨公子薄待，有反叛之意。」公子大怒，命斬孫臏。臏臨刑，猛省當日臨召下山時，仙師曾授一錦囊，謂有急難，即啟視之。於是出囊啟視，心中了然。乃長嘆一聲曰：「死不足惜，惜腹中天書從此失傳耳！」涓聞言大驚，欲得天書之祕，乃詐傳公子令，免臏死罪，但刖其雙足。然後假意殷勤，迎至宅中，命其默寫天書。(以上第二折)

孫臏被軟禁，傳寫天書，忽忽半載。一日，佯爲瘋魔，以行將寫竟之天書付之一炬，隻字不留。於是每日逐小兒嬉，從羊犬眠。龐涓聞訊，心疑其僞，命從人一手持饅首，一手持汚物，以飼臏。臏毫不疑遲，取汚物而食。從人回報，涓稍信之。時齊使卜商至魏貢茶，聞孫臏風魔，心竊疑之。一日，私行訪臏，識破其僞，乃曰：「先生若隨商返齊，必獲重用。」臏從之，潛至商寓次。龐涓得訊，以兵圍寓所捜捕，不得而去。翌日，臏乃易服雜卜商行列中，離魏去齊。（以上第三折）

孫臏既至齊，齊公子即拜爲軍師。以大將田忌爲先行，合諸國大將李牧、吳起、王翦、樂毅、馬服子等以伐魏。魏命龐涓率軍迎戰。臏素知涓好勝輕敵，乃以添兵減灶之計，賺之入馬陵道，伏兵四起，魏兵潰敗。涓率數騎奪路急走，遇一白楊樹横阻去路。樹上有詩曰：「白楊樹下白楊峪，正是龐涓合死處。今夜不斬魏人頭，孫臏不回齊國去。」涓見詩，知爲孫臏所題，大驚失色。時四面亂箭齊發，涓走頭無路，終被射死於馬陵道上云。（以上第四折）

考證——

孫臏、龐涓事見史記孫子吳起列傳（列傳五）傳曰：

孫臏嘗與龐涓俱學兵法。龐涓旣事魏，得為魏王將軍，而自以為能不及孫臏，乃陰使召孫臏。臏至，龐涓恐其賢於己，疾之，則以法刑斷其兩足而黥之，欲隱勿見。齊使者如梁，孫臏以刑徒陰見，說齊使。齊使以為奇，竊載與之齊，齊將田忌善而客待之。

其後田忌引孫臏見威王，王以之爲軍師。及齊魏交兵，傳曰：

> 魏與趙攻韓，韓告急於齊，齊使田忌將而往，直走大梁。魏將龐涓聞之，去韓而歸。齊軍既過而西矣，孫子謂田忌曰：「彼三晉之兵，素悍勇而輕齊，齊號為怯。善戰者因其勢而利導之，兵法百里而趣利者蹶上將，五十里而趣利者軍半至。」使齊軍入魏地，為十萬竈；明日為五萬竈；又明日為三萬竈。龐涓行三日，大喜曰：「吾固知齊軍怯，入吾地三日，士卒亡者過半矣。」乃棄其步軍，與其輕鋭倍日並行逐之。孫子度其行，暮當至馬陵。馬陵道狹，而旁多阻隘，可伏兵。乃斫大樹，白而書之曰：「龐涓死於此樹之下。」於是令齊軍善射者萬弩，夾道而伏，期日暮見火舉而俱發。龐涓果夜至斫木下，見白書，鑽火燭之。讀其書未畢，齊軍萬弩俱發，魏軍大亂相失。龐涓自知智窮兵敗，乃自剄曰：「遂成豎子之名！」

劇情大致據此，而益以孫臏、龐涓同受業於鬼谷子及其後孫臏佯作風魔等傳說，較爲曲折動人。論衡答妄篇云：「傳曰：蘇秦張儀縱横，習之鬼谷先生。掘地爲坑，曰：『下說令我泣出，則耐分人君之地。』蘇秦下說，鬼谷先生泣下沾襟。張儀不若蘇秦。」劇中以賺仙師出洞鬥智事，諒即由此轉變而成。傳中未言齊使爲誰，而雜劇則實之爲卜商。案史記仲尼弟子列傳（列傳第七）：卜商字子夏，嘗居西河教授，爲魏文侯師。並無爲齊使魏事，則雜劇所言謬也。又若劇中田忌伐魏時合趙將李牧、楚將吳起、秦將王翦、韓將馬服子、燕將樂毅，則更屬隨意牽引，大違史實。此種荒唐謬悠之記載，元人雜劇中數見不鮮，無足怪也。

十四、蘇子瞻醉寫赤壁賦

簡稱赤壁賦，無名氏作。有元明雜劇本。

本事——

蘇軾字子瞻，眉州人，嘗與王安石同在帝學讀書。子瞻晉官端明殿大學士，安石設宴相賀，秦少遊、賀方回作陪。初，安石夫人久聞子瞻之名，欲思一見其人，乃商諸安石。安石命夫人喬裝作侍姬，於宴時偕諸姬至堂前彈奏，庶可一窺子瞻，而不爲所覺。華筵既開，子瞻等飲於堂上，諸姬彈奏於堂前，中有繡簾相間。子瞻自簾內窺視諸姬，疑有安石夫人在內，然以繡簾礙目，乃賦詩一首曰：「只聞檀板與歌謳，不見如花閉月羞，安得好風從地起，倒吹簾捲上金鉤。」安石聞詩，命從人捲起繡簾，並命夫人至前，與眾敬酒一巡。子瞻酒醉失禮，當眾戲謔夫人，旋賦滿庭芳詞一首，又有輕薄之句，卒至觸怒安石。（以上第一折）

翌日，安石奏過聖人，遂貶子瞻於黃州。初，安石嘗有「庭前昨夜西風起，吹落黃花滿地金」之句。子瞻續之曰：「秋花不比春花謝，說於詩人仔細吟。」蓋所以譏之。安石知而不悅，且怪其不知黃州之菊花謝也。今貶子瞻至黃州，可謂報夙怨矣。子瞻聞貶，悔已無及。出都之日，賀方回、邵堯夫等諸官相送於長亭。時風雪交加，行路困難。子瞻悵然詢堯夫曰：「僕此去何日得返？」堯夫不答，但以其家譜付子瞻，囑熟記之。曰：「君將以此返朝也。」子瞻領命，拜別而去。（以上第二折）

子瞻既至黃州，刺史以其失意而來，頗冷待之。子瞻數謁，不得一見。居黃州一年，惟與佛印禪師、黃魯直相過從。是年七月十五之夜，銀漢無聲，景物幽絕。佛印偕魯直邀子瞻駕扁舟一葉，作赤壁之遊。舟至江心，三人飲酒笑語，不覺皆醉。佛印曰：「此情此景，能無感乎？」乃起品洞簫，其聲淒清，動人心腑。一曲既終，佛印顧子瞻曰：「公何不作一賦，以誌今夕之遊。」子瞻正不勝感慨，聞言下筆立成，即赤壁賦是也。時東方既白，三人始盡興而返。（以上第三折）

邵堯夫能知過去未來，朝廷尊信之。其歿也，朝廷欲立碑，但詢其家譜，無人知之。堯夫之子伯溫奏曰：「惟子瞻知之最詳。」於是朝廷命子瞻返京，官復原職，爲堯夫撰家譜。子瞻奉旨大喜，辭別佛印、魯直，尅日返京。堯夫之言，至是驗矣。（以上第四折）

考證——

按蘇軾之時，王安石方執政，倡言變法。軾與安石政見不同，屢上書阻撓，且藉策問諷刺，故爲安石所不容。出爲杭州通判，繼遷密、徐、湖諸州，終至貶謫。事詳宋史本傳（列傳七十九）。傳曰：

徙知湖州，上表以謝。又以事之不便民者不敢言，以詩托諷，庶有補於國。御史李定、舒亶、何正言摭其表語，並謀蘖所為詩，以為訕謗。逮赴臺獄，欲置之死。鍛鍊久之，不決。神宗獨憐之，以黃州團練副使安置。軾與田父野老相從溪山間，築室於東坡，自號東坡居士。三年，神宗數有意復用，輒為當路者阻止。

直至哲宗即位，始得應召返朝，爲禮部郎中。今雜劇所演，與本傳迥異。但民間似有此種傳說。明馮夢龍編警世通言有「王安石三難蘇學士」一卷（卷三），所記與雜劇頗有相似處。茲節逑於後，以供互證。

東坡自持聰明，好肆譏訐。荆公嘗作字說，訓駟為四馬，蚕為天蟲；並謂古人造字，定非無義。東坡拱手進言曰：「鳩字九鳥，可知有故。」荆公信之，欣然請教。東坡笑曰：「毛詩云：『鳴鳩在桑，其子七兮。』連爺連娘，共是九個。」荆公默然，惡其輕薄，左遷為湖州刺史。逾三年，東坡任滿返朝，往謁荆公。值公晝寢，乃於書室暫候。偶覩案上未竟詩稿，詩云：「西風昨夜過園林，吹落黃花滿地金。」東坡笑我：「此公糊塗！」遂趁興揮毫，續書兩句曰：「秋花不比春花謝，說與詩人仔細吟。」旋覺唐突，然已不及矣。荆公見詩不悅，復左遷東坡為黃州團練副使。東坡將發，詣相府辭行。荆公托取瞿塘中峽水一甕，作烹陽羨茶之用。東坡諾之。既之黃州，飲酒賦詩，怡然自得。時值重九之後，東坡偶與友人陳季常至後園賞菊，則見黃花盡落於地，若鋪金然，始悟荆公之句不誣。後東坡以進冬至賀表晉京，先陸行至夔州，買棹東下，蓋須於瞿塘中峽取水呈荆公也。然以旅途勞頓困臥；及醒，已過中峽。欲廻舟不得，無奈取下峽水一甕，以為荆公不辨也。既至京，謁荆公，謝昔日續詩之罪，並以蜀水一甕呈上。荆公啟甕取水，以烹陽羨茶。少頃，公細察茶色，曰：「此下峽水也。」東坡赧然，益服荆公之博學多聞。荆公復欲難之，出三句屬對。東坡苦思不成，無以自容。荆公終惜其才，復官之為翰林學士云。

據王宗稷所編年譜，東坡以元豐三年二月至黃州，七年四月移汝州，居黃將近五年。故其詩中有「君不見，武昌樊口幽絕處，東坡先生留五年。」之句。劇中謂居黃一年，謬矣。

邵雍字堯夫，事詳宋史列傳一四七。傳曰：「雍知慮絕人，遇事能先知。」故俗傳堯夫能知過去未來，今尚有「邵子神數」之說。雜劇似即據此。然傳曰：「因雍之前知，謂雍於凡物聲氣之所感觸，輒以其動而推其變焉。於是摭世事之已然者，皆以雍言先之，雍蓋未必然也。」可知俗傳原不足信。又劇中言堯夫與東坡同朝爲官；東坡貶黃州後，且以堯夫之家譜始得奉召返朝。前者與本傳所記違忤；傳謂堯夫以賢德聞於鄉里，朝廷屢詔起用，皆固辭，卒不仕而終。後者之說，更近荒唐，蓋作者遊戲之筆，此固元人之作劇之常態也。

十五、朱太守風雪漁樵記

簡稱漁樵記，無名氏作。有元曲選本，元人雜劇選本（此本題作王鼎臣風雪漁樵記）。

本事——

漢武帝時，會稽有朱買臣者，幼習儒業。以時運未通，屢試不第，入贅劉二公家，采薪度日。買臣有義兄王安道，業漁；義弟楊孝先，亦樵夫。三人情逾骨肉。某年冬，買臣罷樵而返。途中尋思：行年四十又九，功名無緣，生計苦累。不禁長嘆。低首疾行之際，誤犯大司徒嚴助行列。左右欲毆之。嚴助喝止，上前問訊，始知爲名士朱買臣，乃下馬爲禮。蓋嚴助方遵聖人之命，訪求天下賢士也。於是買臣乃出所著萬言長策，央嚴助以獻聖人，然後作別。（以上第一折）

初，劉二公以買臣偎妻靠婦，不求進取，常思有以激勵之。是日心生一計，趁買臣采薪未返，命其女玉天仙向買臣索休書，與之脫離。玉天仙不解乃父用意，無限驚訝，曰：「兒與買臣二十年夫妻，奈何無端斷絕？」劉二公作色曰：「汝若不從，請嘗五十黃桑棍。」玉天仙懼而從焉。少頃，買臣自風雪中蹣跚而返，手無寸薪。玉天仙乃借題哭吵，迫買臣出休書。買臣初以善言慰之曰：「我命中五十必富貴，今已四十九矣。汝其稍安，必不負汝二十年勤勞也。」繼以玉天仙打罵無已，不可理論，無奈以休書與之。玉天仙既得休書，即命買臣出門。買臣曰：「風雪凜冽，乞借宿一宵，明日即行。」玉天仙不從，又恐其不肯去，乃誑之曰：「王安道伯伯現在門外，速往迎之。」買臣急出門，四望無人，回身則玉天仙已緊掩大門，不容復入矣。買臣始知中計，悲憤難抑，佇立片刻，悵悵而去。（以上第二折）

玉天仙返報劉二公，劉二公料買臣必將奮發晉京，求取功名，乃立將白銀十兩，棉衣一襲，至王安道家，實告安道以休妻激勵買臣之計，並央安道以銀物轉授買臣，免其途中飢寒。安道善其計，乃慰之曰：「老丈放心，待買臣來，俓自善遣之。」劉二公致謝而去。不移時，買臣、楊孝先先後至安道家。安道察買臣臉有愁容，佯問之曰：「兄弟何以不豫？」買臣慘然曰：「弟已與劉氏絕矣！待欲上京應試，苦無川資，是以鬱悶耳。」安道乃出白銀及棉衣授買臣曰：「兄捕魚二十年，得此積蓄，原擬作身後之需；今以之與弟助行色，如何？」買臣再拜而受，謝曰：「苟有寸進，必不敢忘。」遂長行進京。（以上楔子）

買臣至京師，一舉及第；復以大司徒嚴助之力，官授會稽太守。於是擇定吉日，走馬上任，備極榮耀。有貨郎張慠古者，劉二公之鄰人，是日進城買賣，目擊盛況，復蒙買臣厚待，相與言故鄉事。慠古受寵若驚，回鄉詳告劉二公。劉二公大悅，欲携玉天仙往見之，又恐其反臉不相認，乃走告王安道，央安道證明昔日之苦心，庶可望重歸和好，一家團圓。（以上第三折）

王安道聞買臣官授會稽太守，大悅。乃擇日與楊孝先設宴賀買臣於曹娥江邊，蓋三人舊遊之處也。安道又邀劉二公父女至宴，使其重聚。買臣既至，拒劉二公父女不見，蓋回想風雪中爲玉天仙所逐事，猶有餘恨也。於是王安道乃向買臣歷述前情曰：「當日劉二丈命小姐索休書，非眞欲與賢弟絕，實以賢弟行年四十有九，猶不力求仕進，故以此相激勵。賢弟果然中計，奮然欲上京應試。白銀十兩，棉衣一襲：兄捕魚爲生，衣食不週，何來此物？蓋劉老丈所陰授，假兄手以與弟者耳。賢弟不知老丈用心之苦而拒之則可；今既知之，幸三思焉。」買臣聞言大悟，避席而謝。忽嚴助賚旨前來曰：「朱太守休妻詳情，聖人已知之，命重歸團聚。」於是衆人大悅，爲買臣夫婦慶團圓云。（以上第四折）

考證——

朱買臣休妻事，出漢書本傳（列傳三十四上）。本傳記其出身及休妻事云：

朱買臣字翁子，吳人也。家貧，好讀書，不治產業，常杖薪樵賣以給食。擔束薪，行且誦書。其妻亦負載相隨，數止買臣毋歌謳道中；買臣益疾歌，妻羞之求去。買臣笑曰：「吾年五十當富貴，今已四十餘矣。女苦日久，待我富貴報女功。」妻恚怒曰：「如公等，終餓死溝中耳，何能富貴？」買臣不能留，即聽去。其後買臣獨行歌道中，負薪墓間。故妻與夫家俱上冢，見買臣飢寒，呼飯飲之。

其後大司徒嚴助薦買臣於武帝，拜中大夫，旋遷會稽太守。本傳記其之官情形云：

會稽聞太守將至，發民除道，縣吏並送迎車百餘乘入吳界。見其故妻，妻夫治道。買臣駐車，呼令後車載其夫妻到太守舍，置園中給食之。居一月，妻自經死，買臣乞其夫錢令葬。

傳中無買臣收歸其妻一節，與劇情異，蓋雜劇總不免落結局團圓之窠臼也。劇中謂玉天仙棄夫原非本意，乃奉其父之命以此激勵買臣進取功名，則又似有意翻案矣。又雜劇初言買臣屢試不中，繼言一試及第，官授會稽太守，亦與事實不符。蓋買臣出仕由於嚴助之薦；且科舉興於隋唐，漢時猶無此制度也。然本劇剪裁變化，關目動人，因非冷飯化粥者所能企及。買臣之妻，姓氏無考，劇中名之爲玉天仙，第甚言其美好耳。劉二公、王安道、楊孝先輩，不見史傳，其爲作者鑿空撰出，自不待言。

十六、李雲英風送梧桐葉

簡稱梧桐葉，無名氏作。有元曲選本，元明雜劇本，顧曲齋本。

本事——

任繼圖字道統，西蜀人，娶李雲英爲妻。雲英，故丞相李林甫之孫女也。繼圖有友人哥舒翰，方守禦西蕃；一日，遣使臨門，邀繼圖前往參贊軍事。繼圖素懷大志，慨然從行。雲英欲留不得，不勝淒黯。（以上楔子）

繼圖行後，値安祿山之亂，明皇幸蜀。雲英爲亂軍所擄，幸蒙尙書牛僧孺收爲義女，命與親女金哥朝夕相伴。祿山之亂既平，牛尙書隨駕返京，雲英亦隨行。既至京，雲英以思念繼圖，終日懨懨。時繼圖已罷軍歸家，訪雲英無着，乃偕友人花仲清至京應試，寄寓於大慈寺。客中岑寂，離緒難遣，嘗題木蘭花慢一首於寺壁上。詞曰：「等閒離別，一去故鄉音耗絕。禍結兵連，嬌鳳雛鸞沒信傳。落花風絮，杜鵑啼血傷春去。過客愁聞，佇立東風欲斷魂。」一日，雲英隨牛尙書夫婦至大慈寺燒香。覩詞，疑爲其夫手筆，乃私和一首於後曰：「臨岐分別，一旦恩情成斷絕。烽火相連，雁帖魚書誰與傳。身如柳絮，沾泥不復隨風去。

杜宇愁聞，啼斷思鄉怨女魂。」蓋所以示意也。詞爲牛尙書夫婦所知，責以婦道；雲英以實告，始恕之。（以上第一折）

雲英自大慈寺返，思夫之情益切。時値深秋，西風落葉，增人愁緒。一日，雲英正伴金哥閒坐，忽風吹一桐葉至座前。雲英乃檢起桐葉，題一詩於上，舉手默祝曰：「天若憐妾夫妻分離，音耗久絕，乞賜一降大風，送此葉至妾夫處。」果然，大風怒吼而至，桐葉隨之飛升，直入空中，竟落於大慈寺中。（以上第二折）

繼圖在寺中得桐葉，覩葉上題字，知爲雲英手筆，大爲驚異；又覩壁上和詞，心益念之，然不知其究在何處也。時大試之期已近，繼圖奮發用功，卒獲狀元及第。花仲淸亦膺武狀元之選。牛尙書夫婦聞本科文武狀元，皆人品出眾，欲命金哥、雲英抛綵球擇婿。雲英以烈女不嫁二夫，婉言辭絕。尙書夫婦嘉其志，乃獨命金哥行之。兩人奉旨誇官之日，金哥由雲英扶登綵樓之上，待兩狀元行至樓前，乃抛手中綵球。球中繼圖，繼圖以思念舊妻，不接。繼中花仲淸，仲淸接球，遂爲尙書嬌婿。（以上第三折）

翌日，繼圖伴仲淸至牛府成親。先是，金哥抛綵球時，雲英在旁遙見繼圖，繼圖亦一再注目遙之；終以尙書府弟，不敢冒昧相認。是日，既至牛府，會雲英伴金哥出堂，四目相視，宛然無誤。繼圖大喜，近前低聲問曰：「何以至此？」雲英對曰「一言難盡。」乃偕至牛尙書前，稟明實情。尙書夫婦亦喜，命夫妻團圓云。（以上第四折）

考證——、

本事來源無考。

十七、趙匡義智娶符金錠

簡稱符金錠，無名氏作。有元人雜劇選本，世界文庫本。

本事——

柴梁王之世，趙弘殷官爲殿前都指揮使。弘殷有二子一女：長子匡胤，次子匡義，女名滿堂。匡胤兄弟皆文武雜全，與鄭恩、石守信、張光遠、羅彥威、王審琦、周霸、李漢昇、楊廷幹、史彥昭等九人爲刎頸之交，有「京師十虎」之稱。某年春，汴京太守符彥卿所有之聚錦園奉旨開放，與民同樂。時趙匡胤偕石守信等兄弟赴關西操練，僅趙匡義、鄭恩二人在京，乃偕赴聚錦園觀光。有韓松者，乃豪門子弟，是日聞訊，亦偕從人歪纏、胡纏前往。園主符太守有女金錠，年方二八，姿色絕世。名園開放前夕，太守囑金錠翌日愼勿赴園，金錠從命。（以上楔子）

趙匡義偕鄭恩至聚錦園，時已薄暮，游人盡散。二人方盡興賞翫，金錠率梅香亦來園中，蓋金錠整日未出深閨，趁此游人已散之際，來此遣悶也。匡義遙遙見之，尋思久聞符太守有女極美，此必是也。於是吟詩挑之曰：「姮娥離月殿，織女渡天河。不遇知音者，空勞長嘆多。」金錠聞詩而驚，四顧無人，旅低聲和之曰：「紫燕雙雙起，鴛鴦對對飛。無言勻粉臉，只有落花知。」於是匡義出而相見，詢之果爲金錠。匡義乃自述身世，聞金錠尚未字人，頗有自薦之意。金錠亦以其少年英俊，芳心竊許。二人未及盡言，韓松偕歪纏、胡纏衝上，欲調戲金錠。鄭恩自遠處見狀，飛步而至，其勢洶洶，欲毆韓松。松久聞十虎之名，不敢與爭，懷恨而退。金錠恐生事，爲父母所知，急偕梅香返內宅。匡義目送其去，然後偕鄭恩返家，並囑恩毋以此事告人。（以上第一折）

韓松自聚錦園歸，心有未甘，乃以重金餽媒婆，囑往符太守家作伐。而匡義返家後，思金錠不已，又未敢向父母明言，於是懨懨成疾，臥病不起。時眾兄弟除匡胤外，皆一一歸來探視其疾，然無人知其病根何在。弘殷夫婦終日焦慮，不知所措，乃召其女滿堂返家，以便相商。滿堂適汴京節度使王朴，聞訊歸寧，向匡義追究病根，匡義始傾吐實情。於是告知弘殷夫婦，立請王節度向符太守說親。匡義聞之大喜，其病不藥自愈。（以上第二折）

符金錠自與匡義邂逅一見，歸後神魂若失，茶飯無心。太守夫婦見狀，心頗憂之。一日，媒婆見太守，致韓松之意，復極言松之家世人品。太守正躊躇間，王節度使亦至，爲匡義說親。太守以韓趙皆名門，許韓則趙怨，許趙則韓怨，左右爲難，乃商諸夫人。夫人曰：「莫如由女兒自擇，請臨街搭綵樓，吾女自樓上抛球，球中韓則許韓，中趙則許趙，則無厚此薄彼之嫌矣。」太守稱善，立命佈置。既竣，金錠登樓下望，匡義、韓松皆翹首而待，於是以球投向匡義。匡義得球正喜，不料爲韓松所奪。正欲奪返之，太守曰：「余已目覩球爲趙公子所得。明日即可成親。」匡義乃罷手。兩家各安排親事。(以上第三折)

韓松既悉匡義次日迎娶，乃與歪纏、胡纏等設計，預伏途中，劫取花轎。翌日，松等候於途中，見花轎行近，上前阻攔。韓松直趨轎前，掀簾欲扯新娘，則見一大漢似怒目金剛，端坐轎中，鄭恩是也。韓松大驚，不及回身，鄭恩已自轎中躍出，張光遠等亦自後擁上，圍毆韓松及其從人，至其狼狽逃竄，始凱旋而歸。(以上楔子)

匡義既與金錠成婚，弘殷命設宴慶賀，符太守、王節度、匡義夫婦曁諸兄弟歡飲一堂。席間談至鄭恩喬裝新娘，賺韓松挨打事，無不傾到。金錠復述抛綵球時情狀，爲眾勸酒。眾人盡醉始散。(以上第四折)

考證——

按宋史后妃列傳(列傳一)曰：

懿德符皇后，陳州宛邱人，魏王彥卿第六女也。周顯德中歸太宗。建隆初，封汝南郡夫人，進封楚國夫人。太宗封晉王，改越國。開寶八年薨，年三十四，葬於安陵西北。帝即位，追册爲皇后，謚懿德。

則符彥卿女果為太宗皇后。然傳中未錄其名，雜劇則名之為金錠。趙匡義智娶符金錠故事，雖饒風趣，然近乎兒戲，蓋小說家言，無史可據。

十八、龍濟山野猿聽經

簡稱野猿聽經，無名氏作。有元明雜劇本。

本事——

高僧脩公禪師遠遊至龍濟山，愛其地靈秀清奇，堪稱洞天福地，乃結廬山中，潛心修行。如是逾數十年。一日，禪師正閒立庵前，見一樵夫行至，心竊異之，蓋以其地幽僻，數十年來，未嘗有外人菹止也。於是相與問訊，樵夫曰：「僕姓余，名舜夫。幼時業儒，以功名失意，隱於荒村，負薪為業。今以採木，誤入仙山，得見吾師，誠為萬幸。」禪師喜其器宇不凡，談吐風雅，遂留作長談，復邀其同賞山中勝景。良久，樵夫始欣然告辭。禪師目送其去遠，然後返庵。（以上第一折）

有老猿居龍濟山，已千百餘歲，常竊聽禪師誦經。一日，老猿俟僧房無人，入內玩弄樂器。禪師聞聲尋至，尋思：此猿雖具善緣，但未居人類，終難超昇。恐其扯碎經文，毀損佛像，作法召山神逐之；但告以愼勿傷害。山神奉命，至僧房喝曰：「孽畜何敢來此作嬉！」

老猿大懼，伏地求赦。山神乃戒以不得再至，然後縱之。（以上第二折）

翌日，禪師正在庵中，一秀士入見曰：「僕名袁遜，平生不愛功名利祿，遨遊於名山大澤之間。久聞吾師佛法高深，特不遠千里而來，願師指示。」禪師聞言，欣然接待，並相伴周遊山中名勝，然後命行者打掃僧房，供其住宿。蓋禪師慧眼，已察破昔之樵夫余舜夫，今之秀士袁遜，實皆老猿所化。此猿蓋與佛有緣者也。（以上第三折）

一夜，袁秀才正在僧房中翻閱經文，禪師遣行者至，告曰：「明日將講經，請相公屆時往聽。」袁秀才聞言，喜不自勝。（以上楔子）

明日，佛堂中僧徒雲集，袁秀才亦與座，待禪師蒞臨講經。少頃，禪師登壇主講，言辭中有意點化老猿。講畢，僧徒及袁秀才相繼問禪，禪師答袁秀才特詳。袁秀才大悟，乃說明己實山中老猿，生性好佛，是以二度化身求教；於是拜謝禪師指示迷津，旋即當場坐化，登西方極樂世界云。（以上第四折）

考證——

本事來源無考。

十九、漢鍾離度脫藍采和

簡稱藍采和，無名氏作。有元明雜劇本。

本事——

鍾離權字雲訪，道號正陽子，大羅神仙也。一日，赴天齋返，見下界一道青氣，直衝九霄。屈指一算，知有洛陽伶人藍采和，當成半仙，於是親往引度。藍采和原名許堅，在勾欄中飾軟末泥，頗負聲譽。是日，鍾離權既至其處，即苦勸藍采和出家。藍采和初猶婉言辭謝，旋以道人糾纏不已，致誤登場時間，於是大怒，反鎖道人於勾欄中自去。鍾離權知其未歷惡境，不肯回頭，乃召呂洞賓至下界相助。(以上第一折)

明日，正值藍采和壽誕，其伙伴皆獻禮祝賀。壽筵既開，賓主歡飲一堂。酒半酣，藍采和忽聞門外有人時哭時笑；出視之，則鍾離權是也。於是滿心不悅，欲廻身入內。鍾離權曰：「君今爲壽星，明日將成災星矣。」藍采和以其出語不祥，重閉其門以拒之。鍾離權於門外呼之不應，於是施其法術。少頃，藍采和忽聞有人叩門曰：「大人呼藍采和官身。」急啟門視之，乃公人也，無奈，從之行。既至官，官以其遲至，命責四十大棍。藍采和聞言大懼，忽見鍾離權上堂相告曰：「君若從貧道出家，可免此厄運。」於是對曰：「願從吾師出家。」鍾離權即向官說情，官從之，蓋官即呂洞賓所化者也。(以上第二折)

藍采和既出家，日從鍾離權修行。一日，偶經勾欄，爲其妻兒伙伴所見，爭相詢問曰：「自大人呼君行後，何以一去不還？」藍采和曰：「當日大人以吾遲延有誤，該責四十大棍，幸師父鍾離權說情得免，今已從師父出家矣。」其妻等衆口一聲，請其重理舊業。藍采和不顧，高歌踏踏歌而行。歌曰：「踏踏歌，藍采和，人生得幾何？紅顏三春樹，流光一擲梭。埋者埋，拖者拖，花棺彩轝成何用？箔捲傜抬人若何？生前不肯追歡笑，死後着人唱挽歌。遇飲酒時須飲酒，得磨跎處且磨跎。莫恁愁眉常戚戚，但只開口笑呵呵。營營終日貪名利，不管人生有幾何。有幾何，踏踏歌。藍采和。」（以上第三折）

三十年後，藍采和之妻及其舊日伙伴皆老矣；獨藍采和容色不減當年。一日，又相逢於勾欄院。初皆不知其爲藍采和，後經藍采和言明，始相與敍舊日事，不勝唏噓。藍采和欲入幕後一覩昔日服飾，則忽見鍾離權端坐幕後，大驚。鍾離權曰：「許堅莫萌凡心，汝乃八仙之一，即可同登仙界。」藍采和再拜受命，乃從鍾離權飛昇而去。（以上第四折）

考證——

藍采和事蹟，散見於太平廣記、神仙傳、列仙傳等書中，但以廣記記之較詳。廣記二十二云：

藍采和，不知何許人也。常衣破藍衫，六銙，黑木腰帶闊三寸餘，一腳着鞋，一腳跣行。夏則衫內加絮；冬則臥於雪中，氣出如蒸。每行歌於城市乞索，持大拍板長三尺餘，常醉踏歌，老少皆隨看之。機捷諧謔，人問應聲答之，笑皆絕倒，似狂非狂。行則振靴言：「踏歌，踏歌，藍采和。世界能幾何？紅顏一春樹，流光一擲梭。古人混混去不返，今人紛紛來更多。朝騎鸞鳳到碧落，暮見蒼田生白波。長景明暉在空際，金銀宮闕高嵯峨。」歌詞極多，率皆仙意，人莫之測，但以錢與之。以長繩穿，拖地行，或散失亦不回顧；或見貧人，即與之，及與酒家周遊。天下人有為兒童時至及班白見之，顏狀如故。後踏歌於濠梁間酒樓，乘醉，有雲鶴笙簫聲，忽然輕舉，於雲中擲下靴衫腰帶拍板，冉冉而去。

以此與藍采和雜劇相較，頗有似處。雜劇或即據此，增益鍾離權下凡引度等關目而成。劇中言藍采和原名許堅，於勾欄中飾軟末泥頗負時譽，未知所據，恐係作者杜撰耳。

（四十七年八月淡江學報第一期）

論元人雜劇中的劇人之劇與詩人之劇

一、前　言

在拙著中國文學史中，筆者有過這麼一段話：

蓋雜劇作家，有劇人、詩人之別。劇人富有戲劇經驗，其編劇也，致力於情節之曲折緊湊，人物之性格分明，對話之流利生動，以求得最大戲劇效果。……至於詩人撰劇，往往挾其對古典文學之高深修養，專注曲文辭藻之美，甚至用典引書，力求風格之雅正；蓋以創作純文學作品之態度編劇，初未顧及其演出之效果。……自然，劇人筆下亦不乏曲文典雅之作，然其典雅之曲文必符合劇中人之身分。兩者相較，以演出效果而論，自以劇人之作為勝；以閱讀感受而論，則詩人之作能多予人吟詠之美。

（原書下卷第四百六十七頁）

筆者把元人雜劇區分爲劇人作品與詩人作品兩大類，並非有意標新立異，而是覺得舊有的分類方法未盡妥當，所以才作了這種嘗試。所謂舊有的分類方法，不外下列兩種：一、分爲王實甫派和關漢卿派，簡稱王派、關派。劉大杰中國文學發達史即是如此。二、分爲文采派與本色派。日人青木正兒中國文學概說即如此分法。這兩種舊的區分法都相當的流行，但是仔細一推敲，實在並不妥善。所謂王派、關派，並不能給人們一個明確的印象。文采派和本色派的名稱，雖然表現了各派的特色，能給人一個明確的印象，但它的命名卻建立在一個不完全的基礎上。青木正兒自己說：

概元代雜劇，曲辭樸素，在很巧的驅使着俗語的地方具有妙味，而其中自有兩種作風：即曲辭樸素，多用口語者；與曲詞藻麗，比較的多用雅言者是也。前者為本色派，後者可以叫做文采派。（中國文學概說隋樹森譯本，第一百十六頁）

接下去，他還把文采派細分爲「綺麗纖穠」和「清奇輕俊」兩派；又把本色派細分爲「豪放激越」、「敦樸自然」、「溫潤明麗」三派。很明顯的，他是專門就雜劇的曲辭一項來加以區分。但元人雜劇是戲劇，是在舞臺上演出的綜合藝術，儘管在劇本裏曲辭佔去大量的篇幅，儘管在演出的過程中唱曲辭佔去相當多的時間，但關目的曲折緊湊，人物的逼眞生動，賓白的流利動聽等因素，無疑對全劇演出的成功與否更具有決定性。既然如此，我們怎麼可以單就曲辭一項來評論整部雜劇呢？所以筆者說，青木正兒的區分法是建立在一個不完整的基礎上的。

我們評論一部雜劇，必須從關目佈置、人物刻畫，及曲辭賓白各方面來觀察，斷不可專注於曲辭一項。可惜自明初以來的曲評家，絕大多數的人犯了這種錯誤。專注於曲辭的風氣，可以說開始於朱權的太和正音譜。此書撰於明太祖洪武三十一年（西元一三九八）。書中有「古今群英樂府格勢」一節，評論元曲作家一百八十七人，並置馬致遠（號東籬）於群英之首，評道：

> 馬東籬之詞，如朝陽鳴鳳。其詞典雅清麗，可與靈光、景福而相頡頏，有振鬣長鳴，萬馬皆瘖之意；又若神鳳飛鳴於九霄，豈可與凡鳥共語哉！宜列群英之上。

又置白樸（字仁甫）於第三，評道：

白仁甫之詞，如鵬搏九霄。風骨磊磈，詞源滂沛，若大鵬之起北溟，奮翼凌乎九霄，有一舉萬里之志，宜冠于首。

又置關漢卿於第十，評道：

關漢卿之詞，如瓊筵醉客。觀其詞語，乃可上可下之才。蓋所以取者，初為雜劇之始，故卓以前列。

又置鄭光祖(字德輝)於第十一，評道：

鄭德輝之詞，如九天珠玉。其詞出語不凡，若咳唾落乎九天，臨風而生珠玉，誠傑作也。

馬致遠、白樸、關漢卿、鄭光祖四人，通稱「元曲四大家」。正音譜的這些評語，如果專門用來評論散曲，也還罷了，至多使人覺得這位朱權王爺說話不着邊際，偏又好賣弄學問而已。但從評關漢卿的話看來，顯然是兼評雜劇的。曲辭不過是雜劇的一環，怎能根據這一環就論斷劇作者成就的高低呢？但朱權這種專注曲辭的評論態度，給予明清兩代曲評家的影響眞是大極了；一直到王國維的宋元戲曲考，還不免受有他的影響。宋元戲曲考十二元劇之文章說：

> 元代曲家，自明以來，稱「關、馬、鄭、白」。然以其年代及造詣論之，寧稱「關、白、馬、鄭」為妙也。關漢卿一空倚傍，自鑄偉詞；而其言曲盡人情，字字本色，故當為元人第一。白仁甫、馬東籬高華雄渾，情深文明，鄭德輝清麗芊綿，自成馨逸：均不失為第一流。

宋元戲曲考是一部劃時代的著作，稱得上「一空倚傍，自鑄偉詞」；「關、白、馬、鄭」的排名，的確也比朱權太和正音譜置漢卿於第十者合理得多；可惜它對所謂元曲四大家的評語，卻和前引四條正音譜的評語一樣專就曲辭立論，這未免有點美中不足。青木正兒分元人雜劇爲文采與本色二派，也正是承襲了由朱權至王國維偏重曲辭的傳統態度。而筆者嘗試區分爲劇人之劇與詩人之劇兩類，就爲了要打破這種不合理的傳統態度。

二、劇人之劇

元曲四大家中，只有關漢卿一個是劇人，白樸、馬致遠、鄭光祖都是以詩人客串編劇的。臧懋循元曲選序說漢卿「躬踐排場，面傅粉墨，以為戾家生活，偶倡優而不辭。」所謂「戾家生活」，太和正音譜卷上引子昂趙先生曰：「良家子弟所扮雜劇謂之行家生活，娼優所扮者謂之戾家把戲。」由此可見漢卿與倡優為伍，有實際的舞臺經驗。他能成為我國戲曲史上傲視古今的最偉大劇作家，正是得力於實際的舞臺生活經驗。他雖然名不見經傳，元鍾嗣成錄鬼簿所載漢卿小傳又過分簡略，看不出他的為人，但在他的散曲「不伏老」套數裏，卻有着他一生的寫照。這一套數共有五曲，現在錄三曲於後：

〔梁州第七〕我是箇普天下郎君領袖，蓋世界浪子班頭。願朱顏不改常依舊，花中消遣，酒內忘憂，分茶攧竹，打馬藏鬮。通五音六律滑熟，甚閒愁到我心頭。伴的是銀箏女銀臺前理銀箏笑倚銀屏，伴的是玉天仙携玉手並玉肩同登玉樓，伴的是金釵客歌金縷捧金樽滿泛金甌。你道我老也，暫休！占排場風月功名首，更玲瓏，又剔透。我是個錦陣花營都帥頭，曾翫府遊州。

〔黃鍾尾〕我是箇蒸不爛煮不熟搥不匾炒不爆響璫璫一粒銅豌豆，恁子弟每誰教你鑽入他鋤不斷斫不下解不開頓不脫慢騰騰千層錦套頭。我翫的是梁園月，飲的是東京酒，賞的是洛陽花，攀的是章臺柳。我也會圍棋，會蹴踘，會打圍，會插科，會歌舞，會吹彈，會嚥作，會吟詩，會雙陸。你便落了我牙，歪了我嘴，瘸了我腿，折了我手，天賜與我這幾般兒歹症候，尚兀自不肯休。
〔尾〕則除是閻王親自喚，神鬼自來勾，三魂歸地府，七魄喪冥幽，天那！那其間纔
不向烟花路兒上走。

這些曲子，正是關漢卿最坦率的自白。他是一位生活多采多姿，畢生從事戲劇工作的民間藝人，沒有一般詩人文士懷才不遇的牢騷或孤芳自賞的傲氣。他憑着豐富的生活經驗和舞臺經驗，創造了許多不朽的雜劇。如果要在元代雜劇作家中選一位內行劇人代表，首先被想到的準是他。

現在，就以關漢卿所撰的雜劇爲例，說明劇人之劇的特色。但漢卿雜劇現存可信的有十四種❶，若每一劇都提出來討論，未免太費篇幅；只好作個抽樣的說明，選取其最具代表性

❶現存關漢卿雜劇可信的十四種是「關大王獨赴單刀會」、「關張雙赴西蜀夢」、「閨怨佳人拜月亭」、「錢大尹智寵謝天香」、「杜蕊娘智賞金線池」、「望江亭中秋切鱠旦」、「趙盼兒風月救風塵」、「溫太眞玉鏡臺」、「詐妮子調風月」、「包待制三勘蝴蝶夢」、「感天動地竇娥寃」、「狀元堂陳母救子」、「鄧夫人苦痛哭存孝」、「錢大尹智勘緋衣夢」。此外，「包待制智斬魯齋郎」、「山神廟裴度還帶」、「劉夫人慶賞五侯宴」、「尉遲恭單鞭奪槊」四部雜劇，雖舊題關漢卿作，但觀其格調，實出明人之手。又有王實甫西廂記第五本，明清以來傳爲漢卿所續，也沒有確切的證據。

的感天動地竇娥寃、趙盼兒風月救風塵、包待制三勘蝴蝶夢三劇爲例。下面就分關目、人物刻畫、曲文、賓白四部分來討論這三部代表作的成就。

一、關目

所謂關目，就是劇情佈局。爲了行文方便，先把竇娥寃的劇情扼要的介紹於下：

書生竇天章為了上京應試，向放高利貸的蔡婆商借盤纏，只好把女兒竇娥送給蔡婆做童養媳。後來竇娥成親纔二年，丈夫就害弱症死了。一日，蔡婆去向密醫賽盧醫索取本利二十兩，賽盧醫把她騙到荒郊，要用繩子勒死她，幸虧有張老和張驢兒父子經過，才救了她一命。張家父子聽說蔡婆只有婆媳二人度日，就硬跟蔡婆回家，要配成兩對。蔡婆眞的和張老成了一對恩愛的老伴；但竇娥卻立志守節，不理張驢兒。驢兒惱羞成怒，怪蔡婆不玉成好事，就買了毒藥要毒死蔡婆。沒想到陰錯陽差，反而把張老毒死了。於是驢兒誣陷竇娥毒死張老，要迫脅成親。竇娥依然堅拒，驢兒就告到官裏。楚州昏官把竇娥屈打成招，問了斬刑。臨刑時，竇娥對天發下三樁誓願：第一樁要丈二白練掛在旗鎗上，若係寃枉，刀過頭落，一腔熱血休滴在地下，都飛在白練上。第二樁，現今三伏天氣，要降三尺瑞雪，掩蓋遺骸。第三樁，要楚州大旱三年。這三樁誓願果眞一一應驗。後來竇天章功名成就，做了兩淮提刑，來到楚州查閱刑寃，才替女兒洗清寃情，使歹徒張驢兒、賽驢醫及楚州昏官得到了應有的罪刑。

這個故事的源流雖可上溯到漢書于定國傳和搜神記的東海孝婦故事❷，但情節佈局卻完全是關漢卿慘澹經營的心血結晶。像這樣的大悲劇，也只有關漢卿這種劇壇巨匠才敢寫它，才配寫它。到了明代傳奇，總好以團圓結局，就是死人也得還魂團圓，像竇娥寃這樣的大悲劇就再也看不到了。就是在元代，能夠寫出動人心魄的大悲劇的，關漢卿之外，也只有趙氏孤兒寃報寃的作者紀君祥一人而已。這兩部雜劇在十八、十九世紀先後介紹到歐洲❸，極受

❷ 漢書卷七十一于定國傳：「東海有孝婦，少寡亡子，養姑甚謹。姑欲嫁之，終不肯。姑謂鄰人曰：『孝婦事我勤苦，哀其亡子守寡，我老，久累丁壯，奈何？』其後，姑自經死。姑女告吏：『婦殺我母。』吏捕孝婦，孝婦辭不殺姑；吏驗治，孝婦自誣服。具獄上府，于公以爲此婦養姑十餘年，以孝聞，必不殺也。太守不聽，于公爭之弗能得，乃抱其具獄哭於府上，因辭疾去。太守竟論殺孝婦，郡中枯旱三年。後太守至，卜筮其故。于公曰：「孝婦不當死，前太守彊斷之，咎當在是乎！」於是太守殺牛自祭孝婦冢，因表其墓。天立大雨。」搜神記所載東海孝婦事，即採自漢書，僅文字稍有增飾而已。

❸ 法人 **R. P. Premare** 第一個把趙氏孤兒譯成法文本，書名 *L'orphelin de la Maison de Tchao,* 一七三五年出版。我國的戲曲介紹到歐洲，這是第一本。關漢卿的竇娥寃，也在一八三五年被法人 **Amtoine Pierre Louis Bazin** 譯成法文本刊行，書名 *Le Ressentiment de Teou-Ngo.*

西方劇壇的注意。

竇娥寃的關目嚴密緊湊，可以說是無懈可擊；劇情在自然合理的情形下逐步推進，毫無牽強湊合之處。下面提出二點，藉以說明作者的編劇技巧和慘澹經營的苦心。首先，請看第一折中的一段對話④：

〔孛老（張老）云〕兀那婆婆，你是那裏人氏？姓甚名誰？因甚着這個人將你勒死？

〔卜兒（蔡婆）云〕老身姓蔡，在城人氏，止有個寡媳婦兒相守過日。因為賽盧醫少我二十兩銀子，今日與他取討，誰想他賺我到無人去處要勒死我，賴這銀子。若不是遇着老的和哥哥呵，那得老身性命來。

〔張驢兒云〕爹，你聽的他說麼，他家還有箇媳婦哩！你要這婆子，我要他媳婦兒，何等兩便！你和他說去。

④竇娥寃有古名家雜劇本，元曲選本和酹江集本。古名家雜劇本最接近漢卿原作面目，元曲選本已經編選者臧懋循大加斧削，酹江集本則介乎二者之間。這三種本子的差異，吾師鄭因百先生撰有「關漢卿竇娥寃雜劇異本比較」（文載大陸雜誌第二十九卷十、十一期合刊），言之甚詳。元曲選本經過講究格律詞采的臧懋循改動，喪失了不少原作的精神，但因爲這究竟是最通行的本子，所以本文所引竇娥寃及其他雜劇原文，一概錄自元曲選本。

〔孛老云〕兀那婆婆，你無丈夫，我無渾家，你肯與我做個老婆，意下如何？

張老父子自賽盧醫手中救了蔡婆一命，就硬要和蔡婆婆媳配成兩對了。在這段對話中，要注意的是蔡婆的「止有個寡媳婦兒相守過日」這一句。張老並未問他家裏有些什麼人，而蔡婆卻自動說了出來，看起來似是蔡婆多此一句。其實不然，是劇作者故意揷入這一句，這樣，才引起了張驢兒要配成二對的歹念，而劇情就能自然而然的推進至另一高潮了。一位高明的編劇，最會利用輕描淡寫的幾筆，埋伏下未來的情節。

其次，張驢兒不能得到竇娥，就遷怒蔡婆，要毒死她，這毒藥的來源，作者也費了一番安排。

〔張驢兒云〕且住，城裏人耳目廣，口舌多，倘見我討毒藥，可不嚷出事來，我前日看見南門外有個藥舖，此處冷靜，正好討藥。〔做到科❺，叫云〕太醫哥哥，我來討藥的。

〔賽盧醫云〕你討甚麼藥？

❺雜劇裏的表現動作，都叫做科。「做到科」就是表演一個來到南門藥舖的動作。

〔張驢兒云〕我討服毒藥。

〔賽盧醫云〕誰敢合毒藥與你，這廝好大膽也。

〔張驢兒云〕你眞箇不肯與我藥麼？

〔賽盧醫云〕我不與你，你就怎地我？

〔張驢兒做拖盧云〕好呀，前日謀死蔡婆婆的不是你來？你說我不認得你哩，我拖你見官去。

〔賽盧醫做慌科云〕大哥，你放我，有藥有藥。

於是驢兒取得了毒藥。雖然無意中找到了賽盧醫的藥舖有點無巧不成書，但先安排下驢兒的一番自語，也就不顯得突兀了。劇作者不但藉此交代了毒藥的來源，也讓賽盧醫這個角色多派上用場，而讓兩個先後存心要謀害蔡婆的歹徒演出這麼一幕，不是挺有戲劇效果麼？張驢兒去討藥，先是低聲下氣，等認出賽盧醫就是當日要勒死蔡婆的兇手時，態度就強橫起來。而賽盧醫正巧相反，前倨而後恭。高明的編劇，眞是對每一細節都不放過的。

現在，再來看救風塵一劇的關目，照例先把劇情簡單的介紹一下：

汴梁歌妓宋引章，迷戀鄭州花花公子周舍，不顧母親和八拜交姐姐趙盼兒的勸阻，遠嫁鄭州。過門後，周舍一反過去的殷勤體貼，每天打駡有加。宋引章不堪虐待，要求回汴梁。周舍不允，說在他手中，只有打死的，沒有被休的。引章最後只好寄信向趙盼兒求救。趙盼兒已在風月場中混了半輩子，知道對付周舍這種人只有一法，於是就打扮得花枝招展帶了個幫閒張小閒來到鄭州，主動的勾引周舍與自己成親，條件是要周舍先休掉宋引章，表示誠意。等周舍給了宋引章休書，趙盼兒就帶着宋引章回汴梁，使她和舊好秀才安秀實結合。周舍不甘賠了夫人又折兵，告到官裏。但由於趙盼兒設計周密，周舍打官司也沒有理，結果被判打了六十大板。

這部劇本的關目，重心在營救宋引章一節上。趙盼兒打定主意時曾說：「我到那裏三言兩句，肯寫休書，萬事俱休。若是不肯寫休書，我將他掐一掐，拈一拈，摟一摟，抱一抱，着那廝通身酥，遍體麻。將他鼻凹兒抹上一塊砂糖，着那廝舔又舔不着，吃又吃不着。賺得那廝寫了休書，引章將的休書來，淹的撇了，我這裏出了門兒。」按理說，把營救方法先說出來，然後再如法泡製，不是會失了懸疑的效果麼？三國演義寫孔明遣兵調將，總是對部將說：「如此如此，這般這般。」眼前賣個關子，到頭來才能給讀者意想不到的驚喜。但是在這部劇裏，如果先不透露一點，往後有些情節勢必使觀眾摸不着頭腦，於是劇作者才讓趙盼兒透露了個大概，依然保留着許多枝節，既不致讓觀眾看不懂，又能給觀眾許多意外的驚喜，眞不失爲一個兩全之計。

趙盼兒要勾引周舍，有二重障礙必須先排除。第一，趙盼兒當初曾力勸宋引章不可下嫁周舍，周舍對此記恨在心。第二，趙盼兒是宋引章的八拜姐姐，爲人又素重義氣，怎可能橫刀奪愛？所以當趙盼兒帶着幫閒張小閒出現在鄭州旅舍時，演出了下面這場戲：

〔周舍云〕你是趙盼兒，好好，當初破親也是你來！小二關了店門，則打這小閒！

〔小閒云〕你休要打我，俺姐姐將着錦繡衣服，一房一臥來嫁你，你倒打我。

〔正旦（趙盼兒）云〕周舍，你坐下，你聽我說。你在南京時，人說你周舍名字，說的我耳滿鼻滿的，則是不曾見你呵，害得我不茶不飯，只是思想着你。聽的你娶了宋引章，教我如何不惱？周舍，我待嫁你，你卻着我保親。（唱詞略）我好意將着車輛鞍馬奩房來尋你，你剗地將我打罵！小閒，攔回車兒，咱家去來。

〔周舍云〕早知姐姐來嫁我，我怎肯打舅舅。

〔正旦云〕你眞的不知道？你旣不知，你休出店門，只守着我坐下。

〔周舍云〕休說一兩日，就是一兩年，您兒也坐的將去。

〔外旦（宋引章）上云〕周舍兩三日不家去，我尋到這店門香，我試看咱，原來是趙盼兒和周舍坐哩！——兀那老弟子不識羞，直趕到這裏來！周舍，你再不要來家，等你

來時，我拿一把刀子，你拿一把刀子，和你一遞一刀子截哩！〔下〕

趙盼兒對周舍的一番說辭，宋引章上來對趙盼兒和周舍的幾句臭罵，都是劇作者爲了排除上述兩重障礙所作的安排。尤其宋引章的一頓罵，可以使周舍相信她們姐妹之間並無勾結。趙盼兒把周舍穩住在旅店，然後宋引章找上門來，可見姐妹之間實在是暗通聲氣的，只不過趙盼兒事先不曾把這部分計畫透露而已。

但周舍也是奸滑的人，他要和趙盼兒先訂親，然後回家寫休書。訂親要酒，趙盼兒說：「休買酒，我車兒上有十瓶酒哩。」訂親要羊，趙盼兒說：「休買羊，我車上有個熟羊哩。」訂親還要紅羅，趙盼兒說：「休買紅，我箱子裏有一對大紅羅。周舍你爭什麼？那你的便是我的，我的就是你的。」就這樣訂了親事。趙盼兒一切自備，不曾接受周舍任何聘禮，將來若周舍控告她訂婚毀約，也就可以此替自己辯護。她來鄭州時帶着這些禮品，又是觀眾所預料不到的。

周舍終於回家給了宋引章一紙休書。引章拿了休書不肯出門，還問：「我有什麼不是，你休了我？」又說：「你眞個休了我？你當初要我時，怎麼樣說來？你這負心漢，害天災的！你要我去，我偏不去！」但最後還是被周舍推出門來。宋引章這番做作，無疑又是趙盼兒教的。周舍再回旅舍，才明白一切都是騙局，趙盼兒已偕宋引章走遠了，但是他還是一路緊追下去。

〔周舍云〕倒着他道兒了！將馬來，我趕將他去。

〔小二云〕馬揣駒了。

〔周舍云〕鞁騾子！

〔小二云〕騾子漏蹄。

〔周舍云〕這等我步行趕將他去。

在百忙之中，劇作者還有餘裕捉弄周舍，使觀眾一樂，眞不愧爲劇壇行家。當周舍追上趙盼兒一行時，應該是全劇的最高潮了。

〔趙盼兒云〕引章，你將那休書來與我看咱。

〔外旦（宋引章）付休書。正旦（趙盼兒）換科。〕

〔趙盼兒云〕引章，你再要嫁人，全憑這一張紙，是個照證，你收好者。

〔外旦接科。〕

〔周舍趕上喝云〕賤人那裏去！宋引章，你是我的老婆，如何逃走？

〔外旦云〕周舍，你與了我休書，趕出我來了。

〔周舍云〕休書上手模印五個指頭，那裏四個指頭的是休書？

〔外旦展看，周奪咬碎科。〕

〔外旦云〕姐姐，君舍咬了我的休書也。

周舍雖然把休書自宋引章手中騙回咬碎，沒想到趙盼兒還是棋高一着，她在周舍來到之前就已把休書掉了包，她交還給引章的只是假休書而已，這事她都不曾告訴引章。看到這裏，不能不佩服趙盼兒的精明幹練，尤其不能不激賞劇作者的精心設計。一個外行的編劇，絕對安排不出這種關目來。

最後，我們來看蝴蝶夢的本事簡介。

豪門葛彪仗勢打死了農人王老兒。王老兒的兒子王大、王二、王三又打死了葛彪。包待制審問王家母子四人誰是打死葛彪的眞兇，母子各自承認是自己打死的。包待制心生一計，假意要拿王大償命。王母說：「則是我孩兒孝順，殺壞了他，教誰人養活老身。」包待制又要拿王二償命。王母說：「則是第二的小廝能營運生理，不爭着他償命，誰養活老婆子？」包待制於是要拿王三償命，王母沒有異議。待制懷疑王大、王二是她親生的，王三是收養的；但審問之下，才知王大、王二是前妻所出，王三卻是她親生的。待制大為感動，終於設法把他們都開脫了，只拿一名死囚來抵罪。

故事看來似乎簡單，其實由於劇作者安排好，穿插多，看起來非常曲折動人。尤其難得的，全劇洋溢着母子深情，在公案劇中是罕見的。在關目方面，有幾點值得提出來談談。第一，包待制在審問王氏母子前，先審了一件偷馬賊的案件，並且判處他死刑，下在死囚牢裏。起初誰都想不到這段穿插有何意義，要到第四折才明白這偷馬賊要代王三償命。本來，沒有這段穿插，到末了隨便拿個死囚來償命，也不算什麼大的疏漏，但關漢卿這樣當行作家，總是細針密縫，所以老早就安排下這個替死鬼。竇娥寃中交代出張驢兒毒藥的來源，也是出於這種獨運的匠心。第二，在審完偷馬賊之後，王氏母子到堂之前，包待制假寐了一會，做了一個夢。他自己說夢是這樣的：「適間老夫晝寢，夢見一個蝴蝶墜在蛛網中，一個大蝴蝶來救出。次者亦然。後來一小蝴蝶亦墜網中，大蝴蝶雖見不救，飛騰而去。老夫心存惻隱，救這小蝴蝶出離羅網。……」這一段穿插，初看也想不到有何意義，到後來才明白它的好處。第三，包待制雖有意開脫王三，但事先都沒對王家母子表明，所以產生了很好的懸疑效果。到王母和王大去收王三的屍骸，才意外的發現那是偷馬賊的屍首，而王三已被釋放出來。王母的驚喜不必說，觀眾也隨着王家母子的團圓而感到滿足，相信那時每一個在劇場的人都會感受到骨肉深情的溫暖。

二、人物刻畫

關目的嚴密緊湊能使故事有條有理，人物的刻畫則能賦予劇中人以生命，使演出更眞實，感人更深刻。這兩者是相輔相成，不可缺一的。關漢卿撰劇，在人物刻畫方面可說是不遺餘力。在他筆下，除了跑龍套之類的少數腳色外，沒有一個是沒有生命的。刻畫人物，最省事的方法是利用上場詩，如竇娥冤中的賽盧醫上場詩云：「行醫有斟酌，下藥依本草。死的醫不活，活的醫死了。」楚州昏官上場詩云：「我做官人勝別人，告狀來的要金銀。若是上司當刷卷，在家推病不出門。」又如救風塵中的周舍上場詩云：「酒肉場中三十載，花星整照二十年。一生不識柴米價，只少花錢共酒錢。」安秀實的上場詩云：「劉蕡下第千年恨，范丹守志一生貧。料得蒼天有深意，斷然不負讀書人。」又如蝴蝶夢中的葛彪上場詩云：「有權有勢儘着使，見官見府沒廉恥，若與小民共一般，何不隨他帶帽子。」以上都是以上場詩刻畫人物的例子，一聽某腳色的上場詩就知道他是何等樣人。不過，以上場詩刻畫人物，說不上什麼寫作技巧，關漢卿等內行劇作家會，馬致遠等詩人客串編劇有時也會。以劇中人的言語行動來刻畫人物，那就費力多了；詩人編劇在這方面往往力有未逮，只有劇人才優爲之。現在，從關漢卿的三部代表雜劇中舉幾個例來說明他是如何的擅長以言語行動來刻畫人物。

一、張老和張驢兒　這父子二人是竇娥寃中的歹徒。當他們救了蔡婆一命，聽說蔡婆和竇娥只有婆媳二人度日時，歹念就起來了。張驢兒對張老說：「爹，你聽得他說麼，他家還有個媳婦哩？救了他性命，他少不得要謝我。不若你要這婆子，我要他媳婦兒，何等兩便。你和他說去。」而張老也眞的向蔡婆提議了。當蔡婆表示寧願多備些錢鈔相謝時，張驢兒就說：「你敢是不肯，故意將錢鈔哄我？賽盧醫的繩子還在，仍舊勒死了你罷！」又說：「你尋思些什麼？你隨我老子，我便要你媳婦兒。」當着父親的面稱呼他爲「老子」，是沒有教養；以勒死蔡婆作爲威脅，是無賴；硬要上門配成兩對，是無恥：這父子二人的嘴臉不是刻畫得挺淸楚嗎？張驢兒比張老更壞，當他要毒死蔡婆，陰錯陽差的反而毒死了張老時，他沒有悲痛的表示，反而藉此機會威脅竇娥說：「竇娥，你藥死了俺老子，你要官休？要私休？」竇娥說：「怎生是官休？怎生是私休？」張驢兒說：「你要官休呵，拖你到官司，把你三推六問，你這等瘦弱身子，當不過拷打，怕你不招認是藥死我老子的罪犯！你要私休呵，你是早些與我做了老婆，倒也便宜了你。」表示只要竇娥肯順從他，老子被毒死的事也就算了。這種意念他想得到，也說得出！這樣的歹徒給人的印象還不夠深刻嗎？

二、蔡婆和竇娥　這婆媳二人的性格正好相反。蔡婆昏庸懦怯，竇娥堅貞倔強。蔡婆瓦全，竇娥玉碎。當張老提出配成兩對的要求時，蔡婆說：「是何言語！待我回家多備些錢鈔相謝。」但張驢兒拿起繩子以勒死作威脅，她就尋思：「我不依他，他又勒殺我。——罷罷罷！你爺兒兩個隨我到家中去來。」想想還是性命事大，失節事小，於是就接受了這個老件。回家後告訴竇娥這事經過，並且說：「莫說自己許了他，連你也許了他兒也，這也是出於無奈。」後來又一再勸竇娥順從。竇娥除了指責譏諷蔡婆不該如此外，對張驢兒絲毫不假辭色。張驢兒曾說：「這歪刺骨便是黃花女兒，剛剛扯得一把，也不消這等使性，平空的推了我一交。我肯乾罷？就當面賭個誓與你：我今生今世不要他做老婆，我也不算好男子。」從這話裏可見竇娥那副神聖不可侵犯的堅貞。因爲她雖不幸做了蔡婆的養媳，但娘家卻是書香門第，懂得烈女不嫁二夫的古訓。張老被毒死時，張驢兒以官司相逼脅，她仍然嚴辭拒絕。不幸遇到昏官，處了死刑。看她臨死的三個誓言，可見她是至死也不屈服的。這是多麼貞潔堅強的一位女性！蔡婆面對着她，眞該慚愧死了。

三、周舍和宋引章　救風塵裏的周舍是位玩弄女性的紈袴子弟，宋引章是個天眞無知初出茅廬的歌妓。對這二個人物的刻畫，作者關漢卿用了更新的手法。試看下面這段對白：

〔正旦（趙盼兒）云〕妹子，你為什麼就要嫁他？

〔外旦（宋引章）云〕則為他知重您妹子，因此要嫁他。

〔正旦云〕他怎麼知重你？

〔外旦云〕一年四季，夏天，我好的一覺響睡，他替你妹子打着扇；冬天，替你妹子溫的鋪蓋兒煖了，着你妹子歇息。但你妹子那裏人情去，穿的那一套衣服，戴的那一副頭面，替你妹子提領糸，整釵環。只為他這等知重你妹子，因此上一心要嫁他。

周舍擅長向女性獻殷勤，能體貼入微，不由周舍自己敍述，也不由作者正面敍述，卻由宋引章口中敍說，在元人雜劇中是不多見的手法。這種手法有雙重的效果，不但刻畫了周舍，也描繪出了宋引章是怎麼的一位女性。

上面是從宋引章的話裏看周舍；下文且從周舍的話裏看宋引章：

〔周舍云〕……來到家中，我說：「你套一床被我蓋。」我到房裏，只見被子倒高似床。我便叫那婦人在那裏，則聽得被子裏答應道：「周舍，我在被子裏面哩！」我道：「在被子裏面做什麼？」他道：「我套綿子，把我翻在裏頭了。」我拿起棍來，恰待要打，他道：「周舍，打我不要緊，休打了隔壁王婆婆」我道：「好也，把鄰舍都翻到被裏面。」

這與上文用同樣的手法，有同樣的雙重效果。一方面刻畫出宋引章這位歌女，不會做家務事，連套被子都鬧出這種笑話。這方面也交代出周舍的德性，沒有得到宋引章時肯替她打扇子，暖被子；到手後動不動就要用木棍打她了。

另外還有一段賓白，也是作者關漢卿刻意來塑造周舍這位花花公子的：

〔周舍云〕店小二，我着你開着這個客店，那裏希罕你那房銀養家，不問官妓、私科子，只等有好的來你客店裏，你便來叫我。

〔小二云〕我知道。只是你腳頭亂，一時間那裏尋你去？

〔周舍云〕你來粉房裏尋我。

〔小二云〕粉房裏沒有呵？

〔周舍云〕賭房裏來尋。

〔小二云〕賭房裏沒有呵？

〔周舍云〕牢房裏來尋。

這是多麼雋永可喜的對話，其效果不僅僅刻畫了周舍這個人物而已。

四、張小閒　關漢卿對劇中要角如周舍、宋引章等人物自然用心刻畫，就是對不重要的腳色，也不輕易放過，像張小閒就是一例。張小閒是專門給歌妓傳遞消息賺些外快的幫閒，在救風塵雜劇中一共說不了幾句話；但關漢卿的大筆也把他點染了一下。趙盼兒打扮得花枝招展上鄭州營救宋引章時，問小閒說：「小閒，我這等打扮，可衝得動那廝麼？」小閒就做了一個暈倒的動作。趙盼兒問他：「你做什麼哩？」小閒回答：「休道衝動那廝，這一會兒連小閒也酥倒了。」這話是多麼適合小閒的身份！多麼能逗觀中笑樂！張小閒是丑扮的，內行的劇作者對丑角常能妥加運用，使他們插科打諢，產生戲劇效果。清代名劇人李漁把插科打諢稱爲「看戲之人參湯」❻。關漢卿雖然沒有發表這種理論，但看他能運用丑角製造笑料，可見他老早就知道科諢的重要了。

五、王氏　蝴蝶夢中的王氏，被關漢卿塑造成一位偉大賢淑的母親。她爲了要開脫三個兒子打死葛彪的罪名，寧願犧牲自己。如說：「並不干三個孩子事。當時是皇親葛彪先打死妾身夫主，妾身疼忍不過，一時乘忿爭鬥，將他打死。委的是妾身來。」包待制不信，她只好退一步保住兩個前妻所生的兒子，讓親生的兒子王三去償命。她到死囚牢裏去送飯，先餵二個前妻的兒子吃；王三討吃，王氏才餵他。王氏只有二個燒餅，也偷偷的塞在王大王二手

❻ 李漁閒情偶寄科諢第五：插科打諢，塡詞之末技也。然欲雅俗同歡，智愚共賞，則當全在此處留神。文字佳，情節佳，而科諢不佳，非特俗人怕看，即雅人韻士，亦有瞌睡之時。作傳奇者全要善驅睡魔，睡魔一至，則後乎此者，雖鈞天之樂，霓裳羽衣之舞，皆付之不見不聞，如對泥人作揖，土佛談經矣。……若是，見科諢非科諢，乃看戲之人參湯也。養精益神，使人不倦，全在於此。可作小道觀乎！

裏，叫他們不要讓王三看到。後來當她看到王大王二獲釋了，她很高興，趕快打聽王三的消息。

〔正旦（王氏）云〕哥哥，那第三個孩兒呢？

〔張千云〕把他盆弔死，替葛彪償命去。明日早墻底下來認屍。

〔正旦悲科，唱〕〔上小樓〕將兩個哥哥放免，把第三的孩兒雅轉。想着我嚥苦吞甘十月，懷躭乳哺三年。不爭教大哥哥二哥哥身遭刑憲，教人道桑新婦不分良善。

……

〔快活三〕眼見的你兩個得昇天，單則你小兄弟喪黃泉。〔做覷王三悲科，唱〕教我扭回身，忍不住淚漣漣。〔王大王二悲科。正旦云：罷罷罷！但留得你兩個呵。唱〕他便死也，我甘心情願。

從上引文字裏，可見王氏的親子之情何等深摯。爲了保住前妻的兩子，不得不讓親子抵罪，這對她是何等重大的犧牲！她內心的矛盾和痛苦，在上小樓和快活三兩支曲辭裏已表露無遺。而當王大王二云：「母親，我怎捨得兄弟也。」她還要強忍悲痛的安慰他們：「大哥二哥家去來，休煩惱者。」這是多麼感人的一幕，關漢卿眞把這位偉大不凡的女性寫活了。

六、王三 王氏三兄弟中，王大王二用沖末扮，王三用丑扮。內行的劇作者最會利用丑角博取戲劇效果，所以三兄弟中以王三的性格最突出。王三一上臺就給觀眾一個鮮明印象。請看下面一段賓白：

〔王三云〕父親在上，母親在下，……

〔李老（王老兒）云〕胡說！怎麼母親在下？

〔王三云〕我小時看見俺爺在上頭，俺娘在底下，一同床上睡覺來。

〔李老云〕你看這廝！

王三所說的話，實在有點不登大雅之堂。一位詩人文士客串編劇，絕對想不到用這種話來表現王三這位人物的；只有關漢卿這種眞正的民間藝人才寫得出來。但論效果卻是眞好，觀眾立刻感覺到他是一個渾人。一直到判定死罪，他還是這樣渾：

〔王三云〕饒了我兩個哥哥，着我償命去，把這兩個枷我都帶上。只是我明日怎樣死法？

〔張千云〕把你盆弔死三十板高墻丢過去。

〔王三云〕哥哥你丢我時放仔細些，我肚子上有個癤子哩！
〔張千云〕你性命也不保，還管什麼癤子！

由上舉數例，可以看出關漢卿在刻畫人物上所費的心血。有些刻畫是配合着劇情的發展，有的卻是特別爲刻畫這個人物而設。他的劇本能感人特深，一半要歸功於他賦予劇中人以生命，使人看了有眞實感，不覺得是在演戲。

三、曲　文

青木正兒把關漢卿列爲本色派的代表作家，又以「豪放激越」來形容漢卿的曲文風格，實在不妥當。像這麼一位偉大劇人，他的作品取材既廣，風格也就不限於一隅。在「雜劇十二科」❼中，他那一科的題材都寫；那一種題材，那一流人物，就用那一種風格的曲文。譬如在王閏香夜月四春園一劇，女主角王閏香的唱詞是多麼清新典麗；在溫太眞玉鏡臺一劇，男主角溫嶠的唱詞是多麼旖旎嫵媚；又在關大王單刀會一劇，關羽的唱詞是何等雄壯豪邁。

❼ 雜劇十二科，見朱權太和正音譜。譜曰：「雜劇有十二科，一曰神仙道化，二曰林泉丘壑，三曰披袍秉笏，四曰忠臣烈士，五曰孝義廉節，六曰叱奸罵讒，七曰逐臣孤子，八曰鏺刀趕棒，九曰風花雪月，十曰悲歡離合，十一曰煙花粉黛，十二曰神頭鬼面。

只要比較這三劇，已可看出關漢卿多方面的才華，那又怎可把他局限在本色派的「豪放激越」一隅呢？

關漢卿是位劇人，劇人作品注重關目緊湊，個性分明，對話流利，這並不表示棄曲文於不顧，只是不像詩人編劇那樣盡全力於作曲文而已。試看竇娥寃第三折的兩支曲文：

〔正宮端正好〕沒來由犯王法，不提防遭刑憲，叫聲屈動地驚天，頃刻間遊魂先赴森羅殿，怎不將天地也生埋怨。

〔滾繡球〕有日月朝暮懸，有鬼神掌着生死權，天地也只合把清濁分辨，可怎生糊塗了盜跖顏淵？為善的受貧窮更命短，造惡的享富貴又壽延。天地也做個怕硬欺軟，卻原來也這般順水推船！地也，你不分好歹何為地；天也，你錯勘賢愚枉做天！哎，只落得兩淚漣漣。

這兩曲是竇娥被押赴刑場時所唱，所用的正是太史公伯夷列傳的意思。往昔太史公因仗義執言而受腐刑，因之對「天道無親，常與善人」兩句古諺提出了懷疑。而今竇娥也含寃莫白，即將被斬，這時唱出當年太史公的悲憤，不是極其適合嗎？太史公伯夷列傳固然是好文章，而一經關漢卿改鑄爲曲文，蒼涼悲楚，何嘗比伯夷列傳遜色！可見劇人作家不專門致力於雕琢曲文，非不能也，乃不爲也。他們編劇要顧到整個的戲劇藝術，不像詩人編劇只顧曲文，罕顧其他。

竇娥是秀才竇天章的女兒，出身書香門第，唱出這種有出處的曲文並無不合。如果她是毫無知識的女子，唱這種曲文，就不合實情了。唯有唱詞與本人身分相符，才能予人眞實感。劇人作家都能堅守這個信條。

四、賓白

關於賓白，本文前面已陸續的引述了不少，可見關漢卿所使用的賓白，都是當時活的語言。我們現在讀來也許覺得太過俚俗，甚至有些地方費解，但在當時卻是人人說人人懂的話。元人雜劇被譽爲元代最好的白話文學，也就是靠這些劇人之劇的賓白部分。關漢卿和其他劇人的作品，曲子都比較少，而賓白卻佔有相當大的比重。因爲賓白可以交代情節，使結構能夠靈活運用。像救風塵一劇，周舍娶了宋引章從汴梁回鄭州的經過，就是從周舍口裏說出的。雜劇照例只有四折，外加楔子，篇幅有限，不能事事在舞臺搬演，所以有的情節就必須用賓白來交代。賓白又可以刻畫人物，怎麼樣的人就說怎麼樣的話，可以增加人物的眞實感。所以，劇人對於賓白，常常是費很大力來寫的。一般說來，要判別一部雜劇是劇人之作或是詩人之作，只要觀察劇中賓白就行了。賓白使用多，語調通俗，往往是劇人之作；賓白使用少，語調文縐縐的，像在作文一樣，那就是詩人之作了。因爲詩人的興趣在曲文的琢鍊，對賓白不是不注意，就是乾脆也把它當作曲文一樣雕飾一番，過過賣弄文才的癮。

三、詩人之劇

元代詩人之劇的產量，不在劇人之劇之下。這群詩人文士之所以大量投身於並非完全內行的雜劇撰寫工作，原因要從客觀的現實環境來分析。蒙古帝國以武力崛起，所以迷信武力，輕視禮樂；就連唐宋兩代藉以取士的科舉制度，也不重視。新元史選舉志稱元代科舉「創自太宗，定於至元，議於大德，成於延祐」。延祐二年（西曆一三一五），才分蒙古人、色目人與漢人、南人兩榜舉行。計自太宗九年（一二三七）一行科舉至此，已停辦了將近八十年❽。又在元代蒙古人、色目人、漢人、南人四階級中，讀書人又最遭輕視。元謝枋得送方伯載歸三山序說：「滑稽之雅，以儒為戲者，曰：我大元制典，人有十等：一官二吏；先之者，貴之也。七匠八娼九儒十丐，後之者，賤之也。吾人品豈在娼之下，丐之上者乎！」鄭思肖大義略序亦稱：「韃法：一官，二吏，三僧，四道，五醫，六工，七獵，八民，九儒，

❽ 明臧懋循元曲選序曾謂：「或謂元取士有填詞科，若今括帖然，取給風簷寸晷之下。故一時名士，雖馬致遠、喬夢符輩，至第四折往往強弩之末矣。」明沈德符萬曆野獲編及明清間吳偉業北詞廣正譜序也有這種說法。其實這些都是無稽之談，王國維宋元戲曲考已有反駁。

十丐，各有所統轄。」這兩種記載雖然稍有不同，但儒生都被排在第九級，只比要飯的稍勝一籌。在這種社會環境中，讀書人既不能以科舉謀取功名仕宦，那麼古文詩詞自然不必研習了；他們的才力無所用，感慨無由發，一皆寄之於當時民間流行的曲。而當時新興的雜劇正普遍的受到歡迎，勢必需要大量的劇本以供演出，於是劇本的撰寫得到最大的鼓勵。詩人文士投身於撰作雜劇的浩大行列，不但藉此一展科舉廢行後無用武之地的才力，一發被列爲第九等人的牢騷悲慨，抑且解決現實生活問題。以上所說，就是產生大量詩人之劇的原因了。

元代詩人之劇，可以四大家中白樸、馬致遠、鄭光祖三人的作品爲代表。下面分別的來討論。

一、白樸梧桐雨

白樸是一位世家子弟，父親白華，在金朝做樞密院判官。儒者知兵，又有謀略，金朝一亡就不再做官。白樸幼年時代曾寄養在他的父執輩金朝大詩人元好問家，受到他的薰陶，所以古典文學的基礎很深厚。他的詩詞悲壯凄涼，很像元好問；散曲也自然雅麗，爲元初大家。所以他是一位道地的詩人。他的雜劇現存有唐明皇秋夜梧桐雨、裴少俊墻頭馬上兩部，另外有一部董秀英花月東墻記，舊題白樸作，但不可信。梧桐雨是他最有名的作品，我們就以它爲例來分析。

關目方面，可以舉出不少敗筆。從大處看，楔子敘楊貴妃承恩與安祿山得寵，第一折演

「七月七日長生殿，夜半無人私語時」的香艷場面，第二折演安祿山反叛與明皇奔蜀，第三折演馬嵬之變，第四折演明皇回京後對貴妃的思念。前三折劇情分配大致平妥，只有第四折最鬆懈無力，是全劇的蛇足。戲劇家都知道高潮過後，劇情要儘快收束，以保持戲劇效果。如高潮在第四折，自然閉幕得快；高潮在第三折，則第四折往往較短。梧桐雨的高潮在第三折，而第四折不但不趕緊結束，反而寫得比前面任何一折都長；單就曲文一項論，就有二十三支之多。在一折裏唱這麼多曲子，在元人雜劇中再找不出第二個例子。普通一折不過十一二支曲子而已。所以在第四折中，幾乎全是唐明皇自語自唱；而說來唱去，無非是表示忘不了楊貴妃，眞是乏味透了。白樸這樣安排，也許是受了長恨歌、長恨歌傳、太眞外傳等較早以明皇、貴妃爲題材的詩歌小說的影響。但詩歌是詩歌，小說是小說，詩歌小說的結構怎能完全用之於戲劇哩！只好怪白樸是位詩人，沒有舞臺經驗，不諳戲劇理論，在關目佈置方面自然無法處理得令人滿意。再從小節看，也有不少的疏漏。例如在楔子裏，敍番將安祿山被押到京師，明皇愛才，把他賜給貴妃作義子。明皇還未退朝，聽見後宮喧笑，一問才知道貴妃在洗兒。明皇高興，召來安祿山，授他爲平章政事。但楊國忠和張九齡在旁反對，又改授漁陽節度使。安祿山下場時云：「楊國忠這廝好生無禮，在聖人前奏准，着我做漁陽節度使，明陞暗貶。別的都罷，只是我與貴妃有些私事，一旦遠離，怎生放得下！……」這話就大有問題了。上述的情節在戲中可以說是在半天之內發生的，貴妃洗兒又在喧笑的場面下進行，怎麼這樣快就有了「私事」（無論是什麼私事）！聽他口氣，好像與貴妃是老相好似的，而事實上兩人相識才半天，眞是自相矛盾。又如楊貴妃之死，明皇在不得已之下吩咐高力士：「高力士，引妃子去佛堂中，令其自盡，然後教軍士驗看。」終於高力士引着貴妃下場，表示帶到佛堂去了。接下去，雜劇是這樣寫的：

（高力士持旦衣上，云）娘娘已賜死了，六軍進來看視。

（陳玄禮率衆馬踐科）。

在這裏有二點疑問：一、高力士既叫六軍進去看視，那麼「持旦衣」上場有何意義？二、貴妃縊死的戲並未在臺上演出，屍骸不在臺上，陳玄禮怎麼在臺上做「率衆馬踐科」？再說，佛堂又不是沙場，大隊人馬怎進得去？像這一類情節上的疏忽，梧桐雨裏有着不少。

人物刻畫方面，作者根本未加理會，所以劇中人都似沒有個性似的。如果不是先有了歷史智識再去看雜劇，會連楊國忠究竟是忠臣還是奸臣也分辨不清的。全劇沒有一個丑角，沒有穿插科諢，只是搬演了唐明皇和楊貴妃的故事。

曲文方面，就說來話長了，因爲作者是全副力量貫注在這上面的。可以說，作者不是在編劇，只是在作曲。最引人注意的，是全劇曲子之多。數一數，第一折用曲十四支，第二折十四支，第三折二十支，第四折二十三支，合計七十一支。數量之多，幾乎是一般雜劇的兩倍！白樸眞是大過其作曲的癮了。也只是過過賣弄詞才的癮而已，曲子太多對戲劇效果是不但無益，反而有害的。尤其在第四折，劇情已無發展，只剩下明皇斷斷續續，似泣似訴的歌唱，不管曲文是何等的優美，讀起來還嫌它嘮叨；若在舞臺上演出，除了顧曲周郎之外，一般觀衆恐怕等不及明皇唱畢已先拂袖而去了。現在把第四折中的最後三曲照鈔於下。曲與曲間並無情節和夾白，而且唱完沒有再說一句話就下場。

〔三煞〕潤濛濛楊柳雨，淒淒院宇侵簾幕。細絲絲梅子雨，粧點江干滿樓閣。杏花雨紅濕欄干，梨花雨玉容寂寞，荷花雨翠蓋翩翻，豆花雨綠葉瀟條，都不似你驚魂破夢，助恨添愁，徹夜連宵。莫不是水仙弄嬌，醮楊柳洒風飄。

〔二煞〕咊咊似噴泉瑞獸臨雙沼，刷刷似食葉春蠶散滿箔。亂灑瓊堦，水傳宮漏；飛上雕簷，酒滴新槽。直下得更殘漏斷，枕冷衾寒，燭滅香消。可知道夏天不覺把高鳳麥來漂。

〔黃鍾煞〕順西風低把紗窗哨，送寒氣頻將繡戶敲，莫不是天故將人愁悶攪。度鈴聲，響棧道，似花奴，羯鼓調，如伯牙，水仙操，洗黃花，潤籬落，漬蒼苔，倒墻角，渲湖山，漱石竅，侵枯荷，溢池沼，沾殘蝶，粉漸消，灑流螢，焰不着，綠窗前，促織叫，聲相近，雁影高，催鄰砧，處處搗，助新涼，分外早，斟量來，這一宵，雨和人，緊厮熬，伴銅壺，點點敲，雨更多，淚不少。雨濕寒梢，淚染龍袍，不肯相饒，共隔着一樹梧桐直滴到曉。

這部劇如果眞的搬演，觀眾能夠聆聽完上述三曲的，恐怕沒有幾人；如果有，我們不禁要驚奇當時觀眾文學素養之高與音樂水準之好了。事實上，即使有一二觀眾有聽完的耐心，恐怕扮演唐明皇的這位演員也唱不動這麼多曲子。元人雜劇有一不合理的規則，每劇只准一人獨唱。梧桐雨是由正末唐明皇一人唱的，而白樸作了七十多支曲子，抵得上一般的雜劇兩部，尤其最後一折一連來上二十三支，這不是與主唱的演員開玩笑嗎？你固然是過足了賣弄詞才的癮，其如演員的嗓子何！其如觀眾的感受何！前人每專就曲文評論全劇優劣，實在不合理之極。

二、馬致遠漢宮秋

馬致遠也是一位典型的詩人之劇的作者。他號東籬，大都人，曾任江浙行省務官。鍾嗣成錄鬼簿告訴我們的就是這點。但從他自己的作品裏，依然可以認識他的爲人。

〔油葫蘆〕則這斷簡殘編孔聖書，常則是養蠹魚。我去這六經中枉下了死工夫，凍殺我也論語篇、孟子解、毛詩註，餓殺我也尚書云、周易傳、春秋疏。比及道河出圖洛出書，怎禁那水牛背上喬男女，端的可便定害殺這個漢相如。〔寄生草么篇〕這壁廂攔住賢路，那壁又擋住仕途。如今這越聰明越受聰明苦，越癡呆越享了癡呆福，越糊塗越有了糊塗富。則這有錢的陶令不休官，無錢的子張學干祿。

〔哨遍〕半世逢場作戲，險些兒誤了終焉計。白髮勸東籬，西村最好幽棲，老正宜。茅蘆竹徑，藥井蔬畦。自減風雲氣，嚼蠟光陰無味。旁觀世態，靜掩柴扉。雖無諸葛臥龍崗，原有嚴陵釣魚磯。成趣南園，對榻青山，遶門綠水。

前兩曲錄自他的半夜雷轟薦福碑雜劇，由書生張鎬唱出。此劇故事雖託諸北宋，但宋代重文輕武，飽學之士不愁沒有出路；獨有元代科舉廢近八十年，「士之進身，皆由掾吏。」(新元史選舉志)所以張鎬唱詞，實在是馬致遠自己的牢騷。「水牛背上喬男女」一句，不是明明在罵蒙古人麼？末一曲是致遠散曲，可見他晚年走上了陶淵明的路子。

致遠雜劇現存的有七部：破幽夢孤雁漢宮秋、江州司馬青衫淚、西華山陳摶高臥，半夜雷轟薦福碑、呂洞賓三醉岳陽樓、馬丹陽三度任瘋子、開壇闡教黃梁夢(案：此劇與紅字李二等合作)。後五部都是屬於雜劇十二科中「神仙道化」這一科。致遠所以大作神仙道化雜劇，不外下列二種原因：一、致遠以高才陸沈下僚，失意於現實，所以轉而嚮往仙道。這情形正如魏晉之際天下多故，詩人大作遊仙詩一樣。二、神仙劇比較不在乎關目鬆懈，個性模糊，適合詩人去撰作。但致遠最負盛名的作品，無疑是漢宮秋。此劇與白樸的梧桐雨被稱爲元代兩大宮闈悲劇。現在來分析漢宮秋。

關目方面，大致還平穩。楔子敍漢元帝命毛延壽選美人入宮。第一折演毛延壽因索賄不遂，點破美人圖，使昭君十年不得幸。一日正彈琵琶遣悶，元帝聞聲而至，始得承恩，封爲明妃。第二折演毛延壽逃至匈奴獻昭君畫像。單于以入侵要脅漢朝將昭君和親。第三折演元帝送別昭君。昭君行至黑龍江畔，投水自盡，這是全劇高潮。第四折演元帝在宮中思念昭君。本來昭君故事，自漢書匈奴傳及南匈奴傳，至西京雜記，再至王昭君變文，故事已演進得很完整動人，將他改編成雜劇，並非難事。漢宮秋的第四折，寫法和梧桐雨如出一轍，不知道是誰模倣誰。但馬致遠比白樸高明的，沒有在第四折做上二十三支曲子。所以漢宮秋第四折雖也由漢元帝自嘆自唱，唱了十三隻曲子，卻不像梧桐雨第四折那樣使人不耐。自然，末一折用十三曲，以劇人之劇的標準來衡量，還嫌稍多；而以詩人之劇看來，則已不算是拖泥帶水了。但是在處理昭君自沈黑龍江一節，缺少伏筆，就顯得有點突兀。昭君在起程之前云：「妾身王昭君，自從選入宮中，被毛延壽將美人圖點破，送入冷宮；甫能得蒙恩幸，又被他獻與番王形像，今擁兵來索。待不去，又怕江山有失，沒奈何將妾身出塞和番。這一去，胡地風霜怎生消受也！自古道：紅顏勝人多薄命，莫怨春風當自嗟。」接着辭別元帝時又說：「妾這一去，再何時得見陛下。把我漢家衣服都留下者。〔詩云〕正是：今日漢宮人，明朝胡地妾，忍着主衣裳，爲人作春色。」從這些話裏，一點也看不出她有自盡的意念。如果她早就準備在途中自盡，那就根本不必擔憂「胡地風霜怎生消受也」，更不必說「明朝胡地妾」這種話。假如在「胡地風霜怎生消受也」一句下面接着說：「也罷，我自有道理。」這樣，後來黑江自沈，就不顯得突然了。但是一部詩人之劇，能做到關目大致平妥就已不易；再要求他使用伏筆，使結構嚴密，那就是苛求了。在馬致遠七部雜劇中，另外六部的關目還遠不如漢宮秋哩！

人物刻畫方面，只有毛延壽的個性很明顯。例如他的幾首上場詩：

> 為人鵰心雁爪，做事欺大壓小，全憑諂佞姦貪，一生受用不了。（楔子）
>
> 大塊黃金任意撾，血海王條全不怕，生前只要有錢財，死後那管人唾罵！（第一折）

可見馬致遠已學會了以上場詩來刻畫人物。至於其他的角色，作者卻沒有加以刻畫。最糟糕的是作者不會運用丑角，製造戲劇效果。白樸的梧桐雨根本沒有丑；漢宮秋有一個丑，但卻毫無作用，等於沒有。那是在第二折中，有「外扮尚書，丑扮常侍上」一節，但是這位丑角上場後一共才講了「見今番使朝外等宣」一句話，再沒有他的事。只是白白糟蹋了這位腳色而已。

曲文部分，是漢宮秋雜劇的精華所在。第三折元帝送走昭君後所唱的四曲，充分的展示了作者的詞才，也使我們明白爲什麼以前曲家對詩人之劇如此推崇。

〔七弟兄〕說什麼大王不當戀王嬙，兀良怎禁他臨去也回頭望，那堪這散風雪旌節影悠揚，動關山鼓角聲悲壯。

〔梅花酒〕呀，俺向着這迥野悲涼，草已添黃，色早迎霜，犬褪得毛蒼，人搠起纓鎗，馬負着行裝，車運着餱糧，打獵起圍場。他他他傷心辭漢主，我我我携手上河梁。他部從入窮荒，我鑾輿返咸陽，反咸陽過宮墻，過宮墻遶迴廊，遶迴廊近椒房，近椒房月昏黃，月昏黃夜生涼，夜生涼泣寒螿，泣寒螿綠紗窗，綠紗窗不思量。

〔收江南〕呀！不思量除是鐵心腸，鐵心腸也愁淚滴千行。美人圖今夜掛昭陽，我那裏供養，便是我高燒紅燭照紅粧。

〔鴛鴦煞〕我煞大臣行說一個推辭謊，又則怕筆尖兒那火編修講，不見他花朶兒精神，怎趂那草地裏風光。唱道竚立多時，徘徊半晌，卻原來滿目牛羊，是兀那載離恨的氈車半坡裏響。

單就曲文而論，這些實在是佳構；尤其梅花酒一曲，堪稱千古絕唱。朱權太和正音譜把馬致遠列於一百八十七位曲家之首，臧懋循元曲選也把漢宮秋置於一百部雜劇的第一部，無疑就是從這些曲文着眼。

賓白部分，都是用作交代或進展情節，沒有用作人物刻畫的，因之在全劇中所佔比例很少，尤其在第四折更少。賓白多，情節一定曲折，刻畫一定細膩，戲劇效果自然好；但詩人編劇因爲一上來就專注於曲文，也就顧不到這些了。。馬致遠雜劇的賓白，有時有意賣弄文才，會大做其文章。例如陳摶高臥第三折中宋太祖說：「先生爲己則是矣，但未知大人之道。大人以四海爲家，萬物一體，無我無人，勿固勿必。所謂君子周而不比。先生當擴其獨樂之懷，普其兼善之量也。」這既不像趙匡胤這位軍人皇帝的口吻，也不適合在舞臺上述說，眞是要不得。幸好漢宮秋的賓白，雖不如關漢卿等劇人作品的俚俗易曉，也還平易自然。

總結一句，漢宮秋的成績比梧桐雨好；儘管它還有不少缺點，但在詩人之劇中，這算是很難得的一部了。

三、鄭光祖傷梅香

元曲四大家中，關、白、馬都屬於第一期作家，只有這位鄭光祖是第二期作家⑨。光祖字德輝，平陽襄陵人，以儒補杭州路吏。那時期雜劇的發展重心已自大都南移至杭州。他也是一位詩人之劇的作者，現存的作品有醉思鄉王粲登樓，㑳梅香騙翰林風月、迷靑瑣倩女離魂、輔成王周公攝政四種。另外有鐘離春智勇定齊、程咬金斧劈老君堂、立成湯伊尹耕莘三種，近人王季烈孤本元明雜劇提要認爲是光祖所作。但這三劇的風格排場完全是明代內府伶工所編歷史劇，和光祖的作品全不相類，王季烈的說法難以置信。在可信的四本雜劇中，我們提出㑳梅香來討論，這可以說是一部典型的詩人之劇。

關目方面，㑳梅香完全是王實甫西廂記的翻版，不過把張生改爲白敏中，鶯鶯改爲小蠻，紅娘改爲樊素而已。明代王世貞藝苑卮言就指出：「㑳梅香雖有佳處，而中多陳腐措大語，且套數出沒賓白全剽西廂。」清代梁廷枏曲話也說：「㑳梅香如一本小西廂，前後關目插科打諢皆一一模擬。」因爲詩人編劇，他能一展所長只是曲文，至於關目方面，出力也往

⑨ 元鍾嗣成首先把元雜劇作家分爲「前輩已死名公才人」、「方今已亡名公才人」、「方今才人」三期。王國維宋元戲曲考更據以定爲蒙古時代、一統時代、至正時代三期，後人都採用這個分法。第一期蒙古時代，自元太宗滅金到元世祖滅宋（一二三四—一二七九）。第二期一統時代，自元世祖至元十七年到元順帝後至元末年（一二八〇—一三四〇）。第三期至正時代，自元順帝至正元年到至正末年（一三四一—一三六七）。

往不能討好，所以鄭光祖懶得爲此傷腦筋，乾脆襲用西廂記。人物方面，㑳梅香也是依樣畫葫蘆，只是把西廂記中的人物換個姓名而已，談不上刻畫。倒是樊素這個丫頭，作者重新把她塑造了一下，但結果是失敗了。且看樊素說過的幾段話：

〔正旦云〕是何言語！大丈夫生於天地之間，當以功名為念，進取為心，立身揚名，以顯父母。以君之才，乃為一女子棄其功名，喪其身軀，惑之甚矣！豈不聞釋氏云：色即是空，空即是色。老子云：五色令人目盲，五音令人耳聾。夫子云：戒之者色。足下是聰明達者，況相國小姐稟性端方，行止謹恪，至於寢食舉措，未嘗失於禮度，亂於言語，眞所謂淑德之女也。今足下一見小姐，便作此態，恐非禮麼！

〔正旦云〕先生旣讀孔聖之書，必達周公之禮。老夫人使妾身探病，如何只管胡言，是何禮也！

〔正旦云〕俺小姐幼小，妾身常侍從左右，深知其詳。從慈母所訓，貞慎自保。年方及笄，割不正不食，席不正不坐，不啟偏行，不循私欲。雖尊上不可以非禮相干，下人之言，安敢犯乎。

這些都是樊素拒絕幫白敏中的忙時所說。這種話明明是劇作者在做文章，那裏是一個十七歲女孩子的口吻！尤其第一段，彷彿是一位飽學宿儒撚着白鬍子在向後輩說教，義正辭嚴。作者在楔子中說明樊素是伴小姐讀書的，劇中樊素一開口又是如此的滿腹經綸，好像是有意把她寫成一位端莊飽學的女性；但卻又讓她擔任了西廂記聰明伶俐並沒有大學問的俏紅娘的角色。這不是自相矛盾麼？詩人之劇的作者對於人物的處理，眞是動輒得咎。還有一點，全劇沒有一個丑角，沒有插科打諢，把李漁所謂的「人參湯」也省略了。

關於曲文，王國維宋元戲曲考說：「鄭德輝清麗芊綿，自成馨逸。」試看下引三曲，的確當得起這個好評。

〔鵲踏枝〕花共柳，笑相迎；風與月，更多情。醞釀出嫩綠嬌紅，淡白深青。對如此良辰美景，可知道動騷人風調才情。

〔寄生草〕此景翰林才吟難盡，丹青筆畫不成。覷海棠風錦機搖動鮫綃冷，芳草烟翠紗籠罩玻瓈淨，垂楊露綠絲穿透珍珠迸。池中星，有如那玉盤亂撒水晶丸；松梢月，恰便似蒼龍捧出軒轅鏡。

〔紫花兒序〕月溶溶梨花庭院，風淡淡楊柳樓臺，霧濛濛芳草池塘。如此般好天良夜，淑女才郎相將。意廝投，門廝對，戶廝當。成就了隻鳳孤凰。這一個夜月南樓，那一個窺伺東墻。

這類芊綿麗詞，確可與王實甫西廂記一較短長。但㑳梅香中也有些弄巧成拙的曲文，那就是王世貞所評爲「陳腐措大語」的。例如：

〔混江龍〕孔安國傳中庸語孟，馬融集春秋祖述着左丘明，演周易關西夫子，治尚書魯國伏生，校禮記升謚楊子雲，作毛詩箋註鄭康成，無過是闡大道發揚中正，紀善言問答詳明。……

這種文字眞是無聊透了，尤其由十七歲女孩子樊素口裏唱出，更是不倫不類。但詩人因賣弄才學成性，常常顧不得那麼多。

賓白方面，㑳梅香一劇倒是用得不少，但主要是爲了情節需要，並非用來刻畫人物或插科打諢。因爲西廂記原作有五本二十折，現在把它縮小到一本四折，情節要交代的多，賓白自然也增加。賓白常有過分文言的地方，從上文所引樊素的幾段話可以看出。

四、結　論

綜上所述，劇人之劇和詩人之劇的不同，可以得到下面的結論：

一、劇人之劇重視關目，能佈置得曲折嚴密；能運用伏筆、懸疑製造戲劇效果。高潮一過，儘快終場。而詩人之劇則不重視關目，或不能巧妙佈置，所以關目常較單調，甚至有矛盾疏漏。而且很少使用伏筆和懸疑，高潮過後，還唱個沒有完。

二、劇人之劇重視並擅長刻畫人物性格。或利用上場詩，或利用賓白，甚至利用某種情節。詩人多半不注意刻畫人物，時有性格含糊或矛盾的現象。又劇人之劇能利用丑角插科打諢，製造笑料；詩人之劇常省去丑角，有也不能妥加運用。

三、劇人之劇曲文較少，曲文有各種風格，視劇情及劇中人身分而定。詩人之劇曲文多，風格偏於典雅或工麗，甚至有不顧劇情一味引經據典、賣弄文才的習氣。

四、劇人之劇賓白俚俗，分量多；詩人之劇賓白較文雅，分量少。劇人之劇的賓白常符合說話者的身分，因之能產生刻畫人物的效果；詩人之劇很少能利用賓白刻畫人物。

以上是大致的比較，偶而劇人之劇也有鬆懈和疏漏之處；而一位詩人如熟悉劇場環境，說不定也能寫出一本符合劇人之劇標準的作品。但那是極少見的例外。到了明代以後，詩人文士由於閱讀的劇本多，累積前人的經驗來編劇，其成就也就比劇人作品毫無遜色了。

元代的劇人之劇，適合於舞臺演出；詩人之劇，則最好在案頭吟詠。像白樸梧桐雨等作品，恐怕是不能原樣搬演的。元代大量詩人投入撰寫雜劇的行列，使劇運如火如荼的展開；

後來不宜搬演的案頭雜劇越來越多，又使得劇運開始枯萎。所以在元劇第一期，劇人作家有關漢卿、高文秀、紀君祥等，詩人作家有白樸、馬致遠、王實甫等，雙方旗鼓相當，造成元人雜劇的全盛時期。二、三兩期幾乎成了詩人之劇的天下，雜劇也就日漸衰落了。雖然在前人專門注意曲文的偏見下，詩人之劇曾得到最高的評價；但從整個戲劇藝術來觀察，筆者是毋寧推崇劇人之劇的。

（五十九年十一月八日淡江學報第九期）

論元劇「一人獨唱」及主唱腳色與劇中人的關係

一、何謂一人獨唱

元人雜劇是以歌唱爲主的戲劇。每劇分四折，每折有一個套數的歌曲。如果使用楔子，楔子中照例唱上一或二曲。主唱腳色必然是正末或正旦。正末照例扮演劇中的男主角，由末獨唱四折歌曲的劇本，叫做末本；正旦照例扮演劇中的女主角，由正旦獨唱四折歌曲的劇本，叫做旦本。這就是元人雜劇「一人獨唱」的限制。只有楔子中的一或二曲，並不限定末本由正末唱，旦本由正旦唱。這個限制極爲嚴格，和元人雜劇每本必須分爲四折一樣，鮮有例外。

上文對「一人獨唱」的說明，是把「一人」解釋爲演員腳色中的正末或正旦，而不是把「一人」看作劇中人物（往往是男主角或女主角）。這兩者之間是極有差別的。筆者曾就元曲選及元選外編二書所收雜劇作過一項分析統計。二書共收雜劇一百六十二本，其中元曲選的風雨像生貨郎旦、沙門島張生煮海、包待制智賺生金閣，與元曲選外編的關張雙赴西蜀夢、閨怨佳人拜月亭、董秀英花月東墻記、崔鶯鶯待月西廂記、諸宮調風月紫雲庭、老莊周一枕蝴蝶夢、西遊記、呂洞賓桃柳昇仙夢等共十一本，或因主唱腳色所扮劇中人交代不清，或因體製特殊甚至雜用明傳奇體製予以排除外，尙有一百五十一本。在這一百五十一本元人雜劇中，由正末或正旦扮演劇中人物一人到底的劇本，共有九十八本，約佔總數三分之二略少；正末或正旦扮演劇中人物因某種原因中途改扮他人的劇本，共有五十三本，約佔總數三分之一略多❶。因此，如果把「一人獨唱」的「一人」看成劇中人物，則有佔總數三分之一略多的元劇劇本，事實上都先後由二位甚至二位以上的劇中人主唱，都未遵守「一人獨唱」的限制。即使把這許多劇本看成例外，但例外的劇本多到超過總數三分之一，實在已使「一人獨唱」的限制不成其爲限制。故筆者認爲「一人獨唱」的「一人」，應該是指正末或正旦這個演員腳色，本來並不涉及此一腳色所扮的劇中人；即使正末或正旦在一本四折中先後扮演四個不

---

❶ 元曲選所收各劇，曾經編者臧懋循改動過，這是事實。但臧氏改動的主要在曲文或賓白方面；至於元曲選外編所收部分劇本，雖然還有其他刻本或鈔本，但其差別主要也在曲文或賓白方面。從事各本元人雜劇主唱腳色與劇中人關係的分析統計，這二部書所收的劇本是有足夠代表性的。

同的劇中人，四個不同的劇中人各自唱畢一個套數的歌曲，也仍符合「一人獨唱」的限制。

「一人獨唱」的「一人」不但是指主唱腳色正末或正旦，而且只指腳色，不計人數。因爲演出劇團中主唱的正末或正旦，事實上不可能各只有一位。前文已提到過主唱腳色中途改扮劇中人的雜劇有五十三本之多。在這五十三本雜劇的，改扮一次的有十九本❷，改扮二次的有二十七本❸，改扮三次的有七本❹。像這樣一再改扮，如果主唱腳色只有一位，怎麼忙得過來？固然折與折之間有休息時間，但休息時間不可能有多久，而改扮並非要魔術搖身一變就能完成。更何況一再改扮，匆忙上場，這戲如何演唱得好？如果某一劇團人手不多，正末或正旦各只一人，那就只能演出毋需中途改扮的劇本了。但即使演出一劇時有二個正末或正旦扮演不同的劇中人輪番上場在不同折數演唱，仍然是正末或正旦這個腳色「一人獨唱」。

二、主唱腳色與劇中人的關係

由前文可知，主唱腳色正末或正旦與劇中人的關係，有扮演一位劇中人到底與中途改扮

---

❷ 參閱本文第二節第一種類型、第四種類型、第七種類型說明。

❸ 參閱本文第二節第二種類型、第三種類型、第五種類型、第六種類型、第十一種類型說明。

❹ 參閱本文第二節第七種類型、第九種類型、第十種類型、第十二種類型說明。

其他劇中人二種情形。前者關係單純，可置不論；後者則事實上有許多變化，值得深入討論。如果把上述五十三本主唱腳色中途改扮其他劇中人的種種變化加以分析，可以歸納成十二種不同的類型。下文列舉這十二種類型及其所屬雜劇，並討論每一類型的意義所在。前八種類型較多見，各別討論；後四種類型較少見，綜合說明。ABCD分別代表不同的劇中人，其次序則依一二三四折排列。

第一種類型：ABBB

屬於這種類型的雜劇，有下列十一本：

劇名	主唱	所扮各折劇中人
包待制陳州糶米	正末	一折：張憋古 二折：包待制 三折：包待制 四折：包待制
隨何賺風魔蒯通	正末	一折：張良 二折：蒯通 三折：蒯通 四折：蒯通

劇名	主唱腳色	各折劇中人
包龍圖智賺合同文字	正末	一折：劉天瑞 二折：劉安住 三折：劉安住 四折：劉安住
小尉遲將鬥將認父歸朝	正末	一折：院公 二折：尉遲恭 三折：尉遲恭 四折：尉遲恭
河南府張鼎勘頭巾	正末	一折：劉平遠 二折：張鼎 三折：張鼎 四折：張鼎
馬丹陽度脫劉行首	正末	一折：王重陽 二折：馬丹陽 三折：馬丹陽 四折：馬丹陽

看錢奴買寃家債主	正末	一折：增福神 二折：周榮祖 三折：周榮祖 四折：周榮祖
破苻堅蔣神靈應	正末	一折：王猛 二折：謝玄 三折：謝玄 四折：謝玄
立成湯伊尹耕莘	正末	一折：伊致祥 二折：伊尹 三折：伊尹 四折：伊尹
龍濟山野猿聽經	正末	一折：余舜夫 二折：猿 三折：猿扮袁遜 四折：猿扮袁遜

閥閱舞射柳捶丸記	正末	一折：唐介 二折：延壽馬 三折：延壽馬 四折：延壽馬

以上各本的眞正劇中主角，是B而不是A。A在第一折的作用，只是爲第二折起B登場以及主要劇情推展預作佈置；佈置完畢，就「功成身退」。陳州糶米、合同文字、勘頭巾三劇的A，分別是張憋古、劉天瑞、劉平遠，他們都在第一折或第一折後的楔子中死亡，從第二折開始，就分別是B包待制、劉安住、張鼎的重頭戲了。在賺蒯通一劇，A張良反對蕭何設計斬韓信因而歸隱，接下去就是B蒯通勸韓信謀反故事。在小尉遲一劇，A院公的任務在揭穿小尉遲身世，勸他和B尉遲恭父子相認。在劉行首一劇，A王重陽把度脫劉行首的任務交給了B馬丹陽。其餘各劇的A，看錢奴的增福神、蔣神靈應的王猛、伊尹耕莘的伊致祥、野猿聽經的余舜夫、射柳捶丸的唐介，也莫不是爲主角B登場以及主要劇情推展預作佈置，佈置完成，隨即身退。

第二種類型：AABA

屬於這種類型的雜劇，有下列十本：

劇名	主唱	所扮各折劇中人
硃砂擔滴水浮漚記	正末	一折：王文用 二折：王文用 三折：東嶽太尉 四折：王文用魂
翠紅鄉兒女兩團圓	正末	一折：韓義 二折：韓義 三折：院公 四折：韓義
朱太守風雪漁樵記	正末	一折：朱買臣 二折：朱買臣 三折：張㦬古 四折：朱買臣
謝金蓮詩酒紅梨花	正旦	一折：謝金蓮 二折：謝金蓮 三折：賣花三婆 四折：謝金蓮

花間四友東坡夢	正末	一折：佛印 二折：佛印 三折：松神 四折：佛印
鄧夫人苦痛哭存孝	正旦	一折：鄧夫人 二折：鄧夫人 三折：莽古歹 四折：鄧夫人
錢大尹智勘緋衣夢	正旦	一折：王閏香 二折：王閏香 三折：茶三婆❺ 四折：王閏香

❺ 此折正旦王閏香未登場，由茶三婆主唱。劇本雖未標明茶三婆由正旦扮，按常例茶三婆應由正旦扮。

小張屠焚兒救母	正末	一折：張屠 二折：張屠 三折：急腳鬼❻ 四折：張屠
摩利支飛刀對箭	正末	一折：薛仁貴 二折：薛仁貴 三折：探子 四折：薛仁貴
劉夫人慶賞五侯宴	正旦	一折：王屠妻 二折：王屠妻 三折：王屠妻 四折：劉夫人 五折：王屠妻❼

❻ 此折正末張屠未登場，由外末扮急腳鬼李能主唱，按常例急腳鬼應由正末扮。

❼ 五侯宴一劇有五折，屬AAABA類型。雖屬特例，而其類型與第二類型用意最爲相近，故併入討論。

就這十本雜劇觀察，末一折的前一折，故事主角人物不登場，主唱的正末或正旦改扮另一人物登場唱曲，不外由於下列二種設想：

一、從另一個方面來推進劇情的發展。硃砂擔中的東嶽太尉、紅梨花中的賣花三婆、東坡夢中的松神、緋衣夢中的茶三婆、小張屠中的急腳鬼、五侯宴中的劉夫人，都有此作用。

二、從另一劇中人眼裏看戲劇主角的故事，造成劇情的廻盪，加深讀者或觀眾的印象。兒女團圓中的院公、漁樵記中的張憿古、哭存孝中的莽古歹、飛刀對箭中的探子都在第三折登場主唱，作用在此。飛刀對箭中的探子，唱出了薛仁貴大敗蓋蘇文，三箭定天山的精彩戰況。這是元劇中常見的手法，不過多數安排在末一折，安排在第三折的，只見於飛刀對箭一劇。

第三種類型：ＡＢＡＡ

屬於這種類型的雜劇，有下列七本：

劇名	主唱	所扮各折劇中人
張天師斷風花雪月	正旦	一折：桂花仙 二折：嬷嬷 三折：桂花仙 四折：桂花仙

便宜行事虎頭牌	正末	一折：山壽馬 二折：金住馬 三折：山壽馬 四折：山壽馬
蕭淑蘭情寄菩薩蠻	正旦	一折：蕭淑蘭 二折：嬤嬤 三折：蕭淑蘭 四折：蕭淑蘭
洞庭湖柳毅傳書	正末	一折：龍女 二折：電母 三折：龍女 四折：龍女
薩眞人夜斷碧桃花	正旦	一折：碧桃魂 二折：嬤嬤 三折：碧桃魂 四折：碧桃魂

忠義士豫讓吞炭	正末	一折：豫讓 二折：張孟談 三折：豫讓 四折：豫讓
趙匡義智娶符金錠	正旦	一折：符金錠 二折：趙滿堂 三折：符金錠 四折：符金錠

就以上七本雜劇觀察，在第二折中故事主角人物不登場，而由主唱腳色改扮另一人上來演唱，其設想與第二種類型的雜劇大致相同。其一是從另一方面來推進劇情的發展。張天師、蕭淑蘭、碧桃花三劇中的嬤嬤，虎頭牌中的金住馬，豫讓吞炭中的張孟談，符金錠中的趙滿堂都有此作用。當一對男女的愛情遇到波折時，嬤嬤就有戲可演甚至有曲可唱了。符金錠中的趙滿堂雖然是男主角趙匡義的姐姐，其實和嬤嬤角色完全一樣。其次是從另一劇中人眼裏來看戲劇主角的故事，造成劇情的廻盪，加深讀者或觀眾的印象。柳毅傳書第二折由電母唱出錢塘君大敗涇河小龍的激烈戰況，其手法正與飛刀對箭中探子唱出薛仁貴大敗蓋蘇

文，三箭定天山相同。

第四種類型AAB

屬於這種類型的雜劇，有下列五本：

劇名	主唱	所扮各折劇中人
尉遲恭單鞭奪槊	正末	一折：李世民 二折：李世民 三折：李世民 四折：探子
漢高皇濯足氣英布	正末	一折：英布 二折：英布 三折：英布 四折：探子❽
蕭何月夜追韓信	正末	一折：韓信 二折：韓信 三折：韓信 四折：呂馬童

❽ 此折正末扮探子唱曲文一套後下場，正末又扮英布上場唱側磚兒、竹枝兒、水仙子三曲，不成套數，故不視爲主唱者。

劇名	主唱	各折主唱人物
宋太祖龍虎風雲會	正末	一折：趙匡胤 二折：趙匡胤 三折：趙匡胤 四折：趙普
劉千病打獨角牛	正末	一折：劉千 二折：劉千 三折：劉千 四折：出山彪

以上五本雜劇，都是在第四折中主唱腳色改扮爲另一人物。其用意不外乎便於爲全劇作結束，或是爲全劇製造一個熱鬧的收場。例如單鞭奪槊、氣英布二劇的B都是探子。他們一上場都是一句「一場好廝殺也呵」，然後前者唱出尉遲恭如何大敗單雄信，後者唱出英布如何決戰項王。獨角牛中的B出山彪，唱出了病劉千如何打敗獨角牛，作用與扮探子相同。探子誇耀戰功的演唱，如果安排在二折或三折，其作用爲造成劇情的廻盪；安排在末一折，則爲全劇帶來熱鬧的結束，或是爲全劇作一個評論性的結束。風雲會中的趙普對趙匡胤平定四國統一天下唱出了一片頌揚之詞，這是前三折正末所扮趙匡胤本人所不便出口的。追韓信中

的呂馬童，也唱出了對項王盛極而衰，兵敗身死的感喟。

第五種類型：ABBC

這種類型的雜劇，有下列五本：

劇名	主唱	所扮各折劇中人
神奴兒大鬧開封府	正末	一折：李德仁 二折：院公 三折：院公 四折：包待制
昊天塔孟良盜骨	正末	一折：楊令公魂 二折：孟良 三折：孟良 四折：楊五郎
趙氏孤兒大報讐	正末	一折：韓厥 二折：公孫杵臼 三折：公孫杵臼 四折：程勃 五折：程勃⑨

⑨ 孤本元明雜劇趙氏孤兒無第五折。

雜劇	主唱腳色	劇中人
雁門關存孝打虎	正末	一折：陳敬思 二折：李存孝 三折：李存孝 四折：探子
魯智深喜賞黃花峪	正末	一折：楊雄 二折：李逵 三折：李逵 四折：魯智深

這一種類型，顯然以第一種類型ABBB為基礎，而又取了第四種類型AAAB的四折B成為C。因此以上五本雜劇，一折A都有為二折B登場及主要劇情推展預為佈置的作用，而四折C則負起了為全劇總結的任務。如劇情在四折仍有高潮，C的戲份就重要，而二三折B的戲份就相對減輕，如神奴兒、昊天塔、趙氏孤兒、黃花峪四劇是。如四折C只是為全劇作一個熱鬧的收場，如存孝打虎的探子，則B李存孝自然是全劇最重要的人物。又這種類型比較適合較多人物輪番主唱演出，像黃花峪一劇中，楊雄、李逵、魯智深三位梁山知名人物都上場演唱，作者顯然有這樣的意圖。

第六種類型：ABCC

這種類型的雜劇，有下列四本：

劇名	主唱	所扮各折劇中人
玎玎璫璫盆兒鬼	正末	一折：楊國用 二折：窰神 三折：張憋古 四折：張憋古
關大王獨赴單刀會	正末	一折：喬公 二折：司馬徽 三折：關公 四折：關公
劉玄德獨赴襄陽會	正末	一折：劉琦 二折：王孫 三折：徐庶 四折：徐庶

尉遲恭三奪槊	正末	一折：劉文靜 二折：秦叔寶 三折：尉遲恭 四折：尉遲恭

這一類型雜劇的眞正劇中主角是C，而不是A和B。A和B先後上場演唱一折二折，其任務是在把劇情推進到C可以上場演唱三、四兩折重頭戲的地步。這種情形，在單刀會和三奪槊二劇特別顯著。在單刀會中，一折A喬國老和二折B司馬德操唱曲，口口聲聲稱讚關公智勇雙全，完全是爲三、四折C關公獨赴單刀會作預告。在三奪槊中，一折A劉文靜和二折B秦叔寶也一再在唱曲中稱讚尉遲恭武勇，爲尉遲恭在三、四兩折的精彩演出作預告。此外，在盆兒鬼一劇，先有一折A楊國用被害和二折B窰神警戒兇手夫婦，才有三、四兩折C張憋古帶盆兒鬼向包待制告狀的主戲。在襄陽會一劇，一折A劉琦和二折B王孫也只是把劇情推進至可以讓C徐庶在三、四折一顯身手的地步。這種類型和第一種類型ABBB最爲近似，所差的只是第一種型式以A來爲B預作佈置，而這一型式則以A和B來爲C預作佈置而已。

第七種類型：AABB

這種類型的雜劇，有下列三本：

劇名	主唱	所扮各折劇中人
謝金吾詐拆清風府	正旦	一折：佘太君 三折：佘太君 三折：皇姑 四折：皇姑
包龍圖智勘後庭花	正末	一折：李順 二折：李順 三折：包公 四折：包公
張孔目智勘魔合羅	正末	一折：李德昌 二折：李德昌 三折：張鼎 四折：張鼎

這一種類型，與第一種類型ＡＢＢＢ最爲相近。這兩種類型最適合用來寫作公案劇：前一折或二折的Ａ受冤而死，後三折或二折的Ｂ淸官爲之申寃，而重頭戲在後半部。後庭花和

魔合羅二劇正是如此。至於謝金吾一劇，則把AABB類型當作前後二段並重，使佘太君和皇姑先後演唱，也處理得很成功。

第八種類型：ABAC

這種類型的雜劇，有下列三本：

劇名	主唱	所扮各折劇中人
晉文公火燒介子推	正末	一折：介子推 二折：閹官 三折：介子推 四折：樵夫
地藏王證東窗事犯	正末	一折：岳飛 二折：地藏神 三折：岳飛魂 四折：何宗立
二郎神醉射鎖魔鏡	正末	一折：哪吒 二折：天神 三折：哪吒 四折：探子

這一種類型，可以說是綜合了第三種類型ＡＢＡＡ與第四種類型ＡＡＡＢ而成。它從第三種類型取了二折的Ｂ，同時從第四種類型取了四折的Ｂ成爲Ｃ，於是有了ＡＢＡＣ的型式。就以上三本雜劇來說，介子推二折Ｂ閹官、東窗事犯二折Ｂ地藏神、鎖魔鏡二折Ｂ天神，正末扮這三人上場演唱都是爲了從另一方面來推進劇情的發展。同時，介子推的四折Ｃ樵夫、東窗事犯四折Ｃ何宗立，各自爲全劇作一評論性的結束；鎖魔鏡的四折Ｃ探子，也爲全劇帶來一個熱鬧的收場。

第九種類型：ＡＢＣＡ

這種類型的雜劇，有下列二本：

劇名	主唱	所扮各折劇中人
薛仁貴榮歸故里	正末	一折：杜如晦 二折：薛大伯 三折：伴哥 四折：薛大伯
狄青復奪衣襖車	正末	一折：王環 二折：劉慶 三折：探子 四折：劉慶

第十種類型：ABCD

這種類型的雜劇，只有一本：

劇名	主唱	所扮各折劇中人
劉玄德醉走黃鶴樓	正末	一折：趙雲 二折：禾倈 三折：姜維 四折：張飛

第十一種類型：AABC

這種類型的雜劇，只有一本：

劇名	主唱	所扮各折劇中人
鄭孔目風雪酷寒亭	正末	一折：趙用 二折：趙用 三折：張保 四折：宋彬

第十二種類型：ＡＢＣＡ

這種類型的雜劇，也只有一本：

劇名	主唱	所扮各折劇中人
海門張仲村樂堂	正末	一折：張孝友 二折：曳剌 三折：令史 四折：張孝友

以上四種類型的雜劇都較少見。其實種種各別的改扮變化，前面八種較常見的類型中多已有過，只從頭選取組合，因此有了新的面貌。例如第九種類型，很明顯的是以第一種類型ＡＢＢＢ為基礎，同時採用第二種類型ＡＡＢＡ的三折Ｂ成為Ｃ，於是有了ＡＢＣＢ的型式。其中的主角當然是Ｂ。至於十、十一、十二這三種類型，各僅一劇，應是作者興到之筆，毋用細論。第十種類型ＡＢＣＤ和第五種類型ＡＢＢＣ一樣適合較多人物輪番上場演唱。黃花峪一劇選擇了ＡＢＢＣ類型，而黃鶴樓則採用了ＡＢＣＤ類型。大致說來，在上述十二種類型中，前四種是基本類型，後面八種類型都是從其中變化而來。變化的過程，除了極少數孤例已變得面目全非者外，多數仍可以觀察而得。

（七十四年六月鄭因百先生八十壽慶論文集）

論明傳奇家門的體製

一、何謂家門

明傳奇所謂家門，有兩層意義。其一指傳奇的本事；落實在文字層面上來說，就是指傳奇開始一齣❶中用來敘述本事大意的曲子。其二則泛指傳奇開始一齣。前者是本義，後者則由前者擴大引申而來。下文試就這兩層意義作進一步說明。

繼志齋刊本古本荆釵記第一齣，有一段前臺後臺的例行問答：

〔問內科〕借問後房子弟，今日搬演誰家故事？那本傳奇？

〔內應科〕今日搬演一本義夫節婦荆釵記。

❶「齣」，本作「出」，俗作「齣」，也有沿襲元雜劇慣例作「折」者。本文除引用原文外，一概從俗作「齣」。

〔末〕原來此本傳奇。待小子略道家門，便見戲文大意。

接着是一支〔沁園春〕，說明荊釵記這本傳奇是演「才子王生，佳人錢氏，賢孝溫良。……」的故事。

花欄韓信千金記第一折引場，也有這麼一段例行問答：

〔外末云〕且問後房朋友，粧扮可曾完備了未曾？
〔內應介〕俱已完備了。
〔外末云〕粧扮既已完備，今宵扮演誰家故事？那本戲文？
〔內應曰〕今日敷演乃是破楚封王韓信千金記。
〔末云〕原來這本傳奇。人人會唱，個個能歌。小子略道家門，看官便見大意。
〔內云〕看官俱索雅靜，但聞表白家門。

接着也是一支〔沁園春〕，說明千金記這本傳奇是演「勇士年乖，佳人命薄，淮陰同受凄涼。……」的故事。

在全明傳奇二百四十七種❷中，類似以上的例子，可以找到不少，都可以作爲家門是指傳奇本事的證明。至於爲何取家門這個名稱，前人似未有解釋。周貽白中國戲劇發展史亦僅謂：「家門的稱謂，取義不詳，或係當時戲場俗語。」❸據筆者之見，家門爲當時戲場俗語是不錯的，至於取義，應自何家何門之事而來。這由該曲往往以何家何門之何人遭遇何事爲敍述方式可以推知。

至於把家門當作傳奇開始一齣的通稱，情形相當普遍。明傳奇開始一齣的標題，名稱繁多，多至六十多種。最常見的兩種是開場（包括副末開場）和家門（包括家門大意），其次有提綱、開宗、標目、……。開場由該齣爲傳奇開始一齣得名。至於家門，則由於該齣中有說家門一曲，而此曲爲全齣最主要部分，於是傳奇作者們乾脆把開始一齣的標題題作家門。

李漁閒情偶寄格局第六有「家門」一篇，專論家門的名稱、作法、由來等等。例如：

❷ 全明傳奇，天一出版社印行。是書共收傳奇二百四十七種，相當完備，且各本均據早期刻本或鈔本影印，較能保存本來面目。本文引用全明傳奇所收作品之文字，均不再說明版本；引用全明傳奇未收作品版本或全明傳奇所收同一作品而有兩種版本時，始附帶標明版本。

❸ 見該書頁三六一，臺南僶勉出版社，民國六十四年九月版。

開場數語，謂之家門。雖云為字不多，然非結構已完，胸有成竹者，不能措手。即使規模已定，猶慮做到其間，勢有阻撓，不得順流而下，未免小有更張，是以此折最難下筆。如機鋒銳利，一往而前，所謂信手拈來，頭頭是道，則從此折做起；不則姑缺首篇，以俟終場補入。……

未說家門，先有一上場小曲，如〔西江月〕、〔蝶戀花〕之類。總無成格，聽人拈取。……

元詞開場，止有冒頭數語，謂之正名，又曰楔子。多則四句，少則二句，似為簡捷。然不登場則已，既用副末上場，脚纔點地，遂爾抽身，亦覺張皇失次。增出家門一段，甚為有理。然家門之前，另有一詞。……

此篇以家門為題，綜論開場一齣曰「開場數語，謂之家門」；曰「是以此折最難下筆」；曰「則從此折做起」：顯然是取其為開始一齣通稱之義。而曰「未說家門，先有一上場小曲」；曰「然家門之前，另有一詞」：則又顯然取其為敍述何家何門故事一曲之義。

近世學者論家門，習慣上以為家門即傳奇開始一齣，傳奇開始一齣即家門；不但忽略家門原為誰家誰門故事之本義，而且無視於傳奇開始一齣本有開場、提綱、開宗、標目等六十多種名稱之事實。這或許與李漁閒情偶寄格局第六設「家門」一篇有關。本文題目中的家門，亦用通稱開始一齣之義。文中則以家門一曲與家門一齣分別其本義與引申義。

二、家門的體製

論家門一齣的體製，可以分成四個部分，依次是：上場小曲、例行問答、家門一曲、總詩。試錄富春堂刊本增補劉智遠白兔記第一折開場爲例，再加說明。

〔鷓鴣天〕（末白）桃花落盡鷓鴣啼，春到鄰家蝶未知。世事只如春夢杳，幾人能到白頭時。　歌金縷、醉玉卮。幕天席地是男兒。等閑好著看花眼，為聽新聲唱竹枝。

〔問內〕且問後房子弟，搬演誰家故事，那本傳奇？

〔內應〕搬演李太公招贅劉智遠琉璃井上子母相逢白兔記。

〔末云〕元來此本傳奇，看官聽吾道其終始。

〔臨江仙〕（白）五代沙陀劉智遠，英雄冠絕當時。皇天作合李為妻，嫂兄因奪志，苦節不依隨。　汲水還挨磨，房中產下嬰兒。當時痛苦咬兒臍，別離十五載，井上有逢期。

「總詩」好賭傾家劉智遠　剪髮受苦李三娘

投軍偶遇岳元帥　汲水幸會咬臍郎

〔鷓鴣天〕一曲，是上場小曲。李漁閒情偶寄格局第六「家門」篇曾謂：「未說家門，先有一上場小曲，如〔西江月〕、〔蝶戀花〕之類。總無成格，聽人拈取。此曲向來不切本題，止是勸人對酒忘憂、逢場作戲諸套語。」像上引〔鷓鴣天〕一曲的內容，正是「勸人對酒忘憂、逢場作戲諸套語。」

明傳奇多數作品的上場小曲，內容確如李漁所說，但也有少數例外。試舉數例如下：

〔水調歌頭〕秋燈明翠幙，夜案覽芸編。今來古往，其間故事幾多般。少甚佳人才子，也有神仙幽怪，瑣碎不堪觀。正是不關風化體，縱好也徒然。　論傳奇，樂人易，動人難。知音君子，這般另做眼兒看。休論插科打諢，也不尋宮數調，只看子孝與妻賢。驊騮方獨步，萬馬敢爭先。（高明琵琶記）

〔鷓鴣天〕書會誰將雜曲編，南腔北曲兩皆全。若於倫理無關緊，縱是新奇不足傳。

風月好，物華鮮，萬方人樂太平年。今宵搬演新編記，要使人心忽惕然。（邱濬伍倫全備忠孝記）

〔滿庭芳〕獨對青燈，靜看黃卷，忠臣孝子古來稀。感動天地，萬古有名垂。赤子之心皆孝，思妻子，物欲相迷。舉風化，是諸君子，孝義奉親幃。　懷躭十個月，三年乳哺，掌上珠璣。養子代老，這話古人題。生我劬勞如許，寸草心，難報春暉。君不見，屋簷落水，點滴不差移。（陳羆齋姜詩躍鯉記）

〔賀聖朝〕滿斟綠醑酹賓主，看當筵歌舞。明主忠臣，賢郎烈婦，無論往古。風前慷慨，酒邊擊節，座上還揮麈土。何處淫詞，敢勞妍唱，傍汙樽俎。（張鳳翼花將軍虎符記）

〔何陋子〕景仰先賢模範，無非激勸人情。詞艷不關風化體，有聲曾似無聲。惟有忠良孝友，知音入耳堪聽。（吳世美狄梁公返周望雲忠孝記）

〔滿江紅〕瑠餤燒天，正亘古忠良灰刼。看幾許驕驄嘶斷，杜鵑啼血。一點忠魂天日慘，五人義氣風雷掣。溯從前詞曲少全篇，歌聲咽。　思往事，心欲裂。挑殘史，神為欲。寫孤忠紙上，唾壺敲缺。一傳詞壇標赤幟，千秋大節歌白雪，更鋤奸律呂作陽秋，鋒如鐵。（李玉清忠譜傳奇——以上均據全明傳奇）

這些上場小曲，無不認爲戲劇有關風化，強調其社會教育的功能，甚至對無關風化的戲劇加以貶抑。像這一類上場小曲，絕不是李漁所謂的「止是勸人對酒忘憂、逢場作戲諸套語」。所以李漁所云，雖再一般性，然非絕對性。

上場小曲，慣例只有一支，但也有接連兩支的。在全明傳奇中，就有張巡許遠雙忠記、五倫傳香囊記❹、金印記、林沖寶劍記、明珠記、陸天池西廂記、回春記、韓湘子九度文公昇仙記等九種❺有兩支上場小曲。這些都是因作者意有未盡多作一曲引起的例外。其中明珠記、陸天池西廂記同出陸采之手，可見陸采個人作風。又綵毫記以「高人妙理通絃索，換羽移宮且爲樂。請看水底一燈明，照見蓮花都不着。」四句替代上場小曲，全明傳奇中僅此一例。

上場小曲之後，緊接着一段場上副末與後臺人員的對白，就是例行問答。它的功用在說明今日搬演的是誰家故事，那本傳奇，並爲下一部分說家門大意鋪路。此段例行問答在演出時不可少，但多數傳奇刊本都以「問答照常」或「問答如常」「問答科」「問答介」之類一語代表；有許多刊本甚至連這一句代表性的短語也省略了。反正戲一上場，誰都知道此處有一段場上場內的例行問答。

❹ 香囊記第一齣共有〔鷓鴣天〕、〔沁園春〕、〔風流子〕三曲。前二曲爲上場小曲，後一曲述家門大意。周貽白中國戲劇發展史第五章第十六節謂：「又有上場曲或作兩闋者，如明珠記用〔聖無憂〕、〔南歌子〕。『家門』中亦有此例，如香囊記用〔沁園春〕、〔風流子〕。」案：〔沁園春〕一曲所詠爲作者之道德觀、戲劇觀，實屬上場小曲。

❺ 全明傳奇收明珠記兩種刻本：吳興閔（齊伋）校刻本與汲古閣本。故合計爲九種。

例行問答進行至「待小子略道家門，便見戲文大意」。或「看官聽吾道其終始。」之類話語，就告結束，而家門一曲就開始了。這是開始一齣中最主要部分。它的任務是說出傳奇大意。把整個劇情檃括在一支曲子之中，並不容易。而昔人評論家門一曲的優劣，往往就著眼於檃括本事是否成功；看了家門一曲就能想知傳奇本事則爲優，否則爲劣。例如下引二曲：

〔沁園春〕鄭子元和，滎陽人士，儁朗超羣。應長安鄉試，李娃眷戀，追歡買笑，暮雨朝雲。忽爾囊空，李娘計遣，路賺東西怨莫伸。遭磨折殘生幾喪，進退無門。貧寒徹骨傷神。嘆餓吻號猿衣結鶉。幸逢娃痛惜，繡襦護體，乳酥滋胃，復振精神。剔目勸學登科，參軍之任，父子萍逢訴此因。行婚禮重諧伉儷，天寵沐殊恩。（薛近兗繡襦記）

後漢班超，學通文武，早歲孤窮。為甘旨無給，傭書朱戶，包羞蒙恥，頓挫英雄。投筆歸來，得逢相士，指點携書拜九重。承詔命，獨持漢節，遠使到西戎。奸謀忌劾超功，老母遭寃病獄中。幸有賢妻割股，大家上疏，妻來京邸，骨肉相逢。柔服外夷，三十六國，定遠元功萬里封。歸故園，一家歡會，旌表勵精忠。（華山居士投筆記）

（案：此曲未題曲牌）

全明傳奇刊本此二曲上均有評語。前一曲評爲「朗然全傳」，後一曲評爲「全部綱目，一覘宛然。」這二支家門一曲的確把傳奇本事交代得相當清楚。

回頭看前文所引明富春堂刊本增補劉智遠白兔記的家門一曲〔臨江仙〕，所交代的故事就失之簡略。再看汲古閣本白兔記的家門一曲：

〔滿庭芳〕五代殘唐，漢劉知遠，生時紫霧紅光。李家莊上，招贅做東床。二舅不容完聚，生巧計拆散鴛行。三娘受苦，產下咬臍郎。知遠投軍，卒發跡，到邊疆。得遇繡英岳氏，願配與鸞凰。一十六歲，咬臍生長，因出獵識認親娘，知遠加官進職，九州安撫，衣錦還鄉。

同樣是說白兔記傳奇的家門，汲古閣本的〔滿庭芳〕顯然要比富春堂本的〔臨江仙〕說得完整清楚。主要的原因是〔滿庭芳〕這支曲調比〔臨江仙〕長得多，可以從容舖敍。明傳奇的家門一曲，採用〔滿庭芳〕或〔沁園春〕者最多，其次是〔漢宮春〕也有不少。原因除了這幾支曲調篇幅較長之外，調名較爲符名「勸酒忘憂，逢場作戲」的享樂之旨，可能也有關係。全明傳奇所收薛平遼金貂記與五福記二種，各以七言古詩一首敍述傳奇本事，不用曲調，是很少見的特例。

家門一曲之後，照例是點明劇情的詩四句。在全明傳奇中，只有增補劉智遠白兔記、王商忠節癸靈廟玉玦記、王昭君出塞和戎記、花將軍虎符記四種給這四句詩一個標題「總詩」，齊世子灌園記、韓朋十義記、薛仁貴跨海征東白袍記三種則題爲「總目」；以上都是富春堂刊本。文林閣刊本易鞋記則題爲「尾白」。其他各種傳奇，有的只題「詩曰」，絕大多數不加標題。

明傳奇的家門一齣，是元雜劇所沒有的創新體製。家門一齣中唯一承襲自元雜劇的部分，就是總詩；總詩的前身，就是元雜劇的題目正名。試看下面的比較：

元雜劇趙氏孤兒（元刊雜劇三十種本）

題目：韓厥救捨命烈士
　　　程嬰說妬賢送子
正名：義逢義公孫杵臼
　　　冤報冤趙氏孤兒

明傳奇趙氏孤兒記（明世德堂刊本）

「總詩」❻：毒不毒屠相岸賈
忠不忠觸槐鉏霓
義不義公孫杵臼
冤報冤趙氏孤兒

兩相比較，很明顯的可以看出元雜劇題目正名和明傳奇總詩之間的關係。題目正名的作用有二，一爲總括劇情，二爲提出劇名。明傳奇的總詩完全承襲了前一作用。李漁論家門也曾說過：「至於末後四句，非止全該，又宜別俗。」「全該」即指總括劇情。後一作用，則僅有少數傳奇繼續保有。如荆釵記的總詩末一句「錢玉蓮守節荆釵記」，粧樓記的總詩末一句「周佳人節孝粧樓記」，一字不差的提出了劇名。絕大多數的總詩末句都不再提出劇名，因爲明傳奇一般都是以××記爲名，一定要把××記放在總詩末句末三字，事實上也並不方便。上舉趙氏孤兒記，總詩末句勉強還可算提出了劇名，但已丟掉了記字。

總詩以四句爲通例。全明傳奇中金鈿盒、孔夫子周遊列國大成麒麟記，薛仁貴跨海征東白袍記、四美記的總詩都最八句，博笑記、十無端巧合紅葉記的總詩多至十句、十二句，望

❻ 此處原本未題總詩二字。

湖亭記以「紅葉歌」十句爲總詩，都是較爲特殊的例子。進一步觀察這些總詩篇幅加長的傳奇家門一齣，博笑記和十無端巧合紅葉記都省略了家門一曲，爲了劇情交代淸楚，加強總詩自是有其必要。上場小曲、例行問答、家門一曲、總詩是構成傳奇家門一齣的主要部分。這種體製固然在宋人隊舞和雜劇的開場致語中略見端倪，但組合得如此完整，究竟要等到明傳奇的家門。

三、家門體製的省略與易變

家門的完整體製雖如上節所述，但作者編撰時往往有所省略或變易。此處所謂省略，並不包括省去例行問答；因例行問答在劇本上雖常以「問答照常」等一語表示，甚至連這一句也省去，但演出時仍須照常問答，事實上並未省略。此處所謂省略，乃指由劇作者撰寫之上場小曲、家門一曲、總詩三者省去其中之一或其中之二而言。

家門體製被省略的情形，計有下列五種。茲以出現次數之多寡爲序，逐一說明如下。

㈠省略上場小曲、總詩，僅保留家門一曲者。

此種情形，最爲普遍。分析其原因，當由於一般上場小曲誠如李漁所謂「此曲向來不切本題，止是勸人對酒忘憂，逢場作戲諸套語。」因此被劇作家認爲不重要，而省去不作。又總詩則與家門一曲性質頗爲雷同，都在說明傳奇本事；既有家門一曲說明在前，總詩也就可以省略。由家門一齣僅以家門一曲交代最爲普遍之情形，亦可見家門一曲之重要。

㈡省略上場小曲，保留家門一曲、總詩者。

此種情形屬次常見。上場小曲所以常被省略，前引李漁之言，已可作爲說明。但李漁並不認爲上場小曲應該省略。他在家門篇又說：「然家門之前，另有一詞。今之梨園，皆略去前詞，只就家門說起，止圖省力，埋沒作者一段深心。大凡說話作文，同是一理。入手之初，不宜太遠，亦正不宜太近。文章所忌者，開口駡題，便說幾句閒文，才歸正傳，亦未嘗不可。胡遽惜字如金，而作此鹵莽滅裂之狀也。作者萬勿因其不讀而作省文。」梨園因上場小曲無關宏旨而省略不唱，作者因梨園不唱而省略不作，互爲因果，乃出現爲數不少無上場小曲之家門一齣。

㈢省略總詩，保留上場小曲、家門一曲者。

此種情形，較爲少見。在全明傳奇中，僅三元記、姜詩躍鯉記、怡雲閣浣紗記，富春堂刊本司馬相如琴心記、錦箋記、玉鏡臺記、元宵鬧、綰春園、荷花蕩、清忠譜、竹葉舟、金丸記、古城記、靑袍記，共十四種有此情形。

㈣省略家門一曲，保留上場小詩、總詩者。

此種情形，亦較少見。在全明傳奇中，僅十無端巧合紅蕖記、博笑記、竇禹鈞全德記、目蓮救母勸善戲文、紅梅記、丹桂記、五鬧焦帕記、三桂聯芳記、東郭記、醉鄉記、續西廂昇仙記、回春記、精忠旗、袁文正還魂記、觀世音修行香山記，共十五種有此情形。家門一曲既是家門一齣中最主要部分，爲何仍有省略現象？原因是少數傳奇作者以總詩來說明劇情大意，取代了家門一曲的作用。在前列十五種傳奇中，博笑記的總詩長達十句，紅蕖記的總詩更長達十二句，篇幅已與一般的家門一曲相彷彿，足夠把劇情交代淸楚。目蓮救母勸善戲文、續西廂昇仙記、觀世音修行香山記三種都保存着例行問答，從這裏更顯示了作者以總詩取代家門一曲的用意。目蓮救母勸善戲文中，末說過「且說上本提綱，與列位君子聽着」，接着就是四句總詩。續西廂昇仙記中，末說過「原來是這本傳奇，待小人略道幾句家門大旨」，接着是四句總詩。在觀世音修行香山記中，副末說過「聽道家門，便知端的」，接着也是四句總詩。家門一曲與總詩的作用本來就是重疊的，難怪有些作家有所省略，不過其中省略總詩的多，省略家門一曲的少而已。

㈤省略上場小曲、家門一曲，僅存總詩。

這種情形，最爲少見。在全明傳奇中，僅有劉漢卿白蛇記、呂眞人黃粱夢境記、韓朋十義記、觀音魚籃記、崖山烈五種有此現象。前四種的總詩都是四句，雖然也能說出一點劇情，究竟是太簡略了。崖山烈有標題曰「紅蕖歌」，歌凡十四句，每句誌一劇中人，仍是總詩慣用句法。

再就家門體製的變易而言，情形並不像省略那麼多樣性。值得一談的有下列三種變易情形。

㈠把上場小曲與家門一曲合併成一支曲子，以此曲的上片作上場小曲，下片作家門一曲。

這類情形，在全明傳奇中出現了三次。試看：

〔東風齊著力〕華屋珠簾，壽山福海，別是風烟。玉觥滿泛，正好醉瓊筵。多少賞心樂事，笙歌沸似聽鈞天。新聲奏，一翻金縷，不改青編。把往事，演齊燕，嘆忠臣慷慨，孝子迍邅。竄身灌溉，潛地結良緣。幸有宗英為將，出奇計坤轉乾旋。摧強敵一時匡復，千載名傳。（齊世子灌園記）

〔臨江仙〕壽星南紀正當陽，老人作戲逢場。新詞按譜韻宮商，金樽檀板，狂得且須狂。一段悲歡離合事，不淫不妬貞良。更有那攘夷衛國副平章，勳名節義，長命縷傳芳。（長命縷）

〔沁園春〕大江東去，天門之內，一座青山。有古今才子，玄暉供奉，臨風捉月，于此盤桓。枳殼飛香，櫻桃滴雨，青旗燕尾酒壚寒。遙集堂，步兵子建，閒把詞刪。一詞編武德年間，聖人有道辨賢奸。梁王孫蕭氏，其名思遠，懷珠遭難，擴泊烏蠻。一

子幾塡血海，千牛義救，騰蛟射隼更乘鸞。走馬俠，黃花簷隙，啣取報恩環。（馬郎俠牟尼合記）

這三支曲子上片的內容，都是李漁家門篇所謂的「止是勸人對酒忘憂，逢場作戲諸套語」，下片則都已進入劇情介紹。劇情介紹雖然因篇幅打了對折難免失之簡單或含糊，好在接下去都有總詩，足資彌補。

把上場小曲和家門一曲合而爲一，這一曲就非常像宋大曲中的首曲了。像宋人董穎所撰大曲「道宮薄媚西子詞」的首曲〔排遍第八〕，上片述遊客行經吳越時的感慨，下片接着敍述吳越之爭中西施故事的大要❼。雖然不能說以上三本明傳奇把上場小曲與家門一曲合而爲一是受了宋大曲的影響，但這種現象總是值得注意的。

❼〔排遍第八〕：「怒潮卷雪，巍岫布雲，越襟吳帶如斯。有客經遊，月伴風隨。值盛世，觀此江山美，合放懷。何事卻興悲。不爲回頭，舊谷天涯。爲想前君事，越王嫁禍獻西施，吳即中深機。　闔廬死，有遺誓，勾踐必誅夷。吳未干戈出境，倉卒越兵投。怒夫差鼎沸鯨鯢，越遭勁敵，可憐無計脫重圍。歸路茫然，城郭坵墟。飄泊稽山裏，旅魂暗逐戰塵飛，天日慘無輝。」此套收入宋曾慥樂府雅詞卷上）。

(二)總詩移至上場小曲之前。

這種情形，在全明傳奇中出現過二次。其一是蔡伯喈琵琶記，全劇一開始就是詩四句：「極富極貴牛丞相，施仁施義張廣才，有貞有烈趙眞女，全忠全孝蔡伯喈。」接着是上場小曲〔水調歌頭〕、家門一曲〔沁園春〕，無總詩。顯然是把總詩寫在全劇之首了❽。其次是汲古閣本琴心記，情形與蔡伯喈琵琶記完全相同。

(三)以七古一首或古文一則替代家門一齣。

在全明傳奇中，這是僅見的例子。麒麟罽以七古一首作家門一齣，櫻桃夢以古文一則作家門一齣。這兩種傳奇都是陳與郊所撰，顯然這是陳氏個人的嘗試。

試看麒麟罽的開場一齣：

平生俠氣凌秋霜，稗官喜讀韓蘄王。當時方臘負天險，強兵百萬無敢當。韓王挺身入虎穴，殺之不異殺犬羊。苗劉濺血染宮闕，王師一洗天重光。誓清八荒迓二聖，唯許湯陰相頡頏。作王配者更英烈，入眼虎變成鸞凰。鼉鼓起軍軍益震，鯨波漲天天為黃。椎髮胡兒走沙漠，蛾眉彈事驚嚴廓。天子改容答優詔，乞身策蹇煙霞鄉。一部清

❽通行本琵琶記，此四句詩均在總詩位置。

商老鄂國，千秋錦繖雄閨房。嗟嗟，王家夫婦雙流芳！

這首七古，就內容分析，事實上正包括了上場小曲、家門一曲和總詩。「平生俠氣凌秋霜，稗官喜讀韓蘄王。」二句係作者自述，相當上場小曲。「當時方臘負天險」至「乞身策蹇煙霞鄉」一大段，敍述傳奇本事，相當家門一曲。「一部清商老鄂國」以下則相當於總詩。本文第二節曾提出金貂記與五福記二本傳奇各以七言古詩一首敍述本事，該詩僅作家門一曲之用。而麒麟罽這首七古，則有家門整齣的作用。

再看櫻桃夢「開宗」一齣：

人生皆夢也。自王侯將相以至府史胥徒，夢中人也。山河大地，苑囿樓臺，夢中景也。貴賤升沉，禍福修短，夢中遭也。至於忽聚忽散，或泣或歌，乍諂乍謗，夢中之無據者也。人之誶我，則曰春夢；我之誶人，亦曰春夢。彼誶者及誶之者，固同在夢中也。有時外感而中動，或豔羨，或憤激，妄想云云，又夢之夢也。在夢不知夢，出夢知夢；出夢知夢，正不知仍在夢。知莊不知蝶，知蝶不知莊，夢顛倒也。由混沌而開闢，由開闢而更混沌；前千萬年之既往，後千萬年之將來：一大夢也。故曰：惟大覺，然後知此其大夢也。跼一生於一夢者，櫻桃夢也。夢櫻桃者誰？盧生也。

以這麼一段說夢的文字爲傳奇開始一齣，幾乎完全看不出家門的影子，眞可以說是離譜了。但文末「夢櫻桃者誰？盧生也。」還是有引起下一齣盧生登場的作用。

大致說來，傳奇的家門體製雖有省略或變易現象，但省略之處和變易之處都有它可省可變的道理，而且省略或變易之後仍然保有家門的作用。

四、餘　論

家門一齣的體製及其省略變易，已論述如上。此節附論有關家門一齣的兩個問題，其一是家門一齣的齣次，其二是沒有家門一齣的傳奇。

本文屢次稱家門一齣爲開始一齣，而不稱爲第一齣，是因爲多數傳奇固然題家門一齣爲第一齣，但也有少數例外。就全明傳奇來觀察，就有下列二十二種雖然開始一齣是家門，但卻不把此齣題作第一齣，家門之後的一齣才題作第一齣。

黃孝子尋親記（闕名）

修文記（屠龍）

邯鄲記（湯顯祖）（明天啓間刊本）

鸚鵡洲（陳與郊）

櫻桃夢（陳與郊）

麒麟罽（陳與郊）

靈寶刀（陳與郊）

呂眞人黃粱夢境記（蘇元儁）

凌雲記（韓上桂）

崖山烈（朱九經）

鴛鴦縧（路迪）

花筵賺（范文若）

夢花酣（范文若）

鴛鴦棒（范文若）

回春記（朱葵心）

十錦塘（馬佶人）

一捧雪（李玉）

永團圓（李玉）（明崇禎刊本）

眉山秀（李玉）
清忠譜（李玉）
班超投筆記（華山居士）
藍橋玉杵記（雲水道人）

以上二十二種傳奇的開始一齣，藍橋玉杵記題爲「首齣本傳開宗」，接下去是第一齣、第二齣……。崖山烈、十錦塘、永團圓三種未加任何標題，置於第一齣之前。其餘十八種均有開場、開宗、楔子之類標題，但都不標齣次，置於第一齣前。很顯然的，這些傳奇的作者並未把家門一齣當作傳奇的本體看，固執地等劇中人物登場的一齣才題爲第一齣。的確，傳奇的家門一齣是由報幕人登場作演出說明，以下各齣則由劇中人演出劇情，在性質上是有不同。那麼，這些作家對家門一齣另眼看待，不把它列爲第一齣，也不是沒有道理。

全明傳奇收陳與郊作品四種，范文若作品三種，而這七種傳奇都不把家門一齣列爲第一齣，可見這兩位作家對家門一齣的地位有他們自己的看法。李玉的情形稍有不同，在全明傳奇所收的十三種作品中，只有四種不把家門一齣列爲第一齣，其他各種還是按通例處理，可見他對此並不堅持。

以家門一齣開始，是明傳奇體製上的主要特色之一，可是有少數傳奇卻省略了家門，一開始就劇中人一一登場，正戲上演。在全明傳奇中，就收有五種沒家門一齣的作品：

一笠庵新編人獸關（李玉）（明崇禎刊本）
千鍾祿（李玉）
麒麟閣（李玉）
紅情言（王翊）
上林春（姚子）

其中李玉的作品佔了大半。上文所列二十二種不把家門看作第一齣的傳奇中，李玉作品也佔了四種。可見此人撰劇，在體製上頗有變易。

無論是把家門一齣另眼看待，不列爲傳奇第一齣，或者乾脆不要家門一齣，究竟是少數劇作者（也可能是刊行者）的個人作風，其他人未必贊同。如上列湯顯祖的邯鄲記，明天啟間刊本把家門一齣置於第一齣之前，而墨憨齋刊本重定邯鄲夢，就把家門一齣改爲第一折了。李玉的永團圓，明崇禎刊本連家門標題也不加，置於第一齣之前，墨憨齋刊本重訂永團圓，就改成第一折家門大意，可見馮夢龍是不贊成把家門一齣另眼看待的。至於乾脆取消家門一齣，究竟有違傳奇慣例。馮夢龍對人獸關傳奇，頗爲欣賞，曾謂：「上卷猶屬平演。至下卷勸惡、拒客、證誓、證夢、犬報諸折，令人髮豎魂搖。前輩名家，或未臻此。」但他對人獸關沒有家門一齣，則不表贊同。他曾說：「戲本之用開場表白，此定體也。原本逕扮大士一折，雖曰新奇眩俗，然鄰於亂矣。況云大士故賜藏金於負心之人，使之現報以儆世俗，尤為悖理。今移大士折於贈金設誓之後，為冥中證誓張本，線索始為貫串，且戒世人莫輕賭呪，大有關係。」（以上均見墨憨齋重定人獸關傳奇卷首總評）。馮夢龍重定的人獸關，就改為第一折家門大意開始了。

（七十八年六月中央研究院第二屆國際漢學會議論文集）

國立中央圖書館出版品預行編目資料

晚鳴軒論文集／葉慶炳著.--第一版.--臺北市：
大安，1996〔民85〕
面；　公分
ISBN 957-9233-57-8（平裝）

1. 中國文學一論文，講詞等

820.7　　84013611